Zu diesem Buch Linda Barnes, 1949 in Detroit geboren, studierte Englisch und Schauspiel an der Kunsthochschule in Boston. Sie arbeitete fünf Jahre als Lehrerin für Dramatische Künste, ehe sie sich ganz der Schriftstellerei widmete und vier Bücher mit dem Privatdetektiv Michael Spraggue veröffentlichte: Früchte der Gier (Nr. 43262), Marathon des Todes (Nr. 43040), Zum Dinner eine Leiche (Nr. 43049) und Blut will Blut (Nr. 43064). Für ihre Story «Lucky Penny» gewann sie 1985 den Anthony Award für die beste Kurzgeschichte des Jahres. Dies war der erste Auftritt der rothaarigen Privatdetektivin Carlotta Carlyle.
Bei rororo thriller liegen außerdem vor: Carlotta steigt ein (Nr. 43264), Carlotta fängt Schlangen (Nr. 42959), Carlotta jagt den Coyoten (Nr. 43099), Carlotta spielt den Blues (Nr. 43160) und Ein Schnappschuß für Carlotta (Nr. 43250).

«Eine stimmige Geschichte, leicht und dialogreich erzählt, mit einem kräftigen Hauch von trockenem Humor.» (NDR)

LINDA BARNES

Carlotta
geht ins Netz

Deutsch von Erika Ifang

Rowohlt Taschenbuch Verlag

rororo thriller

Herausgegeben von Bernd Jost

Veröffentlicht im Rowohlt Taschenbuch Verlag
GmbH, Reinbek bei Hamburg, Oktober 1998
Copyright © 1997 by Rowohlt Verlag GmbH,
Reinbek bei Hamburg
Die Originalausgabe erschien 1995 unter
dem Titel «Hardware» bei Delacorte Press,
Bantam Doubleday Dell Publishing Group, Inc.,
New York
«Hardware» Copyright © 1995
by Linda Appelblatt Barnes
Umschlaggestaltung Notburga Stelzer
(Illustration: Andreas Dierßen)
Gesamtherstellung Clausen & Bosse, Leck
Printed in Germany
ISBN 3 499 43315 X

*In liebevollem Gedenken an
meinen Onkel Hal Weiss*

«Wie ein Vater sollst du mir sein.»
«Für eine kleine Weile.»

Meine Anerkennung und mein Dank gebühren Dr. Steven Appelblatt, Richard Barnes, Ann Keating, Olin Sibert und Dr. Amy L. Sims für ihren fachlichen Beistand in Sachen Hard- und Software aller Art. Würdigung und Lob verdient ferner das Lesekomitee – Richard Barnes, Emily Grace, Susan Linn, James Morrow und Julie Sibert –, eine gnadenlose, aber segensreiche Einrichtung.

Auch das T-Shirt-Team ist weiter dabei: Denise DeLongis, Beth King, Lawrence Lopez, John Hummel und Cynthia Mark-Hummel. Eure Karten und Briefe sind weiterhin willkommen.

Darüber hinaus setzt Gina Maccoby ihre heldenhaften Bemühungen um Carlotta fort. Und Carole Baron weiß bestimmt, daß der Rotschopf mit den großen Füßen es ohne sie gar nicht geschafft hätte.

BlackNets Geschäft ist der Kauf, Verkauf und
Handel mit *Informationen* aller Art.
Unser Standort auf dieser Welt ist unwichtig.
Was zählt, ist unser Standort in der Welt des
Cyberspace. Unsere PGP-Adresse lautet:
«BlackNet<nirgendwo @cyberspace.nil>»,
und zu erreichen sind wir am besten durch eine
verschlüsselte Nachricht, die (vorzugsweise
nach Durchlaufen mehrerer anonymer PC-
Zwischenstationen) unter unserer öffentlichen
Kennung (siehe oben) eingegeben und dann an
eine der verschiedenen Speicherstellen im
Cyberspace weitergeleitet wird, die wir
regelmäßig abrufen.
BlackNet vertritt keine Ideologie, betrachtet
aber Nationalstaaten, Exportverordnungen,
Patentgesetze und Vorschriften zum Schutz
der inneren Sicherheit und dergleichen als
Relikte der Prä-Cyberspace-Ära.

> Einführung ins BlackNet,
> geladen aus dem Internet
> Di, 15. Feb. 1994, 12.38.44 h

Wenn man dies weiß, welche Vergebung?

«Gerontion»
T. S. Eliot, 1917

1 *Draj kenen haltn a ßod, wen zwej sajnen tojt*, pflegte meine Großmutter immer zu sagen. In der Übersetzung aus dem Jiddischen heißt das: «Drei können ein Geheimnis bewahren, wenn zwei davon tot sind.» Ich bin versucht, diesen Spruch auf meine Visitenkarten drucken zu lassen.

Jedes gutgehende Unternehmen braucht einen flotten Slogan.

Der Haken hieran ist «gutgehendes Unternehmen». Ich bin Privatdetektivin. Wenn die Leute ihre Geheimnisse für sich behielten, wäre ich aus dem Geschäft.

Wenn *ich* ein Geheimnis hätte, wäre das Green & White-Taxiunternehmen eindeutig nicht der Ort, wo ich es abladen würde. Zu viele aufgesperrte Ohrmuscheln, zu viele lose Plappermäuler. Eins ist sicher bei Taxifahrern: Sie reden. Besonders nach der «Friedhofsschicht».

Das nächtliche Fahren hat etwas für sich: Es bringt auf Trab, hält in Atem und setzt mich unter Druck. Am Morgen kann ich dann Geschichten erzählen von Wahnsinnsverkehr und Irrsinnsfahrten.

Die Bars sind um sieben Uhr morgens geschlossen, also lande ich mit den übrigen Friedhofsspezis bei G & W, schütte mich mit Kaffee voll, höre mir dreckige Witze an und meckere über miese Trinkgelder. Alle sind wir in einem Rederausch. Vielleicht im Überlebensrausch.

Tatsache ist, daß mehr Taxifahrer als Polizisten im Dienst ihr Leben verlieren.

Als ich bei G & W anfing, um mir das Geld fürs College zu verdienen, beschrieb Gloria, die Frau in der Zentrale und Miteignerin, ihre Fahrer als *Käuze* und *Komiker*. Um es klar zu sagen, sie waren alt, die letzten irisch-amerikanischen Berufstaxifahrer, und sie waren stolz darauf. Wollten nichts zu tun haben mit den neuen Einwanderern, die kaum die Muttersprache beherrschten, daß Gott erbarm.

Vier Käuze spielten Poker in einer dunklen Ecke, *dann kann ich dich besser betrügen, mein Schatz.*

«Haste Zaster gemacht?» fragte Fred Fergus mit Tremolo.

«Nehm's dir gerne ab, Liebchen.»

«Spiel deine Scheißkarten an jemand anderen aus», sagte ich grinsend. Nur einer von ihnen fuhr noch Taxe. Die anderen hatten sich anscheinend häuslich niedergelassen, rauchten, soffen und genossen die Clubatmosphäre.

Ein Typ, den ich nur unter dem Namen «Bär» kannte, ein spieriges Männchen mit einem zu großen Spitznamen, kicherte und flüsterte mit einem pickeligen Jungen und ahmte mit beiden Händen obszöne Kurven nach. Es war immer das gleiche: Sport und Titten, Sport und Titten, Sport und Titten. Endlose Variationen zu einem einzigen Thema.

Unter einer nackten Glühbirne unterhielt sich ein dünner, unterforderter Akademiker namens Jerome Fleckman ernsthaft mit «Nicht-meine-Schuld»-Ralph über freie Marktwirtschaft und marxistische Sozialdialektik. Ralph, in einem T-Shirt, das sich über seinem dicken Bauch spannte, und engen Hosen, sah aus, als sei er meilenweit weg. Jerry hätte ebensogut mit seinem Kühlschrank reden können.

«Suchst du Sam?» fragte er, als er mich sah.

Der Mitinhaber von Green & White, Sam Gianelli, ist mein Parttime-Lover: Mal ist er's, und mal ist er's nicht. Er markiert in vieler Hinsicht einen Wendepunkt in meinem Leben. Wenn er mich nicht fallenlassen hätte, um eine «standesgemäße» junge Frau zu heiraten, wer weiß? Dann hätte ich vielleicht nie im Gegenzug Cal geheiratet, wäre nie Polizistin geworden. Ich wäre womöglich eine Mafiosogattin statt einer geschiedenen Frau und würde nicht, wie derzeit, mit meiner ersten Flamme schlafen, einem Mann, der so geschieden ist, wie ein Katholik geschieden sein kann, dessen Ehe nicht annulliert wird.

Jeder fragt nach Sam. Es ist bedenklich, daß Leute, die mir im Grunde fremd sind, über mein Liebesleben Bescheid wissen.

Ich sagte: «Wenn du Ralphs Aufmerksamkeit fesseln willst, Jer, frag ihn, wie er Miettaxen findet.»

Ralph verfiel in seinen typischen Jammerton. «Nicht meine Schuld», erklärte er.

«Ausbeutungsbetriebe auf Rädern», sagte Jerry und winkte ab. Dann trat ein nervöser Blick in seine Augen. «Sam plant doch nicht etwa, auf Leasen überzugehen, oder?»

Für alles Schlechte, das in diesem Laden passiert, wird Sam verantwortlich gemacht. Ist es etwas Gutes, liegt's an der heiligen Gloria.

Ich konnte sie hinter dem Schaltpult sehen, sie winkte mir mit ihrem fetten Arm einladend zu. Die Zentrale hat nur wenig zu bieten – einen rostigen Schreibtisch, ein paar ausrangierte Plastikstühle von der Art, wie man sei beim Sozialamt oder im Wartezimmer eines schlechten Zahnarztes findet. Die an den Rollstuhl gefesselte 2 ½ Zentner schwere Schwarze im scharlachroten Kleid fiel sofort auf.

«Beruhige dich», sagte ich zu Fleckman. «Ich weiß nichts von Leasen.»

«Fahr nicht noch 'ne Schicht», riet er mir. «Du bist müde. Chefs sind die reinen Blutsauger, Mann.»

Mir fällt es schwer, Chefin Gloria als Blutsauger zu sehen.

«Schön, dich zu sehen, Schatz», sagte sie und hielt mir ein *Hostess Twinkie* unter die Nase. «Magst du was essen?»

Twinkies sind nicht mein Fall. In einer zerknitterten Tüte fand ich schließlich ein einsames Doughnut.

«Kann ich das haben?»

«Greif zu. Fast taufrisch.»

Telefone blinkten. Sie murmelte: «Bleib hier.»

Ich ließ mich auf einen Stuhl fallen, der für andere Körperformen gemacht war, stand sofort wieder auf und rieb mir reuevoll die Kehrseite. Licht drang durch das vordere Fenster. Ich ging hin und hob die kaputte Jalousie an einer Ecke an. Auf den Lamellen lag dicker Staub.

G & W, wo ich schwarz arbeite, um mir solchen Luxus wie Katzenpralinen und vierteljährliche Steuervorauszahlungen leisten zu können, liegt eingeklemmt hinter der Cambridge Street in einem häßlichen Bostoner Gewerbeviertel zwischen Allston und Brighton. Weder Allston noch Brighton legen Wert auf den Bezirk.

Verständlicherweise, denn die Abgase der in der Nähe vorbeiführenden Massachusetts Turnpike sind alles andere als angenehm. Ein riesiges Teppichgeschäft beherrscht die nächste Ecke. Dann gibt es noch einen Verbrauchermarkt, eine Reinigung, einen weiteren Teppichgroßhändler und ein Restaurant, das damit wirbt, die Krönung aller Schnellimbisse zu sein, was nichts anderes heißt, als daß sie ein ganzes Geschwader Fernsehgeräte mit großem Bildschirm aufgestellt haben, die Tag und Nacht plärren.

«Green & White», flötete Gloria ins Telefon. «Wo sind Sie, und wohin wollen Sie?» Sie hat eine der schönsten Stimmen der Welt, mit einer Tiefe und gospelartigen Melodik, die mich an den Motown-Sound von früher erinnert.

Für mich ist G & W ein Schandfleck mit Charme, dieses

halbrenovierte Lagerhaus, das an ein von Vandalen verwüstetes *Taco-Bell*-Schnellrestaurant erinnert. Gloria behauptet beharrlich, der Außenputz sei weiß gewesen, habe sich aber so schnell verfärbt, daß es keinen Zweck gehabt hätte, etwas dagegen zu unternehmen. Lädierte hölzerne Garagentore – sie sind einfach so, und Gloria hat dafür keine Entschuldigung – verstärken die Atmosphäre allgemeinen Verfalls noch.

«Findest du, daß ich abgenommen habe?» Gloria hatte aufgehört zu telefonieren und strich das rote Zelt über ihren üppigen Formen glatt. «Hast du Sam in letzter Zeit gesehen?»

«Nein», sagte ich. «Und nein. In dieser Reihenfolge.»

Gloria seufzte. «Die Diätschule, zu der mich meine Brüder diesmal verdonnert haben, liefert abgepackte Mahlzeiten. Tiefgefrorenes klebriges, schwammiges Zeug. Soll gesund sein.»

«Was?» sagte ich und sah zum Fenster hinaus, wobei ich mich fragte, ob die Scheiben aus Milchglas oder bloß dreckig waren.

Gloria schickte ein Green & White-Taxi zur Commonwealth Avenue 700. «Denk an die Kids von der Uni, die ständig über die Straße laufen», ermahnte sie den Fahrer. «Die Dummköpfe rennen einfach klatschdich auf die Fahrbahn. Ich spreche von Diät», sagte sie zu mir gewandt und legte den Hörer auf. «Von Gesundkost.»

Ihre Brüder machen sich Sorgen um ihr Gewicht. Irgend jemand sollte es schon tun.

Gloria arbeitet 24 Stunden am Tag plus Überstunden. Sie wohnt im Hinterzimmer. Sie war schon vor ihrem Autounfall mit neunzehn Jahren, der sie von der Taille abwärts lähmte, ein Schwerarbeiter, und ist es immer noch.

Sie hat ihre Versicherungsabfindung dazu verwendet, sich in Sam Gianellis neustes schlechtlaufendes Unternehmen einzukaufen. Zusammen sind sie ein ungleiches Paar – Schwarzamerikanerin und Italoamerikaner, sie auf der Straße und er mit der Mafia großgeworden – und haben eins der wenigen erfolgreichen kleinen Taxiunternehmen in der Stadt. Glorias Aufgabe ist die Vermittlung, aber eigentlich handelt sie viel lieber mit Informationen: Was sie nicht über die Kommunalpolitik und besonders über die Taxiszene weiß, lohnt sich meist nicht zu wissen. Sam ist fürs Geld zuständig. Er läßt sich selten in der Firma blicken.

Gloria braucht keine Gesellschaft; sie ißt. Beutelweise Käsetacos, kartonweise Marsriegel. Kalte Törtchen aller Art. Man kann es kaum Nahrung nennen. Junk-food ist das, womit sie sich bevorzugt tröstet.

«Da du gerade Sam erwähnt hast», sagte ich und ließ die Jalousie wieder herabfallen, «weißt *du* denn, wo er steckt?»

«Nee», sagte Gloria hinterhältig.

«Ißt du das Diätzeug?» fragte ich. Auf ihrem Schreibtisch stand in Naschweite eine Riesenpackung Knusperspeck, neben der ein Kasten buttercremegefüllter Hörnchen und eine Dose Betty-Crocker-Fertig-Schokoglasur zwergenhaft wirkten. Ich sah wie hypnotisiert zu, als sie ein unwiderstehliches Cremehörnchen in die Schokoglasur tauchte, bis es reichlich damit überzogen war.

«Ich bekomme es kaum runter», sagte sie und bewunderte ihre Schöpfung kurz, ehe sie sie mit einem einzigen Happs verschlang.

«Wenn du das Diätzeug ißt – und *nur* das –, müßtest du eigentlich Gewicht verlieren», wagte ich zu sagen.

«Ich verliere nur die Geduld. Pappartige Lasagne zu essen

ist schon schwer genug, aber eine zweite Kassette zur ‹Moti-
vation› höre ich mir auf keinen Fall an, und wenn ich noch
mal zu irgend so einem Scheißseminar geschickt werde, rufe
ich die Gewerbeaufsicht an, und dann ist Schluß damit.
Diese Typen haben bestimmt schon ein halbes Dutzend
Leute umgebracht. Du solltest mal probieren, was sie Thun-
fischkasserolle nennen. Mit Sojasprossen drin.»

«Du hälst die Diät nicht ein, du hörst dir die Kassetten nicht
an, du gehst nicht zu den Seminaren; warum machen deine
Brüder das bloß?»

«Kommen sich wichtig dabei vor.»

Ein weiteres Hörnchen mit Betty Crockers Feinstem verschwand in ihrem Rachen.

«Nächstes Mal bringe ich Partysnacks mit in die Klasse und
zieh sie mir vor all den anderen Dicken rein. Dann schmeißt
mich der Berater raus und gibt den Jungs ihr Geld zurück.»

Nur Narren erster Güte würden sich wegen einer Geldrück-
forderung mit Glorias drei riesigen Brüdern anlegen.

Sie winkte mich näher zu sich, senkte die Stimme und flüsterte: «Lee Cochran hat, eine Stunde bevor du hier erschienen bist, angerufen.»

Ich brauchte einen Augenblick, bis ich den Namen richtig
einordnen konnte. «Der Chef des Verbandes kleiner Taxiunternehmen?»

«Wollte anscheinend dringend mit dir sprechen und hat
mich gefragt, ob du gut wärst.»

«Und was hast du ihm …?»

«Daß ich nicht deine Sekretärin bin, nein, vielen Dank. Er
will in einer halben Stunde vorbeikommen, falls du interessiert bist. Wenn du nach Hause willst, auch gut.»

«Ich bin interessiert», sagte ich.

«Du kannst mein Zimmer benutzen.» Gloria wiederholte das Hörnchenmanöver mit ihren plumpen Wurstfingern. «Damit du ungestört bist.»

«Danke», sagte ich.

Lee Cochran ... sann ich nach, während ich die Schokoladendüfte einsog. Ich hatte mich nie für Lee erwärmen können. Er kam nicht extra zu mir, nur um die Gebühren für den Verband zu kassieren, dessen Belange wahrzunehmen er seit Jahren als seine Aufgabe betrachtete. Möglicherweise ein Auftrag. Der Morgen wurde plötzlich heller. Ich stecke erheblich lieber meine Nase in anderer Leute Angelegenheiten, als mich mit dem Bostoner Verkehr herumzuschlagen.

Ich zerbrach mir den Kopf, ob ich nicht irgend etwas über Lee wußte. Es gab wohl eine Ehefrau. Und Kinder. Vielleicht ein Ausreißer dabei. Das kommt heutzutage oft vor.

Ich gab das Spekulieren auf und spazierte lieber ein bißchen herum. Noch zwei Minuten, und ich würde mir Cremehörnchen in den Mund stopfen, nur um sie vor Gloria zu retten.

Es gibt nicht viel Platz bei Green & White, um sich die Beine zu vertreten. Das Gebäude ist eher kompakt und gerade geräumig genug, daß alle acht Taxen drinnen geparkt werden können, solange man keine Türen aufmachen will. Die zwei Werkstattbuchten waren mit zwei Taxen besetzt, die Seite an Seite hydraulisch aufgebockt worden waren. Die Mechaniker machten Witze in einer Sprache, die ich nicht identifizieren, geschweige denn verstehen konnte.

An dem engen Gang nach hinten sind zwölf verbeulte Metallspinde aufgereiht, die aussehen, als wären sie aus meiner alten High-School geklaut worden. Vollzeitbeschäftigte be-

kommen einen und dürfen ihn mit einem Kombinations-
schloß verschließen, wenn sie wollen. Manchmal knacke
ich die Schlösser, um in Übung zu bleiben.
Ich als Teilzeitbeschäftigte habe keinen Anspruch auf einen
eigenen Spind. Ich fahre, wenn ich Geld brauche. Angesichts meines Privatdetektiveinkommens ist die Schlaflosig-
keit, unter der ich zeitweilig leide, geradezu ein Segen.
Um zur Toilette zu gelangen, muß man zwischen den Spin-
den durch. Ich scheue keine Mühe, die Klos von G & W zu
vermeiden, und halte an Hotels, um deren erheblich attrak-
tivere Örtlichkeiten zu benutzen. Diesen Morgen hatten
mich Natur und Kaffee überlistet.
Der Marsch durch die Spinde war ein Spießrutenlauf für
mich, der mich nervös machte und den ich schnell hinter
mich brachte. Ein Freund von mir, Polizist auf der Dudley-
Street-Wache, war vor kurzem von einer in dieser Gegend
seltenen braunen Einsiedlerspinne attackiert worden.
Durch ihr Gift war sein Fuß auf die doppelte Größe angeschwollen und dunkelrot-schwarz angelaufen, bis ein Experte die Symptome erkannte. Der Typ hätte beinahe seinen
Fuß verloren.
Wenn ich eine braune Einsiedlerspinne wäre, könnte ich
mir kein gemütlicheres Heim vorstellen als den hinteren
Gang von G & W. Außer der Toilette.
Ich klopfte an die Holztür, bekam keine Antwort und trat
ein. Es handelt sich um ein Einheitsmodell für beide Ge-
schlechter. Normalerweise inspiziere ich die Ecken auf
Schaben und Mäuse. Diesmal überprüfte ich auch die Dach-
sparren. Keine Spinnweben. Nachdem ich den Sitz mit Ly-
sol eingesprüht hatte, benutzte ich die Toilette und ging
dann schnell wieder hinaus, wobei ich das Licht anließ und
die Tür hinter mir schloß. So ist die Hausordnung. Dadurch

werden die Schaben verscheucht und verkriechen sich, und die Mäuse bleiben, wo sie sind.

Ich hatte überhaupt nicht mehr an braune Einsiedler gedacht, als ich die Spinne über den Fußboden huschen sah.

Ich zertrete nicht gerne Spinnen, bin aber auch kein Spinnenfan. Wir haben ein Abkommen geschlossen: Ich lasse sie in Frieden, und sie lassen mich in Frieden. Nur hatte mir mein Freund von der Dudley Street das kleine Biest, das ihm solche Qualen bereitet hatte, genau beschrieben: ein kleines braunes, etwa einen Zentimeter langes Vieh mit schwarzer Zeichnung. Ziemlich genau wie das, was da auf die Spinde zukrabbelte.

Ehe ich mich's versah, hatte ich auch schon einen Mop in der Hand. Als ich die Spinne nicht gleich wieder sah, geriet ich einen Augenblick in Panik, und es juckte mich überall. Da. Sie war flink und holte ihren Faden ein, während sie sich zur Decke hochzog.

Ich hielt es für besser zu warten, bis sie eine feste Fläche erreicht hatte, bevor ich zuschlug. Ich beobachtete, wie sie durch die Luft nach oben schwebte, und je mehr ich hinsah, um so harmloser erschien sie mir. Ich war auf einmal nicht mehr sicher, ob sie überhaupt eine schwarze Zeichnung hatte. Sie kam mir auch größer als einen Zentimeter vor. Als ich eben beschlossen hatte, sie doch mit dem Mop zu erschlagen, weil sie mich fast zu Tode erschreckt hatte, fiel mir etwas höchst Interessantes ins Auge.

Ein winziges Mikrofon, das von der Decke herabhing, wo eigentlich kein Mikrofon hängen sollte.

2   Lee Cochran näherte sich so leise, daß ich vor Schreck leicht zusammenfuhr. Ich spähte schnell auf den Fußboden hinunter und tat so, als streifte ich Doughnutkrümel von meinem Pullover.

«Gloria meinte, es gäbe hier ein Zimmer, in dem wir uns unterhalten könnten», sagte er statt einer Begrüßung.

Damit wir ungestört waren, hatte sie gesagt. *Ungestört.*

Ich sagte: «Zum Konferenzzimmer hier entlang.»

Ein Zimmer hinter der Garage ... Sie denken jetzt wahrscheinlich an Linoleumfußboden mit Flickstellen, nackte Glühbirnen, roh verputzte Wände. Das müssen Sie sich abschminken. Kommt man in Glorias Zimmer, betritt man einen anderen Planeten und ist auf einmal in einer Welt leuchtender Farben, frischer Blumen und gerahmter Kunstdrucke. Der helle, luftige Raum ist schalldicht, so daß das Geklapper des Taxenbetriebs nach dem Türeschließen jäh abbricht. Er ist von ihren drei Brüdern rollstuhlgerecht umgebaut worden und mit jedem Gerät für Behinderte nach dem neuesten Stand der Technik ausgestattet, darunter einem System aus Stangen, Seilen und Flaschenzügen, mit dessen Hilfe sie sich ins Badezimmer oder Bett und heraus hangeln kann. Gloria hat nicht viel für häusliche Pflege übrig.

Ich musterte argwöhnisch die Decke. Mir fielen keine baumelnden Mikros ins Auge.

«Oioioi», murmelte Lee. Ich konnte es ihm nicht verdenken; es ist kaum zu glauben, welch ein High-Tech-Wunderland sich in all der Verkommenheit von G & W auftut.

Ich kenne Lee flüchtig, seit ich mit dem Taxifahren anfing. Während er Glorias Zimmer musterte, betrachtete ich ihn. Sein Gesicht war magerer, als ich es in Erinnerung hatte,

21

seine Nase kantiger, aber im großen und ganzen hatte er
sich gut gehalten und abgespeckt, statt fett zu werden.
Seine Gesichtszüge waren schärfer geworden. Der Ausdruck war wie immer – stahlgraue Augen, schmale Lippen,
ein Kinn mit einem etwas schiefsitzenden Grübchen. Er
trug einen schmuddeligen schokoladenbraunen Pullover
und saloppe dunkle Hosen von undefinierbarer Farbe.
«Vielleicht sollten wir ein Stück spazierengehen», sagte ich
und dachte mit Schaudern an meine jüngste Entdek-
kung.
«Spazierengehen?» Er starrte mich ungläubig an. «Waren
Sie mal draußen? Ich habe meinen Mantel über die Heizung gehängt in der Hoffnung, daß das verdammte Teil
wieder auftaut. Der Wind geht durch und durch.»
Das war's dann wohl mit der Ungestörtheit. Ich führte ihn
zu einer Nische mit zwei Sesseln, der eine groß genug, um
Glorias Leibesfülle aufzunehmen, und beide strategisch
gut in der Nähe von kleinen Beistelltischen aufgestellt, die
sich als Schreibtisch zusammenschieben ließen. Ich betrachtete eine Stehlampe genauer und warf einen langen
Blick auf eine Kübelpalme, dann bedeutete ich Lee, auf
dem größeren Sessel Platz zu nehmen.
Mein Benehmen schien ihn zu befremden. Warum auch
nicht?
«Danke, daß Sie so schnell Zeit für mich gefunden haben.
Es geht um den Verband», sagte er, und seine Direktheit
überraschte mich. Im allgemeinen schlagen meine Klienten
mit ihren Problemen eher den Krebsgang ein.
Gut, dachte ich. Er will also nicht, daß ich seine Frau beim
Fremdgehen erwische oder feststelle, ob seine derzeitige
Geliebte Aids hat.
«Mein Rechtsanwalt hat Sie empfohlen», fuhr er fort.

«Hector Gold.» Der Name sagte mir nichts. «Ich habe auch ein paar Leute von der Polizei gefragt. Und Gloria.» Er lächelte und entblößte dabei nikotingelbe Zähne. «Ich hoffe, das stört Sie nicht weiter.»

«Nicht, wenn ich gut dabei abgeschnitten habe», sagte ich leise und wünschte, er würde seine Stimme ebenfalls senken, aber ich wollte einen guten Klienten nicht vergraulen. Ich konnte schlecht vorschlagen, daß wir ein bißchen Schmusemusik anstellen sollten.

«Sie sind Taxifahrerin; das war mir auch wichtig», sagte er.

Ich nickte und wartete. Ich kann eine gute Weile warten, geübt durch meine Zeit als Polizistin.

«Es geht um die Überfälle auf Bostoner Taxifahrer in den vergangenen zwei Monaten», sagte Lee.

«Sechs», sagte ich.

«Sechs nach offiziellen Angaben», korrigierte er mich scharf. «Mindestens drei weitere sind – äh – nie der Polizei gemeldet worden.»

Ich schwieg; entweder erzählte er mir jetzt, warum nicht, oder ich zählte selbst zwei und zwei zusammen. Manche Taxifahrer lassen sich nicht gern mit der Polizei ein. Aus verschiedenen Gründen.

«Einwanderungsprobleme», sagte Lee.

Und Bewährungsprobleme, dachte ich.

«Haben Sie noch andere – äh – Aufträge?»

«Wenn ich Ihren Fall übernehme, Lee, werde ich ihm ungeteilte Aufmerksamkeit zukommen lassen, aber vorweg müssen wir noch eins klären.»

«Und was?»

«Sie können mich nicht anheuern, um tausend Taxifahrer zu beschützen. In solchen Sachen ist die Polizei besser, sie hat das nötige Personal. Am besten sind Sie beraten, wenn Sie sich an das Amt für Personenbeförderung wenden, die Sicherheitsbestimmungen überprüfen lassen und mehr Taxikontrollpunkte einrichten. Und die Cops dazu bringen, V-Männer als Fahrer einzusetzen.»

«Sie verstehen nicht richtig», sagte Lee Cochran und schlug sich mit geballter Faust auf die Handfläche, um seinen Worten Nachdruck zu verleihen. «Taxifahrer werden aus einem bestimmten Grund zusammengeschlagen.»

Taxifahrer bekommen eins aufs Dach, weil sie da draußen herumfahren, dachte ich. Berge werden erklommen, Taxifahrer ausgeraubt.

«Ich will, daß es die ganze Stadt erfährt. Ich will, daß es der Bürgermeister und der Polizeichef und jedes Arschloch auf der Straße erfährt», sagte Lee voller Pathos wie ein Podiumsredner.

Ich wünschte, ich hätte rechtzeitig daran gedacht, mir ein Glas Wasser aus Glorias Kochnische zu holen. Dann hätte ich «aus Versehen» das Wasser laufen lassen können.

«Was wollen Sie dann von mir?» fragte ich. «Ich bin Privatdetektivin. Sprechen Sie mit dem Bürgermeister. Sprechen Sie mit dem Polizeichef. Halten Sie eine Pressekonferenz ab.»

Wenn er noch lauter redet, ist das gar nicht mehr nötig, dachte ich.

«Ich will, daß Sie ihn in flagranti erwischen», sagte Lee.

«Wie wär's mit etwas zu trinken, Lee? Wasser?»

«Teufel auch, hören Sie mir eigentlich zu?»

«Ich höre», versicherte ich ihm. «Wenn Sie wissen, wer dafür verantwortlich ist, gehen Sie zur Polizei. Die hört zu. Die gibt Ihnen einen Orden.»

«Es ist Politik mit im Spiel», sagte Lee und senkte endlich

die Stimme. «Es ist keineswegs Zufall und Straßenkriminalität, wie alle behaupten.»

«Politik», wiederholte ich.

«Es geht um Taxilizenzen», sagte er. «Bei der ganzen Sache geht es um Taxilizenzen, und wenn das nicht bald aufhört, wird jemand dabei umkommen.»

«Umkommen wegen Taxilizenzen?» Ich fischte mein Notizbuch aus meiner Handtasche. «Jetzt mal ein paar Fakten, Lee.»

«Geschichtsunterricht», sagte er und strich sich mit der Hand durch sein schütteres Haar. «Die Zahl der Taxen und die Zahl der Lizenzen ist gesetzlich festgelegt durch die bundesstaatliche Gesetzgebung. Durch das bundesstaatliche Parlament von 1934.»

«1934?»

«Richtig. 1934 verfügten unsere Vorfahren, daß 1525 Droschken im Stadtbereich fahren dürften. Diese Zahl ist – sagen Sie mir, wenn Sie das alles schon wissen! – 1945 erreicht worden.»

«So?»

«Seitdem sind keine neuen Lizenzen mehr ausgestellt worden», sagte Lee.

«Boston hat immer noch genauso viele Taxen wie 1945?»

«Richtig. Und niemand hat einen Piep gesagt, bis 1987, als ein Typ den Staat wegen Wettbewerbsbeschränkung verklagte und behauptete, er könnte seinen Lebensunterhalt nicht mehr verdienen, weil er Taxifahrer sei und die Lizenz unerschwinglich geworden sei.»

«Wie teuer ist sie denn?»

«*War*, sie kostete damals neunzig bis hundert Riesen. Wird die Menge beschränkt, steigt der Preis. Wie bei Kunstwerken, wissen Sie. Monet hat nur eine bestimmte Anzahl von Seerosenbildern gemalt, und die Stadt Boston gibt nur eine bestimmte Anzahl von Lizenzen aus.»

«Mir sind die Anfangsgründe der Wirtschaft geläufig.»

«Das Verkehrsamt hat sich mit diesem Typen angelegt, doch alle Hotelbesitzer und Restauranteigner stellten sich hinter ihn. Das Amt gab nach und sagte, es dürften fortan weitere 500 Taxen auf die Straße. Innerhalb von drei Monaten!»

«Das muß die Lizenznehmer gefreut haben.»

«Über Nacht sank der Preis für Lizenzen. Auf 75, Tendenz weiter fallend. Das Amt wollte die neuen Lizenzen gegen eine einfache Grundgebühr ausstellen. Sie sollte anfangs bei 145 Dollar liegen, außerdem sollten die neuen Lizenzen nicht übertragbar sein, und erfahrene Bostoner Taxifahrer mit langer Fahrpraxis sollten bevorzugt werden.»

Ich brummte etwas und machte mir Notizen.

«Dann schoß die Gebühr auf 395 Dollar hoch. Und die Lizenzen sollten sofort weiterverkauft werden können. Wir haben protestiert. Eine große Rallye abgehalten, einen Taxitrauerzug eine Woche lang. Können Sie sich daran erinnern?»

Ich erinnerte mich an den Protest. 1987, als der Ärger anfing, fuhr ich allerdings noch nicht Taxi. Da war ich vollbeschäftigte Polizistin. Und hatte andere Sorgen.

Lee erzählte weiter, und seine Lippen verzogen sich zu einem Lächeln, als er sich alles wieder in Erinnerung rief.

«Wir erhoben Klage und haben gewonnen. Die einzigen Taxineuzulassungen waren vierzig speziell für Behinderte ausgerüstete Wagen. Ein Sieg für die kleinen Betriebe, denn man weiß ja verdammt gut, wer sonst all die neuen Lizenzen aufgekauft hätte.»

Als er sich in volle Lautstärke geredet hatte, täuschte ich einen Hustenanfall vor.

«Einen Augenblick bitte, Lee, ich muß etwas zu trinken haben», sagte ich und setzte mich in Bewegung, bevor er aufspringen und mir auf den Rücken klopfen konnte. «Auch Durst?»

«Alles in Ordnung?»

«Allergisch», log ich.

«Wollen Sie denn gar nicht wissen, wer?» fragte er.

«Doch, gleich. Wasser?»

«Haben Sie sich Notizen gemacht? Alles, was ich gesagt habe, mitgeschrieben?»

«Klar.» Die Spüle ist niedrig angebracht, wie die anderen Haushaltseinrichtungen auch, passend für jemanden, der immer sitzt. Ich drehte das kalte Wasser auf, füllte zwei Gläser und ließ beide Hähne weiterrauschen wie die Niagarafälle. Cochran schien es nicht zu bemerken.

«So», sagte ich und reichte ihm ein Glas. «Wer?»

«Wer besitzt die drei größten Flotten in dieser Stadt? Phil Yancey natürlich. *Er* ist für die Überfälle verantwortlich. Und ich möchte, daß Sie sich ihn schnappen.»

«Oje, oje, Lee», sagte ich. «Ich kenne Mr. Yancey. Er ist ... wie alt? Siebzig, fünfundsiebzig?»

«Ich glaube nicht, daß er es selbst tut. Er heuert Gangster an. Er will diese Branche beherrschen. Ich nehme mal an, er mischt auf beiden Seiten mit. Zum einen hat er seine angeheuerten Schläger. Und dann hat er die Hotel- und Touristikverbände hinter sich, die mehr Lizenzen fordern und mehr Taxis auf den Straßen sehen wollen. Wir kleinen Krauter haben das 1991 abgeschmettert, aber ich weiß nicht, ob wir es noch mal schaffen können bei all den Einwanderern, die sich in das Geschäft drängen. Sie kümmern sich nicht um die Interessen ihrer Berufsverbände; sie sind einfach froh, Arbeit zu haben.»

Daß Lee mit solcher Bestimmtheit Yancey die Schuld gab, erschien mir unvernünftig und ziemlich übertrieben.

Es sei denn, er wußte etwas, das er mir vorenthielt.

Lee redete weiter und fuchtelte dabei so mit den Armen herum, daß ich fürchtete, sein Glas Wasser würde herunterfallen. «Die Hotels und Restaurants wollen, daß Taxen die ganze Scheiß-Nacht lang – oh, Pardon! – aufgereiht vor ihrer Tür warten. Ihnen ist die wirtschaftliche Misere egal, und es kümmert sie nicht, daß Taxifahrer nicht genug verdienen können, um ihre Miete zu bezahlen. Solange nur fünfzehn Taxen hintereinander bereitstehen, um irgendeinen Kerl in seinem feinen Armani-Anzug vom Ritz-Carlton zum Vier Jahreszeiten zu karren, damit er, Gott behüte, bloß keine fünf Minuten in der Kälte zu Fuß gehen muß.»

«Lee», sagte ich langsam und pochte mit dem Stift auf mein Notizbuch. «Ich sehe irgendwie keinen Zusammenhang zwischen dem Zusammenschlagen von Taxifahrern und dem Bemühen um Neuzulassungen. Das ist ein Widerspruch in sich; es ergibt keinen Sinn. Wenn das Amt für Personenbeförderung neue Taxilizenzen ausstellt, kann Yancey sie sich doch haufenweise verschaffen. Warum sollte er sich also darauf einlassen, Fahrer zu verprügeln? Warum sollte er ein solches Risiko eingehen?»

Cochran sagte: «Wenn ich die Antwort darauf wüßte, würde ich nicht zu Ihnen kommen, nicht wahr?» Dann sprach er sehr leise weiter. «Eins weiß ich sicher: Zwei von denen, die zusammengeschlagen worden sind, ohne etwas verlauten zu lassen, sind Verbandsmitglieder. Keine Leute, die gleich zur Polizei rennen, verstehen Sie? Sie haben eine einzige Lizenz, sind selbständig. Sie wollen keinen Ärger. Wahrscheinlich wollen sie sich in ein paar Jahren zur Ruhe setzen.»

«Jaja», sagte ich und wartete ungeduldig auf die Pointe.

«Auf einmal wollen beide ihre Lizenz verkaufen, und nun raten Sie mal, wer der einzige Käufer auf dem Markt ist! Raten Sie mal, wer Spitzenangebote macht!»

«Yancey?»

«Und den sollen Sie sich vorknöpfen.»

«Haben Sie's schon mit der Polizei probiert?» fragte ich. «Anzeige erstattet?»

«Was? Ein Formular ausfüllen und hundert Jahre warten? Dem Mann muß das Handwerk gelegt werden!»

«Ich könnte etwas tun», sagte ich. «Ihn beschatten, herumfragen, feststellen, ob sich sein Tagesablauf, seine Gewohnheiten plötzlich verändert haben, aber wenn er für die Dreckarbeit Fremde anheuert —»

«Muß *ich* Ihnen sagen, wie Sie Ihren Job machen sollen? Zapfen Sie sein Telefon an. Stehlen Sie seine Post.»

«Beides ungesetzlich, Lee.»

Er bedachte mich mit einem vernichtenden Blick.

«Was ist, wenn gar nicht Yancey dahintersteckt?» sagte ich. «Haben Sie diese Möglichkeit schon mal in Betracht gezogen?»

«Es *ist* Yancey», sagte er.

«Da Telefonabhören und Postabfangen out sind», sagte ich, «könnte ich mit den Überfällen anfangen. Ich brauche die Namen Ihrer zwei Fahrer, die nichts gemeldet haben.»

«O nein», sagte er und drohte mir mit dem Finger. «Sie werden sich auf Mr. Philip Yancey konzentrieren.»

«Sie können mich zwar anheuern, Lee», sagte ich, «aber Sie

29

können mir nicht vorschreiben, wie ich die Sache aufziehe.»

«Wenn ich bezahle», sagte er, «bestimme ich auch, welches Stück gespielt wird.»

«Falsch», sagte ich. «Und von Geld haben wir noch gar nicht gesprochen.»

«Ich kann Ihnen die Namen der Fahrer nicht sagen. Aber ich kann Ihnen schriftlich geben, daß Phil Yancey der Schuldige ist.»

Ich trank einen Schluck Wasser. *Sei nicht so eigensinnig, Carlotta, haderte ich im stillen mit mir selbst. Nimm an, sag, daß du alles tust, was er verlangt, und mach's einfach auf deine Art.*

Wenn nichts mehr geht, mußt du die Meßlatte runtersetzen.

«Ich überleg's mir, Lee», sagte ich. «Wenn ich beschließe, für Sie zu arbeiten, müssen Sie einen Vertrag unterschreiben. Und einen Scheck, als Anzahlung.»

«Achten Sie mal darauf, was man sich über Yancey erzählt», sagte er. «Ich melde mich wieder.»

Er schüttelte mir noch die Hand, dann ging er über die Rampe in die Garage. Ich spülte die beiden Gläser und stellte sie zum Abtropfen auf das Gestell. Drehte den rauschenden Wasserfall ab. Konnte kein einziges Mikro entdecken.

3 Ich hastete zur Garage zurück, und in meinem Kopf jagten sich die Gedanken. Wer hatte das Mikrofon aufgehängt? Warum? Wie lange schon?

Alles hatte sich verändert; nichts hatte sich verändert. Fleckman redete immer noch auf «Nicht-meine-Schuld»-Ralph ein, der anscheinend im Stehen, an die Wand gelehnt, eingeschlafen war. Das selige Lächeln auf Ralphs Gesicht brachte mich ins Grübeln, welche Droge er wohl derzeit nahm.

«Wollt Ihr mehr übers Leasen wissen?» murmelte ich. «Es geht das Gerücht, daß Ralphie es auf der Suche nach fetteren Weiden bei einer anderen Taxifirma versucht hat.»

«He», sagte Ralph, «nicht meine Schuld.»

Jerome und ich wechselten einen Blick.

«Klang scheißgut», fuhr Nicht-meine-Schuld fort. «Man zahlt vorweg, und danach gehört einem alles, was man verdient.»

«Spricht irgendwer hier Hindi?» hallte Glorias Stimme von den Hohlblocksteinwänden wider. Ich weiß nicht, wie sie diese Lautstärke erreicht, ohne die Stimme zu erheben.

Ein aufgeregtes Gemurmel kam aus der Grube.

Gloria sagte: «Ein Fahrer hat sich draußen in Waban verirrt. Ich brauche jemanden, der ihn herdirigiert, denn auf Englisch schaffe ich's nicht.»

Ein ölverschmierter Mann ergriff stolz das Mikrofon, redete eine Ewigkeit und erklärte uns dann triumphierend in holperigem Englisch, daß er seinem Kollegen geraten hatte, auf die «aufgehende Sonne zuzufahren».

«Oder auf das Citgo-Schild», warf jemand ein.

«Hättest ihm sagen sollen, er soll stehenbleiben, wenn er im

31

Hafen ankommt», knurrte leise einer der alten Käuze in seltener Besorgnis.

Und diese Art von Gespräch will jemand der Nachwelt erhalten? dachte ich.

«Wie ich höre, hat dir das Leasen Spaß gemacht», sagte ich zu Ralph.

«Scheiß-Deal», sagte Ralph. «Keine Sozialversicherung, keine Vergünstigungen, keine Reparaturen. Wenn du deine Taxe nur drei Scheißminuten zu spät zurückbringst, mußte blechen. Die Lizenzeigner kassieren ihr Geld, auch wenn du die lausigste Nacht aller Zeiten hinter dir hast. Bin überhaupt nicht auf meine Kosten gekommen. Keine Chance, nicht die Spur.»

«Das ist ein Apparat, der Einwanderer frißt», sagte Jerome mit finsterem Blick und verschränkte die Arme vor der schmächtigen Brust. «Mit legalen Mafiamethoden. Bei sechs Monaten Miettaxe mit acht Stunden Maloche täglich, damit sie überhaupt einen Dollar in die eigene Tasche wirtschaften, landen sie wieder an dem Gestade des gottverlassenen Landes, aus dem sie kommen, und sind froh, noch am Leben zu sein.»

«Warum fährst du denn noch, Jerry?» fragte ich ihn lächelnd.

«Und du?»

«Oh», sagte ich, «weil mich die freie Straße lockt. Aus unbändiger Abenteuerlust. Und für meine Brötchen.»

«Ja, ich auch», sagte er trocken. «Und dann die ständige Lebensgefahr. Macht mich ganz fertig.» So kurzsichtig, wie er durch seine Nickelbrille blickte, wirkte er nicht gerade wie jemand, der sich mit Wonne wehrt.

«In letzter Zeit ist es verrückt da draußen», sagte ich. «Wo man hinschaut, Gewalttaten.»

«Ja», sagte er unbewegt.

«Kennst du jemanden, den's erwischt hat?» fragte ich leise in der Hoffnung, das Gespräch so auf Lees nichtgemeldete Vorfälle zu bringen.

«Schscht», machte Jerome, «du ziehst uns noch den bösen Blick zu.»

«*Kejn ajnore!*» murmelte ich automatisch und spuckte schnell über meine linke Schulter. Die Macht der Gewohnheit.

«Eine *Lándßmanke?*» sagte Jerome und zog erstaunt eine Augenbraue hoch. «Mit *dem* Haar?»

«Du treibst also keine Feldforschung für eine gelehrte Abhandlung?» fragte ich, als wäre die Unterbrechung mit dem bösen Blick gar nicht gewesen. Ich reagiere selten auf Bemerkungen über Religion, Haar oder Körpergröße: Ich bin Halbjüdin, rothaarig und sehr groß.

«Meinst du, ich könnte hier in der Garage geeigneten Stoff dafür finden?» fragte Jerome.

«Na klar, aber reichlich.»

«Carlotta?»

Das war unverkennbar Sams Stimme. Es ärgerte mich, daß er sich hatte nähern können, ohne daß ich seine Anwesenheit geahnt, sein Rasierwasser gerochen und ein elektrisierendes Prickeln in meinen Adern gespürt hatte.

«Bis später.» Jerome machte sich sofort davon. «Fahr vorsichtig.»

«Gloria sagte, ich würde dich hier finden.» Lag es an mir, oder hatte Sam wirklich einen so trägen, zufriedenen Ton drauf? Die Stimme des Herrn.

«Und wo hast du gesteckt?» Meine Worte klangen schärfer, als sie sollten.

Er war mir so nahe, daß ich seinen Atem auf meinem Haar

spürte. Ich brauchte mich nicht umzudrehen. Ich kenne Sam in- und auswendig, von seinen widerspenstigen dunklen Locken bis hin zu den Fußsohlen. Und all die guten Teile dazwischen natürlich auch.

Er sagte: «Friedhofsschicht gefahren?» Dabei legte er mir die großen Hände auf die Schultern und begann mit geübten Fingern, die Verspannungen wegzumassieren.

«Hast du was dagegen?» Ich streckte den Hals und bog ihn leicht nach links und rechts. Gott, tat das gut; der Mann wußte, wo man rubbeln mußte.

Er blieb einen Herzschlag lang still. «Gloria will wissen, ob der Keilriemen vom 321er in Ordnung ist.»

«Bist du zum Botenjungen degradiert worden?»

«Ja», sagte er.

«So eine Schande. Du könntest eine Menge mit Massage verdienen. Dich zum Privatmasseur hocharbeiten.»

«Für dich immer», sagte er.

Ich drehte mich um und sah ihn an. Hätte ihn beinahe rundheraus nach dem Mikrofon gefragt. Ich konnte von unserem Platz aus keins sehen. Was nichts hieß.

Ich würde ihn am Abend anrufen. Aber wenn schon die Garage voller Mikros hing, war vielleicht auch sein Telefon angezapft.

Mist. Ich überlegte, ob ich seine Hand nehmen und auf das herabhängende Mikro zeigen sollte. Dann fiel mir der neugierige Haufen ein, der uns womöglich zusah, und ich verwarf den Gedanken.

Sam zieht sich für einen Besuch in der Firma nicht besonders schick an. Jeans und ein dunkelblaues Sweatshirt, nicht feiner als die Fahrer. Aber man würde ihn nie mit einem Fahrer verwechseln. Es liegt an Kleinigkeiten: an den Schuhen, dem Haarschnitt, der Haltung.

Ich würde ihn auch nie als Mafioso einstufen. Ehrlich, hier sind diese Typen meist mit so viel Goldschmuck behängt, daß man eine Galeone damit versenken könnte. Als wenn sie zu viele Hollywoodfilme gesehen hätten. Sam hat nicht einmal einen Ring getragen, als er verheiratet war.

«Sam», sagte ich möglichst leise, «Lee Cochran vom Verband kleiner Taxiunternehmen wollte mich gerade anheuern. Hast du etwas damit zu tun?»

«Nein.»

«Du hast ihn nicht auf mich angesetzt, um mich davon abzuhalten, nachts zu fahren?»

«Auf meine Pfadfinderehre, nein.»

«Als ob du jemals Pfadfinder gewesen wärst! Hat Lee je etwas mit Phil Yancey zu tun gehabt?»

«Nur so viel, daß sie sich aus tiefstem Herzen hassen», sagte Sam. «Ich war bei den Pfadfinderinnen.»

«Laß die Witze. Weißt du, warum sie nicht miteinander klarkommen?»

«Carlotta, du könntest im Fenway-Stadion einen Phil-Yancey-Tag abhalten und ein paar der besten Baseballspieler dazu einladen, eine Riesenshow abzuziehen, und niemand würde hinkommen.»

«Niemand?»

«Niemand, der Phil kennt. So beliebt ist der Mann. Warum willst du das wissen?»

«Kann ich nicht sagen.»

«Solltest du je erwägen, für Yancey zu arbeiten, dann sieh zu, daß du im voraus bezahlt wirst, und löse erst den Scheck ein, bevor du einen Finger für ihn rührst.»

«Nicht für Yancey», sagte ich. «Ich weiß noch nicht, ob ich den Fall überhaupt annehme. Könntest du dieses Gespräch vielleicht einfach vergessen?»

«Welches Gespräch?» sagte Sam entgegenkommend. «Komm, erzählen wir Gloria, daß ich dich gefunden habe. Sie war anscheinend der Meinung, du wärst sauer auf mich.»

«Bloß, weil ich dich nie sehe.»

«Du könntest ja nachts zu Hause bleiben.»

«Wenn es einen Grund gäbe, würde ich das vielleicht auch tun», sagte ich. «Aber ich bleibe nicht zu Hause für den Fall, daß du beschließt, für einen Quickie bei mir vorbeizuschauen.»

Er tat so, als wischte er sich den Schweiß von der Stirn. «Bin ich froh, daß sich Gloria irrt. Sauer? Du?»

«Sam», sagte ich, «werd endlich erwachsen.»

Gloria grinste, als sie uns sah. Sie ist davon überzeugt, daß diese «Ehe» zu retten ist und daß sie die Richtige dafür ist.

«Der Keilriemen?» fragte sie.

«Miserabel, wie bei allen übrigen.»

«321 muß nächste Woche zum TÜV. Guckst du nie in den Plan?»

«Der kommt nie im Leben durch.»

«Leroy wird ihn zum Schnurren bringen wie ein Kätzchen», beharrte sie.

«Nur, wenn er eins in den Vergaser steckt.»

«Sam will mir einen Computer besorgen», verkündete Gloria und wechselte geschickt das Thema. «Hat er dir das erzählt? Wir sind auf dem Weg ins High-Tech-Zeitalter.»

«Im Ernst?» sagte ich und dachte an die Mikrofone.

«Du brauchst gar nicht so sarkastisch zu sein», sagte Sam.

«Nein, wirklich, ich find's interessant. Glaub mir. Was für einen? Wo? Ich habe mich umgeschaut nach –»

Gloria unterbrach mich mit gedämpfter Stimme. «Er hat einen Freund, der macht uns einen Superpreis.»

Sam schlug sich gleich auf ihre Seite. «Es ist lächerlich, das Geschäft hier ohne Computer zu führen. Gloria kann sich mit meinem PC verbinden, und ich brauche dann nicht mehr wegen Fahrtenblättern, Versicherungsformularen und Lizenzerneuerungen herumzurasen. Und wir hätten eine ordentliche Klientenliste. Kein Adressendurcheinander mehr –»

«Und was ist mit mir?» sagte ich. «Kann dein Freund nicht auch was für mich tun?»

«Was denn?»

«Ich will auch on-line sein.»

«Nein», sagte Sam unvermittelt.

«Was heißt hier ‹nein›?»

Er kniff die Lippen zusammen. «Ich werde darüber nachdenken.»

«Was gibt's da nachzudenken, Sam? Handelt dein Freund mit gestohlenen Waren?»

«Nein.»

«Und sonst?»

«Ich komme darauf zurück.»

«Wann?» sagte ich. «Nun mal im Ernst, Sam, wer ist denn dein Freund?»

«Niemand, den du kennst.»

«Sam, sag's schon.»

«Wirklich, Carlotta, er kann dir nicht weiterhelfen.»

«Du weißt ja gar nicht, was ich will, Sam.»

«Carlotta, mit diesem Typen willst du *nicht* ins Geschäft kommen.»

«Aber ich doch?» sagte Gloria und kniff die Augen zusammen.

Sam sagte: «Was soll dieser Quatsch? Wozu brauchst du einen Computer, Carlotta?»

«Fürs Geschäft», sagte ich. «Genau wie du. Deinem Freund könnte ich es vielleicht besser erklären.»

«Verdammt», murmelte er vor sich hin.

Ich setzte mich auf einen der unbequemen Plastikstühle, wippte mit einem Fuß und wartete.

«Okay», sagte er schließlich. «Wann willst du los?»

«Am besten jetzt gleich.»

«Der Typ schläft lange», sagte Sam.

«Dann morgen», sagte ich. «Ich habe morgen frei.»

«Morgen abend?» fragte er. «Dann könnten wir vielleicht –»

«Tagsüber», sagte ich.

«Hast du Samstag abend was vor?»

«Vielleicht», sagte ich.

«Na schön, tagsüber», willigte er ärgerlich ein. Drehte sich auf dem Absatz seines teuren Slippers um und ging.

Gloria schickte zwei Taxen in entgegengesetzte Stadtteile und funkelte mich dabei die ganze Zeit aufgebracht an.

«Carlotta», schimpfte sie, «wieso machst du ihn eigentlich immer so verflucht wütend?»

Und warum lädt er mich nicht zum Frühstück ein? Oder zu sich nach Hause zu einem Quickie?

«Kann mir mal jemand bei diesem Keilriemen zur Hand gehen?» erklang es hilfesuchend aus der Abschmiergrube.

«Sicher», sagte ich, «ich bin genau in der richtigen Stimmung dafür.»

Eine halbe Stunde später war ich wieder im Waschraum und versuchte, mit Flüssigborax das Öl und den Schmier von meinen Händen zu entfernen, aber die Haut dranzulassen. Ich hatte inzwischen vier Wanzen gesichtet, ohne daß ich es darauf angelegt hatte.

Sie kommen nie allein, wie Mäuse und Kakerlaken.

4 Samstag morgens um acht Uhr bin ich – bei Regen, Sonne, Schnee oder Graupelschauern – beim YWCA in Cambridge zu finden, wo ich mit den Y-Birds in der alten Turnhalle mit Holzfußboden Killer-Volleyball spiele.

Es war der vierte Satz des Spiels, und es stand elf zu zehn für uns gegen den Bostoner YWCA. Boston Y gegen Cambridge Y ist ein traditioneller Wettkampf und wird immer ernst genommen. Von den ersten zwei Sätzen, beide ein zähes Ringen, war einer an jede Mannschaft gegangen. Den dritten hatten wir so leicht gewonnen, daß ich den Verdacht hatte, unsere Gegnerinnen verstellten sich nur, um sich zu verschnaufen und uns dann in der Luft zu zerreißen.

So weit, so gut.

Wir übernahmen nach einem langen Ballwechsel, als eine ihrer Spielerinnen den Ball falsch zuspielte, so daß er ins Aus flog.

Wechsel.

Loretta, keineswegs meine beste Freundin im Team, beugte sich zu mir, als ich den Ball an der Aufgabelinie aufprallen ließ. «‹In stiller Ruh lag Babylon, der Volleyball kam näher schon –›», zitierte sie, die Hand aufs Herz gelegt.

«Halt den Mund», sagte ich energisch. Ich weiß, daß ich nicht die beste Aufgeberin der Welt bin. Das ist nicht meine

Stärke. Wenn ich alles auf eine Karte setze, spiele ich meist zu niedrig, und der Ball knallt ins Netz.

Aus dem Augenwinkel sah ich eine Bewegung auf der Zuschauertribüne. Der Ball sauste mit knappen fünf Zentimetern Abstand über das Netz. Eine Kleine mit zerzaustem blondem Pferdeschwanz schnappte ihn sich und holte aus der Hocke zu einem irren Schlag aus. Ihr Mittelblock war einen halben Fuß größer als unsere Seite. Keine Chance am Netz. Kein Punkt. Ihr Ball.

Mist.

Mein Platz ist am Netz. Beim Aufgeben bin ich ziemlich glücklos. Beim nächsten Wechsel würde ich mich auf das verlegen, was ich am besten konnte: hoch springen und tief schlagen.

Fürs erste zog ich mich in die hintere Reihe zurück. Der Rhythmus war ziemlich einfach: annehmen, zuspielen, schmettern, rüber. Und wieder, annehmen, zuspielen, schmettern. Manche Spiele haben einen spannenderen Rhythmus, eine himmelhohe Vorlage oder einen Hechtball am Boden, der das Tempo plötzlich bremst. Bei langen Ballwechseln pflege ich Songs in meinem Kopf zu hören. Blues oder Rock mit Drive. Diesmal bewegte ich mich fast das ganze Spiel über zu «Have a Heart», wo Bonnie Raitt bei den hohen Tönen dieses heisere Janis-Joplin-Krächzen bringt.

Zu «Ain't Gonna Be Your Sugar Momma No More» muß ich etwa zur gleichen Zeit abgedriftet sein, als ich merkte, daß es Sam Gianelli war, der sich auf der Tribüne bewegte und neben meiner kleinen Schwester Paolina, meiner Ein-Personen-Fantruppe, Platz nahm.

Jeder weiß, wo ich samstags morgens zu finden bin.

Paolina lächelte zu Sam hoch, und ich spürte, wie sich die Anspannung zwischen meinen Schulterblättern löste. Paolina ist keine Blutsverwandte. Sie ist meine «kleine Schwester», für die ich im Rahmen der Big-Sisters-Organisation sorge, eine Wahlschwester, eine Schwester auf Zeit.

Ich fragte mich, ob Sam wohl wußte, wie selten Paolina im Vergleich zu früher lächelte. Ich hoffte es; hoffte, daß er es zu würdigen wußte.

Bis vor fünfzehn Monaten hatte Paolina sich noch für eins der vier Kinder von Jimmy Fuentes gehalten, eines lebhaften puertorikanischen Zugvogels. Die Wahrheit, die durch einen Zufall ans Licht kam, traf sie wie ein Schlag. Sie ist nur die Halbschwester ihrer kleinen Brüder, denn sie hat einen anderen Vater, ein Kolumbianer wie ihre Mutter. Der einer der vornehmsten alten Familien Bogotás entstammt, nach Ansicht einiger Leute der linken Guerilla angehört und nach Ansicht vieler Leute ein Top-Drogenhändler ist. Ein Mann, mit dem ich telefonisch zu tun hatte. Ein Mann, der derzeit bündelweise Geld aus fragwürdigen Quellen an meine Adresse schickt.

Womit ich selbst riskiere, wegen Steuerhinterziehung im Knast zu landen. Vielleicht haben sie dort eine gute Volleyballmannschaft.

Ich fragte mich, ob ich Sam unbewußt wahrgenommen hatte, während ich an der Aufgabelinie stand, und zu einer Melodie übergegangen war, die er mochte. Nicht, daß ich im finanziellen Sinne jemandes Sugar-Momma wäre. Sam wäre eher schon ein Sugar-Daddy für mich, wenn ich ihn ließe, aber ich bin nicht gerade erfreut über seine Geldquellen. Meistens machen wir getrennte Kasse.

Heuchlerin, schalt ich mich selbst und verpaßte beinahe eine gute Vorlage. Du nimmst tonnenweise Geld von Paolinas Vater an und weigerst dich, Sam die Rechnung im Chinarestaurant begleichen zu lassen!

Er hielt den Kopf gesenkt, dicht bei Paolinas. Sie sprachen leise miteinander und gestikulierten dabei mit den Händen. Es schien sich um ein lebhaftes Gespräch zu handeln, fast schon ein erregtes.

Ich versuchte, mich auf das Spiel zu konzentrieren, aber sobald dieses Thema sein häßliches Haupt erhebt, fällt es mir schwer, nicht mehr an die 35 000 Dollar Cash zu denken, und es kommt immer noch mehr. Und was zum Teufel ich damit machen sollte.

Als ich Paolinas Vater versprochen hatte, das Geld für ihre Ausbildung zu verwenden, hatte ich nicht damit gerechnet, daß so bald schon so viel eintrudeln würde.

Die Aufgeberin der Bostoner Ys dachte wohl, ich sei eingeduselt, und feuerte auf mich. Ich parierte den Schlag und warf ihr einen funkelnden Blick zu.

In Anbetracht der Erschießung des legendären Pablo Escobar – ob man sie nun einen amtlich abgesegneten Mord, eine Hinrichtung oder einen fairen Kampf nennt – fühlte sich Señor Carlos Roldan Gonzales, jetzt angeblich der neue Topmann im Medellín-Kartell, wohl genötigt, für die Tochter vorzusorgen, die er nie als solche anerkannt hatte, außer mir gegenüber, ihrer großen Schwester.

Die aufgestapelten, gebündelten Scheine, derzeit in die Judomatten in der Bude meiner Mieterin vom zweiten Stock gestopft, verfolgten mich förmlich. Was sollte ich bloß mit all dem Geld anfangen? Roz wußte Bescheid. Sie ist ehrlich. Man kann über sie sagen, was man will – und da gibt es eine Menge zu sagen, angefangen bei ihrer aufreizenden Garderobe bis hin zu ihrer Postpunk-Kunst –, aber ehrlich ist sie.

Sam mit seinem Mafia-Vizeboß von Vater hatte das Geldwaschen vermutlich schon auf Papas Schoß gelernt. Sam wüßte etwas damit anzufangen!

Der Ball kam neben meinem linken Ellbogen angesaust und prallte auf den Boden. Nichts zu machen.

«Kannst wohl nicht spielen, wenn dein Freund hier ist, was?» zischte Loretta. «Reiß dich zusammen, Carlyle!»

Gottverdammich, hätte ich fast geantwortet, es geht nicht um Sex, sondern um Geld.

Ich holte tief Luft und ließ die Sorgen der Außenwelt verfliegen: Paolina, Sam, das Geld, die Bündel, die Zukunft. Konzentrierte mich auf das Spiel, jeden Ball für sich. Heftete meine Augen fest auf den weißen Ball. Wechsel. Ich vorne. Mir gegenüber die riesige Spielerin im Mittelblock.

Unsere abschätzigen Blicke trafen sich über dem Netz. Durch ihre Hochfrisur, ein Gebilde aus geflochtenen, mit Perlen durchsetzten Zöpfen, wirkte sie exotisch und gewaltig. Auch ohne den Schopf war sie acht Zentimeter größer als ich, und ich bin 1,85. Ich strich mir feuchtes Haar aus der Stirn.

Sie dachte, sie könnte über mich hinwegschlagen. Ich las es an ihren Augen, ihrer Haltung ab. Wenn mir klargewesen wäre, daß es sich um den Satz und Spiel entscheidenden Ball handelte, hätte ich ihn vielleicht segeln lassen. Ich habe volles Vertrauen zu meiner Hintermannschaft. Alles verdammt gute Annehmerinnen und Zuspielerinnen. Aber ich hatte nicht mitgezählt. Ich dachte, wir wären mitten im Satz, und ein Überraschungstreffer würde die Bostoner kalt erwischen, wie ein Tennisspieler mit einem Schmetterball scharf übers Netz den Gegner an der Grundlinie völlig aus dem Konzept bringen kann. Also sprang ich mit aller Kraft, bewegte mich, ohne zu denken, mein Arm kreiste volle 360 Grad, immer schneller, und meine Hand ballte sich zur Faust. Ich beugte mich weit zurück, empfing den Ball mit der flachen Faust und bog mich mitten im Sprung nach vorn. Der Ball überquerte das Netz, sauste geradewegs nach unten, knallte hart auf den Boden und prallte so hoch in die Luft, daß er beinahe eine Glühlampe zerschmettert hätte.

Tumult. Satz und Sieg!

«Angeberin!» schrie mir Kristy, unser Mannschaftskapitän, ins Ohr.

«Nanu, Carlyle, und ich dachte, du wärst am pennen!» flötete Loretta.

Es war gut gemeint, und so ließ ich es hingehen, ebenso wie den Blick der Frau auf der anderen Seite des Netzes. Wir gaben uns die Hand und zogen uns in den Umkleideraum zurück, wo wir nur verhaltenen Jubel äußerten. Der Y hat keine getrennten Umkleideräume für Gewinner und Verlierer. Es gibt nicht einmal genügend heißes Wasser zum Duschen.

«Dunkin' Donuts», verkündete Kristy. «Carlottas Runde.»

«Wenn ich gewußt hätte, daß es ein Satzball war, hätte ich ihn dir überlassen», protestierte ich.

«Sicher», sagte sie und machte mir eine lange Nase. «Ätsch. Wer angibt, muß auch zahlen.»

Etwas zupfte mich am Hosenbund.

«Hallo», sagte ich und sah in eins meiner Lieblingsgesichter. Paolinas Schokoladenaugen funkelten vor Aufregung.

«*Felicitaciónes*», sagte meine kleine Schwester. «*Muy bueno.*»

«*Gracias*», antwortete ich und beugte mich zu ihr hinunter, um sie zu umarmen. Wir hatten uns darauf geeinigt, so oft wie möglich Spanisch miteinander zu reden, weil mein Spanisch es dringend nötig hatte und weil ihre Mutter behauptet hatte, Paolina sei dabei, durch meinen Gringa-Einfluß ihr kolumbianisches Erbe zu vergessen.

«Kannst du mit nach draußen kommen?» flüsterte Paolina.

«Sobald ich etwas angezogen habe, Schatz.»

«*Ahora mismo.*»

«*¿Por qué?*»

«Sam», sagte sie und vergaß zu flüstern. «Er muß unbedingt mit dir reden.»

Ein Pfeifkonzert ringsumher.

«Er kann's nicht erwarten, Babe», schrie Loretta. «Schweiß törnt den Mann an.»

Paolina fühlte sich nicht wohl in ihrer Haut. Mit ihren zwölf Jahren ist sie halb welterfahren und halb scheues Unschuldslamm. Ohne guten Grund hätte Sam sie nicht zu mir geschickt. Unser Computertermin war noch Stunden hin. Er hielt kein Spiel durch, nur um meine überragenden Schmetterbälle zu bewundern.

Noch in Shorts und mit Knie- und Ellenbogenschonern, zog ich mir wieder ein durchgeschwitztes T-Shirt über den Kopf und wickelte mir ein Handtuch um mein triefnasses Haar. Barfuß ging ich zur Tür.

«Sie kommt, wenn er pfeift», johlte jemand.

«Ob sie auch pfeift, wenn er kommt?» war natürlich die nächste Bemerkung.

«Euch fällt wohl nichts mehr ein, was?» sagte ich, legte Paolina die Hand auf die Schulter und dirigierte sie in die Halle zurück. «Was ist in der Tüte?» fragte ich, um das Schweigen zu brechen. Ich wußte es auch so; der Aufdruck des Ladens verriet es mir.

«Bonbons», sagte sie mit verschwörerischem Grinsen. «Ein halbes Pfund. Kein Lakritz.»

«Sam mag dich», sagte ich.

«Willst du einen?»

«Vielleicht später.»

Sie sah mich mit ernsten Augen an. «Hätte ich ihn bitten sollen zu warten? Habe ich etwas falsch gemacht?»

Paolina spürt jede mißbilligende Regung, wie ein Bluthund. Bekommt soviel davon zu Hause mit, daß sie es auch anderswo ständig erwartet.

«Du hast es goldrichtig gemacht», sagte ich. «Habt ihr darüber geredet, du und Sam? Daß du mich holen solltest?»

«Nein.» Sie preßte die Lippen zu einer schmalen Linie zusammen und wandte sich ab. Jetzt noch wissen zu wollen, worüber sie sonst geredet hatten, wäre vergeblich gewesen. Sie wollte es mir nicht sagen, und wenn sie etwas nicht erzählen will, lehnt sie es entweder rundweg ab, oder sie lügt überzeugend.

Sie ist zwölf; sie ist kein Baby mehr, rief ich mir ins Gedächtnis zurück. Irgendwann vor nicht allzulanger Zeit hatte sie ihre ursprüngliche Offenheit verloren. Teils durch die Pubertät und teils, um sich von mir abzunabeln.

«Darf ich noch bleiben?» fragte sie zögernd.

«Üb mal aufgeben, ja?» An Paolinas Schule gibt es eine Volleyballmannschaft von Müttern und Töchtern. Ich betätige mich ein bißchen als Trainerin und darf dafür mit schriftlicher Erlaubnis von Paolinas Mutter mitspielen.

Sam saß mit gefalteten Händen auf einer Bank und starrte vor sich hin, die Füße fünfzig Zentimeter auseinander, das Gewicht gleichmäßig verteilt. Auf den ersten Blick entspannt, bei näherem Hinsehen jedoch angespannt, wie auf dem Sprung.

In voller Geschäftsmontur, wirkte er hier fehl am Platz. Knallweißes Hemd, gelbe Powerkrawatte, dunkelblauer

Nadelstreifenanzug mit Weste. Seine schwarzen Schnabelschuhe hatten einen tiefen Glanz, den billige Schuhe nie annehmen. Eine flache Anwaltsaktentasche stand auf dem Boden neben ihm. Ich hatte ihn noch nie mit Aktentasche gesehen.

«Hol dir den Ball», sagte ich zu Paolina und zauste ihr das dunkle Haar.

«Was ist so wichtig, daß es nicht warten kann, bis ich geduscht habe?» fragte ich.

Sam schrak aus seinen Träumereien hoch. «Gutes Spiel. Guter Ball.»

«Danke.»

«Tut mir leid», sagte er, «ich bin nur vorbeigekommen, um dir zu sagen, daß es heute nichts wird mit dem Computer.»

«Und warum nicht?»

«Ich muß kurz verreisen.»

«Ich könnte ja allein hingehen», schlug ich vor. «Gib mir die Adresse –»

«Nein», sagte er.

«Wann kommst du zurück?»

«Morgen.»

«Kannst du es nicht einen lausigen Tag verschieben?»

«Geht nicht.»

«Familienangelegenheiten?»

«Nichts da. Nicht Familie.» Das kam so forsch heraus wie die Antwort auf eine falsche Frage.

«Na gut. Ist nicht so schlimm.»

«Sollen wir uns noch mal verabreden?»

«Um einen Computer auszusuchen?» sagte ich. «So bald wie möglich.» Ich zog mir den rechten Knieschoner aus und fing mit dem linken an.

47

«Um *uns* zu verabreden», sagte er.

«Klar. Ich bin dabei.» Die meisten unserer Abende hatten kein großes Programm, nur Essen vom Schnellimbiß und Bett.

«Kannst du mir einen Gefallen tun, während ich fort bin?» Sam starrte seine Schnabelschuhe an.

Ich schmiß die Knieschoner auf die Bank und entfernte mein linkes Ellbogenpolster.

«Womit?» Ich sah ihn im Geiste schon Banknotenbündel aus der Aktentasche holen, die ich verstecken sollte. Ich bin schon zu lange im Geschäft.

«Fahr keine Nachtschicht», sagte er.

Ich setzte mich auf die Bank und trocknete mir mit dem Handtuch die Haare, beugte mich vor und rubbelte so heftig, daß Sam mein Gesicht nicht sehen konnte.

Geh keinen Computer kaufen, während ich weg bin. Fahr nicht, während ich weg bin. Der Mann klang allmählich wie meine Mutter, nicht wie mein Liebhaber.

«Ich ertrinke noch in meinem Schweiß, wenn ich nicht dusche», sagte ich. «Wahrscheinlich ist jetzt nur noch kaltes Wasser da.»

Er stand schon.

«Sei vorsichtig», sagte er.

«Sam, es passiert immer etwas. Flugzeugabstürze. Wirbelstürme. Kinder werden vom Eiswagen überfahren.»

«Dann wirf dich dem Schicksal in den Weg, so vermeidest du wenigstens die Ungewißheit.»

«Wenn ich fahren will, fahre ich auch», sagte ich.

«Großartig», sagte Sam. «Und vielen Dank auch, daß du Flugzeugabstürze erwähnt hast.»

Er wollte gehen.

«Sam», sagte ich, «ich muß dich etwas fragen.»

Er drehte sich um. «Klingt aber sehr ernst.»

«Ist es auch. Es sind Wanzen bei G & W. Und nicht etwa die Krabbelsorte.»

«Himmel, du hast doch hoffentlich keins der Mikrofone angefaßt, oder?» Alles hätte ich erwartet, nur das nicht.

«Du weißt davon? Was, zum Teufel, ist das für eine Art, ein Unternehmen zu führen? Weiß Gloria es?»

«Carlotta, du verstehst nicht ganz», sagte er. «Versprich mir, daß du niemandem etwas davon sagst. Ich werde es dir erklären, wenn ich wieder da bin.»

«Ich wüßte nicht, wie.»

«Ich bin spät dran, Carlotta. Ich habe keine zwei Minuten Zeit mehr, geschweige denn eine ganze Stunde, die ich dafür brauchte.»

Er stapfte davon, ohne Gruß und ohne Kuß.

Ich sah Paolina zu, wie sie spielte und dabei die sonst so glatte Stirn runzelte. Sie hat eine recht gute Rückhand, aber sie will unbedingt so aufgeben wie ich. Obwohl ich ihr gesagt habe, daß ich kein Rollenvorbild fürs Aufgeben bin. Auch kein Rollenvorbild für die Beziehungen zwischen Mann und Frau.

Ich ging schnell unter die Dusche, gab elf Dollar und ein paar Zerquetschte für Doughnuts für die hungrigen Teamfrauen aus und schwor mir, von jetzt an besser auf den Spielstand zu achten.

Als ich nach Hause kam, wartete Phil Yancey auf meiner Eingangsveranda auf mich.

5 Der alte Mann hielt seinen Spazierstock fest umklammert. Sein faltiges Gesicht mit der langen Nase war mir von Fotos in den *Hackney Carriage News* bekannt, einer Taxifahrerzeitschrift, die ich abonniert habe, um zu erfahren, welche Tagungen gerade welche Bostoner Hotels füllen. Tagungsteilnehmer geben gute Trinkgelder.

«Wird aber auch Zeit. Ich habe lange genug gewartet», sagte er in einem reinen Brooklynakzent mit Schnarrtönen.

Ein großer schwarzer Lincoln parkte am Bordstein. Wenn er unbedingt auf meiner Veranda hatte rumlungern wollen, war das seine Sache.

«Die meisten meiner Klienten machen Termine», sagte ich spitz.

Den Gesetzen Massachusetts' zum Trotz waren die Wagenfenster so dunkel eingefärbt, daß ich nicht sagen konnte, ob Passagiere in dem Auto saßen.

«Sind Sie zufällig die Detektivin, die von Lee Cochran vollgequatscht wurde?»

«Kein Kommentar», sagte ich und wühlte in meiner Handtasche nach den Schlüsseln.

«Sie brauchen mich nicht hereinzubitten», sagte er.

«Hatte ich auch nicht vor.»

«Macht vielleicht einen komischen Eindruck auf die Nachbarn, ein alter Bock wie ich und ein süßes junges Ding wie Sie, was?» Er gab ein gepreßtes Geräusch von sich, und seine mageren Schultern zuckten unter dem dunklen Jakkett. *Wiehern* ist das einzige Wort, mit dem ich es beschreiben könnte. Er fand die Situation so komisch, daß ihm seine rosagefärbte Knopflochnelke – die Blume, die ich am wenigsten mag – beinahe vom Revers fiel. Es wunderte mich,

50

daß sie von seinem Zigarrenatem nicht schon verwelkt war.

«Sie müssen wohl gut geerbt haben, daß Sie so dicht bei Harvard wohnen, was?» sagte er. «Cambridge, was für eine miese Stadt.»

«Sie können jederzeit gehen.»

«Zuerst will ich über Lee Cochran reden.»

«Lee Cochran», wiederholte ich.

«Verband kleiner Taxiunternehmen.»

«Ach so», sagte ich.

«Sehen Sie, es fällt Ihnen wieder ein. Sie wissen, wen ich meine.»

«Ich kenne ihn», gestand ich.

«Jemand hat angerufen und gesagt, der würde Lügen über mich verbreiten –»

«Haben Sie die Stimme erkannt?» fragte ich. «Von der Person, die angerufen hat?»

«Der Mann erzählte mir –»

«Sind Sie sicher, daß es ein Mann war?» fragte ich.

«Unterbrechen Sie mich nicht immer! Ich sagte Mann, eine tiefe Stimme, zum Teufel noch mal, wer weiß das dieser Tage schon! Irgendein Bursche erzählte mir, dieser Gerüchtemacher würde Ihnen was vortratschen. Ich fand, daß ich Sie mal aufsuchen und die Sache klarstellen sollte.»

«Glauben Sie nicht, ich wüßte das nicht zu schätzen, aber ich habe noch zu tun.»

«Das kann warten, bis ich ausgeredet habe.» Phil Yancey knallte seinen Spazierstock auf den Granit. Er verfehlte meinen Zeh nur um Zentimeter. Yancey ging und stand nicht so, als brauchte er einen Stock. Wahrscheinlich briet er damit nur Hunden eins über, die seinen Weg kreuzten. Oder alten Damen.

51

«Lee ist ein kleines Licht, und er wird immer eins bleiben», höhnte Yancey. Nach seinem Blick zu urteilen, zählte er auch mich zu den kleinen Lichtern dieser Welt.

«Da Sie nun schon mal hier sind», sagte ich, «können Sie vielleicht wirklich für Klarheit sorgen.»

«Was hat er Ihnen denn erzählt?» beharrte Phil Yancey. «Ich werde den Mistkerl wegen übler Nachrede drankriegen.»

«Nicht auf eine bloße Behauptung hin, Mr. Yancey ... richtig? Mein Name ist Carlyle, Ms. Carlyle.»

«Was hat er über mich gesagt?»

«Fragen Sie ihn», riet ich ihm.

«Lee hat einen Tick, was die Lizenzen betrifft, und regt sich tierisch auf. Ich kann seine Hetzreden nicht brauchen, wenn das Amt für Personenbeförderung endlich den Arsch hebt. Seit die Hynes-Halle gebaut ist und das neue Prudential-Zentrum, das die vier großen Hotels miteinander verbindet, ist Leben in das Tagungsangebot dieser Stadt gekommen. Und sie werden sich die Sache nicht dadurch verderben lassen, daß keine Taxen für die Tagungsteilnehmer da sind. Sie werden schon sehen. Neue Lizenzen binnen Jahresfrist!»

«Sind Sie an weiteren Lizenzen interessiert?» fragte ich.

«Haben Sie eine zu verkaufen?»

«Rein hypothetisch?»

«Wie bitte, sind Sie Juristin, daß Sie solche Worte gebrauchen? Sagen wir, ich könnte Ihnen beim Preis entgegenkommen. Falls Sie wirklich eine Lizenz zu verkaufen haben. Ich glaube, das sind gute Investitionen.»

«Selbst wenn innerhalb eines Jahres neue ausgegeben werden?»

Yancey wieherte wieder. «Man weiß ja nie, oder?»

Ich sagte: «Wenn Sie jetzt bitte meine Veranda verlassen –»

«Ich kenne viele wichtige Leute, junge Frau. Es wäre klug, zuzuhören, wenn ich rede.»

«Machen Sie einen Termin», sagte ich.

Eine der großen Lincolntüren öffnete sich weit. Ich hatte bereits meinen Schlüssel in der Hand. Ich steckte ihn schnell ins Schloß, riß die Tür mit einem Ruck auf, schlüpfte hinein und schob den Riegel hinter mir zu.

Einen Augenblick lang stand ich mit dem Rücken an die Tür gelehnt und horchte auf die sich entfernenden Schritte des alten Mannes. Das war also der berühmte Phil Yancey. Ich hatte das Gefühl, als brauchte ich schon wieder eine Dusche.

6 «So», sagte ich zu Sam, der endlich nach vier Tagen statt des versprochenen einen wieder aufkreuzte. «Willst du mich nicht anheuern, um festzustellen, wer Green & White abhört? Ich bin gerade frei, aber womöglich nur für begrenzte Zeit.»

Lee Cochran war nicht wieder aufgetaucht; ich fragte mich allmählich, ob er sich überhaupt wieder melden würde.

«Carlotta, nun hör mir mal gut zu: Ich *weiß*, wer Green & White abhört.»

«Du weißt es», sagte ich.

«Ja. Die gleichen Typen, die bei den Angiulo-Brüdern in North End Wanzen angebracht haben. Die gleichen Typen, die seit Generationen meine Familie abzuhören versuchen.

Die Kripo-Sondereinheit zur Bekämpfung des organisierten Verbrechens.»

«Aber du bist doch nicht —»

«Ich heiße Gianelli; mehr brauchen die nicht. Hör mal, Carlotta, ich weiß seit einem Monat über die Mikrofone Bescheid. Ich habe sie überprüfen lassen. Von Experten. Die Verbrechensbekämpfung ist der einzige Verein, der zehn Jahre altes FBI-Gerät verwendet. Ich weiß, woran ich bin, und leg mich nicht mit ihnen an. Wenn ich es täte, würde sie glauben, ich hätte eine Sache in der Garage am Laufen. Oder noch schlimmer: Sie würden hochmoderne Wanzen anbringen, und ich wüßte nicht mehr, wo zum Teufel sie versteckt wären.»

«Und was ist mit deinem durch die Verfassung garantierten Recht auf Privatsphäre?» fragte ich.

«Was soll damit sein?»

«Deine Taxifahrer quatschen.»

«Carlotta, du hast doch keines der Mikrofone angefaßt, oder? Ehrenwort?»

«Absolut nicht», sagte ich. Ich hatte wirklich kein einziges angefaßt. Ich hatte wohl alle fotografiert und den Film an eine Frau geschickt, die ich ich kenne und die im FBI-Labor in Quantico, Virginia, arbeitet.

Sam sagte: «Diese Organisation ist nicht an dem interessiert, was meine Fahrer sagen, Carlotta.»

«Na schön», sagte ich, «in diesem Punkt hast du recht.»

«Gibst du mir das schriftlich?»

«Wogegen ich etwas habe, ist deine Kumpanei in der Computerangelegenheit. Wenn der Händler ein Freund von dir ist, werde ich nicht gut mit ihm feilschen können.»

«Gut», sagte Sam. «Dann gehn wir eben nicht.»

«Ich *will* aber», sagte ich. «Nur allein.»

«Mein Freund wohnt in einem heruntergekommenen Viertel. Frauen, die allein hinkommen, sind dort leichte Beute.»

«Wenn ich fahre, kann ich auch nicht wählerisch sein», sagte ich schroff, klaubte mir eine Handvoll Haar hinten vom Hals und fragte mich, wie lange es wohl hersein mochte, seit es geschnitten worden war.

«Aber diesmal hast du Bargeld dabei», sagte Sam.

Ich biß mir auf die Lippen, zum Schweigen gebracht durch so vernünftigen Protest, und blickte finster zum Erkerfenster hinaus. Mein feindseliger Blick änderte auch nichts am Wetter. November in Cambridge. So öde wie Melville. Wer immer festgelegt hat, der Winter würde nicht vor der Sonnenwende im Dezember anfangen, muß im Süden gelebt haben. Eisiger grauer Nieselregen klatschte gegen die Fensterscheiben.

«Sam», sagte ich und schlug mir vor Bestürzung mit der Hand vor den Mund. «Dein Apartment. Dein Schlafzimmer! Sind da auch Wanzen?»

«Nur ruhig», sagte er, «meine Wohnung wird jeden Monat einmal gefilzt.»

«Dein Glück», sagte ich mit Inbrunst.

«Natürlich nehme ich alles auf Video auf», sagte er.

«Verdammt noch mal, Sam. Dieses Computergeschäft liefe einfach besser, wenn ich allein wäre.»

«Klar», sagte Sam so fröhlich, daß man die kalte Wut kriegen konnte. «Und morgen lese ich in der Zeitung von dir.»

«Ich nehme an, so erfährst du über viele deiner Spezis etwas», sagte ich giftig. Kaum war es heraus, wünschte ich, ich hätte es nicht gesagt.

Als Sohn eines hochrangigen Mafioso mußte Sam wahrscheinlich wirklich allmorgendlich die Meldungen durchgehen, um über seine berüchtigte Familie wie auch seine Freunde auf dem laufenden zu bleiben. Wer erschossen worden war, wer ins Kittchen gewandert war, gegen wen Anklage erhoben worden war, wer die Aussage verweigerte ...

Sams Familienname sorgt in North End für sofortige Tischreservierung in Restaurants. Soviel ich weiß, wären auch noch andere Vergünstigungen drin. Soviel ich weiß, nimmt Sam diese Möglichkeiten nicht wahr.

Die Sondereinheit zur Bekämpfung des organisierten Verbrechens ist offensichtlich anderer Meinung.

«Bist du sicher, daß dreihundert reichen?» fragte ich in die bleierne Stille hinein.

«Er wird unter Umständen nichts annehmen», sagte Sam nach einer langen Pause. «Er ist ein bißchen extravagant. Überspannt. Er macht womöglich die Tür gar nicht auf, wenn ich nicht dabei bin.»

«Angst vor Frauen?»

«Nur ... nur ein bißchen sonderbar», sagte Sam locker hinter mir und legte die Arme um mich. Ich kuschelte mich an seinen Pullover, der sich an meiner Wange rauh anfühlte. «Sieh mal, die Situation ist folgende», murmelte er mir ins Ohr. «Du willst einen Computer haben. Ich kann dich mit einem Freund bekannt machen, der Computer verkauft. Unter der Bedingung, daß ich mitkomme. Wenn das zuviel verlangt ist, geh zum Händler. Und gib einen Tausender aus für dein tolles neues Spielzeug.»

«Ich brauche ja nicht das Allerneueste», protestierte ich. «Ich könnte eine Anzeige aufgeben –»

«Warum hast du mich denn überhaupt in diese Sache reingezogen? Warum findest du es so gräßlich, wenn ich dir einen Gefallen tun kann?» Er schwieg eine Weile, dann setzte er langsam hinzu: «Vielleicht solltest du deinen Psychofreund mal fragen.»

Aha, dachte ich, oho.

«Ich habe dich wahrhaftig nicht allzuoft gesehen in letzter Zeit, Sam», sagte ich mit Bedacht und starrte aus dem Fenster, als könnte ich da etwas anderes sehen als unsere welligen Spiegelbilder.

«Ich war unterwegs.»

Ich hauchte die Fensterscheibe an und zeichnete einen fünfzackigen Stern darauf. «Unterwegs. Das mag ich an dir. Du drückst dich so klar aus.»

«In Washington. Und bei der Rückkehr habe ich einen Umweg gemacht. Mein Onkel ist krank. Nach Providence.»

«Ein kranker Onkel», sagte ich, die Hand aufs Herz gelegt. «Das habe ich ja noch nie gehört.»

«Nun komm schon», sagte er ungeduldig.

«Hat mein Psychofreund irgend etwas getan, was dich ärgert?»

«Der Kerl lungert immer in deiner Nähe herum.»

«Er wohnt zwei Häuser weiter. Er hat mir vor einiger Zeit eine Klientin gebracht.»

«Entschuldige bitte. Ich dachte, er wohnt noch näher.»

Ich fragte mich, ob Sam wohl gesehen hatte, wie Keith Donovan im Morgengrauen oder gar am hellichten Tag davonging.

«Das darf doch nicht wahr sein», murmelte ich und preßte mein Gesicht an die eiskalte Scheibe. «Der Typ ‹besucht› – im Sinne von ‹bumst› – meine Mieterin Roz, die Femme fatale.»

Roz ist auf ihre Weise wirklich eine Femme fatale. Und sie ist zweifelsfrei meine Mieterin. Sie ist außerdem meine

Haushälterin, gelegentlich meine Assistentin, meine unmöglichste Freundin und Besitzerin der vollständigsten und eigenwilligsten T-Shirt-Kollektion auf dieser Erdkugel. Sie hat den Körper dafür.

«Oh», war alles, was Sam herausbrachte, und seine Augen weiteten sich ungläubig, ohne zu zwinkern. Statt nun fast zu platzen vor gerechter Empörung, hatte ich auf einmal Schuldgefühle, nicht, weil ich mit Keith Donovan geschlafen hätte, sondern weil ich es öfter mal erwogen hatte. Die Möglichkeit in Betracht gezogen hatte. Mit dem Gedanken gespielt hatte, wenn man so will.

Wenn das so weitergeht, kann ich ebensogut Sam heiraten. Ums endlich hinter mich zu bringen. Dann könnte ich mich echter ehelicher Untreue befleißigen, und wir könnten die Verbindung ganz legal auflösen. Sams Vater würde in diesem Fall unbedingt auf einer Annullierung der Ehe bestehen. Vom Papst abgesegnet, drunter täte er's nicht.

«Läßt du mein Haus beobachten, Sam?» fragte ich.

«Ich stolpere nur ständig über ihn, sonst nichts.»

«Nervös» ist eigentlich kein Wort, das ich mit Sam in Verbindung bringe. Er hat breite Schultern, ist 1,95 groß und stark. Mich ziehen große Männer an, denn ich streite mich gern Nase an Nase, aber ich bin fast immer bei dünnen, drahtigen Kerlen hängengeblieben. Sam ist die muskulöse Ausnahme von dieser Regel. Ich beobachtete ihn dabei, wie er ruhelos in meinem Wohnzimmer auf und ab ging, die Knöchel knacken ließ, das Kissen im Schaukelstuhl meiner seligen Tante glattstrich, alle zehn Sekunden auf seine Uhr schaute und sich ganz und gar so benahm wie mein Ex-Ehemann, wenn er von einem dreitägigen Koksrausch herunterkam.

«Sam», sagte ich, «du weißt doch, daß du nicht mitzukom-

58

men brauchst, um mir den Computerjargon zu verdolmetschen. Ich habe meine Hausaufgaben gemacht. Ich bin nicht blöd.»

«Dabei war es deine Dummheit, die mich so an dir gereizt hat», sagte er und sah mich dabei ernst an. «Das und deine niedlichen winzigen Füße.»

«Schon gut, schon gut», sagte ich verdrießlich. «Was weißt du denn alles von dem Kerl, den wir besuchen wollen?»

«Frank», sagte er.

«Frank, und weiter?»

«Nur Frank», sagte Sam.

«Dieser Frank ohne Nachnamen, woher weißt du, daß er hat, was ich brauche?»

Sam zuckte die Achseln. «Er hat's.»

Ich holte tief Luft, schnappte mir meine Handtasche, schloß sorgfältig ab und nahm mir die Zeit, den großen Medeco-Schlüssel zu suchen, der den Sicherheitsriegel betätigt. Meine Gründlichkeit schien Sam den letzten Nerv zu rauben, so daß ich noch langsamer wurde und fast kroch.

Als Kind konnte ich nicht begreifen, warum meine Eltern die Atmosphäre so mit ihren Streitereien vergifteten. Jetzt bin ich offenbar lange genug mit einem Mann zusammen, um dieses Knistern von früher wieder zu spüren.

Ich hatte mich immer gefragt, warum sich meine Eltern hatten scheiden lassen, warum sie ihre verdammte Ehe nicht um meinetwillen aufrechterhielten, aus Liebe zu mir. Jetzt frage ich mich, wie jemand das aushält. Diese Jahre, in denen man sich gegenseitig auf die Nerven geht, machen einen völlig fertig oder bringen einen ins Irrenhaus. Die Ehe. Was für ein Entschluß, was für ein Handel.

Meine Mutter fürchtete, ich würde nie heiraten. Ich wäre zu kompromißlos. Mit mir wäre schwer auszukommen. Ich wäre zu groß. Sie wäre entsetzt darüber gewesen, daß ich schon im zarten Alter von neunzehn vor dem Traualtar stand.

Ich glaube, ich habe Cal nur geheiratet, um meinem Vater die Gelegenheit zu geben, die Braut zum Altar zu führen. Gott weiß, daß ich ihm sonst nicht viel Grund zur Freude gegeben habe.

Mam wäre nicht entsetzt gewesen, als wir uns getrennt haben. Dad war da auch schon tot. Ich vermute mal, ich brauchte ihn nicht mehr zu beeindrucken.

Ich warf Sam verstohlen einen Blick zu. So schwer war es, seinen Vater mit Stolz zu erfüllen. Und ich war nicht einmal ein Sohn. Und mein Dad war auch kein Gianelli, sondern nur Polizist in Detroit gewesen.

Jeder der Gianellisöhne hatte sich redlich bemüht, Papa mit Stolz zu erfüllen: Gil hatte nicht lange gefackelt und einen Gangsterrivalen umgebracht in einem Alter, in dem die meisten Jungs sich noch kaum trauen, eine Klassenkameradin zum Schulball einzuladen. Mitchell, untauglich für eine militärische Laufbahn, die ihm schon in der Wiege zugedacht worden war – wie ich gehört habe, waren seine Augen schlecht –, hatte auf Papas Wunsch hin Betriebswirtschaft studiert. Jemand von der Familie sollte ein Auge aufs Geld haben, obwohl Mitch kein sonderliches Interesse daran zeigte, sondern behauptete, sich dadurch nur noch mehr die Augen zu ruinieren. Anthony alias Tony Playboy hatte es mühelos geschafft – er war nach dem Alten benannt und sah so aus, klang so und handelte so wie er.

Sam, viel jünger als die anderen, hatte es auch einmal mit dem Töten versucht, allerdings unter dem Deckmantel der Legalität, im Vietnamkrieg, und war mit einem Orden an der Jacke und einem bitteren Nachgeschmack im Mund heimgekehrt. Gab's auf, Papa zufriedenstellen zu wollen, und schickte den Orden nach Washington zurück, statt ihn ins Klo zu spülen.

Wir kämpften uns durch den Nieselschnee. Meine Stiefel, Größe 43 und waterproof, hatten die Wasserfluten des letzten Winters glorreich überstanden. Auf der Garantie muß gestanden haben «nur für ein Jahr». Ich rollte meine Zehen in den durchgeweichten Socken fest zusammen.

«Neues Auto?» fragte ich Sam und zog eine Augenbraue hoch.

Sam steht auf Autos. Besitzt normalerweise zwei bis drei, und ich stelle keine Fragen, denn es kann jedesmal ein Geschenk von Papa sein, und ich habe entschieden etwas gegen Kredithaie und Prostitution, Gebiete, auf denen Papa Gianelli seit langem allesbeherrschend ist. Allein im vergangenen Jahr bin ich mit Sam in einem Lincoln Continental, einem Acura Legend und einem alten, eleganten Porsche gefahren ...

Er stand neben einem verrosteten Chevy Nova und klimperte mit den Schlüsseln. Mit einem Ruck riß er die Beifahrertür auf und bat mich, einzusteigen.

«Ein Leihwagen», sagte er.

«Und du mußt der beste Kunde des Händlers sein», sagte ich trocken. «Laß uns meinen Wagen nehmen.»

«Dieser ist genau richtig», sagte er.

«Heiß?»

«Meinst du gestohlen?»

«Wie ‹ohne Einverständnis des Besitzers ausgeliehen›.»

«Du hast eine blühende Phantasie, Carlotta.»

«Und niedliche winzige Füße.»

Das Innere des Nova roch nach abgestandenem Bier und Zigarettenkippen. Ich kurbelte an einem klemmenden Fenster, kriegte es einen schmalen Spalt weit auf, um frische Luft und Schneegeriesel einzulassen.

Ich hasse es, gefahren zu werden. Ich kann mich nicht entspannen, wenn jemand anders am Steuer sitzt. Mein Körper nimmt sofort Bremshaltung an. Ich bemühte mich, den rechten Fuß stillzuhalten.

«Wie, nicht mit verbundenen Augen?» fragte ich sarkastisch.

«Frank hätte das gut gefunden», gab Sam zu. «Ein Mitternachtsbesuch. Mit verbundenen Augen. Oder nächtliche E-Mail über eine Kette anonymer Remailer.»

«Kann ich diesen Frank später anrufen, falls ich Fragen habe?»

«Geheimnummer. Du kannst mich anrufen.»

Ich starrte das Armaturenbrett an. Nur Mittelwelle im Radio. Ich drehte auf 1120, auf den Sender WADN, und stellte die atmosphärischen Störungen und Les Sampou mit «Chinatown» lauter.

«Sam, hast du gehört, ob irgendwas Auffälliges auf dem Lizenzmarkt läuft?»

«Was Auffälliges?» sagte er.

«Kannst du nicht einfach die Frage beantworten?»

«Das Geschäft läuft wie immer», sagte er, «soweit ich weiß. Also schlecht, aber nicht so schlecht wie in New York. Angespannte Lage. Und wird noch schlimmer, wenn alle hier aufs Leasen umsteigen.»

«Drück dich mal deutlicher aus», sagte ich.

«Gloria und ich haben eine kleine Firma. Die Fahrer bekommen einen gewissen Prozentsatz ihrer Tageseinnahmen. Wir bezahlen einen Teil der Krankenversicherung, das Benzin und die Reparaturen. Urlaubsgeld. Leasen ist eine ganz andere Sache. Wirtschaftsunternehmen übernehmen Lizenzen von kleinen Investoren – zum Beispiel Ärzten, Leuten, die Geld übrig haben und früher ihre Knete in schicke Boutiquen oder Restaurants steckten, die nach zwei Monaten pleite gingen –, und dann vermieten sie sie an Fahrer.»

«Wie?»

«Durch große Taxibetriebe.»

Wie Phil Yanceys, dachte ich.

«Der Fahrer zahlt im voraus», fuhr Sam fort, «etwa hundert Dollar für eine anständige Schicht. Keine Arbeitslosenversicherung. Keine Krankenversicherung. Wenn der Fahrer eine Flaute hat und unter hundert einnimmt, sieht er alt aus. Der Lizenzgeber hat sein Schäfchen im trockenen. Und das Dachunternehmen auch.»

«Eine Umstellung aufs Leasen würde demnach die Preise der Lizenzen hochtreiben», sagte ich langsam.

«Richtig. Der Lizenzeigner hat ja feste Einnahmen, eine sichere Sache also.»

«Meinst du, dann sollte man jetzt Lizenzen einkaufen?» fragte ich.

Sam zuckte die Achseln. «Es ist wie auf dem Aktienmarkt, Carlotta. Es kann so oder so laufen. Das Amt für Personenbeförderung kann morgen das Leasen verbieten oder zweihundert weitere Lizenzen ausgeben, so daß der Preis sinkt.»

«Klingt eher nach Roulette», sagte ich. Nach einem Spiel mit präpariertem Rad, bei dem Yancey auf jeden Fall gewinnen würde. Wenn er vorhatte, voll ins Leasinggeschäft einzusteigen, dann konnte jede Lizenz in seiner Hand am Ende Gold wert sein.

Vielleicht hatte ich mich geirrt. Vielleicht war Yancey nur der Buhmann in beiden Szenarien Lee Cochrans. Was konnte ich ohne Klienten in dieser Sache unternehmen?

Warum hatte ich nichts von Cochran gehört? Hatte Yancey ihn unter Druck gesetzt? Ihn abgeschreckt?

«Steck dein Geld lieber in deine Matratze», riet mir Sam in glückseliger Unwissenheit, daß er damit der Wahrheit ziemlich nahe kam.

«Danke», sagte ich.

«Nichts zu danken.»

Ich versuchte, mich behaglich in den Beifahrersitz zu schmiegen. Es ging nicht. Schlimmer als einer von Glorias alten Fords.

«Wer zum Teufel ist denn nun Frank?» fragte ich.

«Ein alter Freund.»

«All die Jahre, seit wir uns kennen, Sam, hast du nie einen Frank erwähnt, bis vor fünf, sechs Tagen. Ein bißchen spät, mir plötzlich mit einem alten Kumpel aufzuwarten.»

«Frank und ich kennen uns seit einer Ewigkeit.»

«Ach ja?»

«Aus der Volksschule.»

«Katholisch?»

«Ja, gnä Frau. Nur daß wir sagten ‹Ja, Schwester Xavier Marie›. Sie hat uns mit einem langen Stock geschlagen, wenn wir frech waren. Mitten auf den Hintern.»

«Um dich in den Perversen zu verwandeln, der du heute bist», flötete ich süß.

«Ja, die gute alte Schwester Xavier Marie. Ein Gottesgeschenk.»

Während wir uns unterhielten, fuhr er viele Kurven und bog häufig ab, aber mich konnte er nicht zum Narren halten. Seit mir Sam den ersten Taxijob gegeben hat, bin ich mit Bostons Straßen und Nebenstraßen bestens vertraut geworden. Nur wenige Teile der Stadt bergen noch Geheimnisse.

Mattapan gehört dazu.

Mattapan soll einmal ruhig und friedlich gewesen sein, wie ich gehört habe, so etwas wie ein Vorort, bis 1968, als der Bostoner Stadtrat – so die Geschichte – heimlich, still und leise beschloß, die Integration dort durchzusetzen, und die Immobilienmakler sich zusammentaten, um die Preise zu drücken. Aufgrund der üblen Machenschaften, die von Kreditverweigerung bis hin zur Nötigung reichten, Häuser unter Wert zu verkaufen, sind manche Gegenden von Mattapan jetzt genau das, was die Leute vor Augen haben, wenn sie ihre Türen verrammeln und nur schaudernd von *verödeter Innenstadt* sprechen.

Die meisten Weißen nähern sich Mattapan nicht weiter als bis zum Franklin Park Zoo, der noch etwa eine Meile weit entfernt ist, und die Leute aus den Vororten haben im allgemeinen viel zuviel Angst, um hinzufahren.

Taxis sind gesetzlich dazu verpflichtet, überallhin zu fahren. Man kann eine Fuhre ablehnen, riskiert damit jedoch, seine Lizenz zu verlieren, oder man fleht seine Zentrale an, einen furchtlosen Fahrer zu schicken, der einem die Fahrt nach Roxbury, Mattapan, Dorchester oder Southie abnimmt. Aber wenn man das oft macht, hat man bald einen schlechten Ruf und erhält weniger Aufträge, so daß man nicht auf seinen Wochenschnitt kommt. Deshalb fahre ich, die Haare unter einer Mütze hochgesteckt, ohne Make-up und mit strengem Blick, ein Stück Bleirohr unter meinem Sitz, überallhin, wohin der Kunde will. Ich bin nur vorsichtig in der Wahl meiner Fahrgäste: Gruppen von Jugendlichen fahre ich nirgendwohin. Junge Mädchen sind zwar höchst unzuverlässig, was das Fahrgeld angeht, aber sie schlagen einen kaum je zusammen.

Sam bog am New-Calvary-Friedhof in die Altamont Street

ein. Danach zu urteilen, wie die Straße aussieht – müllüber-
säte freie Grundstücke im Wechsel mit baufälligen Mietska-
sernen und dreistöckigen Häusern mit durchhängenden
Veranden –, könnte man auf den Gedanken kommen, daß
die Leute unter der Erde besser dran sind.
Zuerst dachte ich, Sam führe wegen der Schlaglöcher immer
langsamer, bis ich voller Schreck merkte, daß er einen Parkplatz suchte.
Ich war froh, nicht allein hergekommen zu sein.

7 Sam zwängte das Auto in eine Lücke gegenüber
einem grauen dreistöckigen Gebäude, das eigentlich ein
Schild mit der Aufschrift EINSTURZGEFAHR hätte tragen müssen. Mit beiderseitigem Einverständnis ließen wir
den verbeulten Nova unabgeschlossen. In einer solchen Gegend ist das Abschließen eines Wagens eine unausgespro-
chene Herausforderung und heißt in der Sprache der Straße,
daß etwas darin zu holen ist.
Ich musterte die nächstliegenden drei Gebäude; zwei davon
waren mit Brettern vernagelt.
«Kommst du?» Sam ging auf dem Gehweg flott auf das
dreistöckige Abrißhaus zu, wobei er den Pfützen auswich.
Ich betrachtete das Haus noch einmal und beschattete
meine Augen dabei mit behandschuhter Hand. Keine Vorhänge. Kein Briefkasten. Ich konnte durch die abblätternde
Farbe hindurch das modernde Holz riechen. Die Bretter gaben nach, als ich die drei krummen Stufen zu der morschen
Veranda hochstieg.

Sam klopfte unter Mißachtung der vier Klingeln – es mußte also auch noch eine Souterrainwohnung geben – an der linken Tür, dreimal lang, zweimal kurz, zweimal lang, Pause, dann ein letztes Mal.

«Handelt dein Freund mit Crack? Ist das ein Crack-Haus hier?» fragte ich.

«Scht.»

Wir warteten, und der Wind brachte mein Haar in ein wirres Durcheinander. Ich war schon zu dem Schluß gekommen, daß der geheimnisvolle Frank nicht da war, als Sam noch zweimal klopfte.

Die Tür knarrte.

«Herein», befahl eine tiefe Stimme. «Kommt schon. Ein bißchen dalli.»

«Immer mit der Ruhe», sagte Sam beschwichtigend.

«Geht die Treppe rauf. Ich will die Tür nicht so lange aufhaben.»

Ein Verrückter, dachte ich. Die Treppe war steil und eng, der Treppenschacht muffig und dunkel.

Franks Zimmer auf dem ersten Stock hatten pappkartonverklebte Fenster und Neondeckenbeleuchtung, und eine der Neonröhren zuckte nervtötend, wie kurz vor dem Ausgehen. Unten wurden Riegel geschoben und Ketten eingehängt, dann kam Frank hochgerast und begann wie ein im Käfig eingesperrtes Tier hin und her zu laufen. Falls Sam nervenkrank war, hatte er sich bei Frank angesteckt.

Meine Augen wanderten hin und her zwischen Frank – dem längsten und dünnsten Typ, dem ich je begegnet bin – und seiner Behausung. Da er mich ziemlich blöd anglotzte, konzentrierte ich mich lieber auf die Umgebung, eine Mischung aus Computerlagerhaus und Trödelladen. Die Einrichtung war schnell erfaßt: zwei Tische, zwei eiserne Klappstühle,

67

vier kanonengraue Bücherregale voller technischer Handbücher und gebündelter Ausdrucke. Alles übrige waren Geräte, Kabel und Pappkartons. Unter den acht oder neun sichtbaren Monitoren war kein einziger Fernsehapparat.

Während ich mich umsah, plapperte Frank nonstop. Sams Beitrag zu dem zumeist unverständlichen Monolog war ein gelegentliches «langsam, langsam».

Aus der Tatsache, daß sie Schwester Xavier Marie gemeinsam terrorisiert hatten, schloß ich, daß Frank genauso alt sein mußte wie Sam, also auf die Vierzig zuging. Ich hätte ihn jünger geschätzt oder auch älter. Jünger wegen seiner sichtlichen Nervenkraft und Energie. Älter, weil er schon Geheimratsecken bekam und sein langes dunkles Haar an den Schläfen ergraut und überall von Silberfäden durchzogen war. Auch in seinem struppigen, zerzausten Bart sproß es silbrig. Sein Gesicht war mager, die Wangen hohl, die Schläfen knochig und eingefallen.

Er trug braune Lederhosen und ein weißes Hemd mit offenem Kragen, Kleidung mit entschieden ausländischem Flair. Der Sprache nach war er wie Sam waschechter Bostoner. Durch Bildung und Reisen geprägt, ja, aber eindeutig mehr Ostküste als Riviera.

Frank packte Sam bei den Schultern, sie sahen sich an, grinsten breit, und dann umarmten sie sich wie zwei Bären, klopften sich gegenseitig auf den Rücken und sprachen schnelles Italienisch. Ich versuchte, ihnen zu folgen, und wurde mir mehr und mehr der Grenzen meiner Kenntnisse einer einzigen romanischen Sprache bewußt. Ich hatte Sam nur wenige Male mit seinen vier älteren Geschwistern zusammen erlebt, drei Brüdern und einer Schwester. Sie hatten sich nie umarmt oder geküßt; sie hatten sich kaum angelächelt.

So, dachte ich, stelle ich mir das Wiedersehen von zwei Brüdern aus einer italienischen Großfamilie nach langer Trennung vor.

Frank, von Freude wie auch Angst erfüllt und erregt durch unsere Ankunft, streckte mir eine schmutzige Hand entgegen. Ich schüttelte sie. Er hielt sie zu lange fest und drückte zu kräftig.

«Miss Carlyle.» Seine Stimme war angenehm tief, aber er sprach schnell und ruckhaft. «Miss Carlyle, freut mich, Sie kennenzulernen, freut mich sehr. Habe von Ihnen gehört, äh, schon viel gehört.» Er verschluckte Anfang und Ende seiner Sätze. Ich mußte auf seinen Mund schauen, um die Worte mitzubekommen, sie ihm praktisch von den Lippen ablesen.

«Ihren Nachnamen kenne ich nicht», sagte ich.

Er warf Sam einen beifälligen Blick zu. «Sie kennt ... äh, Frank. Einfach nur Frank. Frank reicht.»

«Carlotta.»

Frank holte tief Luft und verschränkte die Arme vor der Brust. «Du hast sie nicht geheiratet, Sam. Wieso nicht?» Anscheinend wurde ihm gleich klar, daß diese Frage nicht gerade taktvoll war, so daß er hastig weiterredete. Nichts an dem Mann blieb ruhig, die Arme waren unablässig in Bewegung, und er wippte und tänzelte selbst dann noch, wenn er nicht herumlief. Wenn ich lange genug mit ihm im selben Raum bin, dachte ich, drehe ich durch.

«Wie geht's der verehrten Familie?» fragte er Sam. «Was macht die heilige Dreifaltigkeit?»

«Meine älteren Brüder», erklärte mir Sam grinsend.

«Gilbert, Mitchell und Anthony», sang Frank mit theatralischer Fistelstimme.

Sam lachte.

«Wer ist der Dickste?»

«Mitch. Kann sich das mexikanische Essen nicht verkneifen. Macht Papa noch wahnsinnig.»

«‹Mopser Mitch› haben wir ihn genannt», sagte Frank. «Er hat uns das Geld für unser Mittagessen so schnell geklaut, daß wir es gar nicht merkten.»

«Er war gar nicht so schnell; du warst so langsam!»

«Und Tony kann sich die Mädchen nicht verkneifen?»

«Richtig», sagte Sam.

Frank verschränkte die Arme wieder und stolzierte steifbeinig im Zimmer herum. Ich merkte schon, daß er Papa Gianelli nachahmte, noch bevor er sprach, aber die Stimme war so hervorragend imitiert, daß er Beifall verdient hatte.

«Gut, daß ich wenigstens einen wohlgeratenen Sohn habe, Gilberto, meinen Herzensjungen.»

«Gil setzt die Familientradition fort», sagte Sam. Er kannte das Spielchen wohl schon zu gut oder mochte es nicht, wie Frank mich zu beeindrucken versuchte.

«Ist deine göttliche Schwester inzwischen verheiratet?» wollte Frank wissen und blieb still stehen.

«Und wieder getrennt.»

«Von diesem faulen Hund Carlo?»

«Nein, sie hat einen Iren geheiratet. Papa hat Zustände gekriegt.»

«Nicht schlecht. Haben sie Kinder?»

«Drei Mädchen. Der Junge ist gestorben.»

Sam biß sich auf die Lippen, um nicht noch mehr zu sagen, und ich wäre am liebsten damit herausgeplatzt, daß der Tod des Jungen nicht meine Schuld war. Wahrhaftig nicht. Er gehört der Vergangenheit an. Sam und ich haben uns mit der Katastrophe abgefunden. Meiner Meinung nach ging das Frank nichts an.

«Unterhält dein Papa immer noch einen Schrein für deine selige Mama?» fragte Frank.

«Es war eine lange Zeit», sagte Sam, «mit Blumen, Kerzen und Bildern. Ich habe fast das Gefühl, mich an sie erinnern zu können. Paps ist jetzt bei Ehefrau Nummer vier angelangt.»

Ich beschloß, den Spieß herumzudrehen.

«Und Ihre Familie?» fragte ich. «Lebt sie in der Nähe?» Das hätte in meinen Augen der einzige plausible Grund für seine Wohnungswahl sein können. Mama, Papa oder eine Tante in vorgerücktem Alter, die sich weigerten, aus der Parterrewohnung auszuziehen.

«Setzen Sie sich doch», sagte er, «bitte.» Er schaute im Zimmer umher, als hätte er es noch nie gesehen. «Äh, entschuldigen Sie. Ich hole noch einen Stuhl.» Er verschwand und kam gleich darauf mit einem dritten Klappstuhl zurück, den er mit einem lauten Knall aufstellte und zurechtschob, so daß halbwegs eine Gesprächsrunde entstand. «Ich habe kühles Bier. Und Kartoffelchips.»

«Sie wollten mir von Ihrer Familie erzählen», sagte ich, belustigt über seine Bemühungen, gastfreundlich zu sein wie ein Student auf seiner Bude.

«Tot», sagte er barsch. «Ich bin Waise.»

«Verheiratet?»

«Nein.»

«Nie gewesen?»

«Nicht mehr», sagte er, und sein Mund verzog sich zu etwas, das als Lächeln gedeutet werden konnte. Er sah mich nicht an, während ich ihn ausfragte. Wenn ich von der Kripo gewesen und er als Verdächtiger zum Verhör bestellt worden wäre, hätte ich ihm jetzt seine Rechte verlesen und einen Pflichtverteidiger gerufen. Er mußte einfach etwas auf dem Kerbholz haben. Immer auf dem Sprung, nervös wie eine Katze, Angst vor Blickkontakt.

Ich musterte noch einmal sein blasses Gesicht und seine Kleidung. Vielleicht doch nicht aus dem Ausland. Vielleicht aus dem Gefängnis. Einzelhaft, ein Ort, an dem keine Notwendigkeit bestanden hatte, mit anderen Menschen zu verkehren.

Vielleicht ein Sprachfehler oder eine Hörschwäche. Ich wünschte, Sam hätte mir mehr über den Mann erzählt.

«Haben Sie Kinder?»

«Sie?» fragte er zurück.

Sam wiegte sich auf seinem eisernen Stuhl hin und her, ihm war der Wortwechsel unangenehm. «Hört mal», sagte er, «Ende des Small-talks. Laßt uns zum Geschäft kommen.»

Frank runzelte die Stirn. «So behandelt man doch keinen alten Kumpel, Sam. Du siehst großartig aus. Das Leben geht verdammt gut mit dir um.»

Sam schwieg. Was hätte er auch sagen sollen? «Du siehst grauenhaft aus»?

«Wir können nicht lange bleiben, Frank.»

Frank verzog den geschlossenen Mund und probierte ein Grinsen. «Äh, na schön. Ist in Ordnung, vermute ich mal. Ich muß nicht viel wissen. Wie geht sie mit dem Equipment um? Ich meine die Grundkenntnisse – ist sie damit vertraut? Bist du sicher, was sie betrifft? Absolut, meine ich?»

Sam erwiderte ernst: «Sie kann gut mit Maschinen umgehen. Ist 'ne gute Fahrerin.»

«Knüppelschaltung?»

«Ich mache selbst den Ölwechsel», sagte ich. «Was zum Teufel soll das alles?»

«Sie sind die erste Frau in dieser Wohnung», sagte Frank so leise, daß ich es beinahe überhört hätte.

Das überraschte mich. Wenn Frank mich schon an ein Tier erinnerte, das in seiner Höhle auf und ab tigerte, dann zumindest an ein wolfsartiges.

«Sind Sie erst vor kurzem eingezogen?» fragte ich.

Er lachte, stand auf und schlug Sam auf die Schulter. «Ich mag sie», murmelte er zu Sam gewandt. «Der Handel gilt.»

Wie mochte Frank als Kind ausgesehen haben, was für Blutsbrüderschwüre hatten die zwei kleinen Kerle wohl ausgetauscht? Ich habe über die Jahre ein paar von Sams Freunden kennengelernt, obgleich er mich im allgemeinen lieber von seiner Familie fernhält, denn Räuber und Gendarmen passen nicht zueinander. Sie sehen nicht alle hübsch aus, haben aber alle ein gewisses Niveau.

Dieser hier nicht.

Franks Wohnung roch nach Fett. Burger-King-Einwickelpapier lag überall in den Ecken herum. Gott weiß, was sonst noch.

Um die Sache zu beschleunigen, sagte ich: «Sam hat mir erzählt, Sie hätten alles da, was Computer betrifft.»

Er warf sich in die Brust. «Was immer Sie brauchen.»

«Einen einfachen PC samt Modem.»

«Sonst nichts?» Er schien enttäuscht zu sein.

«Sonst nichts.»

«Wollen Sie sich in Bulletin Boards einklinken?»

«Ich will Informationen aus einer Datenbank abrufen, einer größeren.»

«Einem Infodienst wie PC-Profile oder –»

«Ich dachte eigentlich mehr an U.S.-Datalink.»

«Kann man alles machen», sagte er. «Aber was den PC betrifft, brauchen Sie was Anständiges, sonst kriegen Sie eine Wahnsinnstelefonrechnung. Etwas, womit Sie Ihre Makro-

Suchstrategie off-line programmieren können. Datalink hat gute Eingangssoftware. Ist sehr kompatibel. Ich könnte Sie mit ProComm ausstatten oder mit Cross-Talk, vielleicht gibt's auch Raubkopien. Ich kann auf den BBS nachsehen, BBS, das sind die Bulletin Boards oder Schwarzen Bretter.»

«Raubkopien?» wiederholte ich. Es war eins der wenigen Worte, die ich aus seinem Wortschwall herausgehört hatte. «Ich bin nicht an Ware interessiert, die unterwegs aus einem Lastwagen gefallen ist.»

«Nein, nein», sagte er rasch, «ich rede von Software. Die Hardware habe ich gekauft und bezahlt; sie ist nur zu alt für das, was ich mache, aber sonst nicht. Ich möchte ihr ein gutes Zuhause verschaffen. Mit der Software ist es etwas anderes, die gehört jedermann. Informationen gehören jedermann. Sind Sie der Meinung, daß wir Bibliotheken mit Vorhängeschlössern verrammeln und den Bibliothekaren die Schlüssel geben sollten? Oder der Telefongesellschaft und den gottverdammten Technokraten, so daß die Massen ihr Leben lang Arbeitsbienen bleiben?»

«Frank», sagte Sam jetzt bestimmt, «wir wollen das Equipment, keine Predigt.»

«Einen alten PC/XT», murmelte Frank, als hielte er Selbstgespräche. «Das ist die Eintrittskarte, genau das brauchen Sie. Mit Modem.»

«Wieviel würde mich ein PC/XT kosten? Mit Modem?»

«Sie können ihn an jede Telefonbuchse anschließen.»

«Wieviel?» fragte ich.

«Ein gutes Zuhause?» Er sah Sam an.

«Ein wunderbares. Äußerst empfehlenswert.»

«Dann geschenkt.»

«Nein», sagte ich.

«Sie hat eine Katze», ergänzte Sam.

«Eine Katze.» Frank war offenbar entsetzt. «Wird sie sich davon trennen?»

«Worum geht's hier eigentlich?» fragte ich. «Ich habe auch noch einen Vogel. Den ältesten und frechsten Sittich der Welt.»

«Katzenhaar ist schlecht für Computer», sagte Frank hastig. «Staub auch. Und Sie brauchen einen Schutz vor Reibungselektrizität, falls Sie auf Teppichboden arbeiten.»

Ich sah Sam mit hochgezogenen Augenbrauen an.

«Es ist ein gutes Zuhause», sagte Sam ernsthaft. «Sie wird gut mit deinem PC umgehen, Frank.»

«Mit einer Katze fünfzig Dollar», sagte er und verschränkte die Arme. «Fünfzig, nicht mehr und nicht weniger.»

Ich hatte das Gefühl, als würde ich durch den Spiegel schlüpfen, während eine magere Ausgabe von Tweedledee mir hilfsbereit die Hand reichte.

«Abgemacht», sagte ich. Ich hatte mir im Traum nicht vorgestellt, unter dreihundert on-line zu kommen. Ich hatte befürchtet, das Preislimit noch höher setzen zu müssen.

Und so ungern ich es auch zugab, die Zukunft hieß «on-line». Wenn ich mein Brot weiterhin als Privatdetektivin verdienen wollte in dieser Stadt – die nicht so chauvinistisch ist wie andere, aber auch nicht so emanzipiert, daß viele eine Frau um Hilfe ersuchen würden –, mußte ich mit der Zeit gehen.

Computer überall. So ist das nun mal. Bald werden ganz andere Krimis über den Bildschirm flimmern. Die Kripobeamten werden rumsitzen, auf Tastaturen herumhämmern und feststellen – keuch –, wer heute bei Videosmith Pornobänder abgerufen hat. Ich wünschte, ich könnte mich für Computer begeistern, aber sie sind auf eine Weise abstrakt, daß es bei mir nicht kribbelt. Autos sind im Grunde die einzigen Maschinen, an denen ich gern herumbastele, vielleicht, weil ich zu einer Zeit in Detroit aufgewachsen bin, in der Autos noch geheiligte Karossen waren.

Die Dinge ändern sich. Ich fahre einen Toyota. Ich brauche einen Computer.

«Wollt ihr eine Cola?» fragte Frank, als ob ihm gerade wieder eingefallen wäre, daß er uns das fragen müßte. Er konnte sich anscheinend nicht entscheiden, ob er uns aus dem Haus scheuchen oder als Geiseln dabehalten sollte. «Falls ihr kein Bier wollt.»

«Ich lasse den Wagen nicht besonders gern auf der Straße stehen», sagte Sam.

«Bist du mit deinem eigenen Wagen gekommen?»

«Ich habe einen geliehen.»

«Und vor dem Haus geparkt? Was tust du mir an! Heiliger Himmel! Ihr geht besser.»

«Laß uns erst das Zeug einpacken. Weißt du, wo du diesen Computer hast?»

«Natürlich. Im Originalkarton. Ich helfe euch beim Einladen.»

«Ich kann ihn schon tragen, Frank.»

«Ich könnte ein bißchen frische Luft gebrauchen.»

Das verstand ich gut. Ich wollte auch raus, und ich war erst fünfzehn Minuten hier.

Es dauerte weitere zwanzig Minuten, bis wir das richtige Gerät samt Handbüchern gefunden hatten, während Frank schwor, daß er mir eine Software suchen würde, mit der ich am meisten Bits pro Dollar aus Datalink abrufen könnte. Er sprach in Initialen und reihte die Sätze höchst merkwürdig ohne Punkt und Komma aneinander, daß ich kaum die Hälfte von dem verstand, was er sagte. Ich sah immerfort

Sam an in der Hoffnung, er würde mir Franks Italienisch verdolmetschen, bis mir klar wurde, daß es sich um Englisch handelte, nur doppelt so schnell und außerdem höchst merkwürdig verdreht. Verben als Substantive. Substantive als Verben. Und durchweg mit Abkürzungen gewürzt.

«Es wird dunkel», war etwas, was ich verstand.

«Dann wollen wir mal gehen», sagte Sam. Ich bemühte mich, nicht zu heftig mein Einverständnis kundzutun.

«Du kannst dieses Schätzchen nicht im Kofferraum verstauen, Sam. Du mußt es entweder hinten in den Fußraum stellen, auf eine Decke, oder, was vielleicht noch besser wäre, sie könnte es auf dem Schoß halten.»

«Ja, ‹sie› könnte es halten», sagte ich. Ich zählte ihm zwei Zwanziger und einen Zehner in die Hand und beschloß, ihm keinen Rat zu erteilen, was er mit dem Geld anfangen sollte, aber im Geiste sah ich einen Umzugswagen vor mir.

«Sie hätten auch später bezahlen können», sagte er. Seine dunklen Augen hatten kurze, borstige Wimpern. Die Augenbrauen trafen sich fast in der Mitte und bildeten zusammen einen finsteren Strich über seinem Gesicht.

«Ich regel lieber alles sofort», sagte ich.

Sam trug den Computer. Frank nahm mir die Handbücher ab. Auch einen Karton mit Disketten, die er mir unbedingt noch in letzter Minute als Zugabe schenken wollte. Ich hatte ihm versprechen müssen, die Katze nicht daran zu lassen.

Trotz der zunehmenden Dämmerung hatte das Äußere des Häuserblocks nichts gewonnen. Man konnte lediglich die Pfützen nicht mehr erkennen. Meine Füße waren im Nu klatschnaß. Sam hatte dicht bei einer Straßenlaterne geparkt. Die schwache Glühlampe spendete nur wenig Licht.

Das geliehene Auto sah unversehrt aus, aber es konnte durchaus eine oder fünf neue Beulen haben. Mir wäre es nicht aufgefallen.

Frank probierte herum und befand schließlich, der Computerkarton sei zu groß, als daß ich ihn auf dem Schoß halten könnte. Er diskutierte ausführlich darüber, wie das Gerät sicher verstaut werden könnte, und setzte dann zu einem längeren Vortrag über die Vorteile eines Überspannungsschutzes an.

Ich vermochte allmählich seinem schnellen Redefluß zu folgen, aber es erforderte Konzentration.

Ich sah den schwarzen Kombi nicht um die Ecke kommen. Ich hörte die Reifen quietschen. Er hätte die Scheinwerfer eingeschaltet haben sollen, er dürfte eigentlich nicht so schnell fahren, dachte ich eben, als Sam mich packte, mich zu Boden stieß und Frank anschrie, er solle runter, runter. Ich fiel etwa gleichzeitig mit den Schüssen, die ich hörte. Ich wandte instinktiv den Kopf ab, aber zu spät, denn mein aufgerissener Mund füllte sich mit Matsch. Ich spuckte aus und spürte Sams Gewicht auf mir. Ich sah das Mündungsfeuer, das vom Beifahrersitz des schwarzen Kombis kam. Strahl auf Strahl. Schnellfeuersalven erhellten den Himmel wie Blitze.

Ich fühlte Sams Herz wild pochen. Ich versuchte, ihn von mir wegzuschieben, aber er hob die Hand und hielt mir den Mund zu. Da meine beiden Hände unter mir begraben waren, konnte ich nicht viel an dem verordneten Schweigen ändern. Ich atmete tief durch, bewegte Arme und Beine und merkte, daß sie normal funktionierten.

Was mich richtig bedrückte, war die Stille. Wenn ich gekonnt hätte, hätte ich geschrien, nur um die Spannung zu lösen. Niemand schlug ein Fenster ein, niemand brüllte.

Von den Friedhofsbewohnern war ja nicht viel zu erwarten, aber einer der lebenden Nachbarn hätte sich aus seiner Fernsehbetäubung oder berufsbedingten Dealerangst aufrappeln und nachforschen können, ob wir lebendig oder tot waren.

Schneegraupel fiel.

8 Das erste Geräusch außer meinem schweren Atem waren die heulenden Sirenen von zwei Streifenwagen.

Sams Körper rührte sich. «Ins Auto!» Seine Stimme wirkte viel zu laut.

«Wir müssen doch warten –»

«Steig ein, Carlotta.»

«Verdammt noch mal, was ist mit Frank? Ist bei dir alles in Ordnung? Ist bei mir alles in Ordnung?»

«Frank ist weg. Wir sind weg.» Er zerrte mich auf die Füße und schob mich zum Wagen.

Ich wurde formlos hineingestoßen. «Was zum Teufel –?» Ich hätte mir die Schulter brechen können an der zuknallenden Tür. Statt dessen drängte ich mich mit klappernden Zähnen näher ans Lenkrad.

Sam ließ den Motor an, bevor er die Tür zuschlug. Es roch nicht nach Gummi, als er abfuhr; aber er fuhr auch nicht wie ein Sonntagsfahrer auf dem Weg zur Kirche.

Ich hielt mit Mühe meine Stimme unter Kontrolle. «Was meinst du damit, daß Frank weg ist? Tot?»

«Er kann für sich selber sorgen. Er ist ... schlau genug.»

Ich atmete. Ein und aus. Ein und aus. Zählte zweimal bis

zwanzig. Meine linke Hand zitterte, und ich steckte sie mir zwischen die Schenkel, damit sie ruhig wurde.

«Was war denn das, Sam?» Meine Atmung funktionierte irgendwie nicht richtig. Erst nach drei Anläufen brachte ich die Worte heraus.

«Ein Drive-by. Was ist los mit dir? Liest du keine Zeitung mehr?»

«Ein Drive-by», wiederholte ich. «Und was noch?»

«Sonst nichts. Hast du sie gehört?»

«Ich habe dich gehört, und du hast mich unter dir begraben.»

«Bastarde. Lehnen sich aus den Fenstern und schreien irgendwelchen ‹Bringt-die-Weißen-um›-Mist. Wir befinden uns nicht gerade in einer gut gemischten Gegend. Einer der Anwohner hält wahrscheinlich für irgendeine Straßengang die Augen nach Weißen offen.»

«Und sie haben Frank bisher noch nie entdeckt?»

«Er geht nicht aus dem Haus.»

«Hast du sie sehen können? Haben sie Farben getragen?»

«Was?»

«Die Farben einer Gang, Sam. Könntest du sie wiedererkennen? Bromley-Heath? Academy Homes? Goyas?»

«Nein, Carlotta. Ich habe nicht drauf geachtet, was für verfluchte Klamotten sie anhatten.»

«Sam, wohin fährst du eigentlich?»

Es dauerte eine Weile, bis er zugab, daß er es nicht genau wußte.

«Halt mal an. Laß mich fahren.»

Er trat auf die Bremsen, daß sie kreischten, und fuhr scharf rechts ran. Wir kamen unter einem Götterbaum zum Stehen. «Weißt du etwa, wo wir sind?»

«Steig aus und lauf schnell ums Auto. Ich rutsche rüber, fahre zum Franklin Park und dann zurück zum Arboretum, wo wir –»

«Fahr bloß nicht zu einer Polizeiwache», sagte er warnend, als er sich in den Beifahrersitz fallen ließ.

«Ich werde irgendwo in J. P. parken», versprach ich ihm. Jamaica Plain ist ein Wohngebiet, in dem es erlaubt ist, über Nacht auf der Straße zu parken. Der Nova würde nicht weiter auffallen.

«Da können wir das Auto stehenlassen und loswerden», sagte Sam zustimmend.

«Zumindest können wir nachsehen, ob es Einschußlöcher hat. Vielleicht verlieren wir Sprit oder Getriebeöl –»

«Es kann uns jemand gesehen haben. Wir müssen es loswerden.»

«Sam, was zum Teufel geht hier vor?»

«Carlotta, ich werde mich nicht in diese Sache hineinziehen lassen. Es war eine Rassensache. Sonst nichts. Aber in dem Augenblick, wo mein Name ins Spiel kommt, wird es eine Mafiasache, das weißt du verflucht genau.»

«Sam, es war ja nicht deine Schuld. Du bist hier das Opfer. Du solltest die Bullen rufen.»

«Du solltest dich mal hören», sagte er kopfschüttelnd. «Du sprichst wie ein Kind. *Schuld*. Meine Familie, alles ist immer meine eigene Schuld gewesen, seit ich geboren bin.»

Das Lenkrad fühlte sich in meinen eiskalten Händen warm an.

«Als meine Mutter gestorben war», fuhr er fort, «ich war noch ein Baby – ein kleines Kind –, haben mich meine Brüder zur Kirche gebracht und dort gelassen, wohl weil sie dachten, Gott würde mich als Opfergabe annehmen und im Austausch dafür Mama zurückbringen.»

«Der Pfarrer muß sich doch über dich gefreut haben», sagte ich. Sam spricht nicht oft von seiner Kindheit. Die Schüsse hatten ihm offenbar die Zunge gelöst.

«Sie haben mich nicht etwa zur örtlichen Pfarrkirche gebracht. So dumm waren sie nicht. Sie haben mich in Lumpen gehüllt und mich in einen Kinderwagen gesteckt, den sie sich von der Müllkippe geholt hatten. Nicht den schicken Gianelli-Sportwagen, den alle Mamas in North End erkannt hätten. Ich war einfach nur ein Findelkind, auf einer Türschwelle abgelegt und auf dem besten Weg in eine Zukunft bei Zieheltern.»

«Und wer hat dich gefunden?»

«Das weiß ich nur aus Erzählungen. Papa kam zu dem Schluß, ich müßte gekidnappt worden sein, das schwerste Verbrechen seit der Lindbergh-Entführung. Hat die Kinderfrau auf der Stelle gefeuert. Sie hatte keine Papiere und mußte deshalb nach Italien zurück. Er wollte sie hinter Gitter bringen, war dann aber doch mit der Abschiebung zufrieden.»

«Es war doch gar nicht ihre Schuld.»

«Da, schon sagst du's wieder», sagte Sam.

«Und wie hat dein Vater dich schließlich gefunden?»

«Er hörte meine Brüder im Kinderzimmer beten und Gott bitten, mich anstelle von Mama zu nehmen. Hat sie halbtot geprügelt, bis sie den Mund aufgemacht haben. Ich erinnere mich noch, daß er sagte, ich sei krank gewesen, als er mich wiederfand. Eine Erkältung, aber er hat wirklich gedacht, ich würde sterben.»

«Glaubst du das?» fragte ich. «Die Geschichte? Deine Brüder waren immerhin schon halbwüchsig. Alt genug, um zu wissen, daß Gott sich auf keinen Handel einläßt.»

Sam zuckte die Achseln. «Mein Vater kann die ganze Sache

erfunden haben. Jeder der Jungs kann sie sich ausgedacht haben, um mir klarzumachen, daß ich unerwünscht war. Das wäre die glaubhafteste Erklärung, aber Teufel auch, ich kann durchaus auch von der Winter-Hill-Gang gekidnappt worden sein. Es spielt keine Rolle.»

Ich leckte mir die Lippen. Meine Hände zitterten nicht mehr. Sie waren jetzt taub.

«Als Ginas Sohn gestorben ist, haben sie mir die Schuld gegeben», fuhr Sam fort.

«Hat Gina dir die Schuld gegeben?»

«Nein», sagte er mit einem halben Lächeln. «Sie hat dir die Schuld gegeben. Egal – was ich sagen wollte, ist, daß ich meine Familie nicht in diese Sache hineinziehen lasse.»

«Auch dann nicht, wenn es die Mafia war», sagte ich.

«Ich kenne keine Italiener, die in der Gegend herumhängen», sagte Sam.

«Frank sieht italienisch aus. Ist vielleicht jemand hinter Frank her?» fragte ich.

«Das Wohnungsamt, nehme ich mal an. Wegen Einsturzgefahr.»

«Und wenn es nun die Sondereinheit zur Bekämpfung des organisierten Verbrechens war?» sagte ich. «In Anbetracht der Tatsache, daß sie solches Interesse an dir hat.»

«Das ist nicht ihr Stil, Carlotta. Sie sind schließlich die Guten.»

«Sam, ich finde, du solltest mich mal die Wanzen untersuchen lassen.»

«Laß das bloß, Carlotta. Ich weiß, was ich weiß. Als ich gesagt habe, daß ich sie von Experten habe überprüfen lassen, meinte ich auch *Experten*!»

Ich fuhr langsam und hielt immer schon bei gelber Ampel

an. Wenn ich so Taxi fahren würde, würde ich sofort Verdacht erregen und angehalten werden.

«Wie ist es denn bei dir?» fragte Sam unvermittelt. «Ist jemand hinter dir her?»

«An wen denkst du denn?»

«Du warst doch mal bei der Polizei.»

«Ist aber schon länger her.»

«Steckst du in irgendeiner Sache, von der ich nichts weiß?»

«Wie zum Beispiel?»

«Arbeitest du für irgendwelche Verrückten?»

Ich ging im Geiste meine verschwindend wenigen Fälle durch. Zweimal Suche nach einem säumigen Schuldner, was durch die Anschaffung eines Computers beschleunigt würde. Eine bisher ergebnislose Ladenüberwachung, möglicherweise Personaldiebstahl.

Phil Yancey.

«Vielleicht ist Roz eifersüchtig», bemerkte Sam.

«Meinst du, sie ist heiß auf dich?»

«Der Psychiater von nebenan. Ich glaube, *er* ist heiß auf *dich*.»

«Wenn Roz meinen Tod will, tut sie Gift in die Essensreste im Kühlschrank. Hast du gesehen, wie die Gewehre aus dem Kombi herausstanden? Wie auf Prohibitionsfotos.»

Ich bog von der Centre Street in eine dunkle Gasse ein.

«Drei Häuserblocks von hier ist eine Tankstelle mit Münzfernsprecher», sagte ich, fuhr an den Straßenrand und parkte hinter einem grauen Nissan Stanza.

«Gut. Dann los.»

«Zuerst erzählst du mir mal, wem dieses Auto gehört. Es besteht die Möglichkeit, daß die Cops die Nummer herauskriegen. Irgend jemand wird reden, und dann wird man uns beide in die Zange nehmen. Bei mir steht die Zulassung als Detektivin auf dem Spiel. Ich bin eigentlich verpflichtet, Verbrechen anzuzeigen, statt bei der Vertuschung zu helfen.»

«Hast du den Cops bisher noch nie etwas verschwiegen, Carlotta?»

Ich machte mir nicht die Mühe, das zu bestreiten. «Am besten rufen wir die Polizei –»

«Der Wagen ist entbehrlich.»

«‹Entbehrlich›.» Ich wette, Papa Gianelli hat dieses Wort häufig gebraucht. «Frank war höchstwahrscheinlich die Zielscheibe, Sam. Warum lebt er in einem solchen Slum?»

«Komm, gehen wir zur Tankstelle», sagte Sam ungeduldig. «Ich trage den Computerkram. Wir rufen Gloria an, sie soll uns ein Taxi schicken.»

«Heiliger Himmel», sagte ich. «Du bist hoffnungslos. Ein Glück, daß du nicht ins Familiengeschäft eingestiegen bist. Wenn wir diese Sache schon nicht melden, müssen wir wenigstens unsere Fingerabdrücke von dem gottverdammten Lenkrad wischen.»

Wenn man schon Gesetze bricht, dann auch richtig.

9

«Theater ist Leben.
Film ist Kunst.
Fernsehen ist ein Möbelstück.»

Roz, meine reizende Mieterin, ist dazu übergegangen, ihren Gemälden Worte hinzuzufügen, schwarze Graffiti, umgeben von wirbelndem Orange, Grün und Fuchsienrot in Acryl. Sie macht Feldtests mit ihren Gemälden, indem sie sie nahe an meinem Bett aufhängt. Wenn ich nicht gleich bei ihrem Anblick kotzen muß, meint sie, lassen sie sich womöglich verkaufen. Wahrscheinlich hält sie sie für noch besser verkäuflich, wenn ich mich tatsächlich übergebe.

Die meisten ihrer Sprüche entnimmt sie den täglichen Familienserien im Fernsehen. «Kann Catherine beweisen, daß sie Dominics unglückliche Halbschwester ist?» – «Luke und Laura schmücken ihr Heim.» Sie verwendet auch TV-Werbesprüche und hat eine ganze Serie mit dem Slogan: «Das ist nicht der Oldsmobile deines Vaters» gemacht. Sie verzweifelt an Reebok und behauptet felsenfest, sie würden sich selbst schon so perfekt parodieren, daß sich weitere Kommentare erübrigten.

Auf das Theater-Film-und-Fernseh-Poster fiel mein Blick, als ich aus einem schweißtreibenden Alptraum aufwachte. Es gefiel mir so gut, daß ich mich fragte, ob sie mir wohl einen Preisnachlaß gewähren würde.

Ich hätte lügen und behaupten können, die gestrige Schießerei sei ein Traum gewesen. War sie aber nicht. Sie war teuflisch real. Mir schmerzten die Knie, und zwischen den Rippen hatte ich da, wo mich Sams Ellbogen getroffen hatte, einen schwarzblauen Fleck von der Größe eines Silberdollars. Und turmhohe Schuldgefühle, schlimmer als ein Kater.

Bei einem Kater trinkt man einen Liter O-Saft, duscht kalt, fährt zum Y, spielt Volleyball, schwimmt zwanzig Runden. Schuldgefühle sind schlimmer. Sie verlangen nach Bekenntnis, besonders, wenn man in einer jüdisch-katholischen Familie aufgewachsen ist. Vermutlich das einzige, worin meine Eltern einer Meinung waren, war die entscheidende Bedeutung von Schuldgefühlen.

O-Saft und kalte Dusche hatten keine Wirkung.

Sobald ich nach unten kam, erspähte ich die Beute des gestrigen Abends, die Hardware – Tastatur, Computer und Bildschirm – auf meinem Schreibtisch. Ich etikettierte sie im Geiste: «Beweisstück A».

Ich schnappte mir die plastikverpackte Morgenzeitung, den *Globe*, von der schneebedeckten Veranda und faltete sie auf meinem Schreibtisch auseinander. Ich trank noch mehr Orangensaft, diesmal aus einem Glas.

Mein Kater T. C. rieb sich an meinen Knöcheln. Ich reagierte darauf nicht mit Futter, so daß er verstimmt davonstolzierte.

Das Drive-by hatte es nicht auf die Titelseite geschafft. Gemetzel in Bosnien, die zigste Senatsanhörung zum organisierten Verbrechen, Erinnerungen an das Warschauer Ghetto.

Ich mußte zweimal die ganzen Stadtnachrichten durchgehen, bis ich mein Verbrechen fand. Es nahm kaum fünf Zentimeter einer Spalte auf Seite 26 ein, unter dem Knick. Frank mußte heil davongekommen sein. Verletzte waren dramatischer und wurden detaillierter behandelt.

Ich merkte, wie meine Hand nach dem Telefon tastete, den Hörer ergriff und wieder auflegte.

Verdammt, ich wollte Mooney anrufen.

Mooney ist meine Hauptverbindung zur Polizei. Er war mal mein Boss. Er hat seinen Traumjob erreicht: Lieutenant beim Morddezernat. Meine Finger rückten langsam auf die Wahlknöpfe des Telefons zu, zögerten. Ich konnte schließlich nicht mit beeindruckenden Informationen aufwarten. Ich hatte die Schützen gar nicht gesehen, konnte auch den Wagen nicht näher beschreiben. Ich konnte die Polizei nur auf Frank verweisen, aber die Cops hatten wahrscheinlich ohnehin eine Befragung der Anwohner durchgeführt.

Am Ende war es eine Frage der persönlichen Loyalität gegenüber Sam, der die Frage nach Recht und Gesetz entgegenstand. Und die Frage, wieviel Ärger man sich einhandeln wollte. Ich kam mir wie die Unschuld vom Lande vor, die überlegt, ob sie eine Schulkameradin verklatschen soll oder nicht: Judy raucht auf der Mädchentoilette.

Wo war Schwester Xavier Marie, wenn man moralische Beratung brauchte?

Ich rief bei den Krankenhäusern der Gegend an und fragte nach Schußverletzten. In der Zeitung hatte nichts von Verletzten gestanden, aber die Hälfte dessen, was sie druckten, ist Füllstoff und die andere Hälfte dubioses Zeug. So sagt man bei den Cops.

Die meisten Schußverletzten werden in die Städtischen Krankenanstalten von Boston eingeliefert. Es hat *die* Lage dafür, wie Immobilienmakler behaupten. Unter Einsatz meiner sozialwissenschaftlichen Kenntnisse erfuhr ich, daß keiner der kugeldurchlöcherten Patienten dort ein großer hagerer Weißer war. Es ärgerte mich, daß ich Franks Nachnamen nicht wußte.

Als das Telefon klingelte, fuhr ich zusammen, weil ich dachte, es sei Mooney. Daß wir des anderen Gedanken lesen können, war bei der Polizei gar nicht schlecht. Aber seit ich nicht mehr im Polizeidienst bin, finde ich es eher erschreckend.

Sams tiefer Bariton klingt beruhigend, auch wenn das, was er sagt, anders klingt.

«Wollte nur mal nachhören», sagte er.

«Was nachhören?»

«Du weißt schon.»

«Ich weiß nichts.»

«Dein Telefon war dauernd besetzt.»

«Kommst du mir jetzt mit den Treueschwüren, Sam?» sagte ich eisig. «Meine Mutter hat mir mal erzählt, der größte Kummer meiner Großmutter sei gewesen, daß sie nie vor dem Parlamentsausschuß für unamerikanisches Verhalten aussagen durfte. Sie hat vor dem Spiegel geprobt, wie sie dem Ausschuß sagen würde, daß er sich schämen sollte, gute Kommunisten zu jagen, während er doch mit halbem Aufwand die Zähne in J. Edgar Hoover schlagen könnte.»

«Was willst du mir damit sagen, Carlotta?»

«Ich habe ein gestörtes Verhältnis zu Treueschwüren.»

«Und sonst geht's dir gut?» fragte Sam.

«Bis auf ein paar Beulen, ja. Weißt du zufällig, ob dein, äh, Kumpel auch bei guter Gesundheit ist?»

«Ihm geht's gut», sagte Sam.

«Willst du mich jetzt anheuern? Um festzustellen, wer deinen Freund verheizen wollte – oder nicht?»

«Ich will's lieber vergessen. Es hatte nichts mit uns zu tun. Es war nichts Persönliches, Carlotta.»

«Wenn auf mich geschossen wird, nehme ich das durchaus persönlich.»

«Dann mach, was du willst. Wenn du unbedingt herausfinden willst, welche Gang ausgerastet ist, verschwende ruhig Geld und Zeit. Aber laß mich aus dem Spiel.»

«Nehmen wir mal an, ich müßte Frank finden», sagte ich.

«Nehmen wir mal an, sein Schrott gibt keinen Mucks von sich, wenn ich ihn einstöpsel.»

«Er wird *dich* finden», sagte Sam, «er wird wissen wollen,

89

ob der Computer in Ordnung ist. Und nicht von einem Querschläger getroffen wurde.»

«Und was ist mit mir?»

«Er hat sich nach deinem Wohlergehen erkundigt.»

«Soll ich mich jetzt geschmeichelt fühlen?»

«Wenn du willst.»

«Wie heißt Frank mit Nachnamen?»

«Er benutzt ihn nicht.»

«Hat er mit dir in Vietnam gedient?»

«Warum?»

«Wegen der Art und Weise, wie ihr beiden euch gleichzeitig auf den Boden geworfen habt. Es war wie Teamwork. Als wüßtet ihr genau, was ihr tut.»

«Carlotta, bei der Gegend, in der wir beide aufgewachsen sind, brauchten wir nicht erst nach Südostasien.»

Ich wartete. Er hatte mich angerufen, nicht umgekehrt.

«Ich möchte dir einen Rat geben», sagte er schließlich.

«So?» Ich dachte, er würde mich vor den schrecklichen Folgen warnen, die ein Anruf bei der Polizei hätte.

«Laß Frank aus dem Spiel. Ich weiß, daß es eine gute Story ist, aber laß Frank da raus. Wenn dich dein gottverdammtes Gewissen zu sehr plagt, dann nimm dich und mich, aber laß ihn vollkommen da raus.»

«Das könnte ein Teil unserer Abmachung sein.»

«Welcher Abmachung?»

«Ich gehe weder zur Polizei, noch erwähne ich Frank, allerdings unter einer Bedingung.»

«Welcher?»

«Du erzählst Gloria, daß G & W abgehört wird.»

«Warum?» sagte er. «Meinst du, sie betreibt in ihrer Freizeit ein illegales Wettbüro von da aus?»

«Sie sollte es wissen», sagte ich.

«In ihrem Zimmer sind keine Wanzen. Ich habe es filzen lassen. Es ist schalldicht. Die G-&-W-Wanzen reichen nicht so weit.»

«Du sagst es ihr, oder ich rufe bei den Bullen an. So einfach ist das.»

Ich konnte ihn durch die Leitung schwer atmen hören.

«Na schön», sagte er schließlich. «Abgemacht.»

«Sag ihr, daß sie laute Musik abspielen soll, wenn sie es nicht mag. In vielen Taxigaragen wird laute Musik gespielt.»

«Das gehört nicht zur Abmachung», sagte er.

Ich wartete.

«Ich werd's erwähnen», sagte er. «Soll ich ihr auch noch irgendwelche Stücke empfehlen?»

«Kommt ganz darauf an», sagte ich. «Wenn Gloria die alten Käuze satt hat, würde ich Rap empfehlen. Wenn sie gern Zigarrenrauch riecht, sollte sie was Irisches auflegen. Die Chieftains zum Beispiel.»

«Die Sondereinheit würde sicher lieber die Chieftains hören», sagte Sam.

«Was soll eigentlich die ganze Geheimnistuerei um Frank?»

«Ich bitte dich nicht allzuoft um einen Gefallen, Carlotta. Aber diesmal. Tu nichts, was ihm schaden könnte.»

Ich trommelte mit den Fingern auf die Schreibtischplatte.

«Bitte», sagte er ruhig. «Es ist mir wichtig.»

Vielleicht spürte er, daß ich noch nicht nachgeben wollte.

Er legte auf. Ich hielt den Hörer gegen mein Ohr gedrückt, bis das Amtszeichen mich die Verbindung unterbrechen ließ.

10　Das Leben ging stotternd weiter. Aus den Zeitungs-
rezepten für Putenreste vom Thanksgiving-Fest wurden Re-
zepte für hausgemachte Weihnachtsstollen. Alle Straßen,
die zu Einkaufszentren führten, waren verstopft. Ich warf
meine Sommerkleider aus dem Schrank und in eines der leeren Zimmer, die ich an Harvardstudenten vermieten würde,
wenn mir wirklich das Geld ausging.

Die Handbücher vor der Nase und fluchend auf das, was
mühsam aus Taiwanchinesisch übersetzt worden war,
schaffte ich es schließlich, meinen Computer anzuschließen,
nur um festzustellen, daß er ohne die von Frank verspro-
chene Software vollkommen unbrauchbar war. Am Ende
machte ich meine säumigen Schuldner auf althergebrachte
Art ausfindig, mit List und Tücke und Redesalven.

Von Frank war nichts zu hören.

Lee Cochran beantwortete meine Anrufe nicht. Ich suchte
sein Büro auf. Er war außer Haus. Ich schob ihm eine Notiz
unter der Tür durch: Bitte anrufen.

Ich säuberte den Vogelkäfig und leerte den Papierkorb.
Nachdem ich meine Schlafzimmerfenster zum 47. Mal ab-
gedichtet hatte, begann ich, im *Globe* die Anzeigen von Fen-
sterherstellern zu lesen. Ich sehnte mich nach Wärme, ein
Phänomen, das zu viele Nächte in Sam Gianellis gemüt-
lichem Apartment noch verstärkt hatten.

Als mitten in der Nacht das Telefon klingelte, dauerte es
eine volle Minute, bis mir klar war, daß ich bei mir zu Hause
schlief. Die Socken waren der Beweis dafür; wenn ich mit
Sam schlafe, trage ich nie Socken.

«Wieviel nimmst du pro Stunde?»

«Gloria?» Ich konnte ihre Stimme aus dem gnadenlosen
Rapgedudel kaum heraushören.

«Schläfst du?»

Ich tastete nach dem Licht. «Was haben wir denn? Vier Uhr früh? Wenn du wegen etwas zu essen anrufst, bist du tot.»

«Ich habe dich etwas gefragt.» Ungeduld lag in ihrer weichen Stimme. «Zwei Fragen: Bist du frei? Und wieviel nimmst du?»

«Ich kann dich kaum hören», sagte ich.

«*Wieviel nimmst du?*»

«Kommt ganz darauf an, für wen ich arbeite.»

«Für mich.»

«Dann aus Gefälligkeit.»

«Klare Verhältnisse.»

«Zwofuffzig pro Tag», sagte ich und nannte ihr damit den halben Preis. «Weniger, wenn es bis morgen warten kann.»

«Setz dich in dein Auto und komm her. Jetzt gleich. Du brauchst ein Taxi für den Job, mit Funk.»

«Für welchen Job?»

«Schrei mich nicht an.»

«Gloria, soll ich mein Ballkleid anziehen?»

«Zieh dich fürs Fahren an.»

«Du brauchst doch nicht so dringend einen Fahrer, daß du den Schnüfflerpreis dafür bezahlst.»

«Marvin hat Ärger.»

Marvin ist Glorias größter und ältester Bruder. Er *macht* Ärger, aber das sagte ich Gloria nicht.

«Ich kann ihn nicht über Funk erreichen», sagte sie. Entweder hatte sie die Musik leiser gedreht, oder ich hatte mich an das Dröhnen gewöhnt.

«Fährt Marvin denn Taxe?» Soweit ich wußte, war Marvin nach seinem letzten Aufenthalt auf Staatskosten die Lizenz für immer entzogen worden. Überführte Straftäter dürfen in keinem Bundesstaat mehr Personen befördern. Nichtüberführte ja.

«Ich hätte ihn auch nicht fahren lassen», erklärte Gloria, «wenn mir nicht heute noch zwei Leute gekündigt hätten. Es war sonst niemand da.»

«Und ich?»

Stille.

«Gloria —»

«Sam hat mir gesagt, ich soll dich von der Friedhofsschicht fernhalten.»

«Seit wann —»

«Hör mal, Carlotta. Ich habe gerade einen anonymen Anruf bekommen, daß 821 Ärger hat, irgendwo im Franklin Park.»

«821 ist wahrscheinlich liegengeblieben. Du hast deinen Bruder in *dem* Schrotthaufen losgeschickt?» Ich fragte mich, auf wessen Papiere Marvin wohl Taxi fuhr. Vielleicht auf die von einem seiner Brüder, die beide aus unerfindlichen Gründen bisher noch nicht vor Gericht gestanden hatten. Und Gott weiß, es liegt nicht daran, daß sie nichts Ungesetzliches getan hatten.

«Ich meine wirklichen Ärger», sagte Gloria noch einmal mit Nachdruck.

«Ruf die Cops an.»

«Mein letzter Auftrag für Marvin ging nach Franklin Hills», sagte sie und nannte mir eine Wohnanlage in Dorchester, der ich selbst auf eine Wette hin nicht zu nahe kommen würde.

«Münzfernsprecher oder Wohnung?» fragte ich.

«Straßenecke.»

«Großartig.»

«Marvin kann auf sich selbst aufpassen.»

«Aber sicher, ruf die Cops an.»

«Die machen mir den Laden dicht, Carlotta, weil ich einen Exknackie fahren lasse. Ich heuere lieber dich an. Jetzt sofort.»

«Und wofür?»

«Damit du den Franklin Park checkst.»

«Ein verflucht großes Gebiet.»

«Such Marvin.»

«Klang Mr. Anonymus irgendwie vertraut? Wie ein Freund von Marvin?»

«Nein.»

«Würde Marvin versuchen, dich zu hintergehen?»

«Carlotta, bitte. Komm her.»

«Um vier Uhr morgens den Franklin Park abkämmen. Das verlangst du von mir.» Sam wird außer sich sein, dachte ich, und der Gedanke daran, wie wütend er sein würde, machte den Job erheblich attraktiver. Eine Frechheit, Gloria Anweisung zu geben, mich aus dem Verkehr zu ziehen.

«Ich würde dich nicht bitten, wenn's nicht mein Bruder wäre», sagte sie. «Und denk dran, nimm deine Knarre mit.»

Ich legte auf und kleidete mich an. Keine Jeans, wenn ich fahre; es gibt Bekleidungsvorschriften. Ich stieg in weite Trikothosen mit elastischem Bund und zog ein passendes Longshirt an. Wenn es nicht gebügelt zu werden braucht und billig ist, nehme ich alles, was die Modeindustrie auf den Markt wirft.

Ich raste nach unten, schloß die untere linke Schublade an meinem Schreibtisch auf, wickelte meinen Smith & Wesson vom Kaliber .38 aus seiner Unterhemdhülle und lud ihn mit Kugeln, die ich anderswo aufbewahrte. Ich schob ihn in den

Hosenbund, er fühlte sich eisig an in meinem Rücken. Als ich meinen wollenen Automantel anzog, war die Waffe nicht mehr erreichbar für mich, weshalb ich sie lieber tief in meiner rechten Hosentasche versenkte. Ich raffte mein Haar mit den Händen zu einem Pferdeschwanz zusammen und konnte es dann knapp unter einer schwarzen Strickmütze verstauen. Raus aus der Tür.

In den Wochen nach dem Drive-by hatte Gloria nie ein Wort darüber verloren, daß sie mitten in der Nacht ein Taxi nach Jamaica Plain geschickt hatte, um mich, Sam und die Computerausrüstung abzuholen. Ich hatte angenommen, es würde ihre Neugier reizen, und wenn Glorias Neugier gereizt ist, erzählt man ihr besser alles, was man weiß.

Vielleicht hatte sie Sam deswegen angehauen; vielleicht hatte er eine überzeugende Lüge erfunden. Es mußte aber wirklich eine gute gewesen sein; Gloria hört nämlich die Flöhe husten.

Wenn sie der Meinung war, das Amt für Personenbeförderung würde ihren Laden dichtmachen, weil sie einen Ex-knackie fahren ließ, würde das Amt auch genau das machen.

Ich legte die Strecke von meinem Haus bis zu der holperigen Straße vor der Massachusetts Pike in siebzehn Minuten zurück, ein verdammt guter Schnitt.

Glorias Rollstuhl kam in der G-&-W-Einfahrt in Sicht, sie hielt mir Schlüssel entgegen und schüttelte sie wie Weihnachtsglocken. «Nimm den Ford aus der Werkstatt. Den 716er.»

«Ort?»

«Ich höre den Polizeifunk ab und habe schon mal ein paar gute Fahrer auf die Suche geschickt. Burschen, die den

Mund halten können. Ich gebe dir die Einzelheiten durch, so schnell ich kann.»

«Bist du sicher, daß du keine Polizei willst?»

«Das machen wir unter uns aus, Carlotta.»

Falls die Musik die Wanzen zudröhnt, dachte ich.

Ich sagte: «Bis dann.»

«Paß auf dich auf.»

Such in den frühen Morgenstunden irgendwo im Franklin Park einen überführten Verbrecher in einem verschwundenen Taxi. Nimm deine Knarre mit.

Und paß auf dich auf.

11   Ich schaltete den Funk ein, sobald ich die Wagentür hinter mir zugeschlagen hatte und bevor Gloria wieder zu ihrem Platz am Schaltpult gerollt sein konnte. Ich stellte ihn auf volle Bandbreite ein, dann wechselte ich auf Gegensprechverkehr. Wenn Gloria es riskieren wollte, daß unser Gespräch auch von anderen abgehört werden konnte, war das ihre Sache.

«Carlotta?»

«Bin unterwegs Richtung Harvard Ave., gelbe Welle. Fast am Comm.» Während ich fuhr, knöpfte ich mir den Mantel auf. Es dauert seine Zeit, bis man es sich in einem Taxi für eine längere Fahrt bequem gemacht hat. Ich drückte auf Knöpfe und legte Hebel um; wenn ich mich recht erinnerte, hatte 716 nicht viel zu bieten, was die Heizung betraf.

«Gutes Kind. Weiter so», sagte Gloria. Ich konnte die Musik durch den Lautsprecher hören. Ich fragte mich, was die

Fahrer wohl von Glorias plötzlicher Vorliebe für Rap und Rock hielten.

«Hör mal», sagte ich, «hast du irgendwelche von den Örtlichkeiten angerufen, wo Marvin gewesen sein könnte?»

«Carlotta, mein Bruder macht kein Hanteltraining in Golds Sportcenter. Er ist auch nicht zu einem Schlummertrunk eingekehrt. Ich habe bei jeder Bar angerufen, in die er seinen faulen Arsch sonst hängt, und die Barkeeper wissen, daß sie mir besser die Wahrheit sagen, wenn sie wollen, daß ihre Besoffenen mit Taxen abgeholt werden.»

Hinter Purity Supreme lichtete sich der Verkehr. Ich raste durch Coolidge Corner und Brookline Village und hielt dabei ein Auge auf etwaige Polizeistreifen.

Lautes Knacken und Rauschen kündigte Glorias Stimme an: «Ich hab was. In der Gegend von Woodsy hinter dem alten Clubhaus. Ein Mann meint, er hätte Reifenspuren von der Straße wegführen sehen, möglicherweise auch den Schatten eines Wagens, aber irgendwie verkehrt herum. Der Typ klingt, als wäre er betrunken. Weiß nicht, ob er die Cops rufen soll. Ist nicht mal aus seinem Wagen ausgestiegen. Einfach abgehauen, der verfluchte Hund.»

Ich konnte es ihm nicht verdenken. Warum sollte man sich Ärger aufhalsen?

«Übernehme», zwitscherte ich. Während ich noch sprach, stellte ich den Funk aus und redete mir ein, ich müßte mich voll auf die vor mir liegende Strecke konzentrieren. Auf dem Jamaicaway darf man nur 50 fahren.

Die meisten Fahrer haben schon Skrupel, wenn sie bloß 30 fahren, so schlecht ist die Straße, die sich wie ein Hochgebirgspfad um Jamaica Pond windet. Schneesturm und Frost hatten kraterartige Löcher in den Belag gerissen. Ich ging von 80 auf 70 runter und fuhr mit Samtpfote auf dem Gaspedal. Lieber nicht in ein Schlagloch rasseln und die Hinterachse verlieren.

Die Straßenverhältnisse waren meine Entschuldigung für die Funkstille. Ich wollte keine Spekulationen über Marvins Schicksal und auch nicht mit anhören, was für Meldungen bei Gloria eingingen. Wagen überschlagen im Franklin Park, Nähe Franklin-Hills-Anlage. Gloria würde sich ewig Vorwürfe machen, wenn Marvin etwas zugestoßen war.

Die Straße machte eine Linkskurve und ging dann hinter dem See ein Stück geradeaus. Ich bog am Kreisverkehr links ab. Kein Verkehr, keine Polizei, also donnerte ich über die Brücke in den Park hinein.

Keine heulenden Sirenen, die sich näherten. Die Laternen im Park werden so oft von Vandalen zerstört, daß sie nicht mehr routinemäßig repariert werden. Kein Mondschein, der mir die Suche erleichtert hätte. Ich schaltete Fernlicht und Funk ein.

«Gibt's was Neues?» fragte ich.

«Laß deinen Funk eingeschaltet, verdammt noch mal. Nichts. Der Kerl ist abgefahren, bevor er sicher sein konnte, ob das, was er gesehen hatte, ein Taxi war.»

«Hat er's gemeldet?»

«Ja.» Gloria klang nicht gerade begeistert. «Hat schließlich die 911 gewählt, dabei versuche ich, die Cops rauszuhalten. Die gute Nachricht: In Gebiet B drängelt sich einiges. Einbrüche am laufenden Band, zwei Raubüberfälle, ein Bandenkrieg. Eine ‹Vielleicht, vielleicht auch nicht›-Unfallmeldung hat keine Priorität heute nacht.»

Ich fuhr durch die Linkskurve, die zum Zoo führt, und bremste auf Schneckentempo ab. Reifenspuren von meiner Straße weg nach rechts. Der Boden sah so aus, als sei er

weich genug, um die Spuren zu bewahren, denn dicke
Schichten verrottendes Laub hielten ihn warm. Man mußte
sehr gute Augen haben, um auf einer dunklen Straße Spuren
erkennen zu können. Wenn man danach suchte. Oder
Glück hatte. Oder der Täter hatte es selbst gemeldet. Vielleicht war es sogar Marvin, der im Suff das Taxi zu Schrott
gefahren hatte.

«Bleib dran, Gloria. Ich parke und gehe ein Stück zu Fuß,
dann komme ich zurück, fahre weiter und gehe wieder ein
Stück zu Fuß. Sonst übersieht man zu leicht was.»

«Okay. Laß den Funk eingeschaltet.»

«Mach ich. Gibt's 'ne Taschenlampe im Kofferraum?»

«Mit neuen Batterien.»

«Danke.»

Ich fuhr an den Straßenrand, schaltete die Scheinwerfer aus,
schloß nach dem Aussteigen die Türen ab und behielt die
Schlüssel in der Hand. Das fehlte mir noch zu meinem
Glück, ein Autodiebstahl.

Ich ging ein paar Schritte, kam zu dem Schluß, daß das
Scheinwerferlicht etwas nützen würde, ging wieder zurück
und schaltete das Licht wieder ein. Gloria sang mit unsiche-
rer Stimme ein frommes Lied über Funk.

Zwanzig Schritte. Nichts. Ich ging zum Wagen zurück und
fuhr langsam am Straßenrand entlang.

«Bleib dran. Ich glaube, ich sehe da etwas», sagte ich und
trat hart auf die Bremsen.

Gloria verstummte. Ihre Stimme klang gedämpft. «Babe,
vielleicht solltest du doch auf die Cops warten.»

«Ich dachte, du wolltest keine Bullen.»

«Soll ich dir einen Kollegen schicken? Zwei sind besser als
eine.»

«Wer fährt denn gerade?»

Sie nannte mir ein paar Namen, die ich nicht kannte. Unbekannte Rückendeckung ist schlimmer als gar keine, sagte ich mir.

«Gloria, ich laß den Funk an. Wenn du irgend etwas hörst, das übel klingt – Schüsse zum Beispiel –, dann wähl die 911 und laß dich nicht abwimmeln.» Ich kurbelte die Fenster herunter und ließ das Taxi mit blinkender Warnlichtanlage auf dem Seitenstreifen stehen. Dann fiel mir noch ein, mir das Stück Bleirohr unter dem Sitz vorzuholen. Ich möchte nicht nur auf meinen Revolver angewiesen sein.

Bei näherem Hinsehen konnte ich Doppelspuren erkennen, klar, frisch und beispielhaft schön ausgeprägt. Das Gefälle war erheblich steiler, als ich im Strahl der Taschenlampe geschätzt hatte. Ich rutschte viel zu schnell eine modderige Furche hinunter und stürzte. Saß da und fluchte still vor mich hin.

Beim nächsten Versuch war ich vorsichtiger. Ging schräg. Ich hielt mich dicht an die schüttere Baumreihe und stemmte die Absätze fest in den Boden. Meine Füße blieben im niedrigen Gestrüpp hängen. Dauernd glitt ich mit den Stiefeln im Schlamm aus. Ich fiel zum zweitenmal, verstauchte mir an einer Wurzel böse den Knöchel, griff verzweifelt nach einem jungen Bäumchen, verfehlte es und rutschte den ganzen Hang hinunter. Ich schlug mit der Stirn hart gegen einen dicken Ast und war vorübergehend wie betäubt. Auch meine Nase wurde getroffen. Ich verbiß mir einen Schrei; nur ein leises Stöhnen entrang sich mir. Ich schien in irgendwelchen stacheligen Büschen gelandet zu sein.

Ich zählte zweimal bis zwanzig, blinzelte mit tränenden Augen und japste. Die heruntergefallene Taschenlampe leuchtete mir wie ein Suchscheinwerfer ins Gesicht. Ich bewegte mich, riß mir die Haut an Brombeerranken auf. Ich atmete tief und langsam ein. Kein jäher Schmerz. Wahrscheinlich keine Rippen gebrochen. Gut.

Ich faßte an meine Stirn und zuckte zusammen. Senkte den Kopf, um meine Nase zu inspizieren und mit geübten Fingern die weichen Knorpelteile zu prüfen. Ich habe mir dreimal das Nasenbein gebrochen.

Nicht schon wieder, dachte ich. Verdammt noch mal, nicht schon wieder!

Sie tat höllisch weh, hatte aber bis auf eine einsame Beule und einen leichten Knick auf dem Rücken ihre vertraute Form behalten. Ich schmeckte Blut. Und kein Taschentuch, dafür aber eine Knarre in der Hosentasche.

Ich rollte mich herum und kroch aus dem stacheligen Zeug heraus, zentimeterweise, desorientiert. Als mir klar wurde, daß ich mit dem Arm in das Dorngestrüpp langen mußte, um die Taschenlampe zu erreichen, weinte ich fast.

Als ich die Taschenlampe endlich wiederhatte, holte ich kurz Luft, riß eine Handvoll durchnäßter Blätter von einem Zweig und rieb mir das Blut vom Gesicht.

Mitten in der Nacht käme man nie auf den Gedanken, daß der Franklin Park im Herzen einer Großstadt liegt. Über diesem von Frederick Law Olmsted als Kronjuwel seines smaragdenen Grüngürtels für Boston entworfenen Park liegt eine so tiefe Stille, daß man meinen könnte, irgendwo in der Wildnis zu sein, in fernen, von Wölfen bevölkerten Wäldern. Als ich das Gesicht hob, um den Blutstrom mit Hilfe der Schwerkraft zu stillen, konnte ich Sterne sehen, die in der neonbeleuchteten Back Bay nicht zu sehen sind.

Die Taxe lag mit offener Beifahrertür auf der Seite. Kein Benzingeruch. Motor aus. Ich hieb mit dem Bleirohr die

Zweige beiseite, die mir die Sicht versperrten, dann klemmte ich es mir unter den Arm und humpelte zu einem Baum nahebei. Mein Fußgelenk versagte den Dienst. Ich belastete es probehalber mit meinem Gewicht und lehnte mich dabei vorsorglich an den Baumstamm. Der Schmerz war so stechend, daß mir der Schweiß ausbrach. Ich hüpfte, humpelte und torkelte weiter und hielt mich an geeigneten Baumstämmen fest, um näher an die Taxe heranzukommen. Das verdammte Rohr war zu kurz für eine Krücke. Unbrauchbar.

Ich leuchtete in das Rückfenster der Taxe. Nichts. Richtete den Strahl voll auf die vordere Sonnenblende. Die Plastiktasche, wo die Papiere der Taxe, Fahrausweis und Lizenz hätten stecken sollen, war leer.

Ich prüfte Farben, Firmenzeichen und Zulassungsnummer. G & W 821.

Ich konnte nichts hören, was nicht der natürlichen Umgebung entsprach. Keine knackenden Äste, kein Knirschen und Blätterrascheln. Ich horchte angestrengt auf das Zischen von Rädern oben auf der Straße, aber entweder fuhr niemand vorbei, oder die Straße war zu weit entfernt. Ich erwog den Aufstieg, überlegte gerade, ob ich auf einem Bein hochhumpeln konnte oder kriechen mußte, als sich eine Hand um meine Schulter schloß. Ich jaulte auf, sprang gute zwanzig Zentimeter hoch, ohne an meinen Knöchel zu denken, und schwang das Rohr über meinem Kopf.

«Nicht schreien!» befahl Marvin.

«Ich bin's», sagte ich gleichzeitig. «Carlotta. Erinnerst du dich?»

«Carlotta», wiederholte er.

«Marvin? Marvin. Scheiße. Was ist passiert? Was haben –»

«Weg mit dem Licht aus meinen Augen, verdammt noch mal, und keine Angst, wenn du mich siehst. Ich bin schlimm zugerichtet.»

Ich biß mir auf die Unterlippe. Er atmete schwer, ich aber auch. Er stand. Wenn ich ihn liegend gefunden hätte, hätte ich geschrien. Blut mußte aus seinem Kopf geströmt sein, daß sein zerrissenes, zerknittertes Hemd so davon durchtränkt war. Sein Gesicht war völlig verquollen, die zerschlagene Nase zu einer Seite hin verschoben.

«Vielleicht solltest du dich lieber hinlegen», sagte ich und hielt ihm die Hand hin. «Bist du gegen die Windschutzscheibe geknallt?» Komisch, daß sie nicht spinnwebenartig zersplittert ist, dachte ich.

Marvin starrte mich an und berührte meine Wange. «Ich erinnere mich», sagte er. «Glorias Freundin. Die Expolizistin. Haben sie dich auch verprügelt?»

«Ich bin gestürzt.»

«Sie haben mein Funkgerät zertrümmert, sonst wär ich schon weg. Teufel auch, wenn die Karre nicht auf der Seite läge, wäre ich hier rausgefahren. Ich habe mir noch eine halbe Stunde zum Ausruhen gegeben, dann wollte ich zu Fuß weg. Wie hast du mich so schnell gefunden?»

«Gloria ist völlig außer sich. Sie hat den Polizeifunk abgehört.»

«Gottverdammich», flüsterte er. «Sind die Cops auf dem Weg hierher?»

«Sie würden dich in ein Krankenhaus bringen», sagte ich. «Und dann könntest du —»

«Ich will in kein Krankenhaus. Ich muß von hier weg, damit niemand erfährt, daß ich gefahren bin.»

«Marvin, warum setzt du dich nicht hin?»

«Scheiße, wenn du jemand anders wärst mit einer G-&-W-

Taxe, würde ich dir jetzt eins über den Kopf ziehen, mir deine Lizenz schnappen und dein Taxi stehlen.»

«Du bist wirklich krankenhausreif, Marvin, so, wie du redest.» Während ich sprach, humpelte ich ein paar Schritte weiter weg und packte mein Rohr fester. Marvin ist der größte von Glorias Brüdern; er war mal Preisboxer.

«Verdammt, nun hör mir mal zu. Diese Sache darf nicht an die Öffentlichkeit dringen. Die Cops müssen diese Scheiße dem Amt für Personenbeförderung melden, und weißt du, was sie dann Gloria antun? Wenn sie einen vorbestraften Fahrer einstellt? Ich brauche kein Krankenhaus. Ich muß hier weg. Komm mir da bloß nicht in die Quere.»

«Hast du was getrunken?»

«Nein. Wünschte, ich hätt's getan.»

«Und du bist nicht von der Straße abgekommen?»

«Ich bin überfallen worden, verflucht noch mal. Verprügelt.»

«Von wem? Warum? Eine persönliche Sache?»

«Hilfst du mir hier raus?»

«Marvin, ehrlich, ich glaube nicht, daß ich den Berg hochklettern kann. Hab mir das Fußgelenk verstaucht. Und mir beinahe die verfluchte Nase gebrochen.» In meinem Kopf hämmerte es. Ich machte die Augen fest zu und riß sie weit auf. Das Hämmern war dumpf und weit weg.

Wir flüsterten unwillkürlich. Redet man zu laut, kommt womöglich jemand vorbei und überfällt einen. Die Vorstellung, daß sich irgend jemand, der im Franklin-Park-Gebüsch herumlungerte, als guter Samariter erweisen würde, war völlig abwegig.

«Leuchte mal auf dich mit der Lampe. Damit ich dich besser sehen kann», sagte Marvin.

Ich hielt die Lampe unter mein Kinn, so daß ich aussah wie

ein Halloween-Gespenst. Danach zu urteilen, wie Marvin daraufhin die Lippen zusammenpreßte, wäre die schaurige Beleuchtung nicht einmal nötig gewesen.

«Und du hast eine Taxe da oben, richtig?» sagte er langsam.

«Denkst du an einen Rollentausch?» fragte ich. «Sehe ich so schlimm aus? Als ob ich zusammengeschlagen worden wäre?»

«Wird schon reichen.»

Ich horchte. Keine Sirenen.

«Carlotta, ich heure dich an. Ab sofort. Habe ich Kredit?»

«Gloria hat mich bereits angeheuert.» Ich überlegte mir die Sache schnell. «Oben am Berg. Stell die Warnblinkanlage aus. Der Funk ist an, aber nur Gloria hört ab.»

«Ich traue keinem Funk. Es gibt jetzt Scanner, hast du davon schon mal was gehört?»

«Na schön, laß die Finger vom Funk. Meinst du, du könntest meine Zulassung rausholen, wieder hier runterkommen und sie in den 821er stecken?»

«Gib mir die Taschenlampe, und es wird schon gehen.» Sein Gesicht verzog sich, und mir wurde klar, daß er mit seinen verquollenen Zügen ein Lächeln probierte. Der Stoff, aus dem Alpträume sind.

Dann war er weg, den Berg hinauf. Ich konnte ihn durchs Gebüsch krachen hören wie einen Grizzlybären. Fünf Minuten später beugte er sich stöhnend in die kaputte Taxe und quetschte meine Zulassung auf die Sonnenblende, wobei er den Wagen fast aus seinem labilen Gleichgewicht geworfen hätte.

«Wie soll's denn laufen?» fragte er. «Ich könnte dir beschreiben, wie sie aussahen –»

«Keinesfalls. Ich werde bewußtlos sein. Ich werde mich an nichts erinnern können.»

«Gut», sagte Marvin.

«Ist Geld im Wagen?»

«Nicht viel.»

«Kannten sie dich?»

«Nee.»

«Warum starrst du mich so an?» fragte ich.

«Du könntest etwas mehr Blut gebrauchen», sagte er umsichtig. «Drei Kerle haben dich verprügelt.»

«Drei? Dann gehst du doch besser zum Arzt.»

«Ich kenne vom Boxen her Leute, die mich wieder zusammenflicken, ohne Meldung an die Polizei.»

Ich horchte wieder auf Sirengeheul. Nichts.

«Schwarze, Weiße?» fragte ich.

«Salz und Pfeffer. Der dritte vielleicht ein Latino.»

«Wieso haben sie dich in so guter Verfassung zurückgelassen, Marvin?»

«Weil ich in Topform war – und mich fast durchweg tot gestellt habe. Sie hatten echte Kanonen. Wenn sie mich hätten tot haben wollen, wär ich jetzt Hackfleisch. Hör zu, Babe, ich hab ein kleines Taschenmesser ... weißt du, ein Schnitt über die Nase, und sie würde ein bißchen mehr bluten und –»

«Marvin, Finger weg von meiner Nase! Wenn du mir einen Schnitt verpaßt, du Scheißkerl, und wenn's nur ein Kratzer ist, wird nichts aus unserem Handel. Sollte ich im Krankenhaus aufwachen und mich erinnern, wird dir Gloria den Arsch in der Pfanne rösten.»

Die Drohung mit seiner nicht gerade kleinen Schwester brachte ihn zur Vernunft. Ich konnte förmlich sehen, wie er sich entkrampfte. Wahrscheinlich hätte er mir keinen ernst-

lichen Schaden zugefügt. Andererseits wollte er sich abrea-
gieren.

Fernes Sirenengeheul durchschnitt die Luft wie die Dampf-
pfeife eines alten, längst vergessenen Zugs.

«Mach, daß du wegkommst, Marvin», sagte ich, «bevor
ich's mir anders überlege.»

«Leg dich hin. Sie werden dir den Fuß verbinden. Krücken
holen. Und du kannst dich an nichts erinnern.»

«Hau ab», befahl ich ihm. «Wenn sie dich hier finden, meinen sie, daß du mich vermöbelt hast, du Knallkopp. Nimm
das Rohr mit. O verdammt, und meine Kanone. Sie werden
mir nie glauben, wenn ich eine Knarre bei mir habe.»

Bitte, dachte ich, laß Marvin bloß kein Verbrechen mit meiner Waffe begehen. Bitte, lieber Gott, laß sie unabgefeuert
wieder zu Hause in der Schublade landen.

Ich hörte ihn den Berg hinaufklettern, während ich mich
kunstvoll im Gras ausstreckte und die Augen schloß.

«Ruf als erstes Gloria an», sagte ich.

Ich hörte keine Antwort.

Bei alledem, was ich für Gloria tue, kann ich nicht ganz
richtig im Kopf sein. Habe drei Kerle mitgenommen. Sie
haben mich gezwungen, von der Straße runterzufahren.
Nein. Das würde mir niemand abkaufen ... Ich würde nie
drei Kerle auf einmal mitnehmen, jedenfalls nicht, solange
ich bei klarem Verstand bin. Vorübergehender Gedächtnisverlust, nur so ging es.

Wenigstens hatte ich keine Fahne.

Ich hob mein Bein und massierte mit knirschenden Zähnen
mein Fußgelenk. Da lag ich nun, blieb wie ein anständiger
Bürger am Ort des Geschehens, was ich keineswegs gemacht hatte, als ich wirklich das letzte Mal Opfer war. Vielleicht hatte ich mich deshalb hierzu bereitgefunden – nicht

Gloria, Sam und G & W zuliebe, sondern um eine verrückte Sühnehandlung zu begehen.

Ich malte mir aus, wie ich es erklären würde: Sieh mal, Mooney, es ist auf mich geschossen worden aus einem schwarzen Kombi, aber ich hab's nicht gemeldet, deshalb tu ich ein paar Wochen später so, als wäre ich Opfer eines Verbrechens geworden.

Ich muß wohl doch einen Termin mit dem Psychiater von nebenan machen.

Ich wünschte, ich hätte einen Blick auf die Drive-by-Schützen erwischt. Dann könnte ich sie den Cops beschreiben als die Kerle, die mich krankenhausreif geschlagen und anschließend in die stacheligen Büsche geschmissen haben. Stachelige Büsche ... Ob die Cops die Spuren meines Abstiegs sehen und mich der Lüge überführen würden?

Mein Fußgelenk pochte. Etwas Flüssiges, vermutlich Blut, tröpfelte noch immer von meiner Nase herab. Ich sagte langsam das Einmaleins her und kam bis neun, als ich eine Wagentür zuschlagen und undeutliches Stimmengewirr hörte. Rote Lichter blitzten.

Ich schloß die Augen. Gedächtnisverlust war meine Rettung. Sollten sich doch die Cops Gedanken machen. Mit geschlossenen Augen murmelte ich ein stilles Gebet für Marvin. Fahr vorsichtig. Werd bloß nicht auf der Straße bewußtlos. Gebrauch und verlier meine Waffe nicht. Such dir einen guten, verschwiegenen, nicht zugelassenen Arzt.

Wird Ärzten die Approbation entzogen? Warum glauben die Leute, daß Gebete eher erhört werden, wenn sie die Augen zukneifen?

Das Dunkel der Nacht war mein Freund. Ebenso die Cops und die Sanitäter, die den Boden zertrampelten und sich gegenseitig etwas zuriefen.

«Hier entlang!» rief eine Stimme. «Hier unten!»
Ich fragte mich, ob Marvin und ich wohl die gleiche Blutgruppe hatten. Würden die Cops mehr hierhinter vermuten als einen normalen Autounfall? Ich zwang mich, völlig schlapp zu werden und nicht länger alle Möglichkeiten einer Entdeckung und damit des Scheiterns zu durchdenken.
Ich tröstete mich mit dem Gedanken, daß das, was wirklich passiert war, viel zu unwahrscheinlich war, als daß die Cops darauf kommen würden.

12 Ich stellte mich bewußtlos, während behutsame Sanitäter meinen Nacken stützten und mich für den langsamen Marsch bergauf erst auf ein Brett, dann auf eine Trage hoben. Im Rettungswagen kam ich kurz wieder zu «Bewußtsein», gerade lange genug, um nach dem Beth Israel statt des Boston City Hospital zu verlangen. Die Pfleger und Pflegerinnen im Beth Israel sind die besten. Außerdem kommt einen im Boston City Hospital niemand besuchen; aus Angst, schon auf dem Weg dorthin erschossen zu werden. Und ich erhob Einspruch gegen eine Bluttransfusion. Nicht, daß ich sie überhaupt gebraucht hätte, aber man kann gar nicht vorsichtig genug sein.
Ich hörte den Sanitätern zu, die sich darüber unterhielten, welchen Schnellimbiß sie bei ihrer nächsten Pause ansteuern wollten – und unterdrückte mit Mühe einen lauten Fluch, als sie an meinen Fußknöchel kamen. Beim Geschaukel in dem überhitzten Notfallwagen fing ich an zu schwit-

zen, bis mein Hemd durchgeweicht war und mir unter dem
Mantel am Körper festklebte. Blut, Dreck, Schweiß und
Stacheln überall. Ich konnte nicht durch die Nase atmen,
was mir Sorgen machte.

Als der Polizist, der auf dem Notsitz saß, fragte, was denn
geschehen sei, schloß ich erschöpft die Augen.

Ich beschloß, bei der Aufnahme ins Krankenhaus abgetre-
ten zu bleiben. Mein Portemonnaie samt Papieren steckte in
meiner Hüfttasche; sie konnten sich Ausweis und Versiche-
rungskarte ohne meine Hilfe herausfischen. Ich nutzte die
Fahrzeit dazu, mir den Inhalt meiner Börse bildlich vorzustellen, damit ich es merkte, wenn irgend jemand lange Finger machte, und gegebenenfalls meine Visakarte aus dem
Verkehr ziehen konnte.

Ich versuchte, mein Gewissen zu beruhigen. Zuerst sagte ich
mir, daß mein Fußgelenk ohnehin von einem Orthopäden
untersucht werden mußte – vielleicht nicht gerade unter so
dramatischen Umständen, aber auch bestimmt nicht zur
normalen Sprechstundenzeit. Notfall ist Notfall.

Dann versuchte ich mir einzureden, daß, wenn ich nicht ein-
gesprungen wäre, das Krankenhaus jetzt mit Marvin da-
säße. Die Behandlung von Marvins erheblich schwereren
Verletzungen hätte mit Sicherheit höhere Kosten verur-
sacht. Ich versuchte, möglichst nicht an meine Selbstbetei-
ligung bei der Krankenversicherung zu denken.

Bums. Die Türen öffneten sich; die Show ging los.

Meine Kopfschmerzen verstärkten sich von einfachem Pochen zu vollem Baßgedröhn. Ich war drin. Licht brannte auf
mich herab. Stimmen ringsum.

«Lebenszeichen durchchecken!»

«Unfall! Vollständiges Traumaprotokoll!»

«Der Bereitschaftschirurg muß her!»

«Na dann los. Blutgruppe feststellen und entsprechende sechs Einheiten bereithalten.»

«Sie ist bewußtlos.» Eine tiefe Stimme übertönte die anderen. «Tubus! Wir müssen künstlich beatmen.»

Jemand steckte mir ein kaltes Rohr in den Mund, und ich kam würgend zu mir. «Stopp!» sagte ich.

«Ich glaube, die Beatmung erübrigt sich», sagte der Mann mit der tiefen Stimme. Er war etwas über Vierzig, kakaobraun und weißhaarig. Sah gut aus. «Können Sie mich hören?»

«Ja.»

«Können Sie Ihre rechte Hand bewegen?»

Konnte ich.

«Gut. Und die linke?»

«Es ist am Fuß», sagte ich. «Links.»

Er überhörte mich einfach. Ich sagte es noch mal, aber er war mit meiner Stirn und meiner Nase beschäftigt. Offensichtlich hatten Kopfwunden Vorrang.

«Schafft sie zum Röntgen», sagte er. «Alles. Aufnahmen vom Schädel. Sie war eine Zeitlang bewußtlos. Nach dem Röntgen gleich zur Computertomographie.»

Grelles weißes Licht und Geräte überall. Mir wurde es flau im Magen. War ich in giftiges Dornengestrüpp gefallen? Ich hörte wieder Sirenengeheul, das sich näherte, und schloß die Augen für den Fall, daß es sich um Polizeistreifen handelte und nicht um Krankenwagen.

Gloria war bei mir, als ich erwachte, sie saß massig, dunkel und still in ihrem Rollstuhl. Sobald ich meine Augen öffnete und auf Scharfsicht stellte, hielt sie warnend den Finger an die Lippen. Ich blinzelte und schüttelte den Kopf. Irgendein Anästhesist mußte mich in höhere Gefilde geschickt haben. Ich hatte keine Ahnung, wieviel Uhr es war.

Im Raum standen zwei Betten. Das zweite war nicht belegt, so leer und still wie ein unbeschriebenes Blatt Papier. Die Tapete war himmelblau. Ein Muster aus winzigen gelben und weißen Knospen zog sich bis zur strahlendweißen Decke hoch. Die Vorhänge nahmen das fröhliche Gelb auf. Igitt. Ein Waschbecken war in eine winzige Nische geklemmt worden, darüber ein Papierhandtuchspender. Zwei an die Wand montierte Spenderboxen enthielten Latexhandschuhe.

Ich konnte wieder riechen. Ich schnupperte kräftig und wünschte, ich hätte es nicht getan. Selbst die besten Krankenhäuser riechen nach Wundalkohol und sauberem Tod.

Ich befühlte meinen Kopf. Verbandmull und Leukoplast bedeckten eine fünf Zentimeter große Stelle über meinem rechten Auge.

Ich folgte Glorias sprechendem Blick und sah zur geöffneten Tür hinüber. Ein gelangweilter Cop im Dienst. Danke, Mooney, dachte ich und war alles andere als dankbar.

«Wie geht's ihm?» murmelte ich, zu Gloria gewandt.

«Ist sie wach?» fragte der Polizist zur gleichen Zeit.

«Pssst», sagte Gloria, angeblich zu dem Cop, aber ich merkte, daß sie Angst hatte, ich würde mit der Wahrheit herausplatzen. Vielleicht dachte sie, der Anästhesist hätte mir mit dem Morphium zugleich auch ein Wahrheitsserum verabreicht.

«Du hast ihnen einen Bären aufgebunden und ihnen gesagt, du wärst meine Schwester, stimmt's» fragte ich leise.

«Deine Mam», antwortete sie trocken. «Sam mußte wieder weg, sonst wär er hier. Und Paolina ... sie ist die ganze Zeit im Wartezimmer hin und her gelaufen.»

Paolina! Ich zog mich an den Seitengittern des Bettes hoch, bis ich saß.

«Wo ist sie?» Der Kopf drehte sich mir. Zu spät fiel mir ein, daß Krankenhausbetten so ausgestattet sind, daß die Patienten behutsam steiler oder flacher gebettet werden können.

«Carlotta, beruhige dich! Ich habe ihr gesagt, daß es dir gutgeht und du sie besuchst, sobald du kannst. Sie ist nach Hause gegangen.»

«Danke», sagte ich und ließ mich wieder in die Kissen sinken. In meinem Magen hatte ich ein Gefühl, als würde jemand darin einen Wodka-Collins mixen.

«Ich bin es, die zu danken hat», murmelte Gloria.

«Miss?» Der Cop an der Tür hatte endlich einen Stift gefunden und schlug sein Notizbuch auf. «Können Sie die Männer beschreiben, die Sie überfallen haben?»

Aha. Ich war also nicht als Unfallopfer durchgegangen. Die Spurensicherung war wohl am Werk gewesen. Ich kann nicht behaupten, daß mich das erstaunt hätte, nicht angesichts eines Polizisten vor der Tür.

Gloria starrte mich an. Durchdringend.

Ich sagte: «Wo bin ich?»

Ich habe schon immer einmal sagen wollen: «Wo bin ich?», wie in einem alten Schwarzweißfilm. Vermutlich habe ich sogar mit den Augenlidern geklimpert. Yippie. Womit hatte mich der Narkosearzt wohl vollgepumpt? Mir ging's gut, solange ich liegen blieb. Einfach gut.

Aus den Augenwinkeln konnte ich sehen, wie Gloria vor lautlosem Lachen fast erstickte. Sie erholte sich bald wieder und sagte: «Wachtmeister, vielleicht sollten Sie der Schwester sagen, daß sie wach ist.»

«Ich soll alles aufschreiben, was sie sagt.»

«Haben Sie notiert, daß sie gesagt hat: ‹Wo bin ich?›»
wollte Gloria wissen.

«Vielleicht könnten Sie die Schwester holen», sagte der Cop
verärgert.

«Vielleicht sollte ich auf den Knopf drücken», sagte ich
strahlend.

«Ich muß allein mit der Dame reden», sagte der Cop zu
Gloria. Mit Betonung auf *allein*. «Wenn Sie inzwischen
bitte den Arzt suchen könnten …»

«Und Paolina anrufen», flüsterte ich.

«Sie ist wahrscheinlich in der Schule.»

«Hinterlaß eine Nachricht für sie bei Marta. Ruf in der
Schule an.»

«Sicher», sagte Gloria. Sie sah mich noch einmal durchdringend an.

Ich erwiderte ihren Blick, ohne mit der Wimper zu zucken.
Eins habe ich auf jeden Fall in meinen Jahren bei der Polizei
gelernt: Bleib bei der großen Lüge. «Ich kann mich nicht
erinnern.» Das war meine Story, und sie war gut. Einfache
Alibis sind unumstößlich. Wenn man erst mit irgendwelchen Kleinigkeiten anfängt, zum Beispiel den Mondphasen
oder wer mein letzter Fahrgast war, muß man sich tausend
kleine Lügen merken. Wenig ist mehr. Ich kann mich nicht
erinnern. Basta.

Gloria rollte mit ihrem Stuhl hinaus.

«Äh, wie heißen Sie?» fragte mich der Cop. Reine Zeitverschwendung, die Frage, dachte ich. Keine Polizeifrage, sondern eine Arztfrage. Direkt über mir, und so, daß mir das
Licht in die Augen schien und er sehen konnte, ob meine
Pupillen reagierten. Mooney mußte meinen Fall als unbe-
deutend eingestuft haben.

«Carlotta», sagte ich. «Carlyle. Wie der englische Autor

115

aus dem 19. Jahrhundert.» Dann buchstabierte ich doch lieber.

«Also, Carlotta», sagte der Cop. Darum wollte er meinen Namen wissen, damit er dicke tun konnte mit mir. «Bitte denken Sie einmal nach, und erzählen Sie mir, an was Sie sich als letztes erinnern können.»

Ich runzelte vor Anstrengung die Brauen. «Sie haben mich gefragt, wie ich heiße», sagte ich triumphierend.

«Davor», sagte er, «bevor Sie ins Krankenhaus gekommen sind.»

«Da bin ich also», sagte ich, die Augen vor gespielter Erleichterung weit aufgerissen.

«Wissen Sie, warum Sie im Krankenhaus sind?»

«Hm, bin ich krank?»

«Versuchen Sie sich zu erinnern.»

«Ich glaube, ich kann mich nicht ...»

«Probieren wir es mal so herum. Sie fuhren ...»

«Hatte ich einen Unfall? He, irgend etwas stimmt mit meinem Bein nicht.»

Er schrieb es auf, die Zunge zwischen den Zähnen. Sie hätten ihm eigentlich ein Tonbandgerät spendieren können.

«Sie haben sich den Knöchel verletzt», sagte er. «Es kann passiert sein, als Sie losgerannt sind, um Hilfe zu holen.»

«Bin ich losgerannt, um Hilfe zu holen?» Auf gar keinen Fall hatte Mooney diesen Kerl ausgebildet. Was hatten sie bloß für Neulinge heutzutage! Wenn ich mich von ihm genügend gängeln ließ, bekam ich vielleicht die ganze Geschichte zu hören. Dann konnte ich ein paar Verdächtige identifizieren. Er hatte womöglich ein paar nette Steckbrieffotos dabei.

«Wir haben Grund zu der Annahme, daß Sie überfallen worden sind», sagte er nachdrücklich.

«Kein Unfall?» murmelte ich.

«Waren Ihre Angreifer schwarz?»

Wohl auch noch ein Rassist, zu allem Überfluß. Ich wünschte, Gloria wäre zurück. «Meine was?» fragte ich.

Er senkte die Stimme, um vertraulich mit mir zu sprechen. «Haben die Typen versucht, Sie zu vergewaltigen? Sie können's mir ruhig erzählen. Ich bin Polizist. Sie können über alles mit mir reden.»

Warum gerade ich? fragte ich mich. Womit hatte ich einen Kerl verdient, der nicht einmal sein Sensibilitätstraining gemacht hatte?

«Ich weiß nicht, wovon Sie reden», sagte ich. «Ich glaube nicht mal, daß Sie Polizist sind. Wenn Sie näher kommen, schreie ich.»

«Hören Sie, Miss –»

«Carlotta, wie gesagt. Ich mein's ernst. Noch einen Schritt –»

«Hören Sie, ich will nur wissen, was passiert ist.»

«Und für wen arbeiten Sie?»

«Ich stelle hier die Fragen.»

«Ach ja?»

«Ja.»

«Na, dann los.»

Er sah völlig verwirrt in sein Notizbuch. «Äh, können Sie sich noch an die Ereignisse in der Nacht vom 14. Dezember erinnern?»

Großer Gott, der stammte aus einem Agatha-Christie-Roman.

«Was haben wir denn heute?» fragte ich.

«Den fünfzehnten.»

«Wieviel Uhr ist es?» Machte richtig Spaß. Ich stellte

117

schon wieder die Fragen. Der Arzt und Gloria unterbrachen uns.

Der gutaussehende kakaobraune Herr tat immer noch Dienst.

«Sie müssen eine Weile an Krücken gehen, junge Frau», sagte er.

Ruppig, so nannten ihn seine Patienten bestimmt.

«Herr Doktor», sagte ich. «Ich bin Miss Carlyle. Wie geht's?»

Diese hinten offenen Kliniknachthemden lassen mich immer ganz formell werden. Ich konnte mich nicht daran erinnern, mir ein gottverdammtes Nachthemd angezogen zu haben. Wo waren meine Kleider? Nicht, daß ich so maßlos sittsam wäre. Ich habe nur etwas dagegen, wie ein Lammkotelett betrachtet zu werden. Ich möchte lieber wie ein Sexobjekt behandelt werden statt wie ein Stück verdorbenes Fleisch.

«Gebrochen?» fragte ich und zeigte auf meinen Knöchel.

«Stark verstaucht. Sie haben Glück gehabt.»

«Ich fühle mich ganz okay. Ich kann mit Krücken umgehen. Wann werde ich entlassen?»

«Das müssen wir noch entscheiden.»

«Wir?» sagte ich mit einer Schärfe, die ich dem Pluralis majestatis vorbehalte. «Ich stimme für sofort. Wieviel Uhr ist es überhaupt?»

«Kurz nach zwölf. Sie sind heute morgen um fünf eingeliefert worden.»

Er zog seine Lichtnummer ab und fragte mich, wo ich geboren sei, und dann noch so verzwickte Sachen wie den Geburtsnamen meiner Mutter. Wahrscheinlich steckte er mit dem Angestellten von der Aufnahme, den ich mir dabei vorgestellt hatte, wie er gerade meine Papiere durchwühlte, unter einer Decke. Und wollte mir die Informationen entlokken, um mit Hilfe meiner Kreditkarte ein Juweliergeschäft auszunehmen.

Bei meiner Kreditwürdigkeit mußte er wohl mit Sonderangeboten von Woolworth vorliebnehmen.

«Wo sind meine Klamotten?» fragte ich.

«Die hat die Polizei», sagte der Cop.

«Alles? Auch meine Unterwäsche?»

«Mögliche Beweisstücke.» Der Cop grinste blöde. «Ich habe eine Quittung, die Sie unterschreiben können.»

«Toll.»

«Bei Kopfverletzungen behalten wir Patienten gern zur Beobachtung über Nacht hier», sagte Dr. Ruppig, nachdem er die Reflexe an meinem gesunden Bein geprüft hatte. «Ich glaube nicht, daß ein seelischer Schock zurückbleibt oder es zu einer inneren Blutung kommt, aber da Sie bewußtlos waren, als Sie eingeliefert wurden, wäre es unklug, Sie vor morgen zu entlassen.»

«Und wenn nun ein Freund bei mir übernachten würde?»

Er lächelte, als hätte ich einen besonders komischen Witz gemacht. «Ein Freund, der Sie alle zwei Stunden aufwecken und Ihren Blutdruck messen würde? Ein Anwalt, nehme ich an?»

Solange Dr. Ruppig Bereitschaft hatte, war nicht daran zu denken, rauszukommen. Er ging, um mit anderen Patienten zu flirten, und ich ergab mich in mein Schicksal. Ich empfahl dem Polizeibeamten mit Nachdruck, Gedächtnisschwund einzutragen und sich sinnvollerer Arbeit in seinem erwählten Beruf zuzuwenden.

Er wollte nicht hören. Gloria und ich unterhielten uns leise in Steno.

«M?» fragte ich.

«Okay. Nimm das.»

«Was ist das?»

«Ein Dollar. Du hast mir mal gesagt, du müßtest einen Dollar haben, um –»

Meine Finger schlossen sich um den Schein. «Wo soll ich ihn denn hintun, Klientin? Behalt ihn noch ein Weilchen.»

«Kleine, worum's geht, ist meines Erachtens, daß mir jemand den Laden dichtmachen will.»

«G & W dichtmachen?»

Der Polizeibeamte näherte sich, und wir gingen auf bedeutungsloses Geplauder über. Gloria blieb, und ich war froh über ihre beruhigende Anwesenheit. Sie schwatzte vom Wetter und von Freunden. Mal schweifte ich ab, mal war ich dabei. Der Tag bekam allmählich einen Rhythmus. Wenn mein Knöchel pochte, rief ich durch Knopfdruck die Schwester. Sie erschien dann mit einem winzigen Pappbecher mit Pillen. Keine chemischen Keulen, aber sie wirkten.

Paolina kam gegen drei, hatte also ihre letzte Stunde geschwänzt. Ich sagte nichts dazu. Ich kam gar nicht dazu.

Mit einem geringschätzigen Blick auf den Polizisten ratterte sie auf spanisch drauflos.

«Halt», sagte ich, «ich komme nicht mehr mit. *Despacio, por favor*. Und bevor du mich anschreist, räum mir bitte die Möglichkeit ein, mich zu entschuldigen. Es tut mir leid, daß ich dir angst gemacht habe. Ich bin kaum verletzt, und ich war vorsichtig. Manchmal ist man vorsichtig und hat trotzdem Pech.»

Ein ärgerlicher Wortschwall sprudelte aus ihr heraus, diesmal auf englisch.

«Sieh dir dein Bein an. Was ist jetzt mit Volleyball? Morgen ist ein Spiel. In der Schule. Ich habe auf dich gezählt. Du hast es mir versprochen», sagte sie aufgebracht. «Ich dachte, wo du nicht mehr bei der Polizei bist, brauchte ich mir keine Sorgen mehr zu machen wie früher. Sam hat ganz recht. Du bist verrückt, daß du Taxi fährst.»

«Hast du in der Sporthalle darüber mit ihm gesprochen beim Y? Meine Zukunft für mich geplant?»

«Wie du es für mich tust? Nein. Wir haben kein Wort über dich gesagt. *Nada*.»

«Worüber habt ihr denn gesprochen?»

«Was hat das damit zu tun?»

«Setz dich, Kleines, bitte. Ich will mich nicht streiten.»

«Nenn mich nicht immer ‹Kleines›. Das habe ich dir schon zigmal gesagt.»

Gloria sagte: «Mädchen, ich nenne sie auch ‹Kleine›, und dabei ist sie größer als die meisten.»

Ich war dankbar für die Unterbrechung. Dadurch wurde Paolina einiger Wind aus den Segeln genommen. Sie war kampfbereit, und ihre Augen blitzten. Hatte Angst und Wut seit den frühen Morgenstunden aufgestaut, es leise brodeln lassen, und jetzt kochte sie. Sie hatte sich eigens für die Konfrontation umgezogen und trug die Sachen, in denen sie am erwachsensten wirkte, einen dunklen Pullover und einen dazu passenden Rock. Ich mochte sie lieber in leuchtenden Farben.

Sie hatte ja recht. Ich wollte, daß sie die Kleine blieb. Wenn nicht die Kleine, dann wenigstens jung. Eine lange Zeit sehr jung.

Das Irre war, daß ich ihre Wut verstand. Als Kind war sie zu oft allein gelassen oder bei irgendwelchen Verwandten untergebracht worden, damit ihre Mutter einen neuen Hausfreund ausprobieren konnte, ohne durch ihre Kinder belä-

stigt zu werden. Sie mußte in meinem Krankenhausaufent-
halt wieder einen Verrat wie schon viele andere sehen. Eine
grausame Erinnerung daran, daß ich sterben und in ihrem Leben eine weitere vorübergehende «Tante» werden
könnte.

«Paolina», sagte ich. «Es tut mir wirklich leid. Es gibt
noch mehr Spiele. Ich versprech's dir. Mit meinem Fuß
ist es nicht so schlimm. Ich bin keine ganze Saison kaltge-
stellt –»

«Ich hasse dich», sagte sie mit tiefer, emotionsgeladener
Stimme.

Und marschierte aus dem Zimmer.

Ich schluckte. Mit zwölf Jahren habe ich den Leuten wahrscheinlich auch so was gesagt. Auch meiner Mutter. Und
ich war nicht einmal Paolinas Mam, nur ihre angenom-
mene große Schwester.

Ich schüttelte den Kopf und rüttelte damit das dröhnende
Kopfweh unter dem Verband auf. Sie meinte es nicht so.
Ich wußte, daß sie es nicht so meinte, aber die kalte Hand,
die mir ans Herz griff, weckte den Wunsch in mir, meine
längst verstorbene Mutter um Verzeihung zu bitten.

13 Die Krankenhausroutine nahm ihren Lauf, und ich
warf mich die ganze Nacht in meinem mechanischen Bett
hin und her, konnte das Kopfkissen in keine bequeme Form
knautschen, wurde von Schwestern mit Blutdruckmeßgerä-
ten geweckt, war verärgert und anderen ein Ärgernis. Ich
legte mir Verschwörungstheorien zurecht: Mooney wußte

über den Tauschhandel mit Marvin genau Bescheid und hielt mich gefangen, bis er einen Haftbefehl hatte.

Einen Haftbefehl wofür? Weil ich mich als Opfer ausgegeben hatte? Weil Verdunkelungsgefahr bestand?

Mooney stattete mir noch vor meiner Entlassung einen Besuch ab. Er brachte mir Blumen mit, so daß ich mir abscheulich vorkam. Hundsgemein. Schlecht. Es wäre besser gewesen, er hätte mir einen Haftbefehl präsentiert.

Die große Lüge, rief ich mir ins Gedächtnis zurück: Du erinnerst dich an nichts.

Ich lüge Mooney nach Möglichkeit nie an. Und wenn ich die Wahrheit doch unbedingt verdrehen muß, versuche ich's per Telefon. Er hat von allen Bullen das beste Gespür dafür, wenn einer Scheiß redet. Ich habe mitbekommen, wie ihm hartgesottene Straftäter in einer Weise ihre Verbrechen gestanden haben, wie sie selbst vor ihrem Priester nicht beichten würden. Ich weiß nicht, warum. Es ist eine Begabung, wie Musikalität. Manche haben ein Ohr für Musik, andere Talent für ein Instrument, und wieder andere haben eine Stimme.

Mooneys besondere Stärke ist, Lügen aufzuspüren.

Außerdem hat er den Körperbau eines Footballspielers, breite Schultern und schmale Hüften, und er zieht sich so an, als hätte er noch nie eine Polizeiuniform gesehen. Turnschuhe, ausgeblichene Jeans, Button-down-Hemden, Strickpullover: ein Harvardprofessor, der in seiner Freizeit Konditionstraining macht. Ich mag, wie er aussieht. Um die Wahrheit zu sagen: Wenn wir nicht so lange zusammengearbeitet hätten, liefe womöglich etwas zwischen uns. Vielleicht sogar etwas mehr.

Aber ich hatte die Kardinalssünde begangen, mit meinem Boss zu schlafen, ehe ich Mooney überhaupt kannte. Mit meinem ersten Boss Sam Gianelli. Und trotz allem – trotz Sams kurzem Eheglück und meiner eigenen, halb aus Rache eingegangenen Heirat – prickelt es zwischen uns immer noch so, daß wir leicht wieder Feuer fangen.

Dieses Gefühl des Hinschmelzens wie Schokolade habe ich nie – na ja, fast nie –, wenn Mooney da ist. Vielleicht hat er recht, wenn er sagt, ich würde Gesetzesbrecher Polizisten vorziehen.

Mooney schaut einen an, als erwarte er nur das Beste von einem, als enttäusche man ihn mit einer Lüge schwer, als kenne er einen seit eh und je und könnte Gedanken lesen. Eine tödliche Mischung aus Lehrer, Priester und dem eigenen Vater, wenn er gerade absolut verständnisvoll war und einem das Gefühl gab, man könnte ihm ruhig erzählen, wie es einem durch und durch ging, als der Junge aus der Mathematikklasse einen zum erstenmal küßte.

Und das war ein Riesenfehler gewesen! Ich wappnete mich.

Mooney entließ den Wächter mit einem Kopfnicken.

Ich war froh, Mooney und seinem kunstvoll gebundenen Blumenstrauß nicht in meinem Kliniknachthemd begegnen zu müssen. In Erwartung meiner Entlassung hatte ich mir alte Leggins angezogen und das eine Bein aufgerissen, damit mein Knöchel hineinpaßte; dazu trug ich ein dickes weißes Baumwollhemd. Ich hatte Roz genau gesagt, was sie mir bringen sollte, etwas Einfaches, Zweckmäßiges, Anständiges. Ohne nähere Angaben wäre sie womöglich mit einem Satinmorgenrock oder Turnhosen aufgekreuzt.

Mooney lächelte auf mich herab.

Wenn in diesem Augenblick eine Krankenschwester hereingekommen wäre, um meinen Blutdruck zu messen, hätte sie mich noch einen Tag dabehalten. Oder noch länger. Ich verlangsamte willentlich meine Atmung. Man kann Maschinen, Lügendetektoren und Blutdruckmeßgeräte überlisten.

Läßt sich Mooney hinters Licht führen?

Er setzte mich in Erstaunen. Total. Zuerst beugte er sich herab und küßte mich auf die Wange. Dann legte er die Blumen im Waschbecken ab, als sollten sie nicht mehr erwähnt werden.

Statt «Hallo» oder «Wie geht es dir?» zu sagen oder auch nur eine einzige Frage zu stellen, löste er einfach nur sein Diensthalfter und nahm seine Waffe heraus.

«Mooney!» sagte ich.

«Siehst du das hier, Carlotta?»

«Ich weiß, wie eine Kanone aussieht.»

«Hier.»

«Heb du sie für mich auf, Moon», sagte ich und überlegte, ob ich nach der Schwester klingeln sollte. «Das ist sicherer.»

«Sag mal, was für eine Waffe benutzt du denn derzeit, Carlotta?»

«Meine alte .38er Chiefs Special. Das weißt du doch.» Nur daß ich sie nicht hatte. Marvin hatte sie.

Mooney sagte: «Deine Hardware ist veraltet. Cops tragen keine sechsschüssigen .38er mehr. Sieh mal, was wir jetzt haben.» Er reichte sie mir, mit dem Griff zuerst. Ich rührte sie erst an, als er das Magazin entfernt hatte und mir die leere Kammer zeigte. «Eine Glock-Siebzehn-Automatik. Neun Millimeter. Siebzehn Schuß, eine Kugel stets einsatzbereit.»

«Und häßlich», sagte ich.

«Effektiv, Carlotta. Du mußt deine Hardware modernisieren.»

125

«Was ist denn das für ein Krankenbesuch? Bist du in deiner Freizeit Vertreter für die Waffenlobby?»

Er wurde merklich kühler. Und setzte sich in den Besucherstuhl aus Chromstahl und Kunststoff. «Vor drei Wochen bekomme ich einen Bericht von einem Drive-by vorgelegt. Die flattern mir auf den Schreibtisch wie Kakerlaken. Dieser ist eine Null. Nichts. Niemand getötet. Niemand auf der Strecke geblieben. Völlig wertloser Papierkram. Kein Zeuge, der gewillt gewesen wäre, mehr zu sagen als ‹Scher dich zum Teufel›. Kennst du die Sorte?»

Ich hielt auf meinem Gesicht den Ausdruck höflichen Interesses fest.

«Nur ein siebenjähriger Junge sagt, er hätte eine weiße Frau gesehen, eine sehr große mit sehr roten Haaren.»

«Wenn man sieben ist, erscheint einem jeder sehr groß», warf ich ein.

«Spielen wir das jetzt so?» fragte er.

«Ich kenne das Spiel nicht», sagte ich.

«Ich glaube doch. Und ich glaube auch, daß du weißt, wer dich aus deinem Taxi rausgeprügelt hat.»

«Mooney –»

«Wie wär's mit Hypnose?» sagte er. «Bist du einverstanden mit einer Hypnotisierung? Wir haben in der Abteilung einen guten Mann.»

«Unzulässiges Beweismaterial vor Gericht. Reine Zeitverschwendung.» Ich klappte schnell den Mund zu. Ein einfaches Nein hätte gereicht.

«Wieso wußte ich gleich, daß du alles abstreiten würdest, Carlotta? Und ich wette, du kannst dich immer noch an nichts erinnern. Vorübergehender Gedächtnisschwund. Richtig. Aber ich kann dir nicht ewig einen Aufpasser hinterherschicken. So viele Leute habe ich nicht. Also werden wir, wenn du hier rauskommst, ein Waffengeschäft aufsuchen, und dann wirst du vielleicht ein bißchen was investieren, um am Leben zu bleiben.»

Ich sagte: «Hast du je erwogen, dich in deiner Freizeit ehrenamtlich zu betätigen?»

«Die Glock ist gut, wenn sie voll geladen ist. Leicht auszulösen. Du solltest mal eine ausprobieren. Nach dem Feuern liegt sie nicht mehr so gut in der Hand. Lauf aus Stahl, Schaft aus Plastik, je weniger Kugeln im Magazin sind, um so kopflastiger wird sie. Wie ich gehört habe, macht S & W eine gute Neuner.»

«Es reicht, Mooney.» Wenn er mir angst machen wollte, leistete er ganz gute Arbeit.

«Es reicht nicht, Carlotta. Du wirst beschossen, du wirst überfallen. Du steckst in Schwierigkeiten, und du erzählst deinen Freunden nicht, warum. Falls du meinst, guten Grund dazu zu haben, in Ordnung. Aber ich gebe mich nicht damit zufrieden. Ich werde mir deine Klientenliste vornehmen. Ich habe bereits Roz befragt –»

«Da hast du bestimmt was zu hören bekommen! Moon, ich verstehe ja deine Neugier, aber komm mir doch nicht mit solchem Blödsinn, daß du dir so verdammt große Sorgen um meine Sicherheit machst. Wenn ich Polizistin wäre, würdest du meinen Arsch als Köder benutzen und mich Taxe fahren lassen.»

«Könnte sein», gab er zu.

«Was dich ärgert, ist, daß du mich nicht herumkommandieren kannst. Also versuch es bitte auch nicht.»

«Was mich ärgert, ist, daß ich lauter Einzelteile sehe, und nichts paßt zusammen.» Er schwieg einen Augenblick, dann fuhr er ruhig mit gesenkter Stimme fort: «Also, wollen wir wetten?»

Im Polizeidienst haben Mooney und ich dauernd Wetten abgeschlossen, darüber, wie lange es dauern würde, einen bestimmten Fall aufzuklären, oder darüber, wie viele Zuhälter wir in einer einzigen Nacht bei einer Ausweiskontrolle am Busbahnhof erwischen könnten.

«Um was?»

«Wenn du die Wahrheit sagst, laß ich mir von Roz die Haare schneiden. So sicher bin ich mir, daß du lügst.»

Schade um die verpaßte Gelegenheit.

«Und wenn ich nicht die Wahrheit sage?»

Er maß mich mit einem Blick. «Kaufst du dir eine Kanone oder machst Ferien. Falls du reden möchtest, kennst du ja meine Nummer.» Er schob seinen Stuhl mit einem kreischenden Geräusch zurück, das mir Schauer über den Rücken jagte. «Bye-bye.»

Er war dreißig Sekunden weg, als ich meine Krücken packte und zur Tür humpelte. «Danke schön für die gottverdammten Blumen», schrie ich über den leeren Flur.

Eine nette Krankenschwester streckte den Kopf um die Ecke und schüttelte ihn vorwurfsvoll.

Um 14 Uhr wurde ich offiziell entlassen. Um 14.05 Uhr schickte Gloria ein Green-&-White-Taxi, um mich nach Hause zu bringen.

14 Ich saß auf einer Bank in der Eingangshalle, bis Leroy, Glorias jüngster und geschliffenster Bruder, derjenige, der angeblich einem Mitspieler der National Football League ein Ohr abgebissen hat, so dicht am Bordstein vorfuhr, daß die Reifen quietschten, heraussprang und mich vom säulengeschmückten Portal des Krankenhauses auf die Rückbank des Wagens verfrachten wollte.

«Nach vorn», protestierte ich. «Sonst zieh ich dir eines mit der Krücke über.»

Er starrte mich wütend an. Er hatte seine Anweisungen.

«Leroy», sagte ich leise mit einem listigen Anflug von Koketterie. «Nun sei doch nicht so. Wie können wir uns unterhalten, wenn ich hinten sitze?» Gloria weiß nicht, wie anfällig ihr Bruder für weibliche Tricks ist. Wenn ich ihn trotz meiner schwärzlich umschatteten Augen, durch die ich wie ein Waschbär aussah, und meines bandagierten Beins rumkriegen konnte, war er viel zu leichte Beute.

Ich hatte keine Lust, meine Fragen durch eine kugelsichere, fast schalldichte Glasscheibe zu brüllen.

«Wo ist Marvin?» erkundigte ich mich, sobald wir unterwegs waren und die Brookline Avenue entlangrumpelten. In der Stadt hingen dürftige Grünzeuggirlanden, in denen hier und da ein weihnachtliches Licht steckte, zwischen den Laternen. Der halbherzige Versuch, festliche Stimmung zu erzeugen, verstärkte die Düsterheit des Nachmittags noch. Ich öffnete das Beifahrerfenster einen kühlen Spalt weit und atmete tief. Nach anderthalb Tagen stehender Krankenhausluft rochen sogar die Abgase lieblich. «Wie geht's ihm?»

«Gut», war die kryptische Antwort, die ich kaum glauben konnte.

«Braucht schon eine ganze Menge, um Marvin umzubringen», fuhr Leroy fort. «Mein Bruder Geoffrey und ich haben es vergeblich versucht, als wir Jungs waren. Deshalb lag ihm auch das Berufsboxen so.»

«Ich will zu ihm.»

«Gloria sagt, er muß sich erst erholen.»

«Jetzt.»

«Kommt nicht in Frage. Gloria sagt –»

«Hol sie mal ans Radio.»

«Mach mir keine Scherereien.»

«Bring mich zu Marvin», sagte ich. «Ich spüre förmlich, wie meine Erinnerung zurückkehrt. Wenn ich ihn heute nicht mehr treffe, gehe ich zur Polizei oder vielleicht auch zum Amt für Personenbeförderung.»

«Gloria hat mich gewarnt», sagte Leroy mürrisch.

«Was hat sie denn gesagt?»

«Sagte, du wärst die einzige Frau, die sie kennt, die genauso dickköpfig ist wie sie.»

«So?»

Er machte so plötzlich eine Kehrtwendung, daß die anderen Fahrer entsetzt mit offenem Mund starrten und auf die Hupe hauten. «Also fahren wir Marvin besuchen. Kannst dich beruhigen.»

Er überquerte die Huntington Avenue und fuhr in südwestlicher Richtung nach Roxbury, dem Herzen des schwarzen Boston, das immer häufiger ‹The Bury› genannt wird, ein Wort, das so ausgesprochen wird wie eine Frucht, die weder saftig noch süß ist. Nachdem wir den Melnea Cass Boulevard überquert hatten, machte Leroy auf einmal Kurven, die zum Teil so unnötig waren, daß wir im Kreis um einen Häuserblock herumfuhren.

«Orientierung verloren?» fragte ich.

Er blickte in den Rückspiegel.

«Ein weißer Chevrolet Caprice. Weißt du, wer das sein könnte?»

«Bist du sicher, daß er uns folgt?»

«Sieh doch selbst.»

«Zivilstreife», sagte ich empört. O Mooney, traue einer Mooney. «Die Cops haben mir den Gedächtnisschwund nicht abgenommen.»

«Ich werd sie abhängen», sagte Leroy ruhig. «Guck mal, ob es zwei sind. Einen Wagen kann ich leicht abschütteln.»

«Nur einer», sagte ich nach ein paar Blocks freier Strecke. «Es sei denn, sie sind einfallsreich und machen's über Funk. Denk dran, wenn sie ihr Rotlicht blinken lassen, dann halt an. Gloria bekommt Schwierigkeiten, wenn einer ihrer Fahrer Gesetze bricht.»

«Gesetze bricht?» Leroy tat ganz unschuldig. Dann drückte er das Gaspedal durch und bog auf zwei Rädern auf einen vollen Parkplatz am Purity Supreme ein. Ein verbeulter Pontiac Bonneville kam rückwärts aus einer Lücke. Leroy riß das Steuer herum, um Millimeter am Lack des anderen vorbei. Der Fahrer des Wagens trat mit Wucht auf die Bremse, stemmte sich auf die Hupe und hob den Mittelfinger zum höhnischen Gruß. Köpfe drehten sich, und noch mehr Hupen fielen in das Konzert ein. Noch mehr Bremsen kreischten. Leroy schoß mit der Taxe aus der Ausfahrt, bog rechts und wieder rechts ab und blieb in einer engen Gasse mit einem Ruck stehen, wohlverborgen hinter einem überfüllten Müllwagen.

Er wandte sich zu mir, und seine braunen Augen glühten. «Hoffe, das hat deinem Fuß nicht geschadet.»

Ich schluckte. «Alles in Ordnung. Aber wenn unser Verfolger ein Bulle ist, gibt er unsere Nummer per Funk durch.»

Leroy sagte: «Halt die Augen offen. Wenn noch jemand Interesse an uns zeigt, fahren wir zu deinem Haus und versuchen's lieber heute abend.»

«Du hast doch nicht etwa diese kleine Show extra für mich

abgezogen, Leroy? Du und Gloria? Um mich davon abzuhalten, Marvin aufzusuchen?»

«Mädchen, du traust aber auch niemandem.»

«Berufsbedingt», sagte ich.

«Wirf mal einen Blick nach draußen, ja?»

Ich kurbelte das Fenster herunter und stellte den Seitenspiegel so ein, daß ich die Straße besser überblicken konnte. Der weiße Chevy war nicht zu sehen.

«Gut», sagte Leroy und machte wieder eine hupkonzertauslösende Kehrtwende.

Die Bar auf einer Querstraße der Columbus Avenue kannte ich nicht. Sie war kaum als Bar zu erkennen; nur eine einsame flackernde Budweiser-Neonreklame unterschied sie von den Wohnhäusern zu beiden Seiten. Wir parkten in einem finsteren Seitengäßchen und gingen auf eine Wand zu, die solide verbrettert zu sein schien. Leroy hatte schützend eine Hand auf meinen Arm gelegt.

«Gloria hat gesagt, du solltest lieber warten, bis Marvin zu dir kommen kann», bemerkte Leroy, während wir uns einen Weg durch weggeworfenen Müll und zerbrochene Flaschen bahnten.

«Ich hasse warten», sagte ich.

«Hm», gab er verächtlich von sich. «Was willst du schon machen auf deinen Krücken.»

Er schlug zweimal schnell hintereinander auf eine bestimmte Stelle der Wand. Eine schöne karamelhäutige Frau in Radlershorts mit Blumenmuster, schwarzem BH und Ohrringen, die ihr auf die Schultern baumelten, öffnete eine gutgetarnte Tür. Ihr Haar war geflochten und königlich zu einer kleinen Krone zusammengeschlungen.

«Leroy, bist du verrückt?» flüsterte sie, starrte mich an und schüttelte den Kopf.

«Yvonne», sagte er, «wenn sich diese Frau etwas in den Kopf gesetzt hat, kann man sie nicht davon abhalten. Carlotta, das ist Yvonne.»

Ich streckte ihr die Hand hin. Sie betrachtete mich mit einem Mißfallen, das an Abscheu grenzte. Angesichts von Blicken, die auf meine helle Haut und mein rotes Haar gerichtet sind, habe ich immer das zwanghafte Bedürfnis, meine politischen Überzeugungen zu verteidigen und meine Einstellung zu anderen Rassen darzulegen – die bei näherem Hinsehen nicht vollkommen ist, aber bei welchem Außenstehenden ist sie das schon?

Yvonne sah nicht so aus, als ob sie mein staatsbürgerliches Verhalten interessieren würde.

«Ist Marvin in der Lage, mit mir zu reden?» fragte ich in die feindselige Stille hinein.

Aus der Ferne drang seine rauhe Stimme herüber. «Yvonne, das Mädchen ist okay. Du brauchst sie ja nicht zu küssen, aber laß sie bitte rein.»

Yvonne riß wortlos die Tür auf. Und schritt mit anmutiger Würde davon, den Kopf hoch erhoben.

Leroy schloß die Tür hinter uns ab, indem er einen massiven Riegel vorschob.

Marvins Krankenzimmer erinnerte an ein in aller Eile umgewandeltes Lagerhaus, denn an den Backsteinwänden ringsum waren Schnapskisten so hoch gestapelt, daß sie fast eigene Mauern bildeten. Der Raum roch muffig und außerdem nach verschüttetem Whiskey. Das Licht einer Glühbirne an der Decke, die teilweise von einem zerrissenen Partylampion aus Papier beschirmt wurde, ließ einen Linoleumfußboden erkennen, dessen Kanten sich vor Alter hochbogen.

Halb schwang ich mich, halb ging ich in eine Ecke, die teilweise mit Kartons zugestellt war. Ich hatte ganz vergessen, wie schwer es ist, an Krücken zu gehen, wieviel Platz die verdammten Dinger brauchen und wieviel Kraft aus dem Oberkörper.

«Du siehst gut aus», log Marvin augenzwinkernd und stützte sich ein wenig mit dem Ellbogen hoch.

«Du auch», log ich ebenfalls. «Tut mir leid, daß ich dich geweckt habe.»

Er schaffte es, sich aufzusetzen, wobei er mit den Zähnen knirschte, um bei dieser Anstrengung nicht zu stöhnen, schüttelte mir mit festem, trockenem Griff die Hand und ließ sich wieder zurücksinken. Ein Laken voller Blutflecken bedeckte die schmale Bettstelle. Marvins nackte Füße standen gute zwanzig Zentimeter über. Er trug ein fleckiges T-Shirt und Boxershorts. Sein verschwollenes Gesicht war um Augen und Nase lilablau. Ein Gazeverband war um seine Stirn gewickelt. Im Gegensatz zu seiner Kleidung und dem Bettzeug sah er frisch aus.

«Ist Yvonne Krankenschwester?» fragte ich.

«Sie macht's ganz gut. Versteht aber mehr davon, ein Lokal zu führen.»

Mir kamen auf einmal die Hintergrundgeräusche zu Bewußtsein: fernes Stimmengewirr, Händeklatschen, Kassenklingeln. Jemand rief mit präziser Regelmäßigkeit Zahlen aus. Bargeräusche. Spielgeräusche.

«Leroy», sagte Marvin, «hol der Lady 'nen Stuhl, statt da rumzustehen. Hol ihr was zu trinken. Und mir auch. Was Kaltes.»

Was Kaltes? Der Raum war eiskalt. Ich war nicht in Versuchung, den Mantel auszuziehen. Ich knöpfte ihn auf, damit er nicht auf die Idee kam, ich wollte schnell wieder weg. Ich sah, daß eine Decke am Fußende des Bettes auf dem Boden lag, und fragte Marvin, ob ich ihm helfen sollte, sie wieder über ihn zu breiten.

«Nein», sagte er. Wahrscheinlich hat er kein Fieber, dachte ich.

Wir sprachen über seine Verletzungen, bis Leroy zurückkehrte. Marvin schien stolz darauf zu sein, daß er nur zwei gebrochene Rippen davongetragen hatte. Ohne Röntgenbild konnte ich nicht einsehen, wie er da so sicher sein konnte.

«Also dann», sagte ich, als ich auf einem hölzernen Barhokker saß und eine eiskalte Bierflasche meine Hand betäubte. «Erzähl mal.»

«Vorübergehender Gedächtnisschwund?» sagte Marvin.

«Versuch's bloß nicht.»

«Nur ein Scherz.»

«Laß es lieber bei dem einen. Klar? Ich habe mir die letzte Nacht von Krankenschwestern Spritzen in den Hintern stechen lassen müssen, mir von meiner kleinen Schwester sagen lassen müssen, daß sie mich haßt, und den einzigen Cop anlügen müssen, den ich mag. Ich möchte das Gefühl haben, daß das alles gerechtfertigt war, Marvin.»

«Mir ist es inzwischen auch nicht gerade blendend gegangen, Carlotta.»

«Entschuldigung», sagte ich. «Wirklich, es tut mir leid. Kann ich noch mal von vorn anfangen?»

«Ich habe nichts Besonderes vor», sagte er. «Ich habe Zeit.»

Ich sagte: «Gloria ist der Meinung, daß jemand G & W an die Karre will. Hast du irgend jemandem erzählt, daß du fährst?»

«Nein.»

«Über Funk vielleicht?»

«Habe nur meine Taxinummer genannt. Ich bin ja nicht blöd.»

«Einer Freundin?» fragte ich und mußte an Yvonne denken.

Er schluckte ein gutes Drittel von der bernsteinfarbenen Flüssigkeit in seinem hohen Glas hinunter.

«Es war ein Funkauftrag», sagte er langsam. «Jemand Ecke Shandon und Harvard.»

«In der Nähe von Franklin Field», sagte ich.

«Gloria gab mir einen Namen durch. Sie hat ihn aufgeschrieben. Stevens, glaube ich.»

Ein nutzloser Name, es sei denn, wir hatten es mit saudummen Gaunern zu tun.

«Weiter», sagte ich.

«Ich sehe einen schwarzen Bruder an der Ecke stehen, kommt mir okay vor. Er steht unter einer Straßenlaterne, ich sehe, daß er Hut und Regenmantel trägt, und denke, das ist aber ein verflucht langer Mantel, und gleich darauf frage ich mich, ob er wohl etwas darunter versteckt. Aber er ist allein, und im allgemeinen schauen mich die Leute gut an, sehen meinen Nacken und meine Schultern und belästigen mich nicht weiter. Ich gucke jedoch genauer hin, ob vielleicht etwas aus dem Mantel herausragt, denn ich habe gehört, daß man mit einem Baseballschläger die Trennscheibe raushauen kann. Oder mit einer Schrotflinte. Wenn's weniger ist als ein Baseballschläger oder eine Schrotflinte, fahr ich ihn, überlege ich. Es gibt nicht viel, was mich beunruhigt.»

Marvin hob die Hand, um sich an der Stirn zu kratzen. Der Verband störte ihn dabei. Er rieb fest darüber, und sein Blick verfinsterte sich.

«Na ja, mein Fahrgast hat schon die Tür hinter mir aufgerissen, da erscheinen zwei Männer aus dem Nichts. Kommen angerannt, und sie sind nicht blöd. Verschwenden keine Zeit damit, an den anderen Türen zu rütteln, als wüßten sie, daß sie verriegelt sind. Bevor ich aufs Gaspedal treten kann, drückt einer schon sein Ding an mein Fenster, 'ne richtig große Kanone. Der Typ, der hinten eingestiegen ist, sagt: ‹Dreh dein Fenster runter.› Da merke ich erst, daß mein Kunde mit von der Partie ist. Bis er den Mund aufmachte, habe ich gedacht, *er* sollte ausgeraubt werden.»

«Hast du seine Stimme erkannt?»

«Nein. Ich kurbel das Fenster runter. Der Mann greift rein, schaltet die Dachbeleuchtung aus und stellt den Funk ab.»

«Hat er dich gefragt, wie man das macht?»

«Nein. Also sage ich so locker wie möglich: ‹Euer Glückstag, Jungs. Habt euch gerade ein paar Scheinchen verdient.› Ich habe immer einen Hunderter dabei, fünf Zwanzigdollarscheine, falls ich mal überfallen werde. Gibt man ihnen nichts, bringen sie einen um.»

«Und sie wollten nichts?»

«O doch, genommen haben sie's. Aber der Mann an meinem offenen Fenster löst die Türverriegelung, und ein zweiter Kerl mit 'ner Kanone schlüpft nach vorn neben mich. Zwei sind also hinten, und der vorn sagt nichts als ‹Halt die Hände da, wo ich sie sehen kann› und ‹hier rechts› oder ‹hier links›. Fragen nicht, ob ich noch mehr Geld dabeihabe. Hören anscheinend gar nicht zu, was ich sage.»

«Was hast du denn gesagt?»

«Was sagt man schon, Süße, außer Gebete? Der eine vorn ist weiß, und den dritten habe ich nicht sehen können, aber ich weiß, daß hinten ein schwarzer Bruder ist. Ich versuche zu bluffen, daß ein Suchsender im Auto ist, und der weiße

Typ lacht richtig bösartig. Sagt, daß er mich dann noch schneller umbringen muß. Ich überlege mir, daß es nur Gerede ist; er will mich in Angstschweiß bringen, also reagiere ich mit Großspurigkeit, wie im Ring, wenn mich jemand psychisch fertigmachen will.»

«Wie sah der Weiße aus?»

«Jung und gemein. Ein böses Gesicht. Magere, scharfe Züge, als bekäme er nie genug zu essen.»

«Haare, Augen, Größe?»

«Hellbraun. Ein feiger Hund. Blasse Augen. Mittelgroß.»

«Einsfünfundsiebzig?»

«Nicht mehr.»

Marvin ging der Schnaps aus, und er machte seinem Bruder ein Zeichen, ihm neuen zu holen. Als Leroy gegangen war, bat Marvin mich, ihm zu helfen, sich bequemer zu betten. Ich stopfte ihm Kissen hinter den Rücken. Diesmal unterdrückte er das Stöhnen nicht. Mußte wohl vor seinem kleinen Bruder Tapferkeit mimen, vermutete ich.

«Wir können ein andermal weitermachen, wenn du Schmerzen hast», sagte ich.

«Tut dir dein Bein nicht weh?»

«Doch», gab ich zu.

«Dann zurück zum Geschäft. Ich versuche also, cool zu sein, und der Schweiß läuft in Strömen an mir herunter, als mache ich mich auf fünfzehn Runden gefaßt. Ich habe einen so hohen Adrenalinspiegel, daß ich kaum stillsitzen kann, und ich überlege mir, daß sie, wenn sie mich umlegen wollen, dafür erst selber bluten sollen. Ich folge den Anweisungen, bis ich weiß, wo ich bin. Ich denke mir, daß die beiden Typen hinten weitgehend ausgeschaltet sind, denn sie sitzen hinter der Scheibe, und ich muß nur sehen, daß ich aus dem

138

Wagen rauskomme und es diesen Scheißkerlen zeige. Ich werde langsam wütend.»

Ich nickte.

«Ich kenne den Park sehr gut. Ich kenne das Dornengestrüpp. Bin oft reingestoßen worden, als ich ein kleiner Junge war. Die Kerle auf der Rückbank wollen mit dem Weißen reden, und er langt nach hinten, um die Scheibe aufzumachen. Das ist meine Chance, ich trete voll auf die Bremse, dann aufs Gas, reiße das Steuer herum und runter von der Straße, wo ich weiß, daß es steil abwärts geht. Ich hoffe, dem Weißen schlägt's den Schädel ein bei der Talfahrt. Sobald wir stehen, bin ich draußen. Aber der Kerl hinter mir ist schneller, er schlägt mich mit seiner Kanone nieder. Daher habe ich diese Beule am Kopf. Dann sind sie alle über mir. Und ich denke, daß ich's nicht mehr lange mache, so wie sie mich treten und all das. Ich denke sogar schon, daß es besser wäre, sie würden mich erschießen.»

Leroy brachte Marvins Glas gefüllt zurück und mir noch ein Bier. Ich lehnte ab, und so trank es der kleine Bruder.

«Und dann?»

Marvin zuckte die Achseln. «Ich liege da wie tot. Sie treten mich noch ein paarmal, aber ich rühre mich nicht. Ich kann gut einstecken.»

Ich nickte. Ich hatte ihn nie kämpfen sehen, aber davon gehört.

«Der Weiße, glaube ich, kommt ganz nah heran und drückt mir die Kanone ins Ohr. Alles, was ich tun kann, ist stillbleiben, statt zu schreien. Dann sagt jemand: ‹Stopp.› Und die gleiche Stimme sagt: ‹Fürs Umbringen werden wir nicht bezahlt.›»

«Halt mal», sagte ich. «Waren das die genauen Worte?»

Taxifahrer werden aus einem bestimmten Grund überfal-

len, hatte Lee Cochran gesagt. Das war endlich die Bestätigung, ein legitimer Grund für Ermittlungen!

«Ich erzähle es so genau, wie ich's weiß», sagte Marvin etwas aufgebracht.

Ich legte eine Hand auf meine Stirn. Die Kopfschmerzen waren schlimmer geworden.

«Das muß die Polizei erfahren, Marvin», sagte ich.

«Das kann ich ihr aber nicht erzählen, Carlotta. Diese Kanone bleibt in meinem Ohr. Der Weiße ist sauer und sagt: ‹Der Typ hier hat's verdient; er hat versucht, uns umzubringen.› Sagt der andere: ‹Würdest du doch auch?› und lacht irgendwie, und dann wird die Kanone aus meinem Ohr genommen. Ich bemühe mich, ruhig liegen zu bleiben wie bei einem abgesprochenen Kampf.»

«Marvin!»

«Du bist so naiv, Babe. Hatte ich vergessen.»

«Marvin, haben sie sonst noch was gesagt? Sich beim Namen genannt?»

Er wollte eben seinen massigen Kopf schütteln, überlegte es sich aber und sagte: «Kann mich an keine Namen erinnern.»

«Phil Yancey?»

«Nein. Tut mir leid.»

«Kannst du die anderen zwei beschreiben? Irgendwelche besonderen Kennzeichen? Was Brauchbares wie zum Beispiel eine Tätowierung oder Narbe?»

«Den schwarzen Kerl habe ich am besten gesehen, im Laternenlicht. Hut und Regenmantel, mittelgroß, mittelschwer, unauffällig. Den Weißen habe ich dir ja beschrieben.»

«Und der dritte?»

«Nur eine Stimme.»

«Aber du hast gedacht, er wäre ein Latino?»

«Ich bin nicht ganz sicher.»

«Weißt du, warum du das gedacht hast? Wegen seines Akzents?»

«Weiß ich nicht.» Ich fragte mich, ob Marvin mir etwas vorenthielt und irgendein Detail verschwieg, um persönlich Rache üben zu können, sobald er seine gewaltigen Kräfte wiedererlangt hatte.

Yvonne kündigte sich durch ihre Stöckelabsätze an. «Leroy, dein Bruder ist todmüde.» Sie machte Leroy an, aber mit ihrem Blick durchbohrte sie mich. «Sieh ihn dir doch an. Wieviel hast du ihm denn zu trinken gegeben? Willst du ihn umbringen?»

«Vonnie», sagte Leroy.

«Von wegen ‹Vonnie›. Raus hier, und nimm die Schlampe mit.»

«Ich bin eine Freundin von Marvin», sagte ich. «Ich möchte ihm nur helfen.»

«Sicher. Hilfe dieser Art kriegen wir haufenweise.»

«Ich vertrete hier nicht die Weißen. Ich bin eine Freundin der Familie. Sie können sich jederzeit bei mir entschuldigen. Kommen Sie einfach vorbei.»

«Carlotta», murmelte Leroy, «sie wird sich nicht bei dir entschuldigen.»

Ich sagte: «Bin schon weg. Paß auf dich auf, Marvin. Und wechseln Sie ab und zu die verdammte Bettwäsche, Schwester!»

«Wechsel sie doch selbst», sagte Yvonne.

Ich holte tief Luft. Wenn ich noch länger blieb, mußte ich mich am Ende bei ihr entschuldigen, und dazu hatte ich keine Lust.

«Marvin», sagte ich, «du hast etwas, das mir gehört.»

«Ja?»

«Na komm.»

Er griff mit der Hand unter das Kopfkissen und zog meine .38er hervor. Unbenutzt. Oder kürzlich gereinigt und neu geladen.

«Danke für die Leihgabe», sagte er.

«Leroy», sagte ich, auf einmal völlig erschöpft. «Bring mich nach Hause.»

15 Leroy bestand darauf, mir den Gehweg und die Stufen zur Veranda meines zweigeschossigen viktorianischen Hauses hinaufzuhelfen, das ich von meiner verstorbenen Tante Bea geerbt habe und das in einer Gegend von Cambridge liegt, wo ich nichts mieten, geschweige denn kaufen könnte. Er hatte seinen muskulösen Arm fest um meine Schultern gelegt. Ich fragte mich, ob irgend jemand in der Volksrepublik Cambridge schockiert sein würde beim Anblick einer weißen Frau mit einem schwarzen Freund. Im großen und ganzen wohl kaum.

«Muß gleich wieder weg», sagte er, ehe ich ihn zu einem Kaffee einladen konnte, viel mehr auf der Hut vor Rassenfeindseligkeit als ich. «Gloria ist bestimmt außer sich. Hätte mich längst melden müssen.»

Wenn es Muttersöhnchen gibt, dachte ich, dann sicher auch Schwesternjungs; Gloria besaß drei davon.

Ich betrat den Eingangsraum und stieg die eine Stufe zum Wohnzimmer hinunter, vollkommen konzentriert auf das Schwanken und Schwingen, das die Fortbewegung mit Krücken verlangt. Sobald ich endlich aufatmend in den

Schaukelstuhl meiner Tante gesunken war, merkte ich, daß etwas nicht stimmte, konnte aber nichts entdecken, was nicht so gewesen wäre wie immer. Es roch ein bißchen anders. Hatte Roz in einem Anfall von Wahnsinn die Möbel poliert? Ich fuhr mit dem Finger über einen Mahagonibeistelltisch und hinterließ eine Spur im Staub. Nein. War im Kühlschrank etwas verdorben und verbreitete seine beißenden Dünste bis hierhin?

«Roz», schrie ich. Sie wohnt im zweiten Stock, in Brüllweite.

Keine Antwort.

Mein Schreibtisch hatte sich verändert.

Selbst von hier hinten konnte ich sehen, daß die Kabel und Anschlüsse des nutzlosen Computers anders arrangiert worden waren. Ich hinkte hinüber und setzte mich in meinen Schreibtischsessel. Die ganze Anlage war mir fremd. Es war nicht die, die ich für fünfzig Dollar unter Einsatz von Leib und Leben bei meiner Tour mit Sam erstanden hatte.

«Was ist?» fragte Roz von der Tür her. Kein «Herzlich willkommen». Kein «Wie geht's dir?» Nur «Was ist?»

Ich hatte sie in irgendeiner wichtigen Arbeit unterbrochen, das ging klar aus ihrer Haltung hervor. Vielleicht im Malen, wofür die orangen Farbtupfer auf ihrer Stirn und Wange sprachen. Bis auf die phantasievollen Leuchtfarbenflecken war sie ganz in Schwarz. Enganliegende schwarze Hosen verschwanden in hochhackigen knöchelhohen Stiefeln. Ein lockerer schwarzer Häkelpullover, dessen weitmaschiges Muster einen Mangel an Unterwäsche erkennen ließ, vervollständigte den Gesamteindruck. Dazu der schwarze Turban. Und die vielen Ohrringe. Und der Ring an jedem Finger.

Sie sah aus, als hätte ich sie mitten im Rühren eines Hexengebräus im Zauberkessel erwischt.

«Wow», sagte sie, «tolles Augen-Make-up.» Ich nahm mal an, daß sie scherzte. «Aber die Krücken sind daneben.»

Da ich nicht wußte, wie ich darauf reagieren sollte, sagte ich: «Roz, irgend etwas ist verändert.»

«Findest du es gut?»

«Ich weiß nicht recht», sagte ich.

«Ich war mir nicht sicher, ob du es von da aus sehen kannst.»

«Worüber reden wir eigentlich, Roz?»

Sie zog den Ausschnitt ihres Pullovers herunter und kam näher. «Unglaublich, was?»

Zwischen ihren stolzen Brüsten war eine Tätowierung, deren sich jeder in Unehren entlassene Seemann mit Freuden gerühmt hätte. Zwei schreiende Adler, in einem perversen Geschlechtsakt begriffen, so ließe es sich wohl am besten beschreiben.

«Du hast es selbst entworfen», vermutete ich.

«Ja.»

«Geht es denn wieder ab?»

«Für die Ewigkeit. Wie ein Diamant.»

Ich zog zischend Luft ein. Ich äußere mich nicht zu Roz' modischen Exzessen.

«Ich werde mir noch mehr machen lassen. Ich habe unglaubliche Entwürfe», sagte sie.

Ich sah die tätowierte Dame vor meinem geistigen Auge schon in einem nicht jugendfreien Zirkus.

«Oh», sagte sie plötzlich. «Du hast schon wieder ein Paket bekommen.»

«Was?»

«Von Schmierie aus Miami.»

Thurman W. Vandenburg ist der Anwalt, der die vielen verworrenen Geschäfte von Carlos Roldan Gonzales in den Vereinigten Staaten abwickelt. Ich habe ihn nie persönlich kennengelernt. Wir haben nur telefonisch miteinander gesprochen. Schmierie aus Miami trifft es ziemlich genau.

«Ich dachte mir, ich sollte es lieber aufmachen», sagte Roz, «in Anbetracht der anderen. Du warst ja im Krankenhaus.»

«Noch mehr Geld?»

«Sieben Riesen. Meine Karatematten sind voll, also hab ich sie ins Katzenklo gestopft.»

Sie ist ehrlich, sagte ich mir wieder. Ausgeflippt, total ausgeflippt, aber grundehrlich.

«Ich habe also Knete in meinen Bodenmatten. Und du hast große Scheine im Katzenklo. Wenn ich was schlumpfen könnte, würde ich nachts besser schlafen.»

Schlumpfen ist Dealerjargon. Schlümpfe – die kleinen Anleger des Drogengeschäfts – machen Bankkonten mit einem maximalen Höchstbetrag von 9900 Dollar auf, weil Girokonten von 10000 und mehr meldepflichtig sind. In der Regel bekommt der Schlumpf die fehlenden hundert als Aufwandsentschädigung. Große Dealer brauchen viele Schlümpfe.

«Was hast du denn für Probleme?» fragte ich. «Ist das Geld zu hart? Du brauchst nicht darauf zu schlafen, Roz.»

«Ich mag's nur nicht, wenn ich einen neuen Typen mitbringe. Vielleicht hat einer von ihnen 'nen guten Riecher.»

«Ich werde mich um das Geld kümmern», versprach ich.

Das mit dem Schlumpfen gefiel mir gar nicht. Die örtlichen Banken achten seit kurzem darauf, wer wiederholt neuntausend anlegt. Ich wollte meine Konten nicht überall in der Stadt verteilen. Wenn die Moneten Roz davon abhalten, mit wildfremden Menschen zu schlafen, dachte ich, sollte ich es vielleicht da lassen, wo es ist.

«Möglichst bald», sagte Roz.

«Das ist nicht mein Computer», sagte ich, um wieder zur Sache zu kommen.

«Und?» sagte Roz.

Ich blieb stumm und zog eine Augenbraue hoch.

«Ein Mann von dem Laden hat dir ein neueres Modell gebracht», sagte sie. «Keine große Sache. Hat dir das falsche verkauft, oder sie haben gleich nach deinem Kauf ein neues herausgebracht. So ähnlich. Geht auf Garantie. Keine Extrakosten.»

«Erzähl mal von dem Typen, Roz.»

«Er hat mir gezeigt, wie man damit umgeht. Toll.»

«Er hat dir Unterricht gegeben? Das muß ja eine Weile gedauert haben.»

«Na ja, er ist vier, fünf Stunden hier gewesen.»

«Wie sah er denn aus?»

Roz starrte den Fußboden an. Sie wird nie rot, aber wenn sie anfängt, mit den Augen nach Staubflusen zu suchen, weiß man, daß sie etwas im Schilde führt. Sich zum Beispiel eine glaubhafte Geschichte ausdenkt.

Roz würde um keinen Preis eine fremde Frau ins Haus lassen und schon gar nicht in die Nähe meines Schreibtischs und meiner Akten. Bei einem Mann jedoch, wenn er auch nur im entferntesten als Sexualobjekt in Frage kommt, gehen alle guten Vorsätze bezüglich der Sicherheit über Bord.

«Der Mann, der dir den Computer verkauft hat?» sagte sie. «Ein alter Freund von Sam und so. Frank. Schien auch dein Freund zu sein.»

«Groß; mager; bärtig; langes, fettiges graues Haar?»

«Groß. Dünn. Kein Bart, nicht grau, und ein verdammt feiner Haarschnitt», sagte sie. «Sah gut aus. Eins von diesen knochigen, interessanten Gesichtern – so häßlich, daß es schon wieder schön ist.»

Klang ganz so, als hätte Frank sich angestrengt, um Eindruck zu schinden. Und offenbar Erfolg gehabt.

Ich begutachtete meinen Schreibtisch. Die neuen Geräte sahen etwa zwanzig Jahre jünger und hundertmal teurer aus als das vorherige Zeug. Ein Extratelefon gehörte auch dazu. Ein rotes. Der heiße Draht.

Roz erzählte weiter: «Frank hat gesagt, du brauchst eine Festplatte, wenn du Kermit oder XMODEM benutzen willst, zum Runterladen –»

«Kermit?» sagte ich.

«Ein Programm für den Datentransfer», sagte Roz und grinste blöd. «Hat Frank mir erklärt. Er sagte, ich wäre ein Naturtalent, ein zukünftiger ‹Cyberpunk›. Cyberpunk ist sehr cool.»

Großartig. Ich konnte sie nicht rausschmeißen. Sie verstand was von dem neuen Computer. Dem neuen Drucker. Ich hatte nicht einmal einen Drucker gekauft. Ich kannte jemanden, der einen übrig hatte und mir schenken wollte. Frank hatte einen als Zugabe draufgelegt.

«Bist du eine längerfristige Beziehung mit Frank eingegangen, Roz?» fragte ich.

«Häh?»

«Du weißt schon.»

«Er ist kein Händler, richtig?»

«Richtig, Roz.»

«Irgend etwas ist komisch.»

«Du sagst es.»

«Er schien an dir interessiert zu sein.»

«Und was hast du ihm erzählt?»

«Ich habe ihm eine Menge Lügen aufgetischt, nur so zum Spaß, um ihn hinzuhalten. Ich fand ihn süß.»

«Süß?» Vielleicht sprachen wir gar nicht vom selben Typen. «Hektisch? Redet schnell?»

«Ja, das auch. Bißchen alt, aber sehr erfahren, wenn du verstehst, was ich meine.»

Ich blieb still. Ich hatte Angst, sie würde es mir erzählen, in allen Einzelheiten.

«Ich habe die Nummer von seinem Firmenwagen aufgeschrieben.»

«Dein Glück», sagte ich. Ich muß wenigstens ein minimales Vertrauen zu einem Mann haben, bevor ich mit ihm ins Bett gehe. Roz betrachtet Sex als Turnübung, einem guten Karatetraining vergleichbar. Falls die CIA eine Anhörung für die nächste Mata Hari veranstalten sollte, würde Roz in die engere Wahl kommen.

Sie würden sie nie nehmen. Zu subversiv.

«Was hat denn deinen Argwohn erregt?»

«Er war zu sehr auf dich fixiert. Stellte Fragen.»

«Vielleicht findet er mich ‹süß›», sagte ich.

«Die Autonummer hat nicht hingehauen.» Sie seufzte. «Gestohlen. Später wieder aufgetaucht. Keine Spuren. Keine Beulen.»

«Der Typ ist ein bißchen zu alt für Spritztouren, Roz.»

«So alt nun auch wieder nicht», sagte sie.

Roz mag ihre Männer jung, alt, verheiratet, geschieden, schwarz, weiß. Sie gibt allen eine Chance.

Sie erzählte weiter. «Als herauskam, daß die Nummer nicht stimmte, war ich wirklich sauer. Gut, daß ich mir seine Brieftasche angesehen hatte. Du sagst ja immer, achte auf die Sozialversicherungsnummer. Sie war auf seinem Führerschein. So was Blödes. Selbst ich weiß immerhin, daß diese Nummer nicht auf meinem Massachusetts-Führerschein stehen sollte.»

«Bingo.» Ich wollte nicht nachfragen, wie sie das im einzelnen bewerkstelligt hatte. Wahrscheinlich hatte sie dem Mann die Brieftasche während eines postorgasmischen Nickerchens geklaut. Roz ist schon klasse.

«Und jetzt das Größte. Sie ist durch und durch falsch.»

«Was?»

«Seine Sozialversicherungsnummer. Francis Tallifiero – das ist der Name auf der Karte – ist im Alter von zwei Jahren gestorben. In irgendeiner Provinzstadt in der Nähe von Bangor, Maine.»

«Du hast nicht zufällig eine falsche Nummer abgeschrieben?»

«Carlotta.»

«Geh und mach weiter, womit du gerade beschäftigt warst», sagte ich. «Und laß den Mistkerl nicht wieder hier rein.»

«Verdammt. Mein Haar», sagte sie, griff nach ihrem Turban und verzog sich nach oben.

Kein Wunder, daß es im Haus so merkwürdig roch. Die orangen Tupfer waren Haarfärbemittel, nicht Ölfarbe.

Und Frank war nicht Frank.

Wer wußte etwas darüber? Sam wußte etwas.

Ich wählte seine Nummer. Sein Anrufbeantworter sprang an. Ich wollte schon auflegen, beschloß aber doch zu warten. Ich kenne die Ansage auswendig. Fünfmaliges Klingeln,

149

Abheben, das mechanische Summen des Tonbandes, die tiefe Stimme mit Sexappeal: «Sie sind mit der Nummer fünf fünf fünf, acht zwei, fünf vier verbunden. Leider bin ich gerade nicht erreichbar. Hinterlassen Sie nach dem Signalton Ihren Namen und Ihre Telefonnummer, und ich melde mich.»

Ich horchte auf Sams Baßbariton, seine Art zu sprechen. Sie war mir so vertraut wie das Atmen, automatisch, jenseits des Denkens.

Und plötzlich ein neuer Satz: «In dringenden Fällen bin ich unter zwei null zwei, fünf fünf fünf, null drei, zwei drei zu erreichen.» Ich erkannte die Vorwahl von Washington, D. C.

Ich nahm den Hörer ab und drückte die Ziffern. Eine Frau meldete sich energisch. Eine angenehme Stimme. Jugendlich. Sopran. Kein hörbarer Akzent. Ihr schlichtes, wiederholtes «hallo» warf mich um. Ich hatte fest mit der Telefonvermittlung eines Hotels gerechnet, einer amtlichen Stimme.

Zum Thema Männer sagte meine Großmutter gern: *Me ken im getrojn wi a kaz ßmétene.* «Man kann ihm vertrauen wie einer Katze bei Sauerrahm.» Ich biß mir auf die Zunge.

«Hallo? Ist da jemand?» sagte sie. Dann muß sie den Hörer von sich weggehalten haben. Ich hörte sie leise sagen: «Sekunde, Schatz, ich bin gleich wieder da.»

Ich sagte: «Entschuldigen Sie, ich glaube, ich habe mich verwählt.»

«Welche Nummer haben Sie denn gewählt?» fragte sie freundlich.

«Zwei null zwei, fünf fünf fünf, null drei, zwei drei.»

«Stimmt. Und wen wollten Sie sprechen?»

Ich hörte im Hintergrund seine Stimme. Ein Grollen, weitab vom Hörer, aber unverkennbar. Ich drückte leicht auf die Gabel. Das Knacken war laut und endgültig.

Schatz.

16 Ich weiß nicht mehr, wie lange ich an meinem Schreibtisch saß. Ich legte meine .38er wieder an ihren sicheren Ort, leerte das Magazin und roch am Lauf, ob ich verräterische Hinweise darauf fand, daß sie benutzt worden war. Meine Nase nahm nichts wahr. Vielleicht bekam ich eine Erkältung. Mooneys angedrohte Exkursion in ein Waffengeschäft hatte mich nachdenklich gemacht. Ich hänge nicht an meiner .38er; ich schwärme nicht für alte Waffen. Ich hätte nur im Traum nicht geglaubt, daß ich einmal eine Maschinenpistole brauchen könnte, um im Geschäft zu bleiben. Vielleicht, ging es mir durch den Kopf, sollte ich etwas von dem Geld von Paolinas Vater in ein kugelsicheres Auto investieren.

Hätte mein Fuß nicht angefangen zu puckern, hätte ich womöglich die ganze Nacht gegrübelt und mir dabei mein Haar Strähne für Strähne ausgerissen. Von Schmerz gepeinigt, hielt ich mich verspätet an die ärztlichen Anweisungen und humpelte in die Küche, wo ich zu meinem Entsetzen feststellte, daß beide Eiswürfelbehälter aus dem Tiefkühlfach verschwunden waren. Trotz meiner Drohungen führt Roz weiterhin chemische Experimente durch, denn sie ist im Nebenberuf Fotografin, und bemächtigt sich dazu heimlich meiner Küchenutensilien, falls sie sie braucht. Die fehlenden Eiswürfelschalen befanden sich vermutlich in ihrer Dunkelkammer im Keller und waren durch die Rückstände irgendeiner chemischen Mixtur verdorben.

Es hat auch Vorteile, eine miserable Haushälterin und einen alten Kühlschrank zu haben, dessen Abtauautomatik schon in den fünfziger Jahren den Geist aufgegeben hat. Ich bearbeitete das an den Seitenwänden des Gefrierfachs haftende Eis mit einem Schnitzmesser. Funktionierte nicht. Ich besitze keinen Eispickel; ein Schraubenzieher führte schließlich zum Erfolg.

Ich schüttete die Eisbrocken auf ein Geschirrtuch, faltete es dreimal längs und humpelte ins Wohnzimmer zurück.

Das Gelenk hatte sich unter Socke und Verbandsschichten in eine buntschillernde, dicke Schwellung verwandelt. Ich legte den behelfsmäßigen Eisbeutel darum und befestigte die Enden des Küchentuchs in Ermangelung von etwas anderem mit Büroklammern. Dann hievte ich die ganze Chose hoch auf die Schreibtischauflage und lehnte mich in meinem Sessel zurück.

Hochlegen und Eis drauf. Die Wunder des medizinischen Fortschritts: Zu genau der gleichen Behandlung hätte auch meine Mutter geraten. Ihre andere todsichere Kur hatte der Arzt allerdings nicht verschrieben, nämlich Hühnersuppe, von der ich mit Freuden einen Teller verschlungen hätte, wenn hausgemachte dagewesen wäre. Campbell's fehlt die Heilwirkung.

Diese Frau in Washington, wer zum Teufel mochte sie sein? Ich kannte Sams Familie gut genug, um seine Schwester, seine Cousinen oder auch entferntere weibliche Verwandte auszuschließen. «Schatz» hatte sie ihn genannt. Der beiläufig gefallene Kosename nagte an mir. Sams Schätzchen? Seine zukünftige Braut? Wie hatte ich mich bloß mit einem

152

Mann einlassen können, der nicht einmal den Nerv hatte, es mir zu erzählen! Oder vielmehr umgekehrt: Der hatte vielleicht Nerven!

Ein kranker Onkel in Providence? Oder eine Lady in Washington?

Sieh an, sieh an. Ich ermahnte mich, keine voreiligen Schlüsse zu ziehen. Aber mir kam es doch so vor, als bedeute die Ansage auf Sams Anrufbeantworter, daß er ziemlich viel Zeit bei der Zwei-null-zwei-Vorwahl verbrachte.

Hör auf damit! schalt ich mich.

Ich ging meinen Besuch bei Marvin noch einmal durch und machte mir Notizen von dem, was er im einzelnen gesagt hatte. Mitten im Satz brach ich ab und griff zum Telefon. Im Grunde sprach nichts dagegen, Mooney anzurufen und ihm zu erzählen, daß einer meiner Angreifer gesagt hatte, er würde für das Verprügeln von Taxifahrern bezahlt.

Nichts sprach dagegen, außer daß Mooney mir meine selektiven Erinnerungen nicht abnehmen würde. Er würde auf einer Hypnose bestehen.

Hypnose. Vielleicht war das gar keine so schlechte Idee. Vielleicht war Keith Donovan, der Seelenheiler von fast nebenan, dafür zu gebrauchen.

Keine gute Idee. Das war mit sofort klar. Es lief zwar etwas zwischen ihm und Roz, aber trotzdem hatte auch ich Appetit auf ihn, und nicht wenig. Ich hatte den Verdacht, daß es gegenseitig war. Donovan selbst hatte etwas in dieser Richtung geäußert und gestanden, daß ihn Frauen reizten, die mit Gewalt umgehen können. Besonders ich. Wäre Sam nicht gewesen, hätte sich die Sache vielleicht entwickelt...

Hör endlich auf!

Ich hatte eine Klientin, obwohl sie bisher nur einen Dollar bezahlt hatte, und das auch nur a conto. Ich holte mir genauestens ins Gedächtnis zurück, was ich an dem Abend wahrgenommen hatte, an dem Marvin überfallen worden war: die feuchtkalte Luft, den mondlosen Himmel, das harzige grüne Gewirr. Vielleicht hatte Mooney doch recht. Vielleicht schlummerte ein Hinweis, ein Anhaltspunkt in meinem Unbewußten.

Ich lehnte mich zurück und schloß die Augen. Das Eistuch um meinen Knöchel fühlte sich gut an. Gespräche spulten sich wieder vor mir ab wie schwache Tonbandaufnahmen. Gloria, aus deren Stimme beinahe schon Panik herauszuhören war, wie ich es noch nie erlebt hatte... *«Ich hätte ihn auch nicht fahren lassen, wenn mir nicht heute noch zwei Leute gekündigt hätten...»*

Es durchzuckte mich förmlich, und ich richtete mich so schnell auf, daß mir der Fuß höllisch weh tat. In meinem Ärger über das, was sie mir danach gestanden hatte – daß Sam sie angewiesen hatte, mich keine Nachtschicht fahren zu lassen –, hatte ich ganz vergessen, was sie vorher gesagt hatte. Zwei Fahrer, die am gleichen Tag gekündigt hatten? Dabei war die Wirtschaft keineswegs so in die Höhe geschnellt, daß Ex-Taxifahrer reichlich Beschäftigung fänden. Ich schnappte mir das Telefon und wählte.

«Green und White», meldete sie sich.

«Gloria», sagte ich und sprach laut, um die Musik im Hintergrund zu übertönen; ich wußte, daß ich meinen Namen nicht zu nennen brauchte. Man ruft sie mehr als einmal an, und schon ist man für immer in Glorias Gedächtnis gespeichert. «Ich brauche die Namen und Adressen der beiden, die vor der Friedhofsschicht von Mittwochnacht gekündigt haben.»

«Bleib dran. Die Telefone laufen gerade heiß.»

Bevor ich Einspruch erheben konnte, wurde ich schon in die Telefonvorhölle abgeschoben. Ich sah auf meine Armbanduhr. Die Fünf-Uhr-Hektik. Gloria handhabt die Telefon-zentrale so wie ein Keyboardkünstler die Orgel. Mit ihrer großartigen Stimme und sicheren Art wirkt sie so besänfti-gend wie ein Pfarrer. Wenn sie sagt, daß sie während eines Schneesturms binnen zehn Minuten ein Taxi schickt, glaubt man ihr das.

«Warum?» war alles, was sie sagte, als wieder Leben in die Leitung kam. Als Meisterin der Kontakte brauchte sie nicht nachzuchecken, ob sie überhaupt mit der richtigen Person verbunden war.

«Ich habe mit Marvin gesprochen –», legte ich los.

«Hat mir Leroy erzählt.»

«Ich muß einer Spur nachgehen.»

«Die Typen, die gekündigt haben, haben Marvin nicht überfallen, Babe. Beides kleine Gartenzwerge.»

«Gloria, ich will mit ihnen reden.»

«Beide aus Haiti, verschiedene Nachnamen, wohnen aber unter der gleichen Adresse. Eine Absteige, Telefon im Ein-gangsraum.»

«Gib mir mal die Adresse durch.»

«Ohne Fragen zu stellen? Obwohl ich deine Klientin bin und für deine kostbare Zeit bezahle?»

«Du wirst Taxirufe verpassen, wenn du auf dieser Leitung bleibst», sagte ich.

«Du suchst Jean Halle und Louis Vertigne. Achtundzwan-zig vierzig Vinson. Dorchester.

«Telefonnummer?»

«Fünf fünf fünf, sieben acht, null sechs. Was hat Marvin eigentlich gesagt? Hat er mir die Schuld gegeben? Kümmert sich die Frau ordentlich um ihn? Ich hätte ihn lieber im Krankenhaus gehabt, aber er sagt, es geht ihm gut. Er sieht nicht gut aus.»

«Ich lege jetzt auf, Gloria.»

«Kein Wunder, daß du eine so magnetische Anziehungskraft auf Klienten hast», sagte sie. «Es liegt an deinen Telefonmanieren.»

«Außerdem brauche ich noch eine Liste aller Fahrer, die dir in jüngster Zeit gekündigt haben», sagte ich. «Sagen wir, innerhalb des letzten Jahres.»

«Du machst wohl Scherze.»

«Nein.»

«Ich soll dir alles beschaffen, was du willst, und du beantwortest nicht einmal eine einzige Frage.»

«Was macht deine Diät?»

Sie legte auf. Ich wußte, daß sie danach die Verbindung abbrechen würde.

Ich ließ das Telefon siebzehnmal klingeln. Achtzehn. Neunzehn. Ich bin normalerweise nicht so hartnäckig, aber eine Pension ist kein Privathaus. Ein schrillendes Telefon fällt in niemandes Verantwortungsbereich. Man muß also jemandem in den Schädel einhämmern, daß es keine Ruhe gibt, wenn nicht abgehoben wird.

Fünfundzwanzig, sechsundzwanzig.

Eine weibliche, schlechtgelaunte Stimme. Etwas belegt, ich hatte sie also aus tiefem Schlaf geweckt.

Nur Freundlichkeit und Offenheit konnten weiterhelfen.

«Entschuldigen Sie bitte, daß ich störe», sagte ich und wünschte, ich hätte eine so unwiderstehliche Stimme wie Gloria. «Ich hätt's nicht getan, wenn's nicht dringend wäre.»

«Klar», sagte die Frau trocken, völlig unbeeindruckt.

«Ich versuche Mr. Jean Halle oder Mr. Louis Vertigne zu erreichen», sagte ich und bemühte mich um die richtige Aussprache dieser Namen, die ich erst einmal gehört hatte.

«Na und?»

«Ich muß äußerst dringend mit einem von ihnen reden.»

Trug ich zu dick auf? Kann etwas dringender sein als dringend?

«Sie wohnen im zweiten Stock», sagte die Frau widerwillig.

«Sind sie zu Hause?»

«Woher soll ich das wissen!»

«Besteht die Möglichkeit, es irgendwie herauszufinden?»

«Hören Sie mal, es ist so: Ich könnte im Bademantel all die verfluchten Treppen hochrennen und an die Tür bummern. Die Frage ist nur, warum?»

«Hallo?» sagte ich.

Stille.

Ich wählte unverdrossen noch einmal. Besetztzeichen. Offensichtlich hatte sie den Hörer in einem Anflug von nachbarlichem Wohlwollen am Apparat baumeln lassen.

Mist. Persönlich zu erscheinen ist doch die einzig wahre Methode. Ich wäre auch gar nicht auf die Idee mit dem Telefonieren gekommen, wäre mein lädierter Fuß nicht gewesen.

Als ich mich gerade vornüber beugte, um die gelblich-grünliche Schwellung noch einmal in Augenschein zu nehmen, klingelte es dreimal an der Haustür. Dreimal bedeutet, daß es für Roz ist, ein Glück, denn ich hatte nicht vor, wie ein verletztes Kaninchen zur Tür zu hoppeln.

Roz kam heruntergerast, und ihre hohen Absätze bohrten Blatternnarben in die Stufen. Ihr Haar lag jetzt frei. Ich schüttelte mich unwillkürlich.

Der orange Streifen quer über ihre Stirn war nur die Spitze eines phantastischen Eisbergs. Orange, Lila und Blau waren die Farben: Orange auf dem stoppeligen Drittel ihres Schädels, das sie vor zwei Wochen zu schimmerndem Glanz kahlgeschoren hatte. Auf der anderen Seite verblaßte Lila zu Blau. Im Nacken kurzgeschnitten und vorne drastisch länger, glich ihr Haar einem fliegenden Dreieck, das von einem Streifen Neonlila geschmackvoll geteilt wurde.

Gerade wenn man denkt, jetzt ist sie mit ihrer Kunst am Ende, kommt Roz mit etwas Neuem. Sie ist sich selbst die beste Leinwand.

Keith Donovan – ohne Zweifel zwischen zwei Terminen – hatte Schlips und Anzugjacke abgelegt und zeigte sich in einem blendendweißen Hemd, das von roten Hosenträgern in drei Teile unterteilt wurde. Ob er deren Erwerb lange und gründlich erwogen hatte? Ob er analysiert hatte, was sie unter Umständen über seine Persönlichkeit aussagten? Ob er auch nur halb soviel über die Wahl seiner Bettgenossinnen nachdachte?

Er sah so gut aus wie immer, schlank und fit, wirkte jedoch durch die Hosenträger jünger, als er war – dabei mußte er ein Senkrechtstarter gewesen sein, so schnell, wie er das Medizinstudium durchlaufen hatte, um sich Ende Zwanzig als Arzt niederzulassen. Ich möchte wetten, daß von seinen Patienten noch keiner die Feuerwehrhosenträger zu sehen bekommen hatte. Vielleicht waren sie eine besondere Vergünstigung für Roz. Vielleicht fesselte sie ihn damit auf eine originelle, erotische Art.

«Carlotta», sagte er und hielt mitten im Schritt inne, als er mich sah. «Geht's Ihnen gut?»

Roz klopfte mit der Fußspitze auf eine Treppenstufe, etwas verschnupft über die Verzögerung. Keith hat eine gutlaufende Praxis, wahrscheinlich konnte er nicht länger als eine Stunde wegbleiben und sich amüsieren. Der bloße Gedanke daran verdarb mir die Laune. Das war genau das,

158

was ich jetzt brauchte: Mit dem Fuß in Eis Roz in Ekstase zuhören zu müssen. Roz ist laut. Dieses Thema hatte ich bei unserem ersten Mieter-Vermieter-Gespräch leider nicht angeschnitten: Schreien Sie beim Koitus?

«Mir geht's überhaupt nicht gut», sagte ich. «Ich brauche Hilfe. Sie sind doch Arzt, richtig?»

Ich sah, daß er die Krücken bemerkte und daß ihm der Grund für den Eiswickel aufging.

«Ich muß gehen können», sagte ich.

«Dann sehen wir uns die Sache mal an.» Er wickelte ernst meinen Fuß aus. Hätte ich gewußt, daß ein Gentleman nach mir sehen würde, hätte ich ein sauberes Geschirrtuch verwendet.

«Keith», protestierte Roz von der Treppe her.

Er tastete sanft meinen Knöchel ab. «Legen Sie die Hände auf den Fernsehschirm», rezitierte er, «und sprechen Sie mir nach: Ich glaube an den Herrn, ich glaube an Seine heilenden Kräfte.»

«Keith», sagte ich, «mein Fernseher ist weggeschlossen im Schrank, und das hatte ich eigentlich auch nicht im Sinn.»

Er hatte ein schwaches Grübchen in der linken Wange. Es war mir zuvor nie aufgefallen.

«Tun die Prellungen im Gesicht weh?» fragte er, bückte sich und tappte mir leicht mit dem Finger auf Wange und Nasenrücken.

«Nicht sehr», sagte ich. «Vorsicht.»

«Ich habe eine Manschette zum Aufpumpen», sagte er, «von einer Skiverletzung her. Ich weiß nicht, ob es damit geht, aber versuchen kann man's ja. Sie wird mit Luft gefüllt und paßt sich den Formen des Gelenks an. Die Größe dürfte keine Schwierigkeiten machen.»

«Und warum hat mein Arzt so was nicht verschrieben?»

159

fragte ich und wurde mir bewußt, daß ich ihm erheblich tiefer in die Augen geschaut hatte, als es die Situation erforderte.

«Sind Sie in der Krankenkasse?»

«Ja.»

«Dann müssen Krücken reichen.»

«Danke vielmals.»

«Ich bin gleich wieder da.»

Die Tür knallte. Roz bedachte mich mit dem bösen Blick. Es dauerte keine fünf Minuten. Als er wiederkam, schwenkte er eine Art aufblasbares Kissen.

«Roz», sagte er, «könntest du mir ein sauberes Handtuch holen?»

«Im Badezimmer», giftete sie. «Durch die Küche durch, Mutter Teresa.»

«Roz, du bist ein Engel», sagte ich. Sie war eingeschnappt und rührte sich nicht vom Fleck, und so mußte Keith seinen Auftrag selbst erledigen.

Er kam mit zwei Handtüchern zurück und kniete sich auf das eine, nachdem er zuvor die Hosenbeine sorgsam hochgezogen hatte, um die perfekten Bügelfalten zu bewahren. Mit dem anderen trocknete er meinen Fuß ab, den er dabei hin und her drehte. Seine Hände fühlten sich heiß an auf meiner Haut.

Die Manschette war ein Plastikteil und hatte ein Ventil wie ein Wasserball. Keith hielt das Ding an die Lippen und blies. Dann krempelte er die Ärmel hoch und verschwand in die Küche. Ich konnte Wasser ins Spülbecken laufen hören.

«Ich prüfe, ob Löcher drin sind», rief er.

«Gute Idee», sagte ich.

Er kam wieder, legte mir die Manschette lose ums Fußgelenk, blies die Backen auf und füllte noch mehr Luft ein.

160

«Wie ist es jetzt?»

«Merkwürdiges Gefühl.»

«Tragen Sie lockeres Schuhwerk, ungeschnürte Turnschuhe oder so was. Dann müßten Sie laufen können, aber übertreiben Sie's nicht», sagte er.

Ich stellte den Fuß auf den Boden und belastete ihn. «Fühlt sich gut an.»

«Aber nicht mehr lange, wenn Sie die Nacht über darauf stehen. Falls Ihr Knöchel stark angeschwollen ist, wenn Sie es abnehmen, rufen Sie mich. Jederzeit.»

«Ich wußte gar nicht, daß Psychiater so oft Hausbesuche machen.»

«Heiliger Himmel, Keith», sagte Roz, drehte sich auf dem Absatz um und stürmte nach oben. «Wenn du noch lange quatschen willst, will ich dich nicht davon abhalten.»

Er errötete bis an die Wurzeln seines blonden Haarschopfs. Gott, sah er jung aus.

Er senkte die Stimme und sagte mir leise ins Ohr: «Diese Sache mit Roz, läuft, äh, ein bißchen aus dem Ruder. Sozusagen *total* aus dem Ruder.»

Ich nahm genüßlich sein Aftershave zur Kenntnis, sein Kölnischwasser, vielleicht auch sein Shampoo. Er roch leicht nach Zitrone – scharf, würzig. «Sie ist ganz schön anstrengend, was?»

«Und Sie sind nicht verfügbar.»

«War ich aber mal», sagte ich.

«Vergangenheit», sagte er.

Ich biß mir auf die Lippen, drehte mir eine Haarsträhne um den Finger und riß sie aus. «Da bin ich mir nicht so sicher», sagte ich.

«Wer ist schon sicher?» sagte er leichthin. «Es passiert eben. Wie zum Beispiel mit Roz. Ich liege Ihnen zu Füßen, schmachtend, fasziniert, will unbedingt mehr von Ihnen wissen –»

«Eine seltsame Methodik, Herr Doktor», sagte ich. «Diese intimen Forschungsarbeiten mit meiner Assistentin.» Es war leicht zu flüstern, so nahe waren sich unsere Lippen.

«Nichts Dauerhaftes zwischen ihr und mir.»

«Gut, daß Ihnen das klar ist», sagte ich. «Die Dame in Schwarz bricht viele Herzen.»

«Und Sie?» wollte er wissen.

«Keith», ertönte Roz' Klagegeheul. Sie klang wie eine läufige Katze. «Entweder machst du schnell, oder du kannst es vergessen.»

«Ich könnte später vorbeikommen und Ihnen den Fuß massieren», murmelte er.

«Sie werden nicht mehr die Kraft dazu haben», erwiderte ich unfreundlich.

Nach kurzem Zögern rief er nach oben: «Roz!» Dabei sah er mir geradewegs in die Augen. «Ich schaff's heute nicht mehr. Tut mir leid, aber es ist etwas dazwischengekommen.»

Ich bemühte mich, ernst zu bleiben, bis sich die Tür hinter ihm schloß. Über mir meinte ich zu hören, wie einer von Roz' Schuhen gegen die Wand sauste. Ich hoffte nur, daß sie ihn zuerst ausgezogen hatte. Der Putz in so alten Häusern hält nicht mehr viel aus.

17 Ich holte tief Luft und stolperte in die Diele; den
Eisbeutel warf ich in den Papierkorb, wo er vor sich hin
schmelzen konnte. Während ich meinen Mantel zuknöpfte,
nörgelte mein Knöchel: *Warum wartest du nicht bis morgen?* Weil die Haitianer morgen vielleicht schon auf und
davon sind. Nach New York gefahren oder auch nach
Hause geflogen. Als ich bei der Polizei war, habe ich einmal
bis zum anderen Morgen gewartet und meinen potentiellen
Zeugen an einem Fleischerhaken in der Küche eines Restaurants hängend gefunden. Das hat einen unauslöschlichen
Eindruck bei mir hinterlassen.

Auf dem Weg nach Dorchester lernte ich, daß man nie mit
einem geschienten Knöchel fahren sollte. Selbst wenn es das
linke Bein ist und man die Kupplung so wenig wie möglich
bedient. Schlaglöcher nehmen keine Rücksicht.

Ich hatte meine Krücken auf die Rückbank geklemmt, aber
kaum hatte ich die Gegend rings um meine Zieladresse in
Augenschein genommen, wußte ich, daß ich sie nicht benutzen konnte. In einem solchen Viertel ziehen Krücken Straßenräuber an; dabei kann ich mich noch an Zeiten erinnern, wo einem Krücken in der U-Bahn zu einem Sitzplatz
verhalfen.

Louis' und Jeans Behausung war recht schauerlich – ein
baufälliges Gemäuer in verstümmeltem viktorianischem
Stil –, aber mit dem Vorgarten hatte sich jemand richtig
Mühe gegeben. Prächtige Rosensträucher in Reih und Glied
wurden durch einen Stacheldrahtzaun gestützt. Die Schnitt-
hecke drohte dem Begriff *Absteige* ein ganz neues Ansehen
zu geben. Neben dem Bordstein kamen zwei dürre Stechpal-
men aus der harten Erde.

Ein in Folie verpackter Weihnachtsstern schmückte die

kleine Vorderveranda. Es war anscheinend noch niemand vorbeigekommen, um ihn zu stehlen.

Sicherheit war nicht in der Miete enthalten. Ich ging in den Eingangsflur, vorbei an einer Reihe von Briefkästen aus Blech, die so klein waren, daß alle Hauswurfsendungen verstreut auf dem Boden herumlagen.

Von einem verblaßten Schild geleitet, marschierte ich nach oben zu Zimmer 35 und klopfte laut an die Tür. «Marschierte» ist etwas übertrieben, aber ich wollte mich nicht mit meinem ganzen Gewicht auf das Geländer stützen. Hätte ich zwar gerne getan – mein Fußgelenk brannte und schmerzte abwechselnd –, aber das zerbrechliche Geländer wäre womöglich zusammengekracht. Nachdem ich vor Zimmer 35 bis zwanzig gezählt hatte, wobei ich auf dem rechten Bein balancierte, preßte ich das Ohr an die Tür und hörte Fernseh- oder Radiogeplärr; daraufhin klopfte ich noch lauter.

«Qui est là?»

Mein mieses Spanisch, schon wieder unbrauchbar! Haitianer sprechen Französisch, einen französischen Slang. Immerhin hatten diese Herren die Taxiprüfung bestanden. Entweder hatten sie jemanden bestochen, oder sie konnten ein paar Brocken Englisch.

Ich bückte mich unbeholfen und schob meine Visitenkarte unter der Tür durch. Prägedruck macht im allgemeinen einen guten Eindruck auf die Leute. Ich säuselte auch ein freundliches *Hallo*, damit ihnen klar wurde, daß ich weiblichen Geschlechts war. Eine Frau an der Tür ist nicht so schlimm. Sie ist zum Beispiel mit ziemlicher Sicherheit nicht der Eintreiber des örtlichen Immobilienhais.

Eine Kette rasselte, und dann öffnete sich die Tür einen Spalt weit. Ein argwöhnisches Auge erschien in dem dunk-

164

len Schlitz. «Po-li-zei?» flüsterte jemand und trennte das Wort sauber in drei Silben.

«Gloria schickt mich. Vom Taxiunternehmen. Ich arbeite für sie. ¿Entiende usted?»

«Parlez français?»

«Solamente español», erwiderte ich. «¿No inglés?»

«Un moment, s'il vous plaît. Louis parle l'anglais mieux que moi.»

Ich verstand genug, um zu merken, daß ich mit Jean sprach.

«Könnten Sie nicht die Tür aufmachen?»

Sie knallte zu, bevor ich den Fuß dazwischenstellen konnte. Hätte ich auch gar nicht gekonnt mit der Plastikmanschette.

Ich lehnte mich an die Wand. Wenn ich eine Krücke mitgenommen hätte, hätte ich sie als Rammbock benutzen können.

«Guten Abend, Miss Carlyle», sagte jemand mit einer hohen Tenorstimme. «Bitte Sie kommen herein.»

«Merci», sagte ich und erschöpfte damit ein Drittel meines französischen Sprachschatzes.

«Je m'appelle Louis Vertigne. Sie können mich Louis nennen. Mein Nachname ist schwierig, non? Und das ist Jean. John, wie Sie sagen.»

Ich wurde sowohl auf englisch als auch in dem willkommen geheißen, was ich für Französisch hielt, eine rhythmische Melodie, die anstieg und abfiel wie ein murmelndes Bächlein in seinem felsigen Bett.

Dürre kleine Männchen beide. Gloria neigt bekanntermaßen zur Übertreibung, aber die beiden wogen vermutlich selbst klatschnaß zusammen erheblich weniger als sie. Sie waren klein und drahtig. Ich überragte sie, was sie offen-

165

bar lustig fanden. Weniger lustig waren die blauen Flecken im Gesicht des ersten Mannes. Und der Ring aus verbranntem, rohem Fleisch an seinem Hals. Ich fragte mich, ob seine Kleidung wohl noch andere Wunden verbarg. Louis' Gesicht war nicht verunstaltet.

Sie mußten eng miteinander verwandt sein, Brüder, hätte ich gesagt, wenn sie nicht unterschiedliche Familiennamen gehabt hätten. Sie hatten ähnliche Gesichtszüge, eine Haut von der Farbe runzeliger Walnüsse und dichtes, krauses, weiß überzuckertes Haar. Beide trugen Khakihosen, zu kühl für die Jahreszeit, und graue Sweatshirts mit Kapuzen. Ich hätte Mühe gehabt, sie auseinanderzuhalten, wären Jeans Verletzungen nicht gewesen.

Als Louis meine Prellungen und den bandagierten Fuß sah, sagte er sofort einladend: «Setzen, bitte, setzen, Mademoiselle, ja? Oder vielleicht Madame?»

Es gab nicht viel Auswahl in dem dürftig möblierten Raum. Ich bekam das beste Stück, eine Art zusammenklappbarer Kartentisch, der sich rühmen konnte, daß seine vier Beine alle gleichzeitig den Boden berührten. Auf den anderen beiden Sitzgelegenheiten, hochgestellten Holzpfosten, mußte man balancieren können. Der Fernsehapparat war der einzige erkennbare Wertgegenstand, ein Schwarzweißgerät mit Dreißig-Zentimeter-Bildschirm, den selbst ein Dieb bei einiger Selbstachtung verschmäht hätte. Keiner der beiden traf Anstalten, ihn auszuschalten.

Ich ignorierte ihn, obgleich ich keine Geräuschberieselung unerträglicher finde als Fernsehgewimmer und laut eingespielte Werbespots. Aber ich wollte nett sein und Informationen einholen, statt die Bewohner zu verärgern.

Ein Tisch mit einer Plastikdecke schmiegte sich an den Fernsehapparat. Darauf stand eine Ansammlung von kleinen religiösen Figuren aus Porzellan und bemaltem Ton. Ich erkannte einen gekreuzigten, blutbefleckten Christus und eine kniende Maria Magdalena. Maria und Josef und die ganze Krippe waren auch da. Vorher und nachher. Eine Vase mit vertrockneten Chrysanthemen stand dabei, vielleicht eine Opfergabe.

Drei weitere leidende Christusfiguren schmückten das Zimmer: zwei bemalte Gekreuzigte und ein holzgeschnitzter mit einer besonders gemeinen Dornenkrone, die ihm in die blutende Stirn gedrückt worden war.

«Ihr Bein? Waren die Treppen *difficile*?» fragte Louis höflich.

Ich sprach langsam und deutlich. «Diffizil, ja. Es gibt keinen Fahrstuhl, und ich muß mit Ihnen reden.»

«Wegen Gloria?»

«Keine Sorge», sagte ich, als sie sich beunruhigte Blicke zuwarfen. «Ich bin nicht hier, um Ärger zu machen.»

«Dann ist es gut», sagte Louis. Er wechselte ein paar leise Worte mit Jean, der sich daraufhin sichtlich entspannte.

«Ich fahre auch für Green & White», sagte ich.

Louis las meine Karte. Sie ist einfach genug: Name, Adresse, Telefonnummer. Eine Leerzeile, und dann PRIVATE ERMITTLUNGEN.

«Arbeiten Sie für die Firma?» fragte er.

«Als Fahrer, wie Sie.»

«Sie sollten nicht als Ermittlerin arbeiten», meinte Louis sanft. Ihr *Papa*, Ihre *Maman, votre mari* – haben sie nichts dagegen einzuwenden? Es ist *dangereux*.»

Ich ging über seine Äußerung hinweg. «Warum haben Sie aufgehört mit dem Fahren?»

«Sehen Sie sich meinen Bruder, meinen Halbbruder an», sagte er. «Sein Gesicht und seinen Hals.»

167

«Sehe ich», sagte ich.

«Nichts sehen Sie. Er hätte sein Augenlicht verlieren können. Er hätte sein Leben verlieren können. Er sieht jetzt schon viel besser aus.»

Ich sagte: «Haben Sie die Polizei gerufen?»

Das Wort *Polizei* reichte, um bei dem verletzten Jean einen heftigen Lautschwall auszulösen. Das Wort *Immigration* klingt auf französisch fast genauso wie auf englisch.

«Ein Unfall», erklärte Louis und blickte zu Boden. Er war kein guter Lügner.

«Ich habe mich gerade gefragt, ob Jean vielleicht überfallen worden ist. Eingeschüchtert. Wie ich.» Ich deutete auf die Manschette. «Von drei Männern.»

Jean gab einen weiteren Redeschwall von sich, gestikulierte und fluchte.

«Bitte», sagte ich zu Louis und wünschte, ich könnte seine Sprache sprechen. «Ich werde keinen Ärger machen. Ich habe nichts mit der Ausländerbehörde zu tun. Jean ist verletzt worden, ich bin verletzt worden, und irgend jemand sollte dafür bezahlen. Sonst nichts. Nicht mit Geld, sondern mit Zeit und Schmerzen.»

Louis hatte einen hitzigen Wortwechsel mit seinem Bruder. Mit diesen Wortsalven konnte ich nicht mithalten. «Zeit und Schmerzen», wiederholte Louis schließlich. «Das würde uns gefallen. Aber wir reden nicht mit der Polizei. *Comprenez-vous?*»

Ich sagte: «Darf ich aufnehmen, was Sie sagen? Wenn Sie französisch sprechen, könnte mir das ein Freund übersetzen. Das wäre besser.»

«Kein Recorder», sagte Jean kategorisch. Ich fragte mich, ob er alles verstand, was ich sagte.

«Dann erzählen Sie einfach. Ich werd's behalten.»

Louis zögerte noch. «Üble Burschen überfallen meinen Bruder. Sie tun ihm nicht nur äußerlich weh. Wie soll ich sagen: Sie tun ihm innerlich weh. Brechen seinen Geist. Er will jetzt nur noch fort. Wir kommen, wir arbeiten, wir schicken Geld nach Hause. Gloria ist gut zu uns, und wir bedauern, sie einfach so zu verlassen.»

«Ich bin sicher, daß sie Verständnis dafür hat.»

«Mein Bruder sagt, es sind Weiße, die Schwarze hassen, die besonders Haitianer hassen.»

«Kann er die Männer beschreiben?»

Sie tauschten sich schnell aus. *«Les trois»*, zu dem Schluß kam ich, mußte das gleiche sein wie *«los tres»*. Die drei. Ich fragte, ob ich recht hatte.

«Ja, es waren drei, aber sie verbinden ihm die Augen, und er gibt sein Wort darauf, daß er nicht über sie spricht. *Jamais*.»

Wie *jamás*. «Niemals» auf spanisch.

«Haben Sie auch Ihr Wort gegeben?» fragte ich Louis.

«Ich habe ihn gefunden. Nein, ich habe mein Wort nicht gegeben.»

Jean stand plötzlich auf und verließ unter einem neuerlichen Redeschwall das Zimmer.

«Er ist voller Haß», sagte Louis. «Aber nicht so wütend wie ich, wenn ich ihn anschaue, wenn ich ihn rieche. Mein Bruder ist ein Mann von Bildung und Kultur. In meinem Land ist er Botaniker, ein Mann, der Blumen aus Beton wachsen läßt.»

«Hat er die Rosensträucher gepflanzt?»

«Er setzt überall Blumen, selbst hier.»

«Was haben sie denn mit ihm gemacht?»

«Er hat aufrichtig Angst, daß es von unserm Land kommt, von den Tontons Macoutes. Haben Sie schon mal was davon gehört?»

169

«Geheimpolizei?»

«Geheimfolterer.»

«Sie sprechen sehr gut Englisch.»

«Ich arbeite für die Amerikaner in Haiti. Vor langer Zeit. Es fällt mir wieder ein. Wenn man jung ist, lernt man viel.»

«Was haben sie mit Jean gemacht? Um Sie beide zum Kündigen zu bringen?»

«Er hat mir nicht alles erzählt. Er ist jetzt wie ein Kind. Schreit nachts.»

«Wo haben Sie ihn gefunden?»

«Wir arbeiten immer in der gleichen Schicht. Wir sind Partner mit eigenen Funkgeräten, die sie hier Walkie-talkies nennen. Wir reden alle halbe Stunde miteinander, weil vielleicht etwas Schreckliches passiert. Wissen Sie, wie viele unserer Landsleute dieses Jahr in dieser Stadt beim Taxifahren überfallen worden sind? Vier gute Männer, einer angeschossen, er lebt noch, aber die Kugel sitzt so dicht an der Wirbelsäule, daß er vielleicht doch stirbt. Und niemand ist gefaßt worden, niemand bestraft.»

«Ich weiß», sagte ich.

«Jean und ich dachten, dieses Land sei anders.»

«Es tut mir leid.»

Ich wartete, daß er weitersprach.

«Mittwoch nachmittag um drei Uhr dreißig höre ich nichts von Jean. Ich weiß von seinem letzten Ruf, wo er hinmuß, und fahre auch dorthin. Ich fahre jede Straße rauf und runter, bis ich seine Taxe finde.»

«Keine Polizei?»

«Unsere Papiere sind nicht ganz in Ordnung.»

Gloria ist nachlässig, was die Einwandererverordnung von 1986 betrifft. Ich auch. Wenn wir anfangen, «Amerika den Amerikanern» zu brüllen, müssen wir alle packen, denke ich. Und ich habe keineswegs das Bedürfnis, in dem Streifen von Polen ansässig zu werden, den meine Großmutter Heimat nannte.

«Seine Taxe ist leer, auf einer Straße in Dorchester. Ich warte ein bißchen. Vielleicht ist er weg, um einem Alten die Treppe hochzuhelfen. Ich höre Geräusche, aber es dauert einige Zeit, bis ich merke, daß sie aus dem Kofferraum kommen. Und dann habe ich keinen Schlüssel dafür, und ich vergesse völlig, daß man von innen einen Knopf drücken kann, um den Kofferraumdeckel zu öffnen, aber als es mir einfällt, sind auch die vorderen Türen abgeschlossen. Also schlage ich mit einem Ziegelstein das Fenster in der Fahrertür ein.

Ich greife hinein, die Jacke um den Arm gewickelt, damit ich mich nicht am Glas schneide, und mache die Tür auf. Ich löse die Verriegelung und finde Jean.»

Aus dem anderen Zimmer drangen leise Geräusche herüber, als ginge Jean auf und ab und lauschte.

«Er ist ohne Kleider, nackt, und so kalt, daß er zittert. Er ist mit einem rauhen Seil gefesselt, so hart wie eins, mit dem man ein Tier anbindet. Das Seil ist um seine Beine und um seinen Hals geschlungen, so daß es sich, wenn er trampelt, um sich zu seiner Rettung bemerkbar zu machen, um seinen Hals festzieht. Sein Hals ist ganz blutig, blutüberströmt. Wenn ich nicht gekommen wäre, wäre er tot. Er hätte gekämpft, immer weiter gekämpft. Jean wäre niemals still liegengeblieben in dem stinkenden Ding.»

«War er geknebelt?»

«Geknebelt?»

«War sein Mund mit irgend etwas bedeckt, so daß er nicht um Hilfe rufen konnte?»

«Nichts. Er hat eine Zeitlang geschrien, bis er – wie sagt

man? – heiser war und aufgab. Er beschloß zu trampeln. Warum?»

«Egal.» Wenn Jeans Angreifer seinen Tod gewollt hätten, hätten sie ihm den Mund zugeklebt. Ich fragte mich, wer wohl etwas von der Walkie-talkie-Verbindung der beiden wußte.

«Bitte erzählen Sie weiter.»

«Ich schneide die Stricke durch und decke ihn mit einer Decke zu... Er erzählt mir lange, lange Zeit später, nachdem er badet und badet, daß drei Männer ins Taxi springen, ihn zu einem Park mitnehmen, ihn verprügeln und bedrohen und ihm befehlen, nicht wieder Taxe zu fahren, sonst würden sie ihn töten. Sie pissen auf ihn, während er nackt im Kofferraum der Taxe liegt, zusammengeschnürt wie ein schlachtreifes Kalb. Sie parken die Taxe auf der Straße.»

«Haben sie ihn ausgeraubt?»

«Er hatte nur ein paar Dollars. Wir sind vorsichtig; oft bringen wir das Geld hierher und verstecken es. Sie nehmen seine Kleider und Schuhe, aber die sind weniger als nichts wert. Sie nehmen sie zum Spaß mit.»

«Wer?»

«Amerikaner.»

«Schwarze Amerikaner, weiße Amerikaner?»

«Jean spricht nicht über sie.»

«Kann es sein, daß er einen von ihnen kennt?»

«Warum fragen Sie das?»

«Einer der Männer, die mich angegriffen haben, war ein Taxifahrer oder verstand zumindest etwas von Taxen.» Ich hatte Marvin nichts davon gesagt, aber ein Typ, der durchs offene Fenster langt und ohne Anleitung des Fahrers Dachbeleuchtung und Funk abschalten kann, muß sich einigermaßen mit Taxen auskennen.

Louis' dunkles Gesicht warf Falten, so sehr konzentrierte er sich, als er die Möglichkeit erwog, ob ein Taxifahrer beteiligt gewesen sein könnte.

«Die Walkie-talkies», sagte ich, «die halbstündlichen Meldungen. Waren Sie immer so vorsichtig?»

«Nein. Aber bei so vielen Überfällen –»

«Kennen Sie noch jemanden, der überfallen worden ist? Bedroht wurde?»

«Nicht einen, sondern viele.»

Jean kam wieder ins Zimmer. Nach dem wenigen zu urteilen, was ich vom nachfolgenden Streit verstand, hatte er das meiste von unserem Gespräch mitbekommen.

Ich beschloß, meine Vermutung zu überprüfen.

«Jean, wären Sie mit einer Hypnose einverstanden? Um Ihre Angreifer zu identifizieren?»

Er hielt inne und sah mich an, betastete den roten Ring an seinem Hals. «Wäre ich nicht.»

«Sie verstehen also, was ich sage.»

«Louis ist der ältere Bruder. Es ist besser, wenn nur einer redet.»

Louis übernahm wieder. «Jean glaubt, diese Gewalt ist nur gegen Haitianer gerichtet.

«Ich bin nicht aus Haiti. Ich stehe auf keiner schwarzen Liste der Tontons Macoutes.»

«Dann glaubt Jean, daß Sie Pech hatten.»

«Kennt er noch andere, die Pech hatten? Noch andere Opfer, die nicht aus Haiti sind?»

Wieder ein brüderlicher Schlagabtausch in leidenschaftlichem Französisch. Völlig unverständlich.

Louis sagte mit Bestimmtheit: «Wir kennen vielleicht noch andere, aber Jean wünscht, daß ich nicht von ihnen spreche. Er glaubt, das sind nur – wie sagt man? Ablenkungsmanöver. Er sagt, wenn Sie Detektivin sind – was er stark bezweifelt –, sollten Sie gegen diese Verbrechen aus Haß gegen die Haitianer ermitteln. Er sagt, die Amerikaner glauben, daß die Haitianer hierherkommen, um Aids zu verbreiten, und irgend jemand muß der Welt sagen, daß das nicht stimmt –»

«Ich bin kein Politiker.»

«Ich übersetze Ihnen nur, was mein Bruder sagt. Ich glaube nicht, daß er recht hat, obgleich viel Haß da ist.»

«Waren die meisten Opfer Haitianer?» fragte ich.

«Viele. Und sie gehen nicht zur Polizei. Nicht ohne Aufenthaltserlaubnis.»

«Haben alle Opfer für G & W gearbeitet?» Ich richtete meine Frage an Jean. Er blieb stumm, was einen wahnsinnig machen konnte, nickte bloß mit dem Kopf zu seinem Bruder hinüber und ignorierte mich einfach.

«Nein», sagte Louis.

«Haben einige davon eigene Taxilizenzen gehabt?» fragte ich.

«Eine Lizenz kostet ein Vermögen», sagte Louis. «Wir arbeiten für die Firma. Die Firma hat die Lizenzen.»

«Verstehe», sagte ich. «Aber es gibt unabhängige Inhaber. Leute mit eigenen Taxen, die sich eine Lizenz teilen. Ist von ihnen jemand überfallen und bedroht worden wie Jean?»

Louis sah Jean durchdringend an. Jean gab keinen Mucks von sich.

«Vielleicht», sagte Louis. «Ich weiß es nicht.»

«Sind Sie im Verband kleiner Taxiunternehmen?»

«Nein.»

«Dann kennen Sie Lee Cochran sicher nicht.»

«Der Name ist mir nicht bekannt. *Jean, tu le connais?*»

«*Non.*»

«Sind Sie oder Ihr Bruder je für ein großes Unternehmen gefahren, eine Firma, die Phil Yancey gehört?»

«Auch ein Name, den ich nicht kenne.»

«Für die großen drei: Yellow, Town, Checker?»

«Als wir ankommen, empfehlen unsere Landsleute Green & White. Wegen der Inhaberin, sagen sie, sie ist nicht so streng bei Fahrern mit schlechten Papieren. Außerdem ist sie eine farbige Frau. Jean würde lieber für einen Mann arbeiten. Aber als er die Dame kennenlernt, ist auch er entzückt.»

Mein Knöchel pochte in dumpfem Schmerz.

Ich blickte Jean an, sprach langsam und richtete meine Worte an Louis. «Wenn Ihr Bruder seine Meinung ändern sollte, Louis, oder wenn Sie Ihre Meinung ändern, rufen Sie mich an. Ich könnte eine Liste mit Namen gebrauchen. Haitianer und Nichthaitianer. Ich stehe dafür ein, daß niemand Probleme mit der Einwanderungsbehörde bekommt.»

Ich spürte, daß Louis auf meiner Seite war. Jean, den meine Bitte kaltließ, fingerte an dem rohen Fleisch seiner Halswunde herum.

Ich hatte nichts. Nicht einmal den Namen eines einzigen Opfers. Weder von Jean noch von Louis, die doch zugaben, viele zu kennen. Auch nicht von Lee Cochran, der geschworen hatte, drei zu kennen.

Nichts.

175

18 Louis wollte mich, bitte sehr, zum Wagen begleiten. Sein Angebot löste bei Jean gequältes Gejammer aus. Louis entschuldigte sich ernsthaft bei mir: Er bedauere es zutiefst, daß sein vormals so tapferer Bruder nun Angst hätte, nach Anbruch der Dunkelheit allein gelassen zu werden. Ich bestand darauf, daß ich allein zu meinem Wagen zurückfinden könnte. Louis bestand darauf mitzugehen.

Es war ausweglos, und so gingen wir schließlich zusammen die Treppen hinunter, die beiden kleinen Männer und ich, einer vor mir, einer hinter mir, nur um meinen Wagen unversehrt vorzufinden und die trostlose Straße leer. Ich bewunderte die Rosenbüsche, in der vergeblichen Hoffnung, damit den sichtlich zitternden Jean aufzumuntern. Es nutzte nichts, ihm nicht und mir nicht. Ich sah die sorgsam gepflegten Sträucher jetzt mit anderen Augen an, sah den scharfen Kontrast zu der verwahrlosten Umgebung.

Schöne Gesten; sie werden in den Sechs-Uhr-Nachrichten von den ewigen Katastrophen verdrängt.

«*Merci*», sagte ich beim Abfahren. «*Au revoir.*» Da. Mein gesamter französischer Sprachschatz. Bis auf *escargot*, was schwer in ein Gespräch einzuflechten ist.

Ich fuhr langsam, die Stereoanlage voll aufgedreht; Rory Block besänftigte mein Gemüt mit «Faith Can Lift Me Up on Silver Wings». Ich glaubte nicht an diesen Haß gegen Haitianer, nicht mit Marvin dabei. Marvin ist der totale Afroamerikaner; außer der Hautfärbung hatte er nichts mit den Brüdern gemein, die ich gerade besucht hatte.

Er hatte sich gewehrt; die Initiative ergriffen. Gab es irgend etwas, mit dem die drei Angreifer Marvin genauso hätten einschüchtern können, wie sie Jean zu Tode geängstigt hatten?

Ich überlegte, ob es einfach Rassenhaß sein könnte. Weißer Überlegenheitsanspruch. Nur daß laut Marvin einer der Täter schwarz gewesen war. Ich fand es höchst unwahrscheinlich, daß ein Schwarzer sich für einen wiederauferstandenen Ku-Klux-Klan stark machte.

Eine Taxe ist immer ein Risiko. Ich habe gehört, daß jemand mal gesagt hat, Taxen wären Geldautomaten auf Rädern. Alle Vorteile, wie sie einem die örtliche Bank bietet, nur keine bewaffneten Wachmänner im Foyer. Aber die Typen, die Marvin zusammengeschlagen und Jean in Angst und Schrecken versetzt hatten, waren nicht hinter Geld her. Sie waren fest angestellt. Oder wurden für die geleistete Arbeit bezahlt. Mit welchem Ziel? Um Taxifahrer einzuschüchtern? Warum? Um sie von der Straße zu scheuchen? Warum?

Warum hatte mich Lee Cochran nicht angeheuert? Weil ich seinen Anordnungen nicht Folge leisten wollte? Hatte Phil Yancey ihm zur Warnung einen Besuch abgestattet?

Wer hat etwas davon, wenn Taxen verschwinden?

Diese Frage stellte ich mir immer wieder, im Takt zum hämmernden Rhythmus der Musik und dem Pochen in meinem Fußgelenk. Ich fuhr schneller und hoffte, Dr. Keith würde noch spät am Abend bei mir einen Hausbesuch machen, um sich meinen Fuß anzuschauen.

Schwer auf die Krücken gestützt, bewegte ich mich im Schneckentempo auf die Haustür zu und erwog ernsthaft, dreimal zu läuten, damit Roz heruntergerast kam. Ich war tatsächlich froh, als ich das willkommen heißende Klirren der Türschlösser vernahm.

Bis mir klar wurde, wer mir die Haustür aufmachte.

«Frank» hatte wirklich sein Äußeres seit dem Drive-by stark aufpoliert. Fort waren die Lederhosen und das billige

weiße Hemd, statt dessen trug er jetzt Gap-Jeans und ein
hellblau gemustertes Baumwollhemd. Er war glattrasiert,
so daß ein stumpfes Kinn zum Vorschein kam, das seine
Erscheinung entschieden verbesserte. Sein Haar war kurz
geschnitten und glänzte frisch gewaschen. Die grauen
Strähnen waren verschwunden.

Ich konnte verstehen, warum Roz weich geworden war.

«Willkommen daheim», sagte er. Auf meinem Dielentisch
stand ein Blumenarrangement. Exotische Blüten, hübsch
mit Bartgras durchsetzt.

Ich horchte auf Schritte, auf eine andere Stimme: Sams.

«Sam hat mir seinen Schlüssel geliehen», sagte Frank
schnell, als wolle er meiner Frage zuvorkommen.

«Lügner», sagte ich. Ich schüttelte ihn ab, als er mir helfen
wollte, und hängte meinen Mantel auf. Mein Knöchel
fühlte sich an, als stünde er in Flammen.

«Aha.» Meine Antwort schien ihm zu gefallen.

«Aha?» wiederholte ich.

Er verschränkte selbstgefällig die Arme. «Entweder hat
Sam keinen Schlüssel, was ich gut fände, oder Sie trauen mir
nicht.»

«Roz», mutmaßte ich.

«Ihre bezaubernde Mieterin.»

«Roz!» brüllte ich nach oben.

«Sie hat mich nicht hereingelassen. Diesmal nicht.»

«Nein?»

«Sie hat huldvoll die Blumen für Sie entgegengenommen,
sich jedoch äußerst hartherzig gezeigt, was meinen Eintritt
betrifft. Ich habe gewartet, bis sie fort war.»

«Sie sind also in mein Haus eingebrochen.»

«Sie sollten Ihre Sicherheitsvorkehrungen überprüfen lassen.»

178

«Ist wohl jetzt gerade geschehen», sagte ich. «Sie sind nicht ausreichend.»

«Machen Sie sich keine Sorgen», sagte er. «Vor Durchschnittsdieben sind Sie sehr gut geschützt.»

«Da wird mir ja richtig warm ums Herz», sagte ich, «wenn ich weiß, daß überdurchschnittliche Diebe hier einbrechen und einsteigen können, wann sie wollen.»

«Ihr Fuß. Ist das passiert, als auf uns geschossen wurde? Ich habe noch gesehen, wie Sam sich auf Sie geworfen hat.»

«Es ist später passiert. Ich führe ein aufregendes Leben.»

«Bitte. Darf ich Ihnen nicht doch helfen?»

«Lassen Sie mich in Frieden, ja?»

«Vielleicht sollte ich gehen.»

«Vielleicht sollten Sie mir erst mal erzählen, wie Sie hier reingekommen sind», sagte ich, «damit ich dafür sorgen kann, daß es nicht wieder vorkommt.»

«Sie sind wütend.»

«Allerdings.»

«Ich dachte, ich könnte Ihnen behilflich sein – bei Ihrer Arbeit.»

«Ja, was haben Sie nicht schon alles für mich getan! Ich weiß überhaupt nicht, was zum Teufel auf meinem Schreibtisch steht, geschweige denn, was ich damit anfangen soll.»

«Deshalb bin ich ja hier. Um Klarheit zu schaffen.»

Dieser Frank hatte nicht nur saubere Haare, er hatte ganz andere Umgangsformen, eine neue Körpersprache. Er hatte jetzt ein eher volkstümliches Vokabular und eine langsamere, lockerere Sprechweise. Welcher war der echte Frank? Der, den ich in Mattapan kennengelernt hatte, oder dieser hier? War er sowohl ein vollendeter Schauspieler als auch ein Computerfreak?

179

Einem geschenkten Gaul schaut man nicht ins Maul, pflegte meine Mutter immer zu sagen. Ich fragte mich, ob sie wohl ein ähnliches Sprichwort über Wölfe gewußt hätte. Einem geschenkten Wolf schaut man nicht in die Augen.

«Ich bezahle keinen Pfennig mehr», sagte ich. «Wenn das eine neue Masche ist, ein neues Trickspiel, da mach ich nicht mit.»

«Sie verstehen nicht ganz», sagte er.

«Nein», gab ich zu, «ganz und gar nicht.»

«Sie sind Sams Freundin, ich bin Sams Freund. Er ist für mich *Familie*, Herrgott noch mal, viel mehr als ein Freund. Wenn ich etwas für seine Freunde tue, begleiche ich nur alte Schulden. Ehrenschulden.»

«Sie sind also ganz ehrenhaft in mein Haus eingebrochen.»

«Wollen Sie sehen, wie ich das gemacht habe?»

«Klar. Ich will bloß eben diese Manschette ablegen und meinen Fuß in Eis einpacken, dann können Sie mir die ganze verfluchte Story erzählen.»

«Kann ich Ihnen helfen?»

«Erzählen Sie. Ich höre zu.»

Ich hatte gewußt, daß das Küchenfenster leichtes Spiel für einen Einbrecher war. Ich hatte nur nicht so bald mit einem gerechnet oder mit einem so freundlichen. Sams Kumpel kratzte Eisstücke aus dem Tiefkühlfach. Er wickelte sie in Klarsichtfolie, deren Enden gut aneinanderhafteten, so daß keine Büroklammern erforderlich waren. Wir setzten uns an den Küchentisch, während er seine Einbruchsmethode darlegte.

«Tolle Nachbarn habe ich», war mein Kommentar, als er geendet hatte. «Man sollte doch meinen, wenigstens einer hätte die Polizei gerufen.»

180

«Sie können es ihnen nicht verdenken», sagte er ernsthaft. «Ich war ja kein Heimlichtuer. Ich bin am hellichten Tag gekommen. Bin nur eine Leiter hochgeklettert. Ich war jemand, der etwas repariert, der die Telefonleitung überprüft oder ein Anstreicher. Nun sagen Sie mal ehrlich, haben Sie noch nie Ihren Schlüssel vergessen und sind durchs Küchenfenster eingestiegen?»

«Um der Wahrheit die Ehre zu geben, nein.»

«Ich wette, Roz hat es schon mal gemacht», sagte er. «Es ist ein Kinderspiel.»

«Wie komme ich bloß auf den Gedanken, Sie hätten Erfahrung auf diesem Gebiet?»

«Ihr Fuß ist geschwollen», sagte er.

«Das sehe ich.»

Schweigen breitete sich in der Küche aus, bis ich es brach, weil mir sein forschender Blick unbehaglich war.

«Warum sind Sie plötzlich auf die Idee gekommen, ich brauchte einen besseren Computer?»

«Ich mag Ihr Haus», sagte er.

Wir führten eine der unproduktivsten Unterhaltungen, die ich seit langem erlebt hatte, zwei Kinder im Sandkasten, die jedes eine eigene Burg bauen.

«Sam hat einen guten Geschmack», sagte er.

«Worin?» fragte ich.

«Frauen.»

«Warum geben Sie mir nicht endlich Computerunterricht und sparen sich diesen Unsinn? Ich bin müde. Ich nehme keine Bewerber mehr an. Und ich bin nicht zum Flirten aufgelegt. Kapiert?»

«Sind Sie denn jemals zum Flirten aufgelegt?»

«Sind Sie wirklich Sams Freund?»

«Wo ist Sam denn?» fragte er.

«Ich schnüffle ihm nicht hinterher.»

«Er ist oft in Washington. Haben Sie schon mal darüber nachgedacht, was er dort treibt?»

Ich ließ mir die Erinnerung an meinen kürzlichen Anruf nicht anmerken. «Ich denke nicht mehr als nötig darüber nach.»

«Vielleicht sollte er Ihnen mal hinterherschnüffeln.»

«Ich brauche keinen Aufpasser. Verziehen Sie sich endlich.»

«Erst die Computerstunde. Dann gehe ich.»

«So wie Sie das neue Zeug vernetzt haben, könnten Sie da etwas für mich suchen, das die Cops in ihrer Online-Datenbank haben?»

Seine Augen glitzerten. «Und was?»

«Eine Liste der jüngsten Taxiüberfälle. Ich brauche die Namen der Taxiunternehmen, für die die Fahrer jeweils gearbeitet haben. Ich wüßte gern, ob auch selbständige Fahrer überfallen worden sind und ob sie Verträge mit Funktaxiunternehmen hatten oder nicht. Ob mehr Taxifahrer nach Funkrufen oder nach Anwinken auf der Straße überfallen worden sind.»

«Moment mal. Raubüberfälle. Wollen Sie jemanden zu fassen kriegen, der Sie beraubt hat? Sie am Fuß verletzt hat?»

«Ja.»

Er überlegte. «Ich kann Ihnen die Ausgaben des *Globe* oder *Herald* der letzten paar Monate anklicken.»

«Ich bezweifle, daß diese Überfälle dort erschienen sind. Was ist denn mit den Polizeiakten?»

«Das Bostoner Netz ist zu primitiv.»

«Schade. Dann muß ich mich auf meine alten Informationsquellen verlassen.»

Ich fand es gar nicht schade. Ich fand es gut so. Besser. Super. Für mein Selbstgefühl. Ich war froh, daß ich nicht bloß auf ein paar verfluchte Tasten hauen mußte, um Antwort auf alles zu erhalten.

«Ich kann Ihnen andere Daten verschaffen», erbot er sich eifrig. «Anschluß an Bibliotheken in aller Welt. Kreditauskünfte. Hilfe bei der Suche nach Vermißten.»

«Lassen Sie mal sehen.»

«Wollen Sie mit jemandem Berühmtem anfangen? Wählen Sie einen Filmstar. Wollen Sie Nancy Reagans Bekleidungsrechnung bei Neiman-Marcus einsehen?»

Wir gingen ins Wohnzimmer und setzten uns an den Schreibtisch.

Ich sagte: «Fangen wir doch mit Ihnen an, Frank. Warum nehmen wir nicht Ihre Sozialversicherungsnummer als Einstieg?»

Kein Zögern. «Na schön.»

Ich machte mir Notizen, während er die magischen Kennworte, Buchstabenfolgen, Zahlen und Satzzeichen eintippte.

«Ist nicht gerade interessant», entschuldigte er sich leise, während er seinen neunstelligen Code eingab.

Francis Tallifieros finanzielle Verhältnisse sausten über den Bildschirm. Visa. MasterCard. AmEx. Größere Summen waren, wen wunderte es, überwiegend in Käufe bei Compu-Add, Dell Computer und Radio Shack geflossen.

«Ich find's gar nicht langweilig, Frank», sagte ich. «Ich find's spannend.»

«Ja?» Er rückte mit seinem Stuhl etwas näher an mich heran.

«Ich wette, es gibt nicht allzu viele tote Kinder mit einer solchen Kreditgeschichte.»

In seinen Augen stand sekundenlang das helle Entsetzen, dann schob er seinen Stuhl mit einem solchen Ruck zurück, daß der umfiel und mit lautem Knall auf den Hartholzfußboden schlug.

Wie ein Echo darauf ertönte lautes Gehämmer an der Haustür. Ich hinkte hin. Doch bevor ich da war, hatte Frank schon die Tür aufgerissen und Keith Donovan mit den Schultern aus dem Weg gedrängt. Franks Schritte hasteten den Gehweg hinunter, wurden schwächer, entfernten sich immer mehr und verhallten in der Ferne.

«Sie sollten mit dem Fuß nicht herumlaufen», bemerkte der Herr Psychiater.

«Ganz Ihrer Meinung», sagte ich.

19 Ein starker Akt des Verrats, der Sex. Bloße Triebbefriedigung, so erschien es mir zu jenem Zeitpunkt.

Ich bin nicht auf eine Absolution aus, aber vielleicht wollte ich die Schuldgefühle. Vielleicht lag es an den Schmerzmitteln. Oder an meiner Wut – auf Roz, weil sie Frank erlaubt hatte, in meine Privatsphäre einzudringen; auf Frank, weil er so deutlich auf Sams Untreue hingewiesen hatte. Auf Sam irgendwo in Washington.

Oder ich übernehme die Verantwortung: Ich wollte Keith; er wollte mich. Bonnie Raitt singt es zu einem hämmernden Baß: «When I hear that siren call, just can't help myself.»

Es fing mit einer harmlosen Fußmassage an. Er verweilte länger an einem Akupressurpunkt unter meinem Fuß. Ich stöhnte kurz auf und schloß die Augen. So einfach, ein Daumen, der sich in mein Fußgewölbe preßte. So sinnlich, daß es einen Laut hervorrief, der ins Schlafzimmer gehörte. Danach ließ ich seine Hände wandern. Ich blieb still, wenn ich stop hätte sagen können, vielleicht stop hätte sagen sollen. Ich wollte nicht. Ich konnte nicht anders. Das warme Gefühl aus der Magengegend breitete sich in meinem Körper aus, und das dumpfe qualvolle Sehnen nach ihm, nach seiner Berührung, seinem Geschmack und seinem Geruch brachte die verantwortungsvolle Erwachsene in mir gegenüber dem gierigen Tier zum Verstummen.

Es hat seine Vorteile, daß Ärzte sich in Anatomie auskennen...

Kaltes Morgenlicht drang durch die Schlafzimmervorhänge Keith bewegte sich und murmelte etwas im Schlaf. Zu jung, schalt ich mich aus, dabei grinste ich inwendig von Ohr zu Ohr. Der Mann war mindestens fünf Jahre jünger als ich. Zur Hölle damit. War ich nicht auch um Jahre jünger als Sam? Autsch, dieses Thema mußte vermieden werden.

Entweder ging es meinem Knöchel erheblich besser, oder mein übriger Körper, sensibel geworden vom Rhythmus des Liebens, hatte dafür gesorgt, daß mein Knöchel nur noch leise wimmerte. Mir ging es gut. Ich war körperlich fit. Gesund, fast schon satt.

Ich zauste Donovans stoppeliges, zu kurzes Haar. Ich vermochte nicht mit tödlicher Sicherheit zu sagen, daß ich noch nie einen Liebhaber mit helleren Haaren gehabt hatte. Es gab eine Zeit gleich nach meiner Scheidung, in der ich mich auf kurze sexuelle Abenteuer spezialisierte, mit denen ich mich selbst bestrafte. Aber Keith mit seiner erstaunlichen Blondheit, seiner fast haarlosen Brust wirkte auf mich sowohl erotisch als auch liebenswert.

Anders. Nicht besser, nicht schlechter, gab ich zu, aber

wunderbar anders. Ich war zu lange mit einem Mann zusammen gewesen; Routine hatte eingesetzt, so einengend wie eine Zwangsjacke. Nicht daß Sam und ich sexuell nicht mehr klargekommen wären. Unser Sex war leicht und angenehm. Wir hatten aufgehört, Grenzen zu überschreiten, Neuland zu erforschen.

Ich schmiegte mich an Keith, und er öffnete die Augen. Blaue Augen, mit einem Stich ins Graue. Er lächelte und schloß sie wieder.

«Wenn du jetzt irgendwas vom ‹psychologischen Moment› sagst», murmelte ich leise, «oder überhaupt etwas ‹Psychologisches›, werde ich dich erwürgen.»

«Keine Analyse», willigte er ein und breitete die Arme weit aus. «Ich bin nicht im Dienst.»

Reiner Genuß, dachte ich. Das ist es. Jetzt. In diesem Augenblick. Begierde. Unkompliziertes Beieinandersein. Zwei Erwachsene. Ein Bett. Ein Stöhnen. Ein einziger Seufzer des Entzückens. Das Erwartete und das Unerwartete. Und die Freude der selbstvergessenen Gelöstheit.

Das mißtönende Schrillen des Telefons hatte die Freundlichkeit, erst loszugehen, als wir erschöpft und kichernd zurücksanken und uns die Laken über die verschwitzten Leiber zogen. Ich hielt warnend den Finger an die Lippen.

Gloria.

Ich setzte mich auf und stopfte mir das obere Laken unter die Arme, über die Brüste, Keith riß es weg. Ich klimperte ihm mit den Augenlidern zu und bemühte mich, meiner Klientin eine geschäftsmäßige Stimme zu bieten.

«Du klingst gut», sagte sie argwöhnisch.

«Mir geht's auch gut. Und dir?»

«Auch. Hast du die Haitianer besucht?»

«Ja.»

186

«Nur ja?»

«Einer von ihnen ist zusammengeschlagen worden. Könnten die gleichen Täter gewesen sein.»

«Zeit, die Polizei einzuschalten?»

«Nur, wenn du willst, daß deine früheren Fahrer wegen unerlaubten Aufenthalts in diesem Land in Abschiebehaft kommen.»

«Das gefällt mir gar nicht», sagte sie.

«Ich muß folgendes wissen: Warum könnte jemand wollen, daß weniger Taxen auf der Straße sind?»

«Süße, ich will alle meine Taxen jede Minute des Tages auf der Straße haben. Das weißt du. Sobald dein Fuß wieder in Ordnung ist, schiebst du deinen Arsch hierher und übernimmst eine Schicht –»

«Nein, Gloria. Warum würde jemand, irgendein hypothetischer Jemand, weniger Taxifahrer auf den Straßen haben wollen?»

«Warte mal, da kommt ein Anruf.»

«Ich liebe dich», hauchte mir Keith ins linke Ohr.

Das wollte ich nun nicht hören.

Ich lauschte mit gespielter Aufmerksamkeit dem atmosphärischen Rauschen, bis Gloria wieder in der Leitung war. «Irgendein Psychopath», meinte sie. «Hat einen Pik auf Taxifahrer.»

«Laß dir was Besseres einfallen als ‹Psychopath›, Gloria. Wenn's ein Verrückter ist, brauchen wir bloß zu warten, bis die Cops ihn auf frischer Tat ertappen.»

«Pfff», schnaubte sie verächtlich. «Wenn Cops zusammengeschlagen würden, gäb's schon Bewegung.»

«Es sind aber keine Cops», sagte ich. «Hast du die Liste für mich aufgestellt?»

«Fertig, wartet auf dich.»

«Hast du in letzter Zeit irgend jemanden aus gutem Grund gefeuert?»

«Was heißt ‹in letzter Zeit›? Du hast mir nicht gesagt, daß ich die auch in die Liste aufnehmen soll.»

«In den letzten paar Monaten. Dieses Jahr.»

«Warum?»

«Ich bin kein Bulle, Gloria. Ich arbeite für dich. Beantworte bitte die Frage.»

«Beantworte erst mal meine.»

«Einer der Täter könnte ein Taxifahrer gewesen sein. Oder ein Ex-Fahrer.»

Sie überlegte. «Na gut, das klingt vernünftig. Ich gehe mal meine Akten durch. Mir ist keiner besonders aufgefallen, aber das liegt daran, daß ich mich sowieso dauernd mit Gesindel herumschlagen muß. Der Typ müßte schon irgend etwas Besonderes sein, um unter all den Verlierern aufzufallen, die hier durchlaufen.»

«Ist jemand wütend auf dich, Gloria?»

«Süße, ich bin doch die Freundlichkeit in Person.»

«Wütend auf die Firma?»

«Nun ja, das könnte nur einer sein, den ich gefeuert habe oder den Sam zusammengestaucht hat.»

«Sonst nichts?»

«Bleib dran. Es klingelt.»

«Laß das!» sagte ich zu Keith Donovan. «Himmel noch mal, warte doch, bis ich nicht mehr telefoniere.»

«Dann darf ich?»

«Was ist mit Lizenzen?» fragte ich, sobald Gloria wieder dran war.

«Was soll damit sein?»

«Die Anzahl ist gesetzlich festgelegt, stimmt's?»

«Ja.»

188

«Lee Cochran ist der Meinung, daß jemand den Markt auf-
rollen will.»

«Schon möglich», pflichtete Gloria bei. Sie klang nicht gerade begeistert. «Also nehmen wir mal an, ein paar Kerle
wollten Lizenzen erwerben und könnten nicht, dann würden sie vielleicht selbständige Fahrer angreifen, sie zur Ge-
schäftsaufgabe nötigen und dafür sorgen, daß sie ihre Lizenzen an den Meistbietenden verkaufen.»

«Aber Marvin besitzt keine eigene Lizenz. Deine Haitianer
auch nicht», warf ich ein.

«Nein, aber sie sind alle für mich gefahren, und wenn ich
keine acht Taxen auf der Straße halten kann, muß ich womöglich Lizenzen abgeben, um die Firma über Wasser zu
halten.»

«Hast du daran schon gedacht?»

«Ich denke an vieles. Ich muß weitermachen.»

«Gloria –»

«Geht's dir auch bestimmt gut, Carlotta?»

«Sehr gut», sagte ich.

Wenn die zusammengeschlagenen Taxifahrer, die selbst
keine Lizenz besaßen, alle für kleine Firmen fuhren, fragte
ich mich, und plötzlich kündigten, würde das ausreichen,
um diese Familienbetriebe auszuhebeln? Würden die kleinen Klitschen an Phil Yancey verkaufen? Würde er sie nehmen? Und zu welchem Preis?

Keith schob die Hände wieder unter die Decke.

«Carlotta», sagte Gloria, «ist Sam bei dir?»

Sie hat wirklich gute Antennen.

«Ich weiß nicht, wo zum Teufel er steckt», sagte ich, und
man konnte genau hören, daß ich log.

«Wenn du ihn siehst, sag ihm, er soll mich anrufen», sagte
sie trocken.

189

«Klar. Und mach auf der Liste einen Stern an die Namen von denen, die du gefeuert hast. An jeden, der sauer war und aufgehört hat.» Ich legte auf, ehe sie etwas dagegen einwenden konnte. Oder sich noch mehr Fragen über Sam ausdachte.

Keith sagte: «Wenn ich nicht von etwas Psychologischem reden darf, was dann?»

«Bettgeflüster», sagte ich mit Nachdruck.

«Zum Beispiel wer dein erster war und ob du Jungfrau warst, als du geheiratet hast?»

«Nein, nein, nein», protestierte ich. «Das ist auch Psychokram. Rede über Baseball. Versuch mal, die Namen von Walt Disneys sieben Zwergen aufzuzählen.»

Er war einen Augenblick still. Vielleicht war er noch zu jung und hatte den Film gar nicht gesehen.

«Musik ist auch nicht schlecht», sagte ich.

«Ich höre am liebsten New Age. Beruhigend. Enya. Die mag ich.»

Ich seufzte. «Nichts von Robert Johnson oder Son House?»

«Weiß nicht mal, wer sie sind.»

«Waren», verbesserte ich. «Als alter Blues-Fan bin ich verrückt nach Mississippi-Delta-Gitarrenmusik. Ich habe eine National-Steelguitar unter dem Bett, übe allerdings viel zuwenig. Treibst du Sport?» fragte ich.

«Ich fechte.»

«Kind reicher Eltern», sagte ich.

«Ist das ein psychologischer Test?» fragte er.

«Hast du in letzter Zeit einen guten Film gesehen?» fragte ich nach einer langen First-Date-Pause.

Wir mußten beide lachen.

«Warum magst du Fechten?»

«Meine starke Seite. Und du, warum spielst du Volley-ball?»

Er wußte es also. Mußte Roz gefragt haben.

«Meine starke Seite», sagte ich.

«Das haben wir ja gemeinsam», bemerkte er mit Befriedi-gung.

«Ich mag Kissenschlachten», sagte ich. «Und dann können wir es noch mit den Namen der acht Rentiere probieren.»

«Happy, Seppl, Hatschi —»

Ich sagte: «Du kommst langsam dahinter.»

«Wie wär's mit einer Dusche?» sagte er. «Oder einem Schaumbad?»

«Aber nur, wenn's das Vorspiel ist», sagte ich.

20   Ich schielte dauernd verstohlen zur Tür, während wir unser Frühstück zusammensuchten, und fragte mich, warum zum Teufel wir eigentlich in meinem Bett gelandet waren, statt zwei Häuser weiter relativ ungestört in der Wohnung des Doktors. Hatte mich die Glut der Leiden-schaft sorglos gemacht? War ich wirklich so wütend auf Roz? Wollte Keith, daß sie so bald wie möglich Bescheid wußte?

Roz hat im Tausch gegen eine stark reduzierte Miete die wöchentlichen Einkäufe und das Putzen übernommen. Ich bezweifle, daß sie beide Aufgaben noch schlechter ausfüh-ren könnte, aber sie wird es vielleicht versuchen.

Ich öffnete noch einen Schrank. Dose um Dose Früchte-cocktail. Warum? Wer ißt bloß dieses bonbonfarbene

Zeug? Ich mache einen Einkaufszettel, ehrlich, aber Roz, deren Bibel Reklameblätter mit Sonderangeboten sind, kauft, was gerade billig ist.

Was würde ich sagen, wenn sie hereingetanzt käme und uns *in flagranti* erwischte, wie wir gerade altbackenen Toast mit Marmelade mampfen, einander über den Tisch hinweg anlächeln, Händchen halten und uns in angenehmsten Erinnerungen aalen? Roz trainiert seit Jahren Karate. Sie ist kaum einsfünfzig groß, aber ich werde mich hüten, sie zu unterschätzen. Zudem verstehe ich sie nicht, was meine innere Unruhe noch steigerte. Unter Umständen steht sie plötzlich in der Tür, grinst und brüllt: «Hi! Hat das Bumsen Spaß gemacht?» Oder sie sieht mit einem Blick, was los ist, und tritt mir in die Zähne und Keith in die Eier.

Nicht, daß sie monogam wäre. Ihr Karatelehrer ist viel mehr als nur ihr Karatelehrer. Wenn sie auf den Bodenmatten im zweiten Stock trainieren – denselben Matten, die zur Zeit als Banktresor dienen –, geben sie Geräusche von sich, die ich auch nicht im entferntesten dieser Kriegskunst zuordnen würde.

«Wie ist der Knöchel?» fragte Keith. Ich fand es gut, daß er nicht an der mageren Kost herumgemäkelt oder wie ein Holzklotz dagesessen hatte, während ich herumsprang und alles zusammentrug. Er konnte den Tisch decken, die Butter im Kühlschrank finden und Kaffee kochen.

«Besser», sagte ich. Dank einem dampfheißen Bad und einem professionell gewickelten Verband. «Kannst du hypnotisieren?»

«Meinst du, ich hätte dich so ins Bett gekriegt?»

«Beruflich», sagte ich. «Als therapeutische Maßnahme.»

«Ich hab's mal gemacht, aber im allgemeinen überweise ich die Leute an einen Spezialisten. Kommt ganz darauf an.»

«Worauf?»

«Ich mache keine Verhaltenshypnose: Gib das Rauchen auf, gib das Trinken auf, gib das Fressen auf. Wenn Langzeitpatienten in der Psychoanalyse das Gefühl haben, ein tieferes Verständnis für ein Schlüsselereignis in ihrer Kindheit, ein traumatisches Ereignis, könnte ihnen helfen, es im Erwachsenenleben aufzuarbeiten, führe ich diese Menschen unter Umständen in diese Zeit zurück. Aber ich bespreche den Fall erst mit Kollegen.»

Ich biß ein wenig von meinem Toast ab. Marmelade tropfte auf den Tisch.

«Warum willst du das wissen?» sagte Keith. «Mit der Hypnose?»

«Hast du je Zeugen eines Verbrechens in Hypnose versetzt, damit sie sich an bestimmte Details, etwa Autonummern und dergleichen, erinnern konnten?»

«Nein.»

«Würdest du es tun?»

«Ich weiß nicht.»

«Vielleicht könntest du einmal mit deinen Kollegen darüber sprechen.»

«Vielleicht.»

Ich schüttete Kaffee in mich hinein. Ich brauchte Koffein, um einen klaren Kopf zu bekommen.

Lee Cochran. Phil Yancey. Überfälle. Lizenzen. Green & White.

Ich jagte Keith so bald wie möglich aus dem Haus und blieb all seinen Versuchen gegenüber taub, eine Verabredung für den Abend zu treffen. Was soll eine «Verabredung», wenn man schon so weit gegangen ist und die Beziehung ihren Höhepunkt erreicht hat? Hatte diese Beziehung eine Zukunft?

Ich hasse das Wort *Beziehung*. Mir hatte die Nacht Vergnügen bereitet. Reichlich. Ich bin keine Klette. Ich bat ihn
nicht einmal, mich anzurufen.

Aber in meinem Inneren flüsterte es mit heimlicher Selbst-
zufriedenheit: «Weil du weißt, daß er es sowieso tut.»

21 Ich setzte mich in meinen Schreibtischsessel und
kippte den letzten Rest Orangensaft hinunter. Ich hoffte,
daß Roz heute ihren Einkaufstag hatte.

Zeit, wieder zum Anfang zurückzukehren, dachte ich und
legte meinen Fuß auf den Schreibtisch. Lee Cochran.

Ich hatte noch nie einen möglichen Klienten, der jemanden
einer Missetat beschuldigt hatte, um dann, Abrakadabra,
das Glück zu haben, daß sich der besagte Missetäter zu
einer Plauderei vor meiner Haustür einfand.

Wer wußte von meinem Termin mit Cochran?

Antwort: jeder, demgegenüber Cochran es erwähnt hatte.
Er hatte mich durch seinen Anwalt überprüfen lassen, einen
gewissen Gold. Es muß zwanzig Anwälte mit Namen Gold
in Boston geben. Oder Gould. Anwälte neigen in der Regel
zu Verschwiegenheit. Cops reden. Cochran hatte sich bei
Cops nach mir erkundigt. Er hatte Gloria gefragt, ob ich
etwas taugte.

Sam wußte davon; ich hatte es ihm erzählt. Ich hatte es ihm
außerhalb von Glorias schalldichtem, wanzenfreiem Zimmer enthüllt. Steckte Yancey mit der Verbrechensbekämpfung unter einer Decke?

Mein neuer Computerbildschirm blinkte im Sonnenlicht.

«Franks» Anweisungen getreu benutzte ich das Kennwort, das er mir gegeben hatte: KLPT5ZMX. Ich hatte keine Ahnung, wessen Kennwort es eigentlich war, ob meins, «Franks» oder von jemand anderem. Hielten sich die explosionsartig zunehmenden Computerdienste an den Datenschutz? Oder machten sie geheime Daten unbekümmert all denen zugänglich, die zufällig einen achtstelligen Code eintippten, der ins Schwarze traf? Eine große glückliche Familie, eifrig darauf bedacht, die Informationen miteinander zu teilen, die die Welt in Bewegung halten.

Den Spickzettel in der Hand, versuchte ich es mit einem örtlichen Verbindungsrechner namens Mellon, um in eine größere Kreditauskunftei einzuloggen. Um es gleich zu sagen: Ich wußte, daß das nicht ganz koscher war. Private Ermittler dürfen nicht nach Belieben bei solchen Diensten wie TRW, CBI oder Trans Union herumschnüffeln. Selbst wenn ich deren astronomisch hohe Gebühren bezahlen würde, was ich – da konnte ich sicher sein – dank «Frank» nicht tat, gibt es immer noch die gesetzliche Verpflichtung zum Schutz personenbezogener Daten, wobei man zwischen den vollständigen Kreditdateien und den Kopfdateien unterscheidet.

Als ich mitangesehen hatte, wie «Frank» seine eigene Kreditgeschichte angeklickt hatte, wußte ich, daß wir tief im Computersumpf stecken. Er hätte nur zu sogenannten Kopfinformationen Zugang bekommen dürfen: Name, Geburtsdatum, Sozialversicherungsnummer und dergleichen. Nicht zu den eigentlichen Daten über die Kreditgeschäfte.

Aber schließlich war er ja ein ausgezeichneter Einbrecher. Und ein hochbegabter Programmierer. Es wäre eine Schande gewesen, keinen Gebrauch von dem zu machen, war mir ein gütiges Schicksal in den Schoß geworfen hatte.

Ich tippte *Yancey, Philip* ein, dazu seine letzte bekannte Adresse, die ich aus einer nützlichen Quelle hatte, dem Telefonbuch.

Bingo.

Der Bildschirm füllte sich, und schon hatte ich Versicherungsnummer, Geburtsdatum, Beruf und Finanzlage. Ich hoffte, «Frank» lastete die Kosten direkt dem FBI an, lud die Datei aber trotzdem schnell in meinen Rechner. Kein Grund, die Telefonrechnung hochzutreiben.

Yancey war reich. Ausgesprochen reich. Und die Reichen sind anders. Sie haben zum Beispiel mehr und höhere Hypotheken, weil Hypothekenzinsen steuerlich abgesetzt werden können und nur Idioten erst zahlen und dann genießen. Phil besaß Grundstücke am Vineyard, in Yarmouth, Falmouth, Plymouth und überall auf Cape Cod. Ich fragte mich, wann er sie wohl erstanden und ob er einen niedrigen Preis in den Siebzigern oder einen hohen in den Achtzigern bezahlt hatte. Was waren die Grundstücke jetzt wert? Ich kritzelte Adresse und Banken in mein Notizbuch. Es war sicher interessant, das herauszufinden.

Warum machte ich mir eigentlich die Mühe, alles aufzuschreiben, wo ich doch alles mit ein paar Tastenanschlägen ausdrucken konnte? Ich seufzte; es würde eine Weile dauern, bis ich geistig mit der neuen Technik Schritt hielt.

Yanceys Kreditwürdigkeit war gut. Sehr gut. Keine schlechten Papiere, keine Konkurse.

Ich klickte Lee Cochrans Daten an. Er zahlte eine bescheidene Hypothek auf ein Dreifamilienhaus in Jamaica Plain ab. Sein Autohändler wußte nichts Schlechtes über ihn zu berichten.

196

Ich gab meinen Namen und meine Versicherungsnummer ein. Lud mir die Infos in den Rechner. Eine interessante Lektüre für später.

Ich klickte über Mellon das Stichwortregister des *Globe* an und suchte mir alle Artikel von Überfällen auf Taxen heraus. Lud sie in den Rechner und druckte sie aus.

Die Dinge hatten ein solches Ausmaß angenommen, daß sie der *Globe* vor kurzem treffend unter der Überschrift SCHWARZES JAHR FÜR BOSTONS TAXIFAHRER zusammengefaßt hatte. In einer schwarzumrandeten Kolumne waren alle Überfälle aufgeführt.

Mir war klar, warum Jean Halle so beunruhigt war. Die meisten der verletzten Fahrer hatten haitianische Nachnamen. Kein Wort von drei Angreifern. Keine Festnahmen.

Ich gab *Taxilizenzen* in meinen Computer ein. Eine Niete, was mir seltsam vorkam, da Lee Cochran behauptet hatte, der Kampf um Lizenzen verschärfe sich wieder. Versuchte es mit *Droschkenlizenzen*.

Nichts. Zero. Es war total frustrierend. Alle Informationen standen mir zur Verfügung, und ich kam nicht dran. Ich kam mir vor wie jemand, der das Alphabet nicht richtig kann und vor der Gesamtausgabe des *Oxford English Dictionary* sitzt.

Das Telefon erlöste mich. Selten habe ich sein schrilles Klingeln so begeistert aufgenommen.

«Hallo?»

«He, grüß dich!»

«Lucinda», sagte ich und lehnte mich grinsend in meinem Sessel zurück. «Wie isset denn so? Sind se nett zu dir, die Jungs vom FBI?»

«Mach nich immer meine Sprechweise nach; dat is jemein.»

197

«Entschuldigung. Ich kann nichts dafür, es ist einfach zu —»

«Verlockend?» sagte Lucinda.

«Zu nett, wollte ich sagen. Typisch. *Das* ist es.»

«Süße, ich ruf wegen der Fotos an, die du mir geschickt hast. Mit der Post, nich zu glauben! Wißt ihr Yankees denn noch nich, was ein Faxgerät ist?»

«Reg dich nicht auf, Lucinda», sagte ich. «Also was sind das für Dinger?»

«Die Mikrofone? Das sind unsere eigenen Vögelchen, die ins Nest zurückfliegen. Alt und ausgeleiert.»

«Wenn du die Dinger mit eigenen Augen gesehen hättest, Lucinda, würdest du also sagen, daß es sich eindeutig um FBI-Mikros handelt?»

«Es sind FBI-Geräte, Süße. Früher mal große Klasse. Von der gleichen Art, durch die die Patriarcha-Familie in deiner Nachbarschaft zu Fall gebracht wurde.»

«Lucinda, sind welche in den — sagen wir, letzten Monaten gestohlen worden? Ist dir zu Ohren gekommen, daß von dieser Sorte etwas abhanden gekommen ist?»

«Gestohlen?» wiederholte sie. «Weiß nich. Um genauer zu sein: Ich wüßte nich, warum. Es ist alter Schrott. Wer sie haben will, kriegt sie für'n Appel und 'n Ei. Wenn du an gutem Gerät interessiert bist, habe ich hier ein paar Schätzchen, die dich glatt aus den Pantinen heben würden!»

Ich lachte los. Lucinda trägt ihren Akzent dicker auf als Marmelade, wenn sie weiß, daß ich zuhöre, und schmückt das, was sie sagt, zu meinem Vergnügen noch eigens mit heimischen Phrasen aus. Sie kann ebensowenig dafür, wie ich dagegen ankomme, sie nachzuahmen.

«Nicht meine Branche», sagte ich. «Aber ich danke für deine Hilfe, Lucinda.»

«Komm mal runter und besuch mich», sagte sie. «Bei euch da oben is doch immer so'n Sauwetter.»

«Danke. Hast ja recht.» Ich legte den Hörer auf.

Sams Wanzenexperte war der gleichen Meinung wie meine Wanzenexpertin.

Seufzend wandte ich mich wieder dem Monitor zu und vertiefte mich ins Stichwortregister Taxifahrer: Tariferhöhung, Vorschriften …

Verdammt. Wütend schaltete ich ab und rief beim Amt für Personenbeförderung an, das zur Bostoner Polizei gehört. Das Bostoner Polizeipräsidium hat das letzte Wort bei allem, was Taxen betrifft – es setzt die Tarife fest und stellt die Lizenzen aus, aber was noch besser ist: Ich kenne dort einen Typen, ein Faktotum, einen gewissen Lieutenant Brennan, der für Taxen zuständig ist, seit er immer wieder gegen die Vorschrift verstieß, Festgenommenen ihre Rechte zu verlesen. Ihm gefiel das Taxiressort, und so schlug er dort Wurzeln.

«Wie viele Taxen gibt es in der Stadt?» fragte ich.

«1525», sagte er.

«Und die rollstuhlgerechten?»

«Ja. Dann sind es 1565. Eine echte Wachstumsbranche. Vierzig mehr seit 1945.»

«Wie hoch wird eine Lizenz heutzutage gehandelt?»

«Diesen Monat fünfundsiebzig Mille. Haben Sie im Lotto gewonnen?»

«Wieso haben die öffentlichen Versorgungsbetriebe 91 diesen Rückzieher gemacht? Sie wollten doch Hunderte von neuen Lizenzen ausstellen.»

«Vielleicht sollte man besser fragen, warum sie überhaupt damit angefangen haben. Warum sollte man den Status quo verändern?»

«Seit 1945 hat sich einiges verändert», sagte ich.

«Nicht auf den Straßen von Boston», beharrte Brennan. «Das sind immer noch überfüllte Trampelpfade.»

«Die Hotelbesitzer wollen aber doch mehr Taxen, stimmt's?»

«Die und das Verkehrsamt. Und das Kongreßzentrum. Wir haben sogar albernerweise ein Amt zur Förderung der Filmindustrie, als würde uns Hollywood die Tür einrennen. Warum sollte auch jemand in Palm Beach oder Las Vegas einen Film drehen wollen, wenn er in Boston einsteigen kann, ha, ha!»

«Wo um Mitternacht die Bürgersteige hochgeklappt werden», sagte ich.

«Genau», pflichtete er mir bei.

«Und es richtige Winter gibt», sagte ich.

«Ein absolutes Blizzard-Loch», sagte er. «Manche Leute glauben, das Wetter sei nur eine Public-Relations-Angelegenheit, verdammt noch mal.»

«Brennan, warum könnte jemand Interesse daran haben, Taxifahrer einzuschüchtern und aus dem Geschäft zu drängen?» fragte ich.

«Hölle und Teufel», sagte er. «Gute Frage. Die meisten Fahrer in dieser Stadt verdienen nicht mal genug, um bei McDonald's zu essen. Die Typen leben in ihrer Kutsche, schlafen darin. Geschiedene. Die Frau hat das Haus und die Kinder, sie knacken irgendwo. Pennen draußen im Logan Park, duschen in der Badeanstalt an der L-Street —»

«Warum sollte sie also jemand einschüchtern?»

«Fragen Sie mich, warum so viele Verbrauchermärkte ausgeraubt werden. Tankstellen. Verzeihen Sie, Carlotta, aber ich wollte eigentlich ein kleines Nickerchen an meinem Pult halten.»

«Tut mir leid, daß ich Sie gestört habe.»

Eine Minute lang dachte ich, er hätte mich abgehängt. Dann war seine weltverdrossene Stimme wieder in der Leitung. «Ich kapier's auch nicht, bei der jetzigen Wirtschaftslage, aber es gibt tatsächlich Bewegung in der Sache.»

«Was für Bewegung?»

«Zweierlei. Beides hat nicht für fünf Pfennig Sinn, wenn Sie mich fragen.»

Ich wartete.

«Von mir haben Sie das aber nicht», sagte er mit gesenkter Stimme.

«Natürlich nicht», sagte ich.

«Es geht das Gerücht um, daß die Hotelinhaber, die Restaurantbesitzer und die Kongreßzentrumsbetreiber wieder im Anmarsch sind. Sie haben jetzt eine schicke Anwaltskanzlei und einen Pressesprecher, und mancher Taxifahrer will um jeden Preis eine Lizenz haben, und alle sagen, diesmal würden sie siebenhundert neue Taxen auf die Straße kriegen. Das ist bestimmt neu für Sie.»

Nein, war es nicht.

«Wissen Sie, welche Kanzlei?» fragte ich.

«Ich weiß nur, daß sie bei der augenblicklichen Wirtschaftslage nicht die Spur einer Chance haben.»

«Weshalb tun sie's dann?» dachte ich laut.

«Gute Frage», sagte er. «Klingt nicht nach der Art von Fall, den ein Anwalt auf Verdacht übernehmen würde.»

«Brennan, Sie sprachen von zweierlei. Was ist das zweite?»

«Die vielen Lizenzübertragungen in letzter Zeit.»

«Phil Yancey», murmelte ich in mich hinein. «Brennan, was ich unbedingt wissen möchte: Kauft Yancey?»

«Hört, hört», sagte Brennan.

201

«Tut er's?»

«Schon mal was von Strohmännern gehört?»

«Im Immobiliengeschäft sind das Scheinkäufer.»

«Richtig. Manchmal sind sie an der Sache beteiligt. Manchmal sind sie ahnungslos wie zum Beispiel Leute aus Altersheimen, die gar nicht wissen, daß ihre Namen mißbraucht werden.»

«Verstehe», sagte ich.

«Falls Phil Yancey Lizenzen aufkauft, macht er es über Strohmänner. Im Endeffekt könnte jeder dahinterstecken, selbst Ihr Freund Gianelli.»

«Wäre es denn nicht dumm, jetzt zu kaufen, solange eine noch so geringe Möglichkeit besteht, daß das Amt neue Lizenzen ausstellt?»

«Das passiert auf gar keinen Fall. Niemals.»

«Noch eine Frage, dann lasse ich Sie in Frieden. Irgendwelche Gerüchte, daß der Trend zum Leasen geht?»

«Interessant», sagte Brennan. «Wenn Yancey vorhätte, auch nur dreißig Prozent seiner Fahrzeuge als Mietdroschken laufen zu lassen, würde er eine Stange Geld verdienen.»

«Aber Sie haben nichts dergleichen munkeln hören?»

«Hab nichts vom Leasen gehört. Aber mich wundert nichts, was Yancey probiert. Scheiße, Carlotta. Statt den Rest des Tages wie ein anständiger Cop zu verschlafen, muß ich jetzt wohl ein paar von diesen neuen Lizenzeignern überprüfen und mal sehen, ob es mit ihnen aufwärts und immer höher geht.»

«Ich schulde Ihnen etwas», sagte ich.

«Sie können mir bei Gelegenheit mal einen ausgeben», sagte er. «Und grüßen Sie Mooney von mir.»

Die halbe Polizei glaubte, ich schlafe mit Mooney. Dabei hab ich's noch nie getan. Ich schwör's.

22 «Was macht dein Fuß?» fragte Gloria, als ich mich am selben Nachmittag bei Green & White blicken ließ. Ich weiß nicht, wann die Frau schläft.

«Ganz gut», sagte ich. Dank der Manschette. Noch ein paar Tage Ruhe und Reha bei häufiger Fuß- und Ganzkörpermassage durch einen qualifizierten Psychiater, und ich konnte wieder Volleyball spielen.

Laute Musik: Aretha Franklin zu ihrer besten Zeit.

«Guter Sound», sagte ich anerkennend. «Wie geht's Marvin?»

Vor Kummer zog sich ihre Stirn in Falten. «Wir haben ihn gestern hergebracht, ins Hinterzimmer. Anscheinend versteht diese Yvonne nicht viel von Krankenpflege, nur vom Schmusen. Einer meiner Fahrer mußte mich dorthinfahren und ihn zurückholen. Es war wie der Transport eines hungrigen Tigers ohne Käfig! Und Leroy und Geoffrey erzählen mir immer nur, es wird schon werden, es wird schon werden. Wollen die kleine Schwester beschützen, weißt du. Würden mein Leben für mich leben, wenn ich sie ließe.»

«Kann ich mit ihm sprechen?»

«Ich habe einen Arzt kommen lassen, einen Freund. Marvin ist wohl durch den Schlag auf den Kopf etwas merkwürdig geworden.»

Dadurch oder durch den Abschied von der reizenden Yvonne, dachte ich.

Der Arzt hat ihm was gegeben, damit er besser schlafen kann», sagte Gloria. «Hat ihn gleich umgeworfen. Wenn du mit ihm reden willst, mußt du später wiederkommen.»

Ich rannte überall nur gegen Wände.

«Hat dich Lee Cochran denn nun angeheuert?» fragte Gloria.

«Komisch, daß du das fragst», sagte ich. «Nein.»

«Hör mal, Carlotta, ich habe ihm lediglich gesagt, daß du als Privatdetektivin okay bist, als er mich gefragt hat. Tut mir leid, wenn ich was falsch gemacht habe. Ich tu's bestimmt nicht wieder.»

«Hast du zufällig die Nachricht von meinem Treffen mit Mr. Cochran überall verbreitet?» fragte ich.

«Süße, ich verbreite keinen Klatsch, wenn's nicht Absicht ist. Lee hat mir die schauerlichen Einzelheiten nicht genau erzählt, ich hatte also nichts Saftiges an der Hand, das ich hätte verbreiten können.»

Ich glaubte ihr.

«Wenn du mir jetzt erzählen willst, was los ist», fuhr sie fort, «etwa, daß seine Frau ihn verlassen will oder er von dir verlangt, daß du seine Kinder kidnappst und sie dem Zugriff der Kirche der heiligen Diätetiker entziehst, werde ich es mit Freuden über Funk verbreiten.»

«Die Diät geht dir wohl auf die Nerven, was?»

«Ha», sagte sie, «mit Marvin hier im Haus wird es schwer für mich. Ich kann nur essen, wenn er schläft.»

Sie ergriff jede Gelegenheit beim Schopf. Ihr Schreibtisch lag voll mit Hostess-Sno-Ball-Papier. Eine fast leere Tüte M & M-Schokolinsen lag neben dem Telefonschaltpult. Sie zog eine Schreibtischschublade auf, holte eine Dose Erdnüsse heraus und drehte den Deckel ab.

«Magst du was?»

«Nein, danke. Hast du die Liste deiner ehemaligen Angestellten, die dich aus tiefstem Herzen hassen?» fragte ich.

«Warum ist das so wichtig? Meinst du, die Fahrer werden

zusammengeschlagen, weil jemand mich haßt? Könnte ebensogut gleich hierherkommen und mich verprügeln.»

«Manche Leute machen lieber Umwege.»

«Die meisten sind ganz einfach dumm, Carlotta. Denk dran, was sie zu zahlen bereit sind, um abzunehmen. Diese Diätkliniken kosten mehr als das feinste Restaurant. Das ist doch verrückt.»

«Das Amt für Personenbeförderung sagt, die Hotellobby wäre wieder auf dem Vormarsch. Die Rede ist von siebenhundert zusätzlichen Lizenzen.»

«Da siehst du's», sagte sie. «Die Leute sind verrückt.»

«Gloria, würden die Taxifahrerverbände wie Cochrans Verein bei der Wahrheit bleiben, wenn sie dem Amt für Personenbeförderung gegenüber behaupteten, es gäbe nicht mal genug Fahrer für die Taxen, die schon zugelassen sind?»

Sie hielt einen Moment im Essen inne. «Die Arbeitslosigkeit nimmt ständig zu. Hohe Arbeitslosigkeit bedeutet im allgemeinen, daß es reichlich Fahrer gibt.»

«Du hast aber doch Mühe, die Nachtschichten zu besetzen.»

«Ja. Und?»

«Wenn also viele Fahrer zusammengeschlagen werden und aufhören.»

«Carlotta, was redest du da! Daß die kleinen Fuhrunternehmen ihre eigenen Fahrer verjagen, um der Stadt sagen zu können, daß es keinen Sinn hat, mehr Lizenzen auszugeben, weil niemand mehr fahren will?»

So wie sie es drehte, klang es nicht sehr plausibel. «Gib mir die Liste, Gloria.»

«Übernimm mal die Zentrale. Ich habe sie hinten im Zimmer, und ich will nicht, daß du Marvin aufweckst.»

«Ich lege mich nie mit hungrigen Tigern an.»

«Nimm einfach nur die Anrufe entgegen. Du weißt ja, wie es läuft. Ich könnte ein bißchen Bewegung gebrauchen.»

Sie hatte wahrscheinlich einen geheimen Vorrat an Kartoffelchips bei Marvin im Zimmer.

Ich machte mich an die Arbeit und steckte mir einen Zeigefinger in ein Ohr, damit Arethas «Respect» die Anrufer nicht übertönte. Ein Mann auf der Hemenway Street wollte ein Taxi haben – sofort, bitte –, und eine Frau mit hoher Lehrerinnenstimme in der Nähe des Boston College brauchte eins. Ich nahm Namen, Adressen und Wohnungsnummern auf und sagte mein Sprüchlein von den zehn Minuten auf. Eine Menge Taxistände an der Symphony Hall. Ich hatte keine Ahnung, wer in der Nähe war. Ich drückte Tasten.

«Wer übernimmt vier-achtundfünfzig Hemenway?» fragte ich.

«Ich. Nummer dreiundvierzig. Ist doch nicht Glorias Stimme!»

«Nein. Nimmst du Hemenway?»

«Klar. Bist du's, Carlotta?»

«Ja, und wer bist du?»

«Na hör mal, du wirst dich doch noch an Al DiMag erinnern!»

«Wie geht's denn so, Al?»

«Super. Und dir?»

«Geht so.»

«Lange nicht gesehen. Machst du jetzt die Vermittlung?»

«Nur aushilfsweise.»

«Paß auf dich auf.»

«Al, bleib noch kurz dran. Bist du oder jemand anders da draußen in letzter Zeit beraubt oder bedroht worden?»

«Ich habe gehört, daß ein paar Typen ordentlich was auf den Arsch gekriegt haben», sagte Al.

«Namen?»

«Nur Gerede.»

«Und ihr anderen?»

Drei Minuten lang wurde in mehreren Sprachen durcheinandergeredet, teilweise für mich übersetzt. Jeder hatte etwas aufgeschnappt. Niemand erwähnte Marvin. Kaum Details, im Grunde nur Andeutungen. Straßennamen. Bargespräche. Saufgerede.

«Zwanzig Dollar für den, der mir was schriftlich gibt, einen echten Namen und die dazugehörige Adresse», sagte ich.

«Gloria bei Green & White geben.»

«Und dir beim Geld vertrauen?»

Ich meinte, Als skeptische Stimme herauszuhören.

«Ich bin in diesem Moment dabei, zwei Zehn-Dollar-Noten in einen Umschlag zu stecken», sagte ich.

Gloria kam mit ihrem Stuhl angerollt, um ihren Platz wiedereinzunehmen. «Schmierst du meine Fahrer?» fragte sie.

«Du hast doch nichts dagegen, oder?»

«Nichts, wenn sie dann schneller fahren! Hier. Die Liste für ein Jahr.»

Zwei doppelseitig beschriebene Bögen. «Eine enorme Fluktuation», sagte ich.

«Branchenüblich.»

«Wenn ich nach Vorbestraften suche, wieviel würde ich deiner Meinung nach finden?»

«Das hier ist ein Taxiunternehmen, Süße. Sie haben eine Zulassung, und sie können fahren. Sie brauchen nicht vollkommen zu sein. Wird Mooney sie für dich durchleuchten?»

«Das kann ich selber. Ich weiß, wie ich rankomme. Mit wem würdest du anfangen?»

«Keiner dieser Jungs wird je den Friedensnobelpreis gewinnen.»

«Sind richtig miese kleine Dreckskerle dabei?»

«Der hier», sagte sie und tippte mit der Radiergummiseite eines gelben Bleistifts auf den mit einem Sternchen versehenen Namen Zachary Robards. «Aber das ist vermutlich nicht sein richtiger Name, denn kaum hatte ich nach einigen Papieren, Sozialversicherungsnummer und so was gefragt, war er auch schon wieder weg.»

«Wie sah er denn aus?»

«Ein Weißer. Von hier. Keine Einwandererprobleme; bei Immigranten bin ich strenger. Er mochte anscheinend die Arbeit nicht. Vielleicht wollte er sich auch nicht von einer schwarzen Chefin herumkommandieren lassen.»

«Hat er dir einen Grund für seine Kündigung genannt?»

«Er ist einfach eines Tages nicht mehr aufgetaucht, und am nächsten auch nicht. Der kleine Scheißkerl. Ich hab's der Polizei gemeldet.»

«Daß er nicht zur Arbeit gekommen ist? Du hättest seine Mutter anrufen sollen!»

«Er hat die Taxe nicht zurückgebracht. Die Bullen haben sie irgendwo in Southie gefunden. Unversehrt. Ein gottverdammtes Wunder.»

«Haben sie auch den Typen gefunden?»

«Falscher Name, falsche Adresse; nehme mal an, sie haben ein bißchen nachgehakt.»

«Ist er vermißt gemeldet?»

«Auf jeden Fall nicht von mir. Ist kein lieber Anverwandter von mir.»

Ich unterstrich den Namen Zachary in der Liste.

«Ist Marvin wach?»

«Schläft wie ein Baby.» Gloria zögerte, dann nahm sie den Beutel M & M-Schokolinsen und leerte ihn auf ihrem Schreibtisch aus. Die etwa zwanzig bunten Dinger wirkten in ihren Augen offenbar so einsam, daß sie noch eine Handvoll Erdnüsse dazutat und eine eigene Mischung daraus rührte. «Hm, hast du Sam ganz bestimmt nicht getroffen?» fragte sie, nachdem sie einen Mundvoll hinuntergeschlungen hatte.

«Nein.» Ich hoffte, nicht so schuldbewußt zu klingen, wie mir zumute war.

«Muß in Washington sein», meinte sie.

«Hat er da 'ne Lady?»

«Nicht daß ich wüßte.»

«Hast du schon deine Computer?»

«Nein.»

«Hat Sam dir gegenüber einen gewissen Frank erwähnt?»

Sie schüttelte den Kopf. «Nein. Ist das der Computerfreak?»

«Vielleicht hat er ihn mal mitgebracht.» Ich beschrieb den Mann, den ich als Frank kannte, aber während ich noch sprach, merkte ich, wie wenig Worte nützten. Bart, kein Bart. Silbriges Haar, dunkles Haar. Das, woran sich die Leute erinnern, ist auch das, was am leichtesten verändert werden kann.

Gloria nahm noch zwei Anrufe am Schaltpult entgegen und drängte einen Fahrer, sich in eine verrufene Gegend zu wagen. «Sam ist nicht gerade oft hier», sagte sie. «Ist ja auch kein piekfeiner Empfang mit süßen kleinen Sekretärinnen. Und mit allzu vielen Männern scheint Sam auch nicht befreundet zu sein, wenn du verstehst, was ich meine. Seine

209

Brüder, aber auch zu denen hat er kein sehr herzliches Verhältnis.»

«Laß mich wissen, wenn Sam hier mit Frank aufkreuzt», sagte ich.

«Kommt ihr miteinander klar, du und Sam?»

Ich sagte: «Wie kann ich mit ihm klarkommen, wenn er gar nicht hier ist!»

«Hör mal, könntest du heute Nachtschicht machen? Sonst habe ich ein Taxi ohne Fahrer.»

«Zeit, die von den Ermittlungen abgeht», sagte ich.

Sie grinste. «Vielleicht hast du ja Glück. Wirst zusammengeschlagen und ausgeraubt. Und erkennst die Täter.»

«Ich dachte, Sam hätte ein gewisses Verbot ausgesprochen», sagte ich.

Sie zuckte ihre massigen Schultern. «Was er nicht weiß, macht ihn nicht heiß», sagte sie seelenruhig wie ein riesiger nickender, mampfender Buddha im Rollstuhl.

23   Um elf Uhr fünfundvierzig hing ein voller Mond mit Hof träge am Himmel und leuchtete wie weißgescheuerte Knochen. Tieftreibende Wolkenfetzen verhüllten ihn und dämpften sein Licht, noch ehe ich die Tür gegen den scharfen Wind hinter mir zugeschlagen hatte. Der Motor stöhnte zweimal unmutig, dann lief er. Ich fröstelte trotz zwei Paar Wollsocken und einem schweren Pullover mit Zopfmuster über einem Rollkragenpulli aus Baumwolle. Das Hemd hatte ich in bequeme Männerhosen, Größe 34, mit Gummibund und Hahnentrittmuster, gestopft, ein Angebot aus Filenes Souterrainladen und zu extravagant, um zu einem Spitzenpreis verkauft werden zu können.

Keine Handschuhe. Sie nehmen mir mein Gefühl für das Lenkrad, stören unser Verhältnis zueinander.

Mitternacht ist meine Lieblingsfahrzeit. Die normalen Leute sind zu Hause im Bett, die Kinder stecken fest unter den Steppdecken, die Heizungen laufen auf Hochtouren. Die ungeduldigen Pendler, die ständig hupen, sind weg, aus den Augen, aus dem Sinn.

Die Nachtschwärmer sind in gewisser Weise entspannter, aber dann auch wieder nervöser. Wenn ich Nachtschicht fahre, sind all meine Sinne geschärft, und mein Körper prickelt förmlich vor Wachsamkeit. Manchmal komme ich mir vor, als säße ich wieder im Streifenwagen, suchte die Gassen nach unvermuteten dunklen Gestalten ab und horchte auf das Geräusch von Schritten, die sich schnell entfernen.

Wut auf Sam Gianelli stieg in mir hoch, auf jeden, der mich dieser stürmischen, sternenübersäten Nacht berauben und mich in Zuckerwatte einpacken wollte.

«Zwölf-achtundsiebzig», zwitscherte ich ins Mikrofon. «Gibt's was für mich?»

Glorias Stimme kam aus dem Lautsprecher, leicht und locker, im Hintergrund sang Aretha. «Ein Leckerbissen. Vom französischen Konsulat nach Sudbury.»

«Gibst du mir nur die gemütlichen Jobs? Auch 'ne Auflage von Sam?»

«Wenn du nicht willst, Schatz, kriegst du andere Kunden.»

«Danke vielmals», sagte ich, gab Gas und erwischte die Ampel noch bei Gelb. Von der oberen Comm. Avenue nach Sudbury zu fahren ist der Traumjob für einen Taxifahrer: vierzig Eier und ein fettes Trinkgeld. Vielleicht lief heute eine Party für die Frankophilen. Ein Wohltätigkeitsball mit zu vielen Gratisgetränken. Ich beschleunigte. Wollte nicht, daß mein Partygast des Wartens müde wurde und zum Taxistand am Ritz-Carlton hinüberstolperte. Wollte nicht, daß mich irgendein herumstreunender Selbständiger um meinen Fahrgast und sein fettes Trinkgeld brachte.

Warte drinnen im Konsulat, beschwor ich ihn im Geiste. Trink noch etwas. Warte auf Green & White.

Kahle Ulmen und Ahornbäume säumten die gepflegten Bürgersteige der Comm. Ave. Vor den vielstöckigen Sandsteingebäuden ragten knorrige Magnolienbäume drohend auf wie Hexenbesen. Ich schnitt eine Kurve, und meine Reifen wirbelten Zweige aus der laubverstopften Gosse auf, die Blätter eine braune formlose Masse, schäbige Überreste des rotgoldenen Oktobers.

G & W 1278 besaß eine funktionierende Heizung, ein Luxus.

Beim Fahren dachte ich über Glorias Liste nach. Zachary Robards war eine Sackgasse, ein falscher Name. Ein gewisser Gustave Fabian hatte ein Jugendstrafregister, das für die Ewigkeit reichte, ebenso zwei weitere frühere Angestellte von Gloria. Entweder ließ G & W heutzutage eine andere Klasse von Bewerbern zu, oder die Maßstäbe waren im allgemeinen gesunken. Gustave hatte auch als Erwachsener gesessen. Brandstiftung. Ein Gefallen für einen Freund mit einem Möbelladen kurz vor der Pleite. Kurze Strafe. Gute Führung. Vorstrafenregister gelöscht, so daß er seine Taxizulassung wiederbekommen konnte. Wie oft bekam jemand mit einem Vorstrafenregister, das bis in die Kindheit

212

zurückreichte, eine solche zweite Chance, und das verdien-
termaßen?

Als er mit zweiundzwanzig aus dem Gefängnis kam, hatte
er da seine Schulden getilgt? Ich bin die Letzte, die einen
jungen Mann Anfang Zwanzig zu einem Leben in Arbeitslosigkeit verdammen würde. Andererseits würde ich es mir
als jemand, der selbständig ein kleines Unternehmen führt,
reiflich überlegen, ob ich einen fröhlichen Pyromanen ein-
stellen wollte.

«Psychologisch gut angepaßt», hatte irgendein Klapsdoktor in Gustaves Bewährungsakte geschrieben. «Reagiert gut
auf Strafmaßnahmen.» Wenn er sich im Gefängnis so gut
benahm, sich so «gut anpaßte», dachte ich, sollte er doch
dort schwarz werden.

Ich fragte mich, was Keith Donovan wohl dazu sagen
würde, und fand es merkwürdig, daß mir nichts einfiel.
Wir hatten nicht viel miteinander geredet ... Dabei war es
mir einmal sehr wichtig gewesen – reden und sich vergewissern, daß man bestimmte Ideen und Wertvorstellungen
gemeinsam hatte, ehe man zusammen unter die Decke
kroch. Statt mit zunehmendem Alter konservativer zu
werden, wurde ich anscheinend immer leichtsinniger. Außer bei Krankheiten. Vielleicht läßt sich am Ende alles auf
die Angst vor Aids zurückführen. Wenn der Mann einen
«sauberen» Eindruck machte – klug genug war, um die
Risiken einzusehen und Vorkehrungen zu treffen –, wurde
er begehrenswert. Aber nicht so begehrenswert, um auf
ein freundschaftliches Kondom zu verzichten, wohlge-
merkt!

Alles nur Chemie, dachte ich. Alles nach dem alten Muster
der Mann-Frau-positiv-negativ-Spannung, das ich nicht
ganz begreife und nicht länger zu durchschauen versuche.

Die bei mir und Sam da war. Die bei mir und Donovan da ist. Die bei mir und Mooney nicht richtig zünden will.

Ich hielt mit der Taxe vor dem Konsulat. Das war keine üble Gegend. Kronleuchter strahlten, und ich versuchte zu erkennen, ob vielleicht jemand aus dem Fenster spähte. Ich zählte bis zwanzig, dann ging ich die Stufen hinauf und klingelte.

Eine zierliche Frau, weit über sechzig, aber vital, machte die Tür auf. Ein französischer Wortschwall entströmte ihrem dick mit Lippenstift angemalten Mund, ein anderes Französisch als das von Louis und Jean, aber doch hörbar dieselbe Sprache. Ich war froh, daß jemand drinnen im Konsulat gemeint war und nicht ich. An der Treppe zögerte sie, und ich geleitete sie mit ein bißchen Ellbogenunterstützung nach unten. Beschwipst oder kurzsichtig. Vielleicht konnten sich auch einfach nur ihre Augen schlecht an die Dunkelheit gewöhnen nach dem Glitzern so vieler juwelengeschmückter Hälse.

Sie nannte mir auf englisch mit Akzent die Adresse. Eine angenehme halbstündige Fahrt. Von der Schnellstraße auf die 128 auf die 20. Ich meldete mich bei Gloria. Ich würde leer zurückfahren müssen. Bostoner Taxen dürfen außerhalb von Boston niemanden mitnehmen, nicht einmal im freundlich gesinnten Cambridge gleich auf der anderen Seite des Charles River. Und wen hätte ich um Mitternacht im ehrbaren Sudbury aufgabeln können, wo alles fest schlief, bis auf die Teenager, die auf dem Teppich im Wohnzimmer bumsten.

Die Dame sagte nichts; ich auch nicht. Ich wollte schon eine alte Blueskassette einschieben, aber mein Fahrgast mit dem blitzenden Schmuck sah eher nach klassischer Musik aus. Ich drehte den Klassiksender ins Radio und beobachtete,

214

daß ein Lächeln über ihre runzeligen Wangen huschte. Richtig geraten. Ein besseres Trinkgeld. Die psychologische Kunst des Taxifahrens.

Auf dem Rückweg spielte ich mit höchster Lautstärke Blues und schüttelte die melancholischen Sonaten mit einer Dosis Blind Lemon Jefferson von mir ab:

> «Have you ever heard a coffin sound?
> Have you ever heard a coffin sound?
> Have you ever heard a coffin sound?
> And you know a good boy's in the ground.»

Auch eine Art von Melancholie.

«Zwölf-achtundsiebzig.»

Ich stellte die Musik leiser.

«Wo warst du?» fragte Gloria.

«In Sudbury, was dachtest du denn?»

«Ich habe versucht, dich zu erreichen.»

«Außer Reichweite», sagte ich.

«Bleib dran. Dein Goldstück ist aufgetaucht.»

Sams Stimme kam aus dem knatternden Lautsprecher, so tief und weich, daß es mir den Atem verschlug. Ich war darauf nicht vorbereitet. Warum, zum Teufel, war er nicht in Washington geblieben? Noch ein paar Tage. Bis ich mir zumindest eine Möglichkeit *ausgemalt* hatte, mit ihm über Keith zu sprechen.

«He», sagte er, «ich lasse mich nicht gern versetzen.»

«Ich auch nicht», sagte ich.

«Ich habe Blumen mitgebracht, aber ich habe sie schon Gloria gegeben.»

«Ich hoffe, wir reden hier nicht über das ganze Band.»

«Ein privates Gespräch.»

«Klar, und jeder Freak, der scannen kann, hört mit.»

«Ich warte, bis du kommst.»

«Ich arbeite. Ein Aufenthalt bei G & W war nicht einge-
plant. Ich habe erst wenige Fuhren gehabt.»

«Warum hast du mir dann die E-Mail geschickt?» Er klang
ungehalten.

«Die was?»

«E-Mail. Treffe dich bei Green & White.»

Ich schluckte und spürte, wie mir ein Schauer über den Rük-
ken lief. «Ich hab dir nichts geschickt.»

«Na hör mal! Es ist ein bißchen spät für Faschings-
scherze.»

«Was habe ich denn geschrieben? In dieser E-Mail?»

«Ein Uhr. Bei G & W.»

Ich sah auf die Uhr: 0.50 Uhr. «Sam», sagte ich, und mein
Mund war auf einmal so trocken, daß ich die Worte kaum
herausbrachte. «Tu mir einen Gefallen. Mach, daß du rauskommst.»

«Was?»

«Wer ist noch da?»

«Ich. Gloria. Marvin ist hinten. Ich habe gehört, was
du –»

«Bitte. Raus!»

«Carlotta –»

«Sam, tu mir den Gefallen. Wartet auf der gegenüberliegenden Straßenseite. Verdammt, du brauchst Hilfe, um Marvin
rauszuholen. Ruf das nächste Taxi. Warte im Restaurant.
Da gibt's Telefone. Wähl neun-eins-eins, sobald du raus
bist.»

Mit seiner Mafiaerfahrung mußte er eigentlich argwöhni-
scher sein, vorsichtiger. Verdammt noch mal, waren die
Gianellis denn nie bedroht worden?

216

«Okay», sagte er kurz.

Botschaft angekommen. Ich atmete zum erstenmal seit Minuten wieder.

Das Dröhnen füllte den Wagen wie ferner, grollender Donner, der lauter wurde. Es verwandelte sich in dumpfes Knistern, dann zischte es nur noch. Funkstille.

«Sam!» sagte ich. «Gloria!» schrie ich. Ich drückte sämtliche Tasten. «An alle Taxen! Ruft Neun-eins-eins zu Green & White!»

Ich trat das Gaspedal durch, ließ den Fuß drauf, bog kreischend um die Kurven, kümmerte mich nicht um rote Ampeln. Schweiß stand mir auf der Stirn. Ich fummelte an den Armaturen herum, um die Heizung abzustellen, konnte die Augen nicht von der Straße wenden bei der Geschwindigkeit, mit der ich fuhr. Schweiß strömte mir vom Gesicht, tropfte mir in den Nacken. Ich öffnete ein Fenster. Greenough, Arsenal, der Charles River als schwarzes Band zu meiner Linken, mit quietschenden Reifen in die Kurven. Market Street, North Beacon links ab, gottlob frei, so daß ich die Gegenfahrbahn benutzen konnte, um die wenigen langsamen Autos zu überholen.

Als ich mich der Cambridge Street näherte, hörte ich Sirengeheul. Ich warf keinen Blick zurück, ob sie vielleicht hinter mir her waren.

24 Lichter blendeten mich. Kirschrot. Gelb. Blau. Grelle weiße Scheinwerfer waren auf die Flammenhölle gerichtet und beleuchteten endlos lange Leitern, Schläuche mit kräftigem Wasserstrahl, Feuerwehrleute in schwarzgelbem wasserdichtem Zeug. Maschinen von der Feuerwache 19. An den Pumpen Männer des Bezirks 7. Bostoner Polizei. TV-Übertragungswagen, die Satellitenschüsseln zum nächtlichen Himmel emporgestellt.

Ich trat das Gaspedal noch einmal durch, überholte Rettungswagen. Dann stand ich auf der Bremse und wirbelte gleichzeitig das Lenkrad ganz nach links. Gummi kreischte. Lautes Hupen. Die Geräusche glitten vorbei – fern, ohne Bezug zu mir –, als ich den Restaurantparkplatz erreichte. Ich konnte die Augen nicht von dem aufwallenden Brand abkehren, der wie ein gespenstischer grauer Wirbelsturm spiralig in den blauschwarzen Himmel aufstieg.

Ich glaube, ich parkte zwischen zwei gelben Markierungen. Und rannte.

«Hinter die Absperrung! Zurück! Bleiben Sie zurück!» schrie mir eine Stimme ins Ohr.

Ich stieß einen Ellbogen vor, der mit etwas Stöhnendem in Verbindung kam, und rannte mit gesenktem Kopf weiter. Ich rannte, bis mich die Hitze zum Stehenbleiben zwang. Der Gestank von brennendem Gummi stach mir in die Nase. Beißender Rauch brannte mir auf der Zunge. Ich konnte nicht weiter, aber ebensowenig zurück; mein Puls raste, mein Herz klopfte heftig. Ich rieb mir mit den Pulloverärmeln die nassen Wangen und die laufende Nase trocken.

Ein Stück Korkplatte lag vor meinen Füßen. Ich kniete mich hin und bewegte es. Ein S-Haken kam zum Vorschein. Das Schlüsselbrett, ein Stück des Brettes, an dem Gloria immer die Autoschlüssel aufzuhängen pflegt, aufhängte. Knien tat gut. Die Knie an die Brust gezogen, den Kopf gesenkt, rollte ich mich zu einem runden Ball zusammen.

Gloria. Sam.

GLORIA. SAM. Ich weiß nicht, ob ich die Namen laut aussprach, weiß nicht, ob ich sie murmelte, herausschrie, in die gleichgültige Luft hinauskreischte.

Ich, ein kleiner runder Ball, der sich vor und zurück wiegte, nicht hinsehen mochte, das, was er sah, nicht hinnehmen mochte. Ich hustete und rang in dem beißenden Rauch nach Luft, zwang meine Finger, sich voneinander zu lösen, meine Hände, ihren Griff zu lockern, meine Beine, sich auszustrecken.

Stehend konnte ich das eiserne Kreuzgitter erkennen, das G & W vor Eindringlingen schützen sollte, es hing verbogen in seinem Mauerrahmen, lehnte sich gegen ein ausgebranntes Taxi. Gespaltene Flammen züngelten himmelwärts, zischten im Wasserstrahl und dampften.

Hände packten mich um die Taille, rissen mich zurück. Ich wehrte mich nicht.

Ein Polizist sagte etwas; ich konnte ihn nicht hören. Seine Lippen bewegten sich, aber ich war taub – vom Geprassel der Flammen und dem Brausen des Wassers, von den Schreien der Feuerwehrmänner und dem Geschnatter der Scharen von Schaulustigen. Vom Schock.

Rettungswagen.

Rettungswagen mit kreisendem Blaulicht.

Überlebende. Rettungswagen konnten bedeuten, daß es Überlebende gab. Ich konnte die Hoffnung nicht ertragen. Hoffnung war fast noch schlimmer als Verlust. Die Furcht vor der Hoffnung schlimmer ...

Ich stolperte über einen Schlauch, strauchelte, tappte in eine Pfütze. Der Polizist war immer noch bei mir und packte mich am Ellbogen.

«Hau ab, verflucht noch mal», murmelte ich und ging auf die Rettungswagen zu.

Leichensäcke lagen auf der Erde. Platt, die Reißverschlüsse offen, wartend.

Ich sah den Rollstuhl, noch ehe ich die Stimme hörte, ihre schmerzhaft schöne Stimme. Wie sie ihre Körpermassen vom Rollstuhl auf die Trage bewegt hatten, war mir schleierhaft.

«Gloria!»

«Carlotta?»

Ich schob mich vor, zwängte mich durch die Menge, nutzte jeden Fingerbreit als Lücke und jede Handbreit als Durchgangsmöglichkeit.

«Marvin» war alles, was sie sagte, als ich bei ihr anlangte, mich über sie beugte und ihr in die Augen sah. Sie war in einen Berg von glänzenden Folien gewickelt, die sie von Kopf bis Fuß einhüllten. Die Trage unter ihr wirkte zerbrechlich. Blut hatte eine Spur in ihr Haar gegraben, rann ihr von der Stirn. Ein Wulst verlief über ihrer linken Augenbraue nach oben. Ihre Wangen waren rußverschmiert.

«Marvin», sagte sie noch einmal. Mehr nicht, aber daraus, daß ihre Stimme brach wie trockene Zweige, schloß ich, daß einer der Leichensäcke für seine sterblichen Reste reserviert war.

«Nicht reden», ordnete der Sanitäter an.

«Sam ist schon weg», sagte sie.

«Wohin?»

«Haun Sie ab. Sie muß Luft in die Lungen kriegen, Herrgott noch mal.»

«Wo haben Sie Sam hingebracht?» fragte ich hartnäckig.

Der Rettungsmediziner schob mich mit starken Händen an den Schultern weg. Ich kreuzte die Arme vor mir und nahm die Kampfhaltung ein, die ich Roz so oft hatte einnehmen sehen.

220

Es ist nur eine Bewegung, die ich beobachtet habe. Eines Tages wird mich jemand durchschauen und mich halbtot prügeln. Der Sanitäter starrte mir jedoch in die Augen und verzog sich rückwärts.

«Massachusetts General Hospital», sagte Gloria. «Verbrennungen und Trauma. Beine kaputt ... seine Beine sind unter einen Balken geraten ... Marvin. O Marvin.» Ich mußte die Augen schließen und wegsehen, so wie sie seinen Namen aussprach. Kein Schreien oder Jammern, sondern ein fast unirdisches Klagen, Ausdruck eines so tiefen Schmerzes, daß es mir ans Herz griff und mich nicht mehr losließ.

«Jemand kämpfte mit ihm», sagte Gloria. «Die Tür zum Zimmer hinten sprang auf. Ich hörte zwei Stimmen, die sich wüst beschimpften. Marvin. Marvin sagte: ‹Stopp!› oder: ‹Nein!› Ich konnte nichts sehen; er war immer noch in dem Zimmer. Sam fing an zu rennen, und dann ging alles –»

Der Mediziner stach ihr eine Spritze in eine ihrer hervortretenden Venen.

«Hat Marvin einen Namen genannt? Kannte er die Person? War die Stimme zu erkennen?»

Glorias Kopf sackte zurück und drehte sich langsam zur Seite.

«Kommt sie –» fing ich eben zu sagen an, doch meine Stimme ging im Aufheulen des Motors unter. Wenn ich nicht beiseite gesprungen wäre, hätte mich der Rettungswagen überfahren. Dann hätte ich selbst einen Leichensack beanspruchen können.

Ich wandte mich um und beobachtete das Flammenmeer, wie gelähmt vom Brausen des Windes und des Wassers, durchnäßt vom Sprühnebel, unfähig, mein Gesicht von den Flammen abzukehren, ein primitiver Affe, der die Augen nicht vom magischen Gewitterblitzen abwenden kann, taumelnd vor Angst und Spannung im Angesicht des Feuers.

Minuten später, Stunden später klopfte mir ein Polizeibeamter in einem gelben Regenmantel immer wieder auf die Schulter. Er sagte: «Lieutenant Mooney möchte Sie sprechen. In seinem Wagen. Jetzt. Er wartet schon.»

Ich fand keine Worte und nickte nur. Und ging hinter ihm her.

25 «Warum ins Mass. General?» fragte ich mit klangloser, zombiehafter Stimme. Meiner Stimme. Ich konnte anscheinend den Ton nicht nach oben oder unten verändern. Meine Kehle brannte, wenn ich schluckte. Rauchinhalation … Irgend etwas stimmte nicht mit meinen Ohren … Vielleicht klang ich von jetzt an immer so – dumpf, unbewegt, tot.

Tot. Marvin tot.

Gloria verletzt. Sam verletzt …

Ich versuchte meine Beine auszustrecken, aber es war kein Platz auf dem Rücksitz. Mußte eins der neuen Cheffahrzeuge sein. Kein Stahlgitter, um die Cops von den Verbrechern zu trennen. Meine Hand ruhte auf einem funktionierenden Türgriff.

Zwischen den Vordersitzen – Klappsitze statt der standardmäßigen durchgehenden Sitzbank – nahm ein Monitor den Platz des sonst üblichen Funkgeräts ein. Darunter eine Tastatur. Es starrte nur so vor Kommunikationstechnik. Mooney hielt ein Handmikrofon und gab jemandem unser Ziel durch.

«Ruf die Experten für Brandstiftung», sagte ich.

Der uniformierte Fahrer schlängelte sich durch den Verkehr auf dem Storrow Drive, überall blitzte Blaulicht, schrillten Sirenen. Mooney bellte etwas in die Sprechanlage. Der fremde Beamte neben mir kritzelte etwas in sein Notizbuch, als ginge es um sein Leben.

«Die Brandstiftungsexperten», wiederholte ich und legte Mooney die Hand auf die Schulter.

«Was?» sagte er. Ich konnte ihn kaum hören.

Ich schüttelte den Kopf. Ich hatte das Gefühl, als befinde ich mich unter Wasser, sei im Ertrinken begriffen, nehme alles nur durch einen dünnen Schleier wahr. Ich stopfte mir ein Ohr mit dem Zeigefinger zu und versuchte zu schlucken.

«Wirst du ohnmächtig?» fragte Mooney.

Ich atmete ein und aus, zählte bis zehn, atmete. Gähnte. Im Ohr knackte es. Ich konnte wieder hören.

«Was ist mit den Brandstiftungsexperten?» sagte Mooney.

Der Kleiderständer neben mir hörte auf, mit seinem Stift herumzukratzen. «Eine gute Idee», sagte er beflissen. «Leuchtet mir ein. Der Gianelli-Junge versucht die Firma in die Luft zu jagen. Ich werde seinen Broker, seine Bank, seine Versicherung löchern, ob er Bargeld brauchte. Himmel, ja, der Bostoner Mob, klar, daß alles danebengeht. Der ganze Haufen Scheiße sollte sich lieber selbst ins Jenseits befördern.»

Mooney ist schnell. Bevor ich mich rühren konnte, hatte er sich auf seinem Sitz umgedreht und mich fest am rechten Handgelenk gepackt.

«Oglesby ist bei der Sondereinheit zur Bekämpfung des organisierten Verbrechens», erklärte Mooney hastig. «Neu. Er kennt die, äh, Situation noch nicht.»

«Aber *die* hier kennt sie, was?» sagte Oglesby, und ein blödes Grinsen kräuselte seine dünnen Lippen. Er saß so steif da, daß sein Rückgrat das Rückenpolster nicht berührte. Ein selbstgefälliger Typ, der keine Stärke für seine Hemden brauchte. «Diese Kanaken sind immer so freimütig gegenüber ihren, äh, wie soll ich Sie nennen, damit ich Sie nicht beleidige, hä? Seine Braut?»

«Sam gehört nicht zur Mafia», sagte ich, immer noch mit ausdrucksloser Stimme. Es waren nicht meine Ohren, es war meine Kehle. Fühlte sich so an, als würde eine Knochenhand an meinen Stimmbändern zerren. «Sie müßten das doch wissen, Sie vor allen anderen.»

«Oh, entschuldigen Sie bitte», sagte Oglesby sarkastisch. «Anthony Gianellis Sohn, da verstehen Sie sicher, daß ich irritiert bin. Wie sagen die Italiener? ‹Der Apfel fällt nicht weit vom Roß›?»

Ich würde es ihm schon noch heimzahlen. Jetzt oder später.

«Warum denn die Brandstiftungsexperten, Carlotta?» fragte Mooney und gab behutsam meine Hand frei.

«Sam sollte hier sein, als das Haus hochging.» Ich schluckte; es tat weh. «Ich auch.»

«Warum?»

Ich schüttelte den Kopf. «Ich bin mir nicht sicher.»

«Denk mal nach», befahl Mooney, als gehörte ich plötzlich wieder zu seiner Mannschaft. Wie oft hatte ich ihn das sagen hören! Ich schluckte wieder, versuchte, aus meinen Gedanken Sätze zu bilden. «Sam ist per E-Mail benachrichtigt worden, daß er mich um eins bei G & W treffen soll.»

«Die Feuerwehr ist aber schon vorher gerufen worden», unterbrach mich Oglesby.

«Das *weiß* ich. Ich habe einen Notruf gefunkt. An alle Taxen. Um zwölf Uhr zweiundfünfzig.»

«Weiter, Carlotta.» Mooney warf Oglesby einen warnenden Blick zu.

«Ich habe Gloria heute irgendwann früher geholfen. Habe die Zentrale übernommen und um Informationen über die Überfälle auf Taxen gebeten. Viele sind gemeldet worden, aber noch mehr nicht. Einwanderer, die Angst vor der Polizei haben. Taxifahrer, die sich einschüchtern lassen. Wie es immer läuft: Rufst du die Polizei, schnappen wir uns deine Frau und deine Kinder.»

Mooney sagte keinen Ton. Oglesby sah aus, als würde er darauf brennen, sich einzuschalten, aber Mooney hielt ihn mit seinem Blick in Schach.

Mooney sage: «Irgend jemand, der etwas dagegen hatte, daß du deine Nase in die Überfälle auf Taxen steckst, soll also angenommen haben, daß du die Zentrale bedienst, und Sam vorbeigeschickt haben, um dir Gesellschaft zu leisten? Ganz schön abwegig, wenn man bedenkt, wieviel Zeit Gloria an den gleichen Telefonen verbringt.»

«Es ergibt keinen Sinn», murmelte ich.

«Weiß Sam mehr über die Überfälle?»

«Weiß ich nicht. Ich glaube nicht.»

«Carlotta?» sagte Mooney leise. Ich weiß nicht, wie lange ich regungslos dagesessen hatte, bis er sprach.

«Ist Sam tot, Mooney? Liegt er im Sterben? Wenn du es weißt und mir nichts sagst —»

«Ich weiß es nicht, Ehrenwort. Ich habe nur was von ‹multiplem Trauma› gehört. Ich will mal ans Funkgerät, daß sie Brandstiftungsexperten zu G & W rüberschicken.»

Sam. Multiples Trauma. Verbrennungen. Beine von einem Balken zerquetscht.

Ich habe schon Brandopfer gesehen. Nach Autounfällen. Verkohlte Haut, die in Fetzen herunterhängt, bloßliegende Muskeln, rohes Fleisch ...

«Möchte wetten, er hat Superärzte, ein ganzes Team davon», sagte Oglesby munter. «Und ihre Nachnamen enden bestimmt überwiegend mit einem Vokal. Ich würde mir keine Sorgen machen, wenn ich Sie wäre. Er wird schon durchkommen. Sie wissen ja, was Ärzte immer sagen: Abschaum vergeht nicht.»

Ich schlug zu. Gab ihm einen kurzen, harten Kinnhaken, daß ihm der Kopf nach hinten schnellte. Mooney hätte es verhindern können, aber er unternahm nichts. Vielleicht wollte er mich in U-Haft haben, und die tätliche Beleidigung eines Beamten reichte dafür aus.

Ich hielt die Hände vors Gesicht und bemühte mich, die Schultern ruhig zu halten. Der gottverdammte Oglesby sollte sie nicht zucken sehen, sollte sich nicht an einer einzigen Träne weiden.

Mooney hätte mich in einem Gitterwagen einsperren sollen. Ich schlage im allgemeinen niemanden; ich hatte die Beherrschung verloren. Ich warf einen Blick auf Oglesby und sah mit grimmiger Freude, daß ihm Blut aus der Nase lief.

26 Das Massachusetts General ist das große Hospital mit der Ätherkuppel und den Krankenschwestern in kuppelförmigen weißen Häubchen, alles zur Erinnerung daran,

daß die Anästhesie in Boston einen Riesenschritt vorange-
kommen ist. Das Krankenhaus mit Geschichte und einem
Ruf, den andere Kliniken neidvoll anerkennen. Was ihm
noch nicht gehört, mit dem «kooperiert» es. Was es nicht
besitzen und womit es nicht kooperieren kann, schluckt es.
Wenn das MGH eine neue Abteilung aufzumachen
wünscht – nehmen wir mal an, für kritische Schwanger-
schaften –, stiehlt es Spitzenkräfte aus anderen Krankenhäusern mit einem kollektiven Fingerschnippen. Ein Zeug-
nis vom MGH zusammen mit einem Abschluß in Harvard
bringt große Reichtümer in der medizinischen Welt ein.

Nach landläufiger Meinung sollte man, wenn man wirklich krank und das Leiden sowohl lebensgefährlich als
auch selten ist, ins MGH gehen. Mit normalen Beschwer-
den ist man hier fehl am Platz. Wenn die Ärzte am MGH
nichts finden, was ihrem großen Können entspricht, kommen sie womöglich in Versuchung, herumzuexperimentie-
ren.

So habe ich's von der Polizei. Auch, daß man der Notauf-
nahme tunlichst nicht in die Quere kommen sollte. Zuviel
Betrieb.

Mooneys Fahrer setzte uns in der Nähe des imposanten
Haupteingangs ab und sauste davon. Während ich, einge-
zwängt zwischen Mooney und Oglesby, die Granittreppe
emporstieg, bewegte ich die Finger meiner rechten Hand.
Nichts gebrochen. Nachdenklich tastete ich die Knöchel
auf Abschürfungen ab. Ob ich vortäuschen konnte, daß sie
höllisch weh taten, und mich mit einem Arzt oder Pfleger
irgendwo absetzen und dann fliehen konnte?

«Hast du dir schon eine bessere Waffe gekauft?» fragte
Mooney.

Ich schüttelte den Kopf. Ich bin nicht sicher, ob er das mit-

227

bekam; vielleicht war es auch nur eine rein rhetorische
Frage. Eine neue Automatik hätte ich gut gebrauchen können; ich hätte Oglesby zum Beispiel erschießen können,
statt ihm nur einen Kinnhaken zu versetzen.

Mooney ging voraus. Wir hatten bereits die Hauptein-
gangshalle und zwei endlose stille Korridore hinter uns gebracht und waren in eisigem Schweigen mit dem Aufzug
drei Stockwerke höher gefahren. Mooneys Griff um meinen
Arm war zu fest, um als Aufmerksamkeit durchgehen zu
können. Ich vermutete, er wollte mir nicht in aller Öffentlichkeit Handschellen anlegen und die alte Dame mit dem
Strauß welker Pelargonien oder den gequälten Vater mit
dem abgeschabten Teddybären im Schlepptau verstören.

Ich versuchte mich an das zu erinnern, was ich über Verbrennungen wußte. Sind die dritten Grades die schlimmsten
und die ersten Grades die weniger schlimmen? Oder ist das
andersherum?

Das Wartezimmer wurde durch die Art von Leuchtstoff-
lampen erhellt, in deren Licht die Leute so aussehen, als
seien sie schon seit Tagen tot. Oder als wären die Besucher
alle totenbleich geworden bei dem Gedanken, was die grün-
bekittelte Priesterschaft wohl hinter den stählernen OP-Tü-
ren mit ihren Lieben anstellte.

«Gianelli.»

Ich merkte auf einmal, daß Mooney seine Marke gezeigt
hatte und sprach. Eine Dame am Empfang starrte ihn mit
dem Blick an, den Polizisten auszulösen scheinen, einer Mischung aus Neugier, Verwirrung und Angst. Ein abschät-
zender Blick, als würde sie ihn mit irgendeinem TV-Kom-
missar vergleichen.

Sie ratterte Fachausdrücke herunter. Wieder fiel der Sam-
melbegriff «Multiples Trauma» und dazwischen andere

Worte, die erst noch aus dem Lateinischen übersetzt werden mußten.

Ich beugte mich näher zu ihr. «Kommt Sam durch?»

Sie ignorierte mich und setzte ihre lateinische Plauderei mit Mooney fort. Vielleicht hatte er es hier gelernt.

«Kommt er durch?» wiederholte ich noch einmal mit gefährlich leiser Stimme.

«Halten Sie den Mund», sagte Oglesby, wollte mich am Arm packen und zurückhalten.

«Es läßt sich noch nichts Bestimmtes sagen», erklärte Mooney über die Schulter. «Passen Sie auf, was Sie sagen, Oglesby.»

«Lebensgefahr?» fragte ich laut.

Die Frau hinter der Empfangstheke bemühte sich, die Situation im Stil von «alles schon dagewesen» zu meistern, und bemerkte mit größter Herablassung: «Das kann ich nicht sagen.»

«Die Dame hat bereits einen Polizisten k. o. geschlagen», warnte Mooney sie.

Sie raschelte mit Papier und zögerte, um den Schein zu wahren. «Sie müßten mit einem Arzt sprechen», sagte sie dann hochnäsig.

«Wann kann ich zu Sam?» fragte ich sie.

«Ein Operationsteam ist gerade dabei, Mr. Gianelli zu untersuchen.» Die Antwort kam vollkommen automatisch, als hätte ich eine sprechende Puppe aufgezogen.

«*Wann kann ich zu ihm?*»

«Das kann ich Ihnen nicht sagen. Ich weiß es nicht.»

«Können Sie mir überhaupt etwas sagen?»

«Es warten noch andere Leute.» Sie wandte sich abrupt ab und widmete sich einer zarten Frau mit Tränen in den Augen.

Die Tränen der fremden Frau drohten auch mich zum Weinen zu bringen. Mooney nahm mich bei der Hand.

«Suchen wir uns einen Arzt», sagte er.

Mooney war wie ein Bullterrier; er gab nie auf und ließ nie locker. Er machte von seiner Polizeimarke Gebrauch, die Gewicht hatte.

Es dauerte keine zwanzig Minuten, und ein Assistenzarzt im Kittel setzte uns davon in Kenntnis, daß «seines Erachtens der Zustand von Mr. Gianelli zu diesem Zeitpunkt nicht lebensbedrohlich zu nennen sei».

Ich hatte gar nicht bemerkt, daß ich den Atem angehalten hatte. Er kam mit solcher Kraft heraus, daß ich die Knie durchdrücken mußte, damit sie nicht einknickten. Ich schluckte und biß mir innen auf die Wange. Fest. Sam wird nicht sterben. Sam wird nicht sterben.

Gloria wird nicht sterben.

Marvin ist tot.

Und noch jemand. Wer noch?

Mooney packte mich am Arm. Wir saßen in einiger Entfernung vom Empfang Seite an Seite auf einer langen beigefarbenen Couch. Oglesby hockte auf einem Sessel in unserer Nähe und wiegte einen braunbeschuhten Fuß hin und her, hin und her, wie hypnotisiert. Meine Füße müssen über den Teppich gelaufen sein. Oglesby hielt einen dampfenden Styroporbecher in der rechten Hand. Ich fragte mich, ob er mir Kaffee angeboten hatte. Ich hätte von seinem Angebot Gebrauch gemacht, wenn ich es mitbekommen hätte.

«Also, Carlotta», sagte Mooney gerade, «es läuft folgendermaßen. Ich werde dich wegen versuchter Körperverletzung einlochen, wenn ich nicht die ganze Story höre, alles, was auch nur annähernd sachdienlich ist. Dazu gehören Drive-by-Schießereien ebenso wie Überfälle auf Taxifahrer

– gemeldete und ungemeldete. Dein Auftritt als armes Über-
fallopfer im Franklin Park, ferner, wozu Gloria dich angeheuert hat –»

«Sam ist in guter körperlicher Verfassung», sagte ich. «Er
hat einen niedrigen Blutdruck. Er treibt Sport.»

«Er ist in guten Händen», sagte Mooney. «Leg los.»

«Vielleicht braucht er Blut», sagte ich.

«Tun sie, du kannst spenden. Aber hier herrscht keine Plas-
maknappheit.»

Oglesby sagte: «Selbst wenn sie zuwenig Blutkonserven
hätten, würden sie den Saft für einen Gianelli bestimmt auf-
treiben. Ein Wort, und ein Dutzend dieser Kanaken ist
schneller hier als der Pizzaservice.»

Ich sah den Kerl an. Er hatte den Becher jetzt in der linken
Hand statt in der rechten. Die war zur Faust geballt. Er
wollte, daß ich noch einmal zuschlug. Er legte es förmlich
darauf an.

«Ich werde reden, Mooney», sagte ich langsam, «aber nicht
vor dieser Nulpe. Sorg zum Teufel noch mal dafür, daß er
außer Hörweite kommt.»

«Oglesby», sagte Mooney freundlich, «warum machen Sie
nicht einen Spaziergang?»

Er starrte uns beide an, stand aber schließlich auf und ging.
Betont langsam.

«Mooney, ich frage dich das nicht gern, aber hast du eine
Wanze an dir? Willst du mich für die Nachwelt auf Band
aufnehmen?»

«Nein.»

«Ist Oglesby ein enger Freund von dir?»

«Nein.»

«Fühlst du dich moralisch verpflichtet, ihm alles weiterzu-
erzählen, was ich sage?»

«Nein.»

«Wird er auf einer Anklage bestehen? Er ist nicht verletzt, was ich bedaure.»

«Er wird es, wenn ich es ihm sage. Oder wenn du ihn weiter so verarschst. Bei seiner Sondereinheit versucht er mit aller Macht zu beweisen, wie hart er im Nehmen ist. Wenn ich seinem Chef erzähle, daß ihm eine Privatdetektivin einfach so eine reingehauen hat, wird ihm das gar nicht gefallen.»

«Laß es.»

«Ich hatte mich eigentlich darauf gefreut», sagte Mooney wehmütig.

«Ich will zu dir als einem Freund reden, Mooney.»

«Einem Freund, der Bulle ist», sagte er.

«Mach es mir nicht noch schwerer, als es ohnehin schon ist.»

«Carlotta, das mit Sam und Gloria und Marvin tut mir verdammt leid. Marvin war ein Fall für sich, aber das, was jetzt passiert ist, hat er nicht verdient. Dies sind Ermittlungen in einem Mordfall, und du weißt ja, was das für mich heißt.»

«Ohne mich wüßtest du gar nicht, daß es Mord war. Noch nicht.» Ich zwinkerte mit den Augen. Ein Fernsehgerät hing von der Decke herab. Die Leute um uns herum kauerten auf ihren Sitzen und sahen sich mitten in der Nacht Wiederholungen von Talkshows an, die tagsüber gelaufen waren.

Mooney sagte: «Nett von dir. Wann, schätzt du, ist Gloria wieder ansprechbar, nach dem Tod ihres Bruders?»

«Hängt davon ab, wann sie wieder zu sich kommt. Ich habe gesehen, wie ein Mediziner sie mit Beruhigungsmitteln vollgepumpt hat. Mit einer riesigen Spritze. Ist sie auch hier?»

«Ja.»

Der Fernseher übte eine hypnotische Wirkung auf mich aus. Ich merkte, wie meine Augen unweigerlich zu ihm hinwanderten. Ein Mann mit rotem Gesicht und Brille telefonierte mit jemandem. Napalm. Ich war sicher, daß er das Wort *Napalm* benutzt hatte, und zwar in einem Atemzug mit den Grundrechten. Ich faltete meine Hände im Schoß. Ich merkte gar nicht, wie fest ich die Finger verschränkte, bis ich spürte, daß Mooney sie auseinanderlöste, und ich sein leises, tröstliches Gemurmel hörte.

«Moon, ich weiß nicht, was ich machen soll. Ich weiß nicht, ob ich bei Sam oder Gloria bleiben soll oder –»

«Rede erst mal mit mir. Das ist das Beste, was du für die beiden tun kannst.»

Sam war durch E-Mail benachrichtigt worden. Es traf mich wie ein Schlag in den Magen. *Frank würde E-Mail benutzen.*

Ich gestand, mit Marvin die Rollen vertauscht zu haben. Ich erzählte von den Haitianern Jean und Louis. Mooney hat ebensowenig Interesse daran, den Abschiebebehörden zu helfen, wie ich. Ich erwähnte Lee Cochran und Phil Yancey und was ich gehört hatte über die Hotel- und Restaurantbesitzer, die mehr Taxen auf den Straßen haben wollten. Ich erzählte, daß ich nach Liste eine Reihe von Fahrern überprüft hätte, die bei Green & White aufgehört hatten, und Fahrer, die Gloria gefeuert hatte.

«Warum?» Mooney stürzte sich auf den letzten Brocken wie eine ausgehungerte Katze auf einen Kanarienvogel.

«Warum was?»

«Warum hast du Gloria um eine solche Liste gebeten?»

Ich fuhr mir mit beiden Händen durchs Haar. «Mal überlegen. Mal überlegen … Weil es so aussieht, als würde Green & White mehr Schaden erleiden als andere Firmen.

Lee Cochran hat gesagt, zwei der Fahrer, die überfallen worden sind, ohne es der Polizei anzuzeigen, seien selbständig gewesen.»

«Weißt du zufällig, wie sie heißen?»

«Nein.»

«Weiter.»

«Aber Jean ist zusammengeschlagen worden, und Marvin. Gloria hat schon Probleme, neue Fahrer zu finden. Lee hat mir gesagt, er *wüßte*, daß Phil Yancey hinter alledem steckt, weil er den Lizenzenmarkt an sich reißen will, aber andererseits hat er auch alles wieder fallenlassen. Brennan vom Amt für Personenbeförderung – du kennst doch Brennan? – hat gesagt, Yancey würde keine Lizenzen aufkaufen.»

«Brennan ist so blöd, daß er wahrscheinlich gar nicht weiß, worum es geht.»

«Er läßt dir herzliche Grüße bestellen, Moon, und hat versprochen, Lizenztransfers, die in jüngster Zeit stattgefunden haben, unter die Lupe zu nehmen und festzustellen, ob Yancey heimlich, also über Strohmänner, damit handelt.»

«Brennan ist so faul, er wird vermutlich erst am Sankt-Nimmerleins-Tag damit durch sein.»

«Dann check *du* es doch aus, Moon. Wie dem auch sei, es paßt alles nicht zusammen, ergibt keinen Sinn. Und da ich Gloria nun einmal um die Liste gebeten hatte, wollte ich ihr auch – tja, wie soll ich sagen – irgendwie auf den Grund gehen ...»

«Laß mich mal rekapitulieren, ob ich richtig verstanden habe», sagte Mooney. «Zielscheibe könntest du gewesen sein, weil du heute im Lauf des Tages über Funk was von den Überfällen auf Taxifahrer gequasselt hast. Oder Sam, weil er die E-Mail bekommen hat. Oder Gloria, weil irgendein Verrückter Rache an ihr üben wollte oder jemand hinter den Lizenzen von Green & White her ist ...»

Ich biß mir auf die Lippen, nickte.

«Meinst du, daß Marvin den Bombenleger entdeckt hat?»

Frank könnte tot sein und in einem Leichensack stecken, dachte ich.

«Carlotta?» sagte Mooney. «Und?»

Ich leckte mir die Lippen, brachte eine Antwort zustande.

«Marvin war offiziell gar nicht dort. Gloria hat ihn am Nachmittag geholt. Wenn Marvin einen Fremden im Zimmer seiner Schwester bei irgendwas ertappt hat, hat er auf jeden Fall versucht, den Kerl davon abzuhalten, unter welchen Schmerzen auch immer.»

Mooney sagte: «Ich hoffe, wir finden genügend Teile, um ihn identifizieren zu können.» Ich muß zusammengezuckt sein, denn er fügte noch hinzu: «Tut mir leid. Takt war noch nie meine Stärke.»

«Mooney», sagte ich entschlossen, «es gibt da noch etwas.»

«Bloß etwas?»

«Vielleicht eine ganze Menge. Fangen wir mit dem Drive-by an.»

Er sagte: «Ich dachte mir schon, daß wir noch dahinkämen.»

Ich sagte ihm die Nummer von Sams Leihwagen. Ich sagte ihm den Häuserblock auf der Altamont, die Hausnummer. Erzählte ihm, daß ich einen gebrauchten Computer gekauft hatte.

«*Branchenbuch?*» fragte er sarkastisch.

«Freunde von Sam.»

«Name?»

«Joe Soundso.»

Halt Frank da raus, hatte mich Sam gewarnt. Angefleht. Angebettelt.

Mooney stellte noch Fragen. Das Angreiferauto? Banden-farben? Rasse? Anzahl der Beteiligten? Frage um Frage, die ich ihm nicht zufriedenstellend beantworten konnte.

«Warum ist Oglesby hier?» fragte ich, um das Thema zu wechseln und ihn ein bißchen abzulenken.

Mooney seufzte. «Wenn man vom Teufel spricht ... Da kommt er gerade. Warum fragst du ihn nicht selbst?»

Oglesby blieb stehen, er schien in gehobener Stimmung zu sein.

«Glauben Sie wirklich, daß die Mafia hier mit drin-hängt?»

«Ja», knurrte Oglesby und starrte auf die Glastüren.

«Ich habe Ihnen ja gesagt, daß Sam nicht dabei ist.»

«Ja?»

«Ist das das einzige Wort, das Sie kennen?»

Er machte den Mund auf, um etwas zu sagen, aber Mooney brachte ihn mit einem Blick zum Schweigen. Ich kenne die-sen Blick.

«Was geht hier eigentlich vor?» fragte ich scharf.

Mooney sah auf den Teppich, wich meinen Augen aus. «Oglesby reagiert allergisch auf alles, was Gianelli heißt, sonst nichts», sagte er aalglatt, und ich wußte, daß er log. Ich war fast dankbar für seine Unaufrichtigkeit; dann brauchte ich mir auch keine Gedanken darum zu machen, daß ich ihm Frank verschwieg.

«Mooney», sagte ich, «hat die Sondereinheit es mit der Bostoner Polizei abgeklärt, daß sie G & W abhört?»

«Scheiße», murmelte Mooney. «Ich höre wohl nicht rich-tig!»

Rivalitäten zwischen den verschiedenen Abteilungen der Bostoner Gesetzeshüter sind legendär.

«Sie haben doch gehört, was die Dame gesagt hat, Oglesby», sagte Mooney leise, und jedes Wort klang wie eine Drohung. «Wenn Sie Bandaufnahmen haben, sind das Beweismittel in einem Mordfall, die ich haben will. Und zwar sofort!»

«Ich weiß nicht, wovon sie redet», sagte Oglesby. «Wahrscheinlich ist sie nicht ganz bei Sinnen.»

«Wenn es Bänder gibt», sagte Mooney schneidend und sprach jedes Wort langsam und präzise aus, wie er es immer tut, wenn er eigentlich losbrüllen möchte, «sollten Sie sie gleich herausrücken. Ich werde es herausfinden, und wenn ich das tue –»

Oglesby stand plötzlich stramm und salutierte förmlich.

Papa Gianelli betrat mit Gefolge das Haus. Eine junge Frau, so jung, daß sie gut seine Tochter hätte sein können, hing an seinem Arm und versuchte mit dem alten Mann Schritt zu halten. Sie war keine Tochter; ich habe seine einzige Tochter kennengelernt, dunkelhaarig, mit scharfen Gesichtszügen, das Abbild ihrer Mutter. Diese Frau hatte blondes Haar mit teurem Glanz und besaß viel kühlen Charme. Sams neueste Stiefmutter. Dahinter gruppierten sich vier Männer in gutsitzenden Anzügen, die schwere goldene Ringe und blitzende Manschettenknöpfe trugen. Ich erkannte zwei Brüder wieder, Gil und Mitch. Gil glich Sam, eine vierschrötige ältere Version. Bei Mitch war es schwer zu sagen; er hatte so viel Fett angesetzt, daß seine Züge davon verschwommen waren. Die anderen beiden Männer waren Fremde: Onkel, Paten, möglicherweise Leibwächter. Ihre Blicke überflogen die Halle.

Oglesby atmete schneller. Seine rechte Hand zitterte, und er steckte sie in die Tasche. Er sah aus, als hätte er das dringende Bedürfnis, seinen Notizblock hervorzuholen und Autonummern aufzuschreiben.

Papa G. musterte ebenfalls die Halle. Sein Blick erstarrte, als er mich sah. Er brach in wortreiches Italienisch aus. Das einzige Wort, das ich verstand, war *putta*. Hure.

Mooney hatte es auch mitbekommen. Er packte mich fest am Arm. «Zeit zu gehen», sagte er.

«Ich bleibe hier.»

«Wir kommen wieder, wenn der Aufmarsch vorbei ist.»

«Die gehen nicht so schnell.»

Oglesby nahm wieder auf einem Sessel Platz und bemühte sich um größtmögliche Unauffälligkeit, als Papa G. sich wie eine Dampfwalze an die Spitze der Warteschlange schob. Unauffällig, daß ich nicht lache! Er konnte seine Augen nicht von Gianelli abwenden. Auch der dümmste Mafiasöldner wäre auf Oglesby aufmerksam geworden. Er stach hervor wie ein Leuchtturm. Er hätte gleich Uniform tragen können.

«Suchen wir Gloria», sagte Mooney. «Oglesby, ich möchte über jede Änderung in Gianellis Befinden sofort unterrichtet werden.»

Oglesby warf mir einen langen Blick zu und rieb sich langsam das Kinn.

«Oglesby», sagte Mooney mit Bedacht, «es war ein Kinnhaken. Sie haben schon Schlimmeres einstecken müssen. Wenn Sie für den Rest Ihres Lebens damit aufgezogen werden wollen, soll es mir recht sein. Sie besuchen eine Bar, und die Cops hören auf zu reden und zeigen mit dem Finger auf Sie. Lachen. Carlotta und ich, wir kennen uns seit Urzeiten. Wir werden eine gute Story verbreiten.»

Oglesby grunzte etwas.

Mooney zuckte die Achseln und sah mich an.

«Keine Anklage», sagte ich.

«Keine Zeugen», sagte Mooney, «keine Anklage.»

Das klang wie ein Versprechen, aber auch wie eine Drohung.

27 Zeit, die man in Krankenhauswartezimmern verbringt, zählt anders. Wie Hundejahre: jede Minute entspricht sieben Minuten, jede Stunde sieben Stunden. Ich durfte nicht zu Gloria; ich durfte nicht zu Sam. Die Ärzte seien gerade dabei, sich ein Urteil zu bilden, «bitte nehmen Sie einen Augenblick Platz, Madam». Es war zum Verrücktwerden. Ohne Mooney an meiner Seite hätte ich mich vielleicht hineingemogelt. Mich als Verwandte ausgegeben. Teufel noch mal, ich hätte mir einen Laborkittel geklaut und wäre ins Zimmer gestürmt.

Wenn mir jemand freundlicherweise gesagt hätte, in welches Zimmer.

Als die Nachricht in der Taxiwelt die Runde machte, wurde aus dem dünnen Rinnsal von entfernt bekannten Gesichtern ein Strom. Alle stellten die gleichen Fragen. Wie geht es ihr? Kann ich helfen? Wie?

Spenden Sie Blut, riet eine Krankenschwester im Vorübergehen.

Wir wußten, daß Gloria nicht unbedingt das Blut bekam, das wir spendeten, daß es ihr jedoch gutgeschrieben wurde, und da uns nichts anderes einfiel, um die Stunden zu füllen, reihten wir uns in die Schlange vor der Blutbank ein. Taxifahrer und Politiker, Leute von der Straße, Cops, Gesellschaftsdamen, Herren im Dreiteiler, sie alle warteten geduldig. Ich brauchte ein Weilchen, bis ich merkte, was an diesem Bild nicht stimmte. Die Farbe, das war's: das volle Spektrum von Hautfarben. In Boston werden die Kinos entweder von Schwarzen oder von Weißen besucht. Auch Restaurants ziehen selten gemischtes Publikum an mit Ausnahme einiger South-End-Lokale. Wenn die Red Sox spielen, sieht man mehr Schwarze auf dem Spielfeld als auf den Tribünen. Ebenso im Garden, wenn die Bruins spielen. Bei den Celts ist es etwas besser.

Boston zerfällt in zwei Städte, eine weiße und eine schwarze. Gloria hatte es geschafft, die Grenzen zu überschreiten. Die Leute kannten sie durch ihre Stimme.

Roz kam und ging und zog amüsierte und schockierte Blicke auf sich. Ich gab ihr kurz und bündig ein paar Anweisungen, die sie mißmutig hinnahm. Ich wartete, mußte mir von Generationen von Taxifahrern Geschichten über Gloria anhören, von Krankenschwestern und Ärzten, die sie vor langer Zeit behandelt und ihr geholfen hatten, über ihre Lähmung hinwegzukommen. Ich wartete. Ich wünschte, sie würden damit aufhören. Die Geschichten klangen so schwermütig, so endgültig. Einmal zählte ich siebzehn Krankenschwestern in der Schlange.

Ich wartete.

Als sich Lee Cochran hinten anstellte, verließ ich sofort meinen Platz.

«Lee.» Er war unrasiert, und seine Kleidung war zerknittert, als hätte er in Kleidern geschlafen.

«Carlotta.»

«Zweierlei, Lee: Wer hat Ihnen gesagt, daß Phil Yancey für die Überfälle verantwortlich ist?»

240

«Was?»

«Sie waren so sicher. Todsicher. Warum?»

Er verlagerte sein Gewicht von einem Fuß auf den anderen. «Bei meinem Job hört man eine Menge Gerüchte», sagte er verlegen.

«Gerüchte?»

«Ja. Gloria wird doch wieder, nicht wahr?»

«Ja», sagte ich. «Ja. Jetzt die zweite Frage: Haben Sie Yancey erzählt, daß Sie mich anstellen wollten? *Die Wahrheit bitte, Lee.*»

«Um Himmels willen, Carlotta, warum sollte ich so etwas tun!»

«Warum haben Sie sich auf meine Anrufe hin nicht bei mir gemeldet? Zu beschäftigt damit, Yancey zu drohen?»

«Ich weiß nicht, wovon Sie verdammt noch mal reden», sagte Lee.

«Und wie finden Sie das hier: *Sie* haben das Gerücht in Umlauf gebracht, es würden mehr Taxilizenzen ausgegeben. Das Amt für Personenbeförderung streitet übrigens alles ab. Aber Ihr Freund Yancey bittet Sie, das Gerücht auszustreuen, weil er sich ausrechnet, daß dadurch ein paar kleine Inhaber Angst bekommen und verkaufen könnten.»

«Warum?»

«Sie sind es, der gesagt hat, Yancey wollte den Markt aufkaufen.»

«Warum zum Teufel sollte ausgerechnet ich ihm helfen?»

«Für Geld, Lee. Zum Beispiel eine Provision bei jedem Deal. Yancey könnte es sich leisten, wenn er plant, seine Fuhrunternehmen auf Leasing umzustellen, nicht wahr?»

«Ich würde nicht in einer Million Jahren für Yancey arbeiten», brauste Lee auf.

«Auch nicht für eine Million Dollar?»

241

«Nicht mal für zehn Millionen.»

«Wirklich? Gut, Lee, irgend jemand *hat* Yancey erzählt, daß Sie mit mir gesprochen haben. Und ich mag es nicht, wenn man mich für dumm verkauft. Wenn Sie irgendeine Lizenzengaunerei hier aufziehen und irgend etwas mit dieser Green & White-Sache zu tun haben —»

«Wollen Sie das etwa mir in die Schuhe schieben?» Er blies den Brustkorb auf. «Denn falls Sie das vorhaben, dann liefern Sie erst mal ein paar Beweise.»

Die Leute fingen an, uns anzustarren und unruhig zu werden.

«Und das ist mein Ernst, Carlotta», fuhr Lee fort. «Ich habe schwer gearbeitet in dieser Stadt, ohne daß es mir viel eingebracht hätte. Außer meinem Ruf. Wenn Sie den ankratzen, werde ich kämpfen und keinen Zentimeter nachgeben.»

Seine Hände waren zu Fäusten geballt; meine auch.

«Genug», sagte ich schließlich und nahm die Spannung aus der Luft, indem ich die Hand zum Zeichen der Kapitulation hochhielt, wobei ich die Augen kurz schließen mußte, so unbarmherzig grell war das Licht. «Das ist jetzt nicht der rechte Augenblick. Es tut mir leid. Lee.»

«Wir sind alle ganz schön durcheinander», murmelte er rauh.

Die Frau, die in der Schlange hinter mir gestanden hatte, ließ mich wieder an meinen Platz. Die Zeit war stehengeblieben. Keine Eile.

Wenn Mooney nicht geholfen hätte, wäre ich nie an den Sicherheitskräften des Krankenhauses vorbei in Glorias Zimmer eingedrungen. Nur die nächsten Angehörigen durften laut Verordnung hinein. Leroy und Geoffrey, der mittlere Bruder, beherrschten den Raum mit ihrer massiven, bedrohlichen Gegenwart wie Löwen. Sie machten *mir* angst, und dabei kannte ich sie; ich schämte mich dieser unwillkürlichen Empfindung. Zwei imposante Weiße hätten diese Wirkung nicht gehabt.

Ich beobachtete, wie Mooneys Wachpolizisten, einer schwarz, einer weiß, Glorias Brüder im Auge behielten. Beide hatten die Hände für meinen Geschmack zu nahe an den Waffen.

Es fiel mir leichter, Leroy und Geoffrey anzuschauen als Gloria. Gloria, die von früh bis spät im Rollstuhl saß und trotzdem nie hilflos wirkte. Gott allein weiß, wie sie das fertigbrachte, es bis zur Perfektion brachte, wie sie die Illusion der Selbständigkeit aufrechterhielt. Es war ihre besondere Gabe.

Die Bombe hatte das alles zertrümmert.

Zuerst war ich beunruhigt, weil sie immer noch bewußtlos war, dann war ich froh darüber. Sie hing an Geräten, die regelmäßige Lebenszeichen registrierten. Lieber Bewußtlosigkeit als Erniedrigung und Schmerz. Aus einem Tropf rann irgendeine Lösung in ihre Venen. Kein Beatmungsgerät; das konnte sie also selbst. Kein Klinikhemd. Es hätte auch keins gepaßt. Sie war in Verbandmull eingewickelt. Auch ihr Kopf war verbunden. Nach ein paar Minuten, in denen ich mich wand, konnte ich es nicht länger ertragen. Es gab nichts, was ich hätte tun können, nichts, was ich sagen konnte. Ich drückte Leroy fest die Hand, als ich hinausging. Ich glaube nicht, daß er es merkte.

An den Gianelli-Wachhunden konnte mich Mooney nicht vorbeischmuggeln.

Ich fuhr bei Tageslicht mit einer Taxe nach Hause, und meine Augen tränten vom unerwarteten Sonnenschein. Ich schloß sie, lehnte mich zurück und versuchte, trotz des Hupens, des Verkehrslärms und der Schlaglöcher zu schlafen. Bilder jagten einander in meinem Kopf: der finstere Gesichtsausdruck von Papa Gianelli, als er mir den Eintritt in Sams Zimmer verweigerte; die Weihnachtsdekorationen entlang der Gänge, die wie Grabkränze aussahen.

Mein Ohr schlug an die Fensterscheibe, und der Stoß weckte mich. Das Taxi hielt, und ich wühlte in meiner Handtasche nach Geld. Ich kannte den Fahrer nicht, ich hatte irgendeinen Selbständigen angewinkt. Er fragte mich, ob Gloria durchkäme.

Ich konnte meine Schlüssel nicht finden. Fummelte an dem Schloß herum.

Roz saß am Computer, einen Bleistift durch den Haarknoten aus falschen Zöpfen geschoben, und haute eifrig in die Tasten. Der Duft von Peanutbutter stieg mir in die Nase. Ein offenes Glas stand auf der Schreibtischunterlage. Einiges klebte an der Tastatur.

«Ich weiß, was du mir im Krankenhaus gesagt hast», sagte sie und ging sofort in die Defensive. «Aber ich kann Frank nicht finden. Keine gottverdammte Spur von ihm.»

«Wie kommt's?» fragte ich.

«Hast du je den Ausdruck ‹GIGO› gehört?»

«Wie bitte?»

«Garbage In – Garbage Out. Unsinn rein, Unsinn raus. GIGO. Womit soll ich eigentlich dieses Gerät füttern? Nichts, was der gute alte ‹Frank› mir erzählt hat, stimmt.»

«Er *muß* da drin sein», beharrte ich. «Geh mal auf die angebliche Sozialversicherungsnummer und guck, ob irgendwelche Pseudonyme auftauchen.»

«Leg dich schlafen. Ich versuch's weiter.»

Ich sah auf meine Armbanduhr, blinzelte. Die römischen

Ziffern schienen herumzutanzen. «Zwei Stunden», sagte ich. «Ich stell den Wecker.»

«Du könntest aber mehr gebrauchen.»

«Sei bitte fertig, wenn ich rufe.»

«Wozu?»

«Zum Ausgehen.»

«Ja, Mami, aber wohin?»

«Ich sag's dir schon noch», sagte ich.

«Wie geht's ihnen?»

Ich erzählte ihr, daß ich Gloria gesehen hatte.

«Und Sam?»

Sam. Sam, der notoperiert wurde, dessen Beine unter einen Balken gekommen waren im lodernden Haus –

«Carlotta?»

«Sie haben mich nicht reingelassen.»

«Geh schlafen», sagte Roz. «Ich rufe alle halbe Stunde beim Krankenhaus an und frage nach. Jede halbe Stunde.»

«Danke.»

Ich bekam keine zwei Stunden Schlaf. Mooney rief an.

«Die Adresse auf der Altamont, die du mir gesagt hast», sagte er, ohne Atemluft an ein Hallo zu verschwenden. «Dachte, es wird dich interessieren, daß die Wohnung leer ist. Keine Möbel. Keine Fingerabdrücke. Kein Abfall. Der Vermieter wohnt ein paar Häuser weiter. Der Mieter hat drei Monatsmieten plus eine Kaution im voraus bezahlt. Bar. Der Mann wußte nicht mal, daß sich sein Mieter verduftet hat. Wenn wir die Information früher gehabt hätten ...»

Frank war also weg. Warum überraschte mich das nicht? Was ist das für eine Sorte von Kumpel, verflucht noch mal, die plötzlich aus heiterem Himmel auftaucht, sich an dein Mädchen ranmacht, dir eine E-Mail schickt, um dich zu einem Taxiunternehmen zu locken, und versucht, dich ins Jenseits zu befördern ...?

Wahrscheinlich die tote Sorte, dachte ich.

«Mooney», sagte ich, «mir kannst du das nicht anhängen. Deinen kostbaren Cops ist ein Drive-by gemeldet worden. Wenn ich mich recht an den Polizeidrill erinnere, wird daraufhin eine gründliche Hausdurchsuchung rundum durchgeführt –»

«Wenn wir die Adresse gewußt hätten –»

«‹Wenn meine Oma Räder hätte, wäre sie ein Omnibus›, Mooney? Du weißt doch, was das bedeutet? Bei dir drehen sich die Räder schon. Wie wär's denn mit ‹alle Mann zu den Waffen›? Hast du das schon mal gehört? Erzählen die Iren das nicht ihren Kindern?»

«Das erzählen die Briten ihren Kindern», sagte er.

«Hat der verschwundene Mieter einen Namen gehabt?»

«Ben Franklin. Wie auf den Hundert-Dollar-Noten, die er dem Vermieter gegeben hat.»

«Mooney, gibt es ... gibt es irgend etwas Neues von Sam?»

«Nein. Aber die zweite Leiche ist vermutlich identifiziert.»

Ich erwartete Frank. Ganz gleich, wie sie hieß.

«Zachariah Robertson. Klingelt's da bei dir?»

Wenn ich aus dem Schlaf gerissen werde, bin ich meist wie gerädert und langsam, aber manchmal sind die Alphawellen noch aktiv, so daß ich schnell Zusammenhänge herstellen kann.

«Warte mal», sagte ich.

Ich nahm die Liste, die Gloria für mich geschrieben hatte, mit den Namen der Fahrer, die sie gefeuert hatte.

Kein Zachariah Robertson, aber ein Zachary Robards, der,

der seinen Job so großspurig hingeschmissen und seine Taxe in Southie stehenlassen hatte.

«Den Namen kenn ich», sagte ich. «Glaube ich jedenfalls. Die Frage ist, woher kennst du ihn?» Niemand führt so schnell eine Autopsie durch.

«Anonymer Anruf. Eine Frau. Jung. Ihr Schätzchen ist nicht wieder aufgetaucht, nachdem er mit einem Kanister Benzin unter dem Arm verschwunden ist. Sie macht sich Sorgen.»

«Rührend», sagte ich.

«Jetzt bist du dran.»

«Er hat einen etwas anderen Namen verwendet.»

Mooney hörte zu. «Rache», sagte er. Vollkommen nüchtern, als hake er einen Artikel auf einem Einkaufszettel ab. «Ergibt einen Sinn. Man hat jemanden vor kurzem gefeuert, und er kommt mit einer AK-47 zurück. Das Schwein.»

«Logisch», murmelte ich, klemmte mir den Telefonhörer zwischen Ohr und Schulter und schwang die Beine unter der Decke hervor. «Sehr logisch.»

«Geh wieder ins Bett», sagte Mooney. «Tut mir leid, daß ich dich geweckt habe.»

28 Geh wieder ins Bett. Na klar. Ich boxte und klopfte mein Kopfkissen in Form und glättete es. Auf der einen Seite war es glühendheiß, auf der anderen eiskalt. Null Aussichten, wieder einzuschlafen. Ich streifte meine Kleider ab, ließ sie liegen, wo sie gerade hingefallen waren, marschierte ins

Badezimmer und drehte die Dusche voll auf. Ob Roz es hörte, wenn ich bei rauschendem Wasser schrie? Ich wollte schreien. Mein bitterböses Abbild im Spiegel zertrümmern. Jemandem ins Gesicht schlagen, fühlen, wie die weichen Knorpel nachgaben. Blut spüren.

Ich klappte den Toilettendeckel zu und setzte mich plötzlich hin. Kalt. Ich spürte eine Gänsehaut, als ich meine Arme verschränkte, sie um den Oberkörper klammerte.

Zachary Robards. Zachariah Robertson. Ein Name auf der Liste, einer Liste, die bis gestern, bis ich sie mir vornahm, herumgelegen hatte. Ein falscher Name. Aber mit den gleichen Anfangsbuchstaben. Ich hätte ihn von den Cops überprüfen lassen sollen, feststellen sollen, ob sie auf Pseudonyme stießen, wenn sie den Namen über den Computer laufen ließen. Ihn hätte ich zuerst befragen sollen. Hätte ... wenn mein Knöchel nicht so weh getan hätte. Wenn ich nicht eine Pause gemacht hätte, um mit dem Klapsdoktor von nebenan zu bumsen. Wenn Gloria mich nicht gebeten hätte zu fahren. Wenn ...

Ich ging unter die Dusche, stellte die Brause auf nadelspitz und sehr heiß ein. Seifte mich ab, spülte nach, seifte mich ab, spülte nach, wusch mein Haar zweimal. Ich schnupperte, hätte schwören können, immer noch Rauch zu riechen. Ich schrubbte mich, als wollte ich Bilder wegscheuern, die meinen Augen weh taten, Bilder, die ich fürchtete, nie vergessen zu können.

Zachary Robards war tot. Kein Komplott wegen der Lizenzen. Kein Taxenkrieg. Nur ein ausgerasteter Ex-Fahrer, der wußte, wie man an Sprengstoff kommt.

Und die E-Mail-Nachricht? Ein Zufall.

Und bei «Frank»? Ein Drive-by, Schüsse aus einem vorbeifahrenden Auto. Ein Rassendelikt. Ein Nichts.

Ich konnte es nicht glauben; wollte es nicht glauben.

Ich zog mir Jeans und einen ausgeleierten blauen Pullover an. Stiefel mit hohem Schaft. Ich beugte mich aus der Taille nach vorn, schüttelte mein Haar und frottierte es halbtrokken.

Roz saß am Computer und spielte mit einem Finger auf den Tasten, als säße sie am Klavier, ohne je Unterricht genommen zu haben.

«Hast du was gefunden?» fragte ich.

«Hat das Telefon dich geweckt?»

«Der Typ, der mit Marvin umgekommen ist, ist identifiziert. Vorerst. Ein Telefontip.»

«Ein Freund von Marvin?» fragte sie.

«Ich nehme mal an, die zweite Leiche ist der Täter. Marvin hat ihn überrascht. Eine Bombe ging zu früh hoch, ein Streichholz wurde zu früh entzündet.»

«Der Täter wollte G & W in die Luft jagen? Oder jemand anders?»

«Gloria hat diesen Kerl womöglich vor ein paar Monaten gefeuert.»

«Rache?»

Ein naheliegender Schluß. Jeder würde das denken.

Ich zuckte die Achseln. «Ist noch Peanutbutter da?»

«Bedien dich.»

In der Küche durchwühlte ich alles nach einem sauberen Löffel. Roz nimmt die Finger. Mit Eßbesteck kommt man sich zivilisierter vor.

Ein Löffel Peanutbutter brachte mir zu Bewußtsein, daß ich ausgehungert war. Ich fand ein Brot, das blauverschimmelt war, und warf es in den Mülleimer. Die Ritz-Cracker waren einfach nur altbacken. Ich bestrich ein paar mit Frischkäse, ein paar mit Peanutbutter. Ich nahm eine Tüte Orangensaft mit ins Wohnzimmer, kippte den Saft gleich aus der Pakkung hinunter und sah Roz zu.

«Was hast du denn gefunden?» fragte ich sie.

«Ist alles nicht ganz legal. Unser Setup hier meine ich.»

«Mach keine Witze.»

«‹Frank› will nicht, daß deine hartverdiente Kohle der Telefongesellschaft oder der Kreditauskunft zufließt. Ich wette, ihm wär's lieber, wenn du statt dessen mir eine Lohnaufbesserung gibst.»

«Roz.»

Sie stieß den Atem so aus, daß ihr Pony, das übriggebliebene Büschel vielfarbiger Haare, in die Luft flog. Dort blieb es in der Schwebe, der Festiger triumphierte über die Schwerkraft.

«Soviel ich sagen kann, hat er dich als falsche Firma eingeschleust, als Arbeitsvermittlungsagentur mit Sitz auf den Kaiman-Inseln. Wo zum Teufel sind die?»

«In der Karibik. Die exotische Welt der Strohhütten und Steuerparadiese», sagte ich. «Sieh's dir mal im Atlas an.»

Arbeitsvermittlungsagenturen haben für gewöhnlich Zugang zu Kreditauskunfteien. Sie müssen nur die Gebühr bezahlen. Eine saftige Gebühr.

«Wie heißt denn meine Agentur, und wem gehört sie?» fragte ich.

«Sirene-Hiring. Reimt sich fast.»

«Toll», sagte ich kategorisch. «Und gehört?»

«Getaway Ventures in Singapur. Einer Aktiengesellschaft. Es wird eine Weile dauern, bis ich die Namen des Firmenvorstands heraushabe. Und das Telefon –»

«Ist auf den Namen Elvis eingetragen.»

«Noch besser. Es existiert gar nicht. Ich habe es bei der Te-

250

lefongesellschaft ausgecheckt, es gibt die Nummer überhaupt nicht. Die werden grün anlaufen, wenn sie herauszu-
kriegen versuchen, wem sie die Rechnung ausstellen sollen.»

«Gut.»

«Also dachte ich, warum keinen Nutzen aus der Sache
ziehen?»

«Und wie hast du das gemacht?»

«Schnapp dir mal einen Ausdruck, dann siehst du's. Ich jage
einen gottverdammten Schatten.»

Sie hatte alles ausprobiert, worum ich sie gebeten hatte, und
noch mehr, das muß ich anerkennend sagen. Das Ergebnis
der Datensuche: keine Gerichtsurteile, keine Steuerhinterziehung, kein Konkurs, keine Firmenbeteiligungen, kein
Grundbesitz, keine Haftungsansprüche, keine Schulden,
kein Vorstrafenregister.

Natürlich hatten wir nichts als eine erfundene Sozialversicherungsnummer, einen erfundenen Namen.

Roz sagte: «Versteh mich nicht falsch, es macht einen Rie-
senspaß, wie ein teuflisches Videospiel, aber es führt unweigerlich in eine Sackgasse, wenn wir nicht herausfinden, wer
er wirklich ist.»

«Sam weiß es», sagte ich.

«Ihm geht es den Umständen entsprechend», sagte Roz,
«was immer das heißt.»

«Es heißt, daß wir seine Wohnung durchsuchen.»

«Schlüssel?»

Ich nickte.

«Legale Sachen sind mir lieber. Apropos legal», sagte sie,
«ich möchte das Geld aus meinem Schlafzimmer raus-
haben.»

«Roz, ich stecke bis zu den Ohren –»

«Na ja, wie du vielleicht bemerkt hast, ist einer meiner regelmäßigen Lover, du weißt schon, der Klapsdoktor, irgendwie aus dem Rennen ausgeschieden.»

«Roz», sagte ich, «ehrlich, ich wollte mit dir darüber reden.»

«Was gibt's da zu reden?» sagte sie.

«Nein, wirklich, ich möchte mich bei dir entschuldigen.»

Das schien sie zu belustigen. «Warum denn?»

«Ich mag so was nicht», sagte ich. «Ich bin eigentlich nicht der Typ, einer anderen Frau den Kerl wegzuschnappen. Es ist einfach passiert.»

«Nimm's nicht so schwer», sagte sie. «Wir waren schließlich nicht verheiratet. Keith ist sowieso zu jung für mich, zu naiv, verstehst du? Aber da ist ein Typ im Club. Sehr nett. Den möchte ich gern mal mitbringen. Dein Geld stört meine sozialen Beziehungen.»

«Ich werd mich drum kümmern», versprach ich.

«Aber bald», sagte sie.

Zu jung, zu naiv. Autsch! dachte ich.

«Roz», sagte ich, «willst du dich nicht umziehen, bevor wir gehen?»

Sie sah an ihren knallrosa Leggins und dem wohlgefüllten türkisfarbenen T-Shirt herunter, das auch ohne den Aufdruck eines sexy Surfers alle Blicke auf sich gezogen hätte. Den Todesstoß versetzte ihm der Spruch darunter: IF IT SWELLS, RIDE IT, in leuchtendem Orange.

«Warum?» fragte sie.

«Es soll sich nach Möglichkeit niemand an uns erinnern.»

«Oh. Na gut, kann ich machen.»

Ich versagte mir einen weiteren Kommentar und leerte

252

meinen Orangensaft, während ich sie die Treppe hinaufstapfen hörte.

Die Türklingel verstummte nach zweimaligem Schrillen. Für mich, nicht für Roz.

Keith Donovan umklammerte die Morgenzeitung mit den Händen. Sein Gesicht war blaß über seiner ordentlich geknoteten Krawatte.

«Ich habe angerufen», sagte er.

«Hat mir Roz nicht gesagt.»

«Kann ich was für dich tun?» fragte er.

«Eine Umarmung wäre nicht schlecht», sagte ich.

Es fing ganz gut an, aber ich stellte mir immer vor, er sei Sam.

«Ärger?»

«Jede Menge. Erinnerst du dich an Gloria?»

«Die – äh – ungeheuer massige Frau, die ich mal hier beim Essen kennengelernt habe?»

«Sie sagt lieber ‹fett›. Therapierst du auch bei Schock?»

Er befeuchtete seine Lippen. «Manchmal.»

«Bist du am Massachusetts General zugelassen?»

«Ja.»

«Ich bezahl's, falls ihre Versicherung die Kosten nicht übernimmt.»

Er ging darüber hinweg. «Was für ein Schock?»

Ich erklärte es ihm. In Eile. In der Diele, wobei ich die Hände an sein Hemd gepreßt hielt und ihm mit den Fingerspitzen kaum merklich über die Schlüsselbeine strich. Seine Arme umfingen mich locker um die Taille. Irgendwann in meiner Geschichte griff ich nach hinten, löste seine Hände und trat zurück, von ihm weg. Ich hatte das Gefühl zu ersticken. «Sie wird sich die Schuld an seinem Tod geben. Sie glaubte vorher schon, für den Überfall auf ihn verantwort-

lich zu sein, und das war schlimm genug. Ich weiß nicht, wie
sie dies hier ertragen wird. Wirst du ihr helfen? Es wenigstens versuchen?»

«Ehrensache», sagte er.

«Gibt's das auch bei Psychologen?»

«Bei Liebenden», sagte er. Er schaute mir direkt in die
Augen. Ohne ein Lächeln.

«Da bin ich mir nicht so sicher», sagte ich.

«Daß wir Liebende sind?»

«Daß ich nicht in deiner Schuld stehe.»

«Wir können ja darüber reden», sagte er.

Roz räusperte sich, ehe sie die Treppe herunterkam. Ein bei-
spielloser Anfall von Taktgefühl.

«Wenn wir Zeit haben», sagte ich.

29 Roz trug schwarze Strumpfhosen, dazu ein über-
großes weißes Hemd und Pelzstiefel. Ihr breitkrempiger
Hut war schwarz und obenauf mit Stoffrosen garniert. Auf-
fallend, ja, aber im Vergleich zu ihrem Surfer-Hemd eine
gelungene Tarnung.

Ich drehte drei Runden um den Häuserblock, was, da Sam
eine Luxuswohnung in der Anlage am Charles-River-Park
hat, etwa eine Meile pro Umdrehung bedeutet. Wir hielten
nach Polizisten in Uniform oder Zivil Ausschau, sahen aber
keine. Entweder waren sie bereits fertig, oder sie waren
noch nicht angekommen. Es gab keine Parkplätze, auch
nicht im Parkverbot.

Ich hätte mich nicht schlafen legen sollen. Koffein und

254

Adrenalin haben mich schon öfter wachgehalten. Ich drückte auf die Hupe und fuhr rechts an dem zitternden weißhaarigen Fahrer eines langsamen Ford Escort vorbei.

Ein uralter blauer Volvo gab überraschend einen erstklassigen Platz frei. Ich trat auf die Bremse, riß das Steuer herum und bog frontal hinein. Der Kombi hinter mir hupte. Roz machte ein obszönes Fingerzeichen und ersparte mir die Mühe.

Sam bewohnt das Penthaus im südlichsten Teil der Wohnanlage. Fitneßzentrum, Swimmingpool, Sauna, Hausverwalter. Zugang mit eigenem Aufzugschlüssel. Ich drehte mein Duplikat im Schloß über den Aufzugknöpfen.

Wir fuhren in rosenholzvertäfelter Eleganz nach oben. Roz erzählte mir unentwegt etwas über den Computer. Sie hatte einige faszinierende Bulletin Boards gefunden. Am besten gefiel ihr «alt.sex.bond.».

Sie gab einen leisen Pfiff von sich, als sich die Fahrstuhltüren aufschoben. Sams Eingangsflur ist beeindruckend, aber ich bin schon so oft dort gewesen, daß mich die Kunst nicht mehr umhaut. Ich weiß bereits, daß das Mobile ein originaler Miró ist, ein kleiner Klassiker.

Am Ende des Flurs sein Schlafzimmer. Unser Schlafzimmer. Ich wünschte plötzlich, ich wäre allein hergekommen.

«Wir teilen uns die Arbeit, wie ausgemacht», sagte ich.

«Ich bekomme wieder das langweilige Zeug», maulte Roz, als ich ihr ein Paar Latexhandschuhe reichte, wie Chirurgen sie benutzen.

Meine Gedanken kreisten immer wieder um Ärzte und Krankenhäuser. Heute wurde Sams linkes Bein operiert. Sein Zustand den Umständen entsprechend. Verbrennungen zweiten Grades, nur am rechten Bein. Komplizierte

Brüche an beiden Beinen. Zersplitterter Knöchel. Operationsdauer heute acht Stunden. Acht Stunden.

«Du übernimmst die Küche, das Wohnzimmer und das Gästezimmer», sagte ich bestimmt. «Kümmere dich besonders um das Gästezimmer. Wenn Frank je hier war, will ich es herausbekommen.»

«Ich werde dir eins seiner Schamhaare bringen. Dann können wir einen genetischen Fingerabdruck feststellen lassen.»

«Der Anrufbeantworter ist im Wohnzimmer. Schreib dir alle eingegangenen Anrufe auf. Und laß alles genau so, wie du es vorgefunden hast. Vielleicht kommen nach uns die Bullen, und ich will ihnen nicht ins Handwerk pfuschen.»

«Du willst nicht dabei erwischt werden, wie du ihnen ins Handwerk pfuschst», korrigierte mich Roz.

«Egal.»

Sie folgte mir durch den Flur, blieb ein bißchen zu lange unter der Tür stehen und musterte das riesige Wasserbett.

«Fang mit den Anrufen an», sagte ich.

Sobald ihre Schritte verhallten, setzte ich mich auf das Bett. Leise Wellen breiteten sich unter der Steppdecke aus. Ich legte mich hin und starrte die vertraute Decke an. Vielleicht sollte ich Roz solo arbeiten lassen. Es war schlimm, in Sams Schlafzimmer zu sein ohne ihn. So, als durchsuche man das Zimmer des Opfers nach dessen Tod.

Das hatte ich als Polizistin oft genug gemacht.

Ich fuhr mit der Hand auf Sams Bettseite unter die Steppdecke, ließ die Hand über sein Kissen gleiten, drückte es an mein Gesicht und atmete den vertrauten Duft seines Rasierwassers ein.

Ich setzte mich hin und sah das Bücherregal an. Persönliche Habseligkeiten sind nur noch Müll, wenn der Hausherr weg ist. Wer würde eines Tages in den Besitz von Sams Baseball-autogrammen kommen? Warum bewahrte er im Nacht-tisch alte Geburtstagsglückwünsche und eine Packung «Trojans»-Kondome auf?

Ich schluckte. Hatte Sam ein Testament gemacht?

Ich nicht.

Dabei brauchte ich eins wegen Paolina. Und bei Paolinas plötzlichem Goldregen mußte ich mir einiges dazu einfallen lassen.

Nun mach schon, trieb ich mich an. Geh einfach nach allen Regeln der Kunst vor, wie Mooney es dir beigebracht hat. So wie es die Cops tun werden, wenn du dich nicht beeilst.

Ich zog mir die Handschuhe über.

Kommodenschubladen. Schrankfächer. Jackentaschen. Ho-sentaschen. Nichts als Kleingeld und abgerissene Kino-karten.

Ich faßte zwischen die gestapelten Pullover, versuchte, mich nicht daran zu erinnern, wann er dieses Hemd, diese Weste zuletzt getragen hatte. Ließ meine Fingerspitzen über die Unterseite der Schubladen gleiten. Nichts hinter den Ge-mälden. Kein Wandsafe.

«Ätzend viele Nachrichten.» Roz stand in der Tür.

«Etwas von ‹Frank› dabei?»

«Bisher noch nicht, aber ich habe ein leeres Band gefunden. Das könnte ich einlegen. Ich könnte das volle einfach durch das leere ersetzen und es zu Hause abhören.»

«Schreib jede Nachricht Wort für Wort auf, Roz. Ich helfe dir, wenn ich hier fertig bin.»

«Ich würde mich lieber umsehen. Er hat einiges an Kunst, was wirklich geil ist.»

«Sag mir, ob irgendwas von ‹Frank› auf dem Anrufbeant-worter ist, Roz.»

«Ich dachte nur, es würde dir vielleicht schwerfallen, wo du den Typ doch so gut kennst.»

«Ich beeile mich nach Kräften», log ich.

«Nicht nötig», log auch sie und verschwand wieder.

Ich brauchte ein Telefonbuch, eine Adreßkartei, ein Jahrbuch von der konfessionellen Privatschule, die Sam als Kind besucht hatte. Stellten konfessionelle Privatschulen Jahrbücher zusammen?

Das Badezimmer neben dem Hauptschlafzimmer hatte dunkelgrüne Marmorwände. Eine große ovale Badewanne, getrennt davon eine Dusche. Einst hatte ich ihm mit Lippenstift leidenschaftliche Worte auf den dampfbeschlagenen Spiegel der Hausapotheke geschrieben. Ich prüfte den Inhalt des Schränkchens. Nichts Stärkeres als Tylenol.

Warum hatte ich bloß mit dem Schlafzimmer angefangen statt mit dem Arbeitszimmer? Diese Frauenstimme aus Washington. Das Band.

«Roz», brüllte ich, «wenn du Sams Spruch abspielst, hörst du eine Nummer aus dem Bezirk Washington. Schreib sie auf jeden Fall auf.»

«Was?»

Ich rief es noch einmal.

Was zum Teufel war los mit mir? Ich hätte mit Roz tauschen sollen. Hatte ich erwartet, das Nachthemd einer anderen Frau in Sams Schrank zu entdecken? Eine Kiste Maschinengewehre? Ein Zocker-Handbuch? Beweise dafür, daß Sam doch mit der Unterwelt liiert war? Daß Oglesby und seine Leute recht hatten?

Die Unterwelt. War nicht der Miró ein Geschenk von Papa? War nicht seine Ausbildung an einer Spitzenuniversität ein Geschenk von Papa, bezahlt mit Gewinnen aus dem Prostitutionsgeschäft und mit erpreßten Schutzgeldern?

Ich mußte an die geldgefüllten Bodenmatten bei mir zu Hause denken. Was würde Paolina von mir denken, wenn sie wüßte, woher das Geld stammte?

Mach endlich deine Arbeit, verdammt noch mal.

Ich ging ins Arbeitszimmer hinüber. Computer, Laserdrukker, Fax, Kopierer. Schon der bloße Anblick all der Geräte wirkte einschüchternd. Alles stromlinienförmig, alles vollautomatisiert. Sauber. Diskret.

Ich ignorierte die Geräte und fing mit dem Schreibtisch an, einem massiven Rosenholzmöbel mit acht schweren Schubladen. Zettel, Visitenkarten, einige davon mit handschriftlichen Notizen, steckten unter allen vier Ecken der Schreibtischauflage. Ich fand sie auf tröstliche Art menschlich. Ich schrieb Telefonnummern ab und Namen auf. Hinter allem und jedem konnte «Frank» stecken.

Kein Eintrag in der Adreßkartei unter «Frank Tallifiero». So eine Überraschung.

Ob ich die ganze verdammte Kartei mitnehmen sollte? Ich blätterte die Karten durch und überging die Namen, die ich kannte.

Sam führte kein Tagebuch. Ich nahm mir seine letzten zwei Telefonrechnungen und einen ungeöffneten Bankbrief vor. Seine Geschäfte mußten über den Computer laufen.

Ich sah mir das Gerät an. Es war meinem sehr ähnlich, dem neuen Modell, das mir «Frank» spendiert hatte. Zum erstenmal kam mir der Gedanke, daß Sam vielleicht für die Anlage bezahlt hatte und mir damit ein Geschenk gemacht hatte, von dem er wußte, daß ich es nie angenommen hätte.

Festplatte. Sam hatte bestimmt Backup-Disketten. Er ging immer systematisch vor. Ich fand zwei Plastikpackungen mit Disketten, bei einer war die Zellophanhülle noch unversehrt. Ich steckte die angebrochene Packung in meine Tasche.

Der Aufzug summte. Kein Problem, sagte ich mir. Auch andere Mieter benutzten ihn, Leute ohne den speziellen Penthausschlüssel.

Ich durchwühlte weiter den Schreibtisch, fand aber nichts. Ging wieder ins Schlafzimmer. Fotoalben waren sicher aufschlußreich. Ein netter scharfer Schnappschuß von «Frank».

Roz erschien in der Tür. «Der Aufzug kommt hier hoch», sagte sie. «Gibt's eine andere Möglichkeit rauszukommen?»

«Eine Treppe. Von der Küche aus.»

Zu viele Riegel und Schlösser. Ein Sicherheitsschloß. Ich hatte keine Schlüssel dafür.

Roz sagte: «Wir springen auf ihn los, wenn er aus dem Fahrstuhl kommt. Du von rechts, ich von links.»

«Bleib hier», befahl ich. «Ich rede uns schon heraus.»

Roz stierte aus dem Küchenfenster, als schätze sie die Höhe bis zum Erdboden ab. «Nur ein Aufzug», sagte sie. «Erst zuschlagen, dann reden.»

«Bleib hier», mimte ich lautlos. Manchmal ist die Arbeit mit Roz wie mit einem Hund. Treu, aber tolpatschig.

Ich rechnete mit Bullen. Vielleicht auch denen von der Sondereinheit. Oder Mooney. Bei etwas Glück war es vielleicht jemand, den ich kannte, oder jemand, der mich kannte.

Was kam, waren Räuber. Zwei Kerle, die Oglesby gleich auf den ersten Blick als Kanaken eingestuft hätte. Bei sich hatten sie genügend Goldketten, um ein Juweliergeschäft aufmachen zu können.

«He», sagte der Größere mit einem blöden Grinsen. «Wen

haben wir denn hier?» Seine Zähne waren gelb und wiesen merkwürdige Lücken auf.

«Wie geht's Sam?» fragte ich, als erwartete ich fest eine Antwort, und noch dazu eine gute.

Ich hatte zu dick aufgetragen, das konnte ich an ihren Augen sehen.

Ich seufzte, strich mir mit erhobener Hand übers Haar und bewegte die Hand weiter, bis sie zwischen meinen Brüsten ruhte. «Ich meine, ich mache mir wirklich Sorgen», sagte ich leise. Ihre Neugier war geweckt. Ich zog mit einem Finger die Kurve meines BHs nach. «Geht's ihm gut?»

«Die Freundin», bemerkte der Kleinere. «Eine Süße.»

Roz kam aus der Küche geschlendert. «Zwei Süße», sagte sie mit einem gefährlichen Grinsen. Sie hatte den Hut abgelegt und ihr Hemd von einer Schulter rutschen lassen, so daß die Kerle reichlich zu glotzen hatten.

«Vögelt dauernd», sagte der Größere, «wie sein Alter. Holt ihr eure Höschen ab, Mädels?»

«Richtig vermutet», sagte Roz und kam näher, ganz langsam, damit die Kerle den Körper unter dem Hemd bewundern konnten. «Ein Mädchen muß doch auf seine intimsten Kleidungsstücke aufpassen, nicht wahr?»

Der Kleine sagte anerkennend: «Vielleicht hat Sam Pornofotos gemacht. Habt ihr Pornofotos?»

«Kann sein», sagte Roz. Ich habe noch nie jemanden so mit den Wimpern klimpern sehen, außer in einem Hollywoodfilm.

Der Kleine geriet fast ins Schwärmen. «Und wenn wir nun mal nachsehen wollten, ob das alles ist, was ihr habt? Ihr habt bestimmt ein paar hübsche Sachen versteckt, falls ihr versteht, was ich meine!»

Roz streckte so schnell und so weit das rechte Bein aus und

trat zu, daß ich mich unwillkürlich duckte. Der Kleine sank in sich zusammen, bewußtlos, die Hand um sein Kinn gekrampft. Den Großen trat sie in die Eier, indem sie einen tänzerischen Sprung über den Kleinen hinweg vollführte. Er heulte auf, ging in die Knie, und ich schlug ihm die originalgetreue Bronzenachbildung einer Degas-Tänzerin über den Kopf, die bei Sam auf dem Dielentisch stand.

Stille.

Dann waren wir im Fahrstuhl, auf dem Weg nach unten.

Ich lehnte mich an die Vertäfelung und wiegte den Kopf von einer Seite zur anderen. «Manchmal bist du zum Fürchten, Roz.»

«Mal im Ernst, wolltest du wirklich mit *denen* reden?»

Wir mußten lächeln und bald darauf lachen. Ich lachte schließlich so, daß ich an der Fahrstuhlwand herunterrutschte und am Ende mit angezogenen Knien unten hockte.

«Diese Typen», sagte Roz, als sie wieder sprechen konnte, «sie sehen zuviel TV, meinst du nicht?»

Es beunruhigt mich, wenn ich ein gewisses Vergnügen daran habe, anderen eins überzubraten. Aber ich hatte so lange nicht gelacht, daß ich nicht aufhören konnte.

30 Roz und ich trennten uns und verließen den Eingangsflur durch verschiedene Türen, für den Fall, daß noch andere Spitzbuben Wache hielten. Wir trafen uns am Auto.

«Bist du mit dem Abschreiben fertig geworden?» fragte ich,

sobald wir die Türen zuschlugen. «Hat ‹Frank› irgendwelche erhellenden Worte auf dem Band hinterlassen?»

«Nein. Ich habe alle Anrufe gerade so geschafft. Dein Freund wird sehr viel angerufen.»

Ich warf ihr einen bösen Blick zu und fuhr schneller aus der Parklücke als nötig.

«Soll ich ihn deinen *ehemaligen* Freund nennen oder was?»

Im Gegensatz zu Roz neige ich zu abschnittsweiser Monogamie.

«Roz», sagte ich, «als du am Computer herumgeklimpert hast, bist du auf Daten über mich gestoßen?»

«Nein, aber das heißt nicht, daß es keine gibt. Du bist doch erkennungsdienstlich erfaßt worden, als du bei der Polizei warst, nicht? Du besitzt eine Kreditkarte. Scheiße, deine Mutter war ja auch noch Mitglied der Kommunistischen Partei.»

«Und stolz darauf», sagte ich. «Vor dem deutsch-russischen Nichtangriffspakt.»

«Druck alles aus, und du hast genug Papier, um Geschenke darin einzuwickeln.»

«Hat Frank dir beigebracht, wie man so was löscht?»

«Er könnte es bestimmt.»

«Fragen wir ihn doch, wenn wir ihn finden», sagte ich.

«Wohin jetzt?» Roz brachte es fertig, zwischendurch sinnend ihr Abbild im Spiegel auf der Sonnenblende zu betrachten, mit den Fingern ihr verrücktes Haar zu zausen und das Leitmotiv der Fernsehshow *Addams Family* zu summen.

«Zum Krankenhaus. Such mir einen Parkplatz.»

Zwanzig Sekunden später sagte sie: «Ein brauner Buick fährt raus. Linke Seite, etwa auf der Mitte des Blocks.»

Ich wendete mitten im vierspurigen Verkehr auf der Cambridge Street und schoß knapp vor einem allzu selbstsicheren Thunderbird in die Lücke. Unter anderen Umständen hätte ich ihm den Platz womöglich überlassen.

«Setz deinen Hut wieder auf», riet ich Roz.

Sie murrte. Aber sie tat es und stopfte den Pony so darunter, daß man ihn nicht mehr sehen konnte.

Sam war im OP, es gab noch keine Prognose.

Gloria wurde gut bewacht. Leroy und Geoffrey standen rechts und links der Tür wie zusammengehörige Buchstützen. Ich fragte mich, ob sie die Nacht hier verbracht hatten. Wie immer auch die Krankenhausvorschriften sein mochten, ich hätte keinen von beiden zum Gehen aufgefordert.

«Kann ich zu ihr?»

«Da ist ein Klapsdoktor drin», sagte Leroy mit finsterem Gesicht. «Warum hast du einen Beklopptenarzt hergeschickt? Meinst du, Gloria ist verrückt?»

«Leroy, wenn du verrückt bist, weisen sie dich ins McLean's Hospital draußen in Belmont ein.»

«Nur wenn du reich, weiß und verrückt bist. Bist du schwarz und verrückt, sitzt du deine Zeit im Walpole-Staatsgefängnis ab.»

Ich sagte: «Ich hatte Sorge, Gloria würde sich selbst die Schuld an dem geben, was passiert ist.»

«Sie hat keine Bombe gelegt», sagte Geoffrey.

«Sie hat Marvin ins Hinterzimmer bringen lassen», sagte ich.

Geoffrey, dachte ich, sähe nicht so furchteinflößend aus, wenn er sich nicht den Schädel rasieren und einölen würde.

«Okay, aber sie wollte ihm doch nur helfen», sagte Leroy.

«Das weiß ich», sagte ich. «Ihr wißt es. Und der Psychiater – er heißt übrigens Keith Donovan – weiß das auch.»

«Gloria wird wieder gesund», sagte Geoffrey in einem Ton, der keinen Widerspruch duldete.

«Habt ihr in der letzten Zeit was gegessen?» fragte ich nach einer kurzen Pause.

Leroy sagte: «Nicht, daß ich wüßte.»

«Es gibt eine Cafeteria. Traut ihr Roz zu, euch was zu holen?»

Geoffrey nickte sofort. Leroy schaute Roz an; er kennt sie besser.

«Beschränk dich auf Sandwiches und Gebäck», empfahl ich ihr. «Keinen Schnickschnack.»

«Der Klapsdoktor bringt sie zum Weinen», sagte Geoffrey. Er bewegte kaum die Lippen dabei.

«Ich muß mich nach Sam erkundigen», sagte ich. «Geoffrey, Weinen ist vielleicht das Beste, was Gloria im Augenblick tun kann. Schlag den Typen nicht k. o., wenn er rauskommt, ja? Ich mag ihn.»

«Du magst ihn, heißt das, er ist ein guter Arzt?»

Das war eine berechtigte Frage, die eine bessere Antwort verdient hätte, als ich zu bieten hatte. Ich entfloh ins Wartezimmer der chirurgischen Station.

Oglesby, immer noch im selben billigen marineblauen Anzug, lungerte am Wasserkühler herum. Den vielen Knittern, die von den Kniekehlen zu den Waden hinunterliefen, entnahm ich, daß er die Nacht in einem Sessel verbracht hatte. Seine Jacke hatte sich besser gehalten; er hatte sie sicher aufgehängt. Ich hatte ihm am Vorabend nur einen flüchtigen Blick gegönnt. Er überraschte mich mit seiner rötlichblonden Schlichtheit; er war kaum der Satan in Person. Seine Unterlippe, angeschwollen und an zwei Stellen senkrecht aufgeplatzt, gab mir allerdings zu denken. Als er den Mund aufmachte, um zu sprechen, bemerkte ich, daß sich in seinem Zahnfleisch rings um einen oberen Schneidezahn dunkles Blut gesammelt hatte.

Vielleicht schuldete ich ihm eine Entschuldigung. Vielleicht auch nicht. «Oglesby, ist jemand von der Familie hier?»

«Der Mafiabande?»

«Von den Gianellis», sagte ich, «der *Familie*.»

«Ein Bruder. Mitch.»

Ich verzog das Gesicht. Mit Mitch müßte ich eigentlich klarkommen.

«Was haben Sie –?»

Ich hörte das Ende von Oglesbys Frage nicht mehr. Ich war schon auf dem Weg zu Mitchell, der auf einem der Stühle saß, die in Reihen am Boden festgeschraubt waren, damit ordentliche Gänge frei blieben. Er wirkte groß und schwer im dunklen Anzug mit Schlips, quoll fast über den Stuhl. Den Schlips hatte er gelockert; die dunkle Seide war fleckig. Sein Bauch bildete über dem Gürtel eine Rolle, sein Kopf hing ihm auf die Seite, als schliefe er.

Die Reihe der Gianelli-Söhne begann mit Gil, dem Anführer, dem Ältesten und designierten Erben. Tony, der dritte Sohn, Papa Anthonys Namensvetter – schön wie ein Filmstar, ein bißchen Lebemann –, war Papas Augapfel. Mitch, der mittlere, war einfach nur Mitch, ein bißchen zu folgsam, ein bißchen zu sehr darauf bedacht, Anklang zu finden. Nicht gerade sehr helle, nicht allzu flink. Meistens wohl derjenige, der Kaffee holen mußte.

Sam, zwölf Jahre nach Tony geboren und in der Obhut von Kinderfrauen und Ziehmüttern aufgewachsen, hatte sich immer als nicht zugehörig, als Nachzügler betrachtet, als Angehöriger einer anderen Generation.

Natürlich hatte die Familie Mitch als Aufpasser hiergelassen. Den guten alten zuverlässigen Mitch.

«Aufwachen», sagte ich.

Er regte sich, schnaubte wütend und setzte sich aufrecht hin. «Hä? Ist was passiert?»

Ich streckte die Hand aus und lächelte ihn an. «Als Sam heranwuchs, wer waren da seine besten Freunde?»

«Hä?»

«Mitch, Sie erinnern sich doch an mich, nicht wahr?»

Er zog seine Hand zurück. «O ja, ich erinnere mich, klar. Sie bringen den Gianellis Unglück, oder?»

«Ich will herausfinden, wer Sam das angetan hat.»

Mitch rollte die Augen, richtete sie auf einen Uniformierten auf der anderen Seite des Gangs und machte eine wegwerfende Bewegung. Eine Ich-hab-die-Situation-im-Griff-Geste. «Das überlassen Sie besser Leuten, die was davon verstehen», sagte er. «Die Bullen wissen schon, wer's war. Der widerliche Mistkerl ist tot. In Fetzen zur Hölle gefahren.»

«Kann sein.»

«Glauben Sie das nicht?» Bewegung kam in seine Augen. Ich fragte mich, ob er wirklich eine so trübe Tasse war, wie seine Familie anscheinend annahm. Vielleicht war er nur langsam.

«Ich wüßte es gern sicher», sagte ich.

«Sam sagte ... Warten Sie mal. Denken Sie etwa, ich würde Sie dafür bezahlen? Einen Privatbullen oder wie immer Sie sich nennen, meinen Sie etwa, irgend jemand wird Sie bezahlen?»

«Vergessen Sie die Bezahlung. Was hat Sam gesagt?»

«Scheiße. Nichts ... Nur, daß er die Taxen vielleicht verkauft. Schade, daß er nicht raus ist, bevor der ganze Dreck hochgegangen ist. Dieses verrückte Weib, mit dem er zusammenarbeitet, feuert irgendeinen Trottel, und dann passiert das hier.»

«Sam wollte verkaufen? Sind Sie sicher?»

Mitch schüttelte müde den Kopf, zuckte die Achseln. «Er hatte vermutlich andere Eisen im Feuer.»

«Ein neues Geschäft?»

«Weiß ich nicht.»

Ich fragte mich, ob das neue Vorhaben wohl mit einem Umzug in die Hauptstadt verbunden sein sollte. Ein klarer Schlußstrich. Ich blinzelte, sah wieder scharf.

Ich mußte bald Schlaf haben. Viel Schlaf.

«Was ist mit den Jungs, mit denen Sam zusammen war, Mitch? Als er noch klein war? Fallen Ihnen irgendwelche Namen ein?»

«Spielkameraden? Ist das Ihre Art zu ermitteln?»

«Namen, Mitch.»

«Ich bin hundert Jahre älter als der Junge. Ich weiß nicht, mit wem er gespielt hat, verdammt noch mal.»

«Ist er zur selben Schule gegangen wie Sie?»

«Ich nehm's an. Wir haben im selben Haus gelebt, als Mama gestorben war. Hat man kaum gemerkt. Sie war sowieso immer krank und ist selten aufgestanden.»

«Welche Schule war das?»

«St. Cecilia's Star of the Sea.»

«Hatten Sie eine Lehrerin namens Schwester Xavier Marie?»

«Heiliger Himmel, sie hießen alle Schwester Soundso Marie oder Maria Soundso. Die Schule ist schon vor Jahren geschlossen worden. Nicht mehr genug weiße Kinder in der Stadt.»

So ein Mist.

«Aber die Kirche steht noch da, oder?» fragte ich. «St. Cecilia's?»

«Wo sollte sie auch hin sein? Sie kann ja nicht an den Stadtrand ziehen wie sonst alles.»

Nach einer Pause sagte ich: «Kommt Sam durch?»

«Was bedeutet Ihnen das schon!»

«Eine Menge», sagte ich.

«Ich war ein paar Stunden bei ihm. Er war wie weggetreten, nicht zuletzt durch die Medikamente. Aber hallo, etwas hab ich noch für Sie. Das wird Ihnen gefallen. Er murmelt dauernd einen Frauennamen vor sich hin: Lauren oder Laura. Nicht Ihren, Schätzchen.»

Er wollte mir weh tun, also lächelte ich gewinnend und sagte: «Danke, Mitch.»

«He», brummte er, «falls ich Ihnen irgendwie geholfen habe, tut mir's leid.»

Oglesby versuchte mich auf dem Weg nach draußen auszuquetschen. «Was haben Sie rausgekriegt?»

«Haben Sie Mitch etwa kein Mikrofon ans Revers geklemmt? Zu was für einer lausigen Sondereinheit gehören Sie denn?»

«Ich will Ihnen mal im Vertrauen etwas sagen. Wir haben die Taxifirma nicht mit Wanzen versehen. Nach allem, was passiert ist, hätten wir's besser getan, aber wir haben's nicht getan.»

«Und das soll ich Ihnen glauben, wie?» sagte ich. «Schwören Sie's lieber.»

«Ich habe keine Anklage erhoben. Meinen Sie nicht, daß Sie mir was schuldig sind?»

Ich sagte: «Vielleicht zeige ich mich erkenntlich, wenn Sie mir eine Frage beantworten.»

«Schießen Sie los», sagte er schicksalsergeben.

«Wenn die Polizei den Fall für abgeschlossen hält, warum sind Sie dann hier?»

«Weil es stinkt.»

«Was? Wieso?»

«Ein Gianelli wird nicht in die Luft gejagt, nur weil eine – verzeihen Sie, heißt es diese Woche *Afroamerikanerin* oder *Farbige*? – eine schwarze Schlampe einen Taxifahrer feuert. Es muß jemand sein, der Papa haßt, ihn aber nicht umbringen kann. Papa Gianelli ist wie Fort Knox, müssen Sie wissen, man kommt nicht an ihn ran. 'ne Menge Ganoven würden ihn gern vom Thron stoßen. Und da sie ihn nicht erwischen können, nehmen sie seinen Jungen. Früher war das anders. Die Itaker alten Stils haben die Kinder rausgehalten. Jamaikaner, Kolumbianer, bei denen ist die ganze Familie dran.»

Ich überlegte, ob ich ihn darüber aufklären sollte, daß *Itaker* genauso out war wie *Ganoven*.

«So, was hat Mitch nun gesagt?» fragte er und beugte sich näher zu mir.

Sprich deutlich, fürs Band, Carlotta.

Ich sagte: «Er hat gesagt, ich soll mich verpissen. Und Ihnen rät er das gleiche.»

Sein Gesicht wurde brennendrot. Das war mir egal. Ich sah plötzlich ihren Kopf über eine Stuhllehne ragen, das schwarze Haar mit einer weißen Spange gebändigt, und ihre dünnen Beine baumelten einen Fingerbreit über dem Fußboden.

Paolina. Meine kleine Schwester. Die eigentlich in der Schule sein müßte.

31 Ich wirbelte herum, ließ Oglesby mit offenem Mund stehen, zwängte mich durch eine Stuhlreihe und stolperte über ausgestreckte Beine. Ich sprach erst, als ich sie fest an der Schulter gepackt hatte. Ich habe schon zu oft flinken Zehn- bis Zwölfjährigen in irgendwelchen Fluren hinterherjagen müssen.

«Hallo», sagte ich. Nichts Weltbewegendes, aber immerhin ein Anfang. Besser als eine Frage. Paolina haßt Fragen. Das heißt, sie haßt Fragen, die sie beantworten soll. Selbst Fragen austeilen kann sie gut.

«Wo warst du?» fragte sie und stand auf, denn es war zu spät, vor mir davonzulaufen. Es mußte ihr eingefallen sein, daß sie wütend auf mich war. Sie kniff die Lippen zusammen, entschlossen, sich nach bewährter Methode auszuschweigen.

«¿Dónde estás?» übersetzte ich stockend und wollte sie an mich ziehen und drücken, wie ich es zu tun pflegte, als sie erst sieben war und nach Fruchtbonbons roch. Ich widerstand jedoch diesem Impuls, weil die zwölfjährige Paolina meine Umarmungen bestenfalls unwillig erwidert.

«¿Dónde usted a estado?» korrigierte sie mich. «Du wirst es nie lernen.»

«Ich versuch's», sagte ich. «Yo trato. Die Vergangenheitsform bringt mich noch um.»

Ihre Augen verrieten, daß sie mit sich im Streit lag. Sollte sie mit dem Feind sprechen? Ihr abweisender Blick wurde unschlüssig. Der Feind wußte vielleicht wichtige Neuigkeiten von der Front.

«Wir treffen uns in zu vielen Krankenhäusern», sagte ich sanft.

«Sie lassen mich nicht zu ihm», sagte sie und bemühte sich,

nicht allzu verzweifelt zu klingen. «Ich habe immerzu gewartet, seit ich's in den Nachrichten gehört habe ...»

«Mich lassen sie auch nicht zu ihm.»

Oglesby näherte sich, deshalb nahm ich sie fest bei der Hand und zog sie mit auf den breiten Gang. Er warf uns durch die Glastür einen gequälten Blick nach, aber ich wußte, daß er keinen echten Gianelli-Bruder sausenlassen würde, um mir zu folgen.

«Wie lange hast du denn schon gewartet, Paolina?» Verflucht noch mal. Immer, wenn ich sie etwas frage, klinge ich wie ein Cop. Oder noch schlimmer. Wie ein Inquisitor. Ein spanischer Mönch des 14. Jahrhunderts.

Immerhin hatte ich nicht gefragt, warum sie die Schule schwänzte.

«Ich wußte nicht, wo du bist», sagte sie. «Ich hatte keine Ahnung. Du warst nicht zu Hause. Du warst nicht hier. Du hättest ja auch bei G & W sein können. Du hättest tot sein können. Lebendig verbrannt. Hast du mich angerufen? Hast du es wenigstens versucht? Du bist gar keine Schwester. Überhaupt nicht. Schwestern benehmen sich nicht so. Du machst immer nur leere Versprechungen. Sonst nichts. Dumme, blöde Versprechungen.»

Ich wollte sie festhalten, aber sie schüttelte meine Hand ab, indem sie mit den Händen danach schlug, und redete weiter. «Du kannst wunderbar laufen. Du humpelst nicht mal. Dann hättest du auch Volleyball mit mir spielen können. Du wolltest nur nicht.»

Hundert Erwiderungen schossen mir durch den Kopf: Ja, meinem Fuß geht es inzwischen besser, aber ein Spiel hätte er nicht durchgestanden. Ich wollte dich ja anrufen. Wir können nächste Woche spielen. Hundert Entschuldigungen: Ich habe an dich gedacht. Ich habe nach einer Möglichkeit gesucht, dich finanziell abzusichern, ohne im Knast zu landen. Ich hatte zu tun, gottverdammt viel zu tun …

«Es tut mir leid», sagte ich. «Aufrichtig leid.»

Sie starrte zu Boden, wollte mir nicht in die Augen sehen.

«Wie lange wartest du schon, Paolina?» Zurück zum Verhör.

Sie ignorierte meine Worte, als wären sie in diesem Ton unhörbar. «Ich habe ihm gesagt, ich wünschte, er wäre mein Vater», platzte sie dann heraus. «Ich wünschte, Sam wäre mein Vater.»

Es ist gar nicht ihre Art, Väter zu erwähnen. Daran wird in einem Gespräch normalerweise nie gerührt.

«Wann war das denn?» Ich achtete sorgfältig darauf, nicht wieder inquisitorisch zu klingen. Im Grunde wollte ich wissen, *warum*, aber fürs erste verlegte ich mich lieber auf das *Wann*.

«In der Sporthalle. Er hat sich neben mich gesetzt. Du weißt schon – als ich dich aus dem Umkleideraum geholt habe. Wird er wieder gehen können? Er wird doch nicht – sterben oder so was, oder?»

«Er wird nicht sterben», sagte ich. Sie sah zu mir auf, wollte sich vergewissern. Da ich ihr keine Gewißheit geben konnte, wartete ich einfach, während sie mit der Spitze ihres Turnschuhs über den grauen Teppichboden strich.

«Das letzte Mal, als ich ihn gesehen habe, in der Sporthalle, hat er lange mit mir geredet. Es war … ich weiß nicht. Komisch.»

«Wieso?» drängte ich, um sie am Sprechen zu halten.

«Ich weiß nicht … Er hat gesagt … er hat mich gefragt, also, ob ich glaubte, meinem – äh – Vater je vergeben zu können. Weil er mich allein gelassen hat, weißt du.»

Jetzt brauchte ich eine unaufdringliche Frage.

«Hat er dich vorher schon jemals etwas über Carlos gefragt?» Die seltenen Male, wo Paolina und ich von dem durch Abwesenheit glänzenden Kolumbianer sprachen, nannten wir ihn Carlos, nicht «Vater».

«Noch nie.»

Ich hoffte, sie würde weiterreden, so daß ich die unvermeidliche Frage nicht zu stellen brauchte. Sie tat's nicht.

«Was hast du denn gesagt?» fragte ich.

Sie zuckte verwirrt die Achseln. «Daß ich eigentlich keinen richtigen Vater hätte. Jedenfalls keinen Vater, mit dem ich aufgewachsen wäre, der Zeit für mich gehabt, mit mir gespielt hätte und so was. Wie könnte ich ihm also vergeben, wenn ich ihn nie kennengelernt habe? Und dann sagte Sam ...»

«Was?»

Sie sprach sehr leise. Ich mußte mich vorbeugen, um sie zu verstehen. «Er sagte so etwas wie: ‹Na ja, und wenn dein Vater zurückkäme?›»

Sam wußte nichts von dem Geld. Ich hätte ihm nie etwas davon erzählt. Ob Roz etwas gesagt hatte?

Paolina wand sich unbehaglich, was hieß, daß sie ihr Herz noch nicht ganz erleichtert hatte. Ich hob die Hand und strich ihr eine Strähne seidiges Haar hinters Ohr. Meine Berührung öffnete die Schleusen.

«Sam hat gesagt, mit mir sei es etwas anderes, weil ich meinen Vater nie gekannt hätte. Aber sonst müßten Familienangehörige einander immer vergeben. Selbst wenn viele Jahre vergangen wären. Sie sind eine Familie, und darum müßten sie sich vergeben. Carlotta?»

«Ja?»

«Hatte Sam Streit mit seinem Vater?»

Ein andauernder Krieg. Eine zwanzig Jahre währende

Schlacht. Ob Papa gesiegt hatte? War die neue geschäftliche Unternehmung, die Mitch erwähnt hatte, ein Mafiageschäft?

Paolina wandte die Augen ab. Es gab nicht viel zu sehen in der leeren Eingangshalle, und so heftete sie sie auf ein eingerahmtes Plakat, das das Lob des Blutspenders sang. Sie haßt es, vor meinen Augen zu weinen.

«Es ist schon gut», murmelte ich. «Es wird alles wieder gut.»

«Und wenn er mit seinem Vater nie über das reden kann, was er mir erzählt hat? Über das Vergeben und all das?»

«Sam wird nicht sterben.»

«Du bist kein Arzt», begehrte sie auf. «Was weißt du schon!»

«Hör mal», sagte ich weich und ergriff ihre Hand. «Ich weiß, daß Sam stundenlang operiert wird. Aber vielleicht dürfen wir zu Gloria. Hast du Gloria schon besucht?»

Sie blickte schuldbewußt drein. «Nein», sagte sie, «ich wollte dasein, wenn Sam aufwacht.»

«Sie lassen dich nicht zu ihm, Paolina. Du gehörst nicht zur Familie.»

Um ihren Mund zuckte es. «Ich wollte wohl so tun, als ob – als ob ich seine Tochter wäre.»

Was sie sagte, legte sich mir wie ein Stein auf die Brust. Eine bittere, grausame Last. Verheiratete Frauen in einer kaputten Ehe müssen dieses Gefühl jedesmal haben, wenn sie die klassische Phrase hören: Bleibt um der Kinder willen zusammen.

Mußte ich mit einem Liebhaber zusammenbleiben, weil meine kleine Schwester ihn anbetete? Teufel auch, konnten wir nicht alle einfach gute Freunde sein?

Noch so eine Phrase.

Wir gingen schweigende Korridore entlang. Der Teppichboden machte Linoleum und dem Quietschen von Gummisohlen Platz.

Vor Glorias Zimmer herrschte Gedränge. Keith Donovan sah blaß und zart aus neben Geoffrey und Leroy. Roz erinnerte an einen Zwerg. Einen merkwürdigen Zwerg. Sie hatte ihren Hut abgelegt. Zum Teufel damit, denn wenn Leroy und Geoffrey ihr Gesellschaft leisteten, würde niemand ihre Haartracht beanstanden. Sie aßen Sandwiches, außer Donovan, der verzweifelt redete, als wäre er der nächste auf der Speisekarte. Die Erleichterung, die sich in seinem Gesicht ausdrückte, als wir über den Flur kamen, war fast schon komisch.

Ich erwiderte seinen Blick forschend, schluckte einen plötzlichen Schmerz hinunter und fragte mich, warum ich eigentlich immer noch erwarte, daß sich zwischen mir und meinem neuen Liebhaber irgendeine außersinnliche Kommunikationsmöglichkeit ergibt, etwa die Fähigkeit, Gedanken zu lesen. Ich hoffe immer, daß ich da herauswachse, aber von wegen. Ich kann keine Gedanken lesen. Ich kenne Paolina von klein auf und kann nicht einmal ihre lesen. Im großen und ganzen nehme ich es wohl hin, daß andere anders sind. Getrennt. Daß jeder das Geschäft des Lebens für sich allein betreibt.

Aber manchmal habe ich wider alle Vernunft und trotz der Beharrlichkeit, mit der ich an den unromantischen Gegebenheiten im Hier und Jetzt festhalte, zwischen zerknüllten Laken, wenn ein Mann in mich eindringt, das Empfinden, als könnte er vielleicht meine Seele hören.

«Ihre Schwester», sagte Keith gerade, «hat einen bemerkenswerten Kampfesmut. Sie ist in keinem Sinne des Wortes ‹verrückt›. Aber nichts von ihren Erfahrungen erscheint ihr

jetzt noch brauchbar. Ihre Lähmung war unfallbedingt. Da
hatte sie keine Veranlassung, sich mit Schuldfragen und
Schuldgefühlen herumzuplagen. Es will nicht in ihren Kopf,
daß ein Mensch dies hier mit voller Absicht getan haben
könnte, daß jemand, der ihr Unternehmen ruinieren wollte,
letztlich ihren Bruder umgebracht hat.»
«Uns gefällt das auch nicht», sagte Geoffrey mit Nachdruck. «Und wenn sich herausstellt, daß es gar nicht dieser
miese kleine Dreckskerl war, wie die Cops behaupten – der
ebenfalls draufging –, dann schnappen wir uns auf jeden
Fall den, der's getan hat.»
«Ich glaube nicht, daß Ihre Schwester Rache im Sinn hatte.
Sie kann sich bloß überhaupt nicht vorstellen, daß Marvin
nicht mehr durch die Tür hereinkommt.»
«Ich auch nicht», gab Leroy zu. «Aber bin ich deshalb ver-
rückt?»
«Menschlich», sagte Donovan. «Nur menschlich.»
Ich atmete wieder aus. Er machte seine Sache gut.

32   Dr. Donovan erwirkte Paolina und mir durch sein
energisches professionelles Auftreten einen kurzen Besuch
bei Gloria. Ich hätte nicht sagen können, ob eine gewisse
Arroganz, die er an den Tag legte, mit seiner Funktion als
Krankenhausarzt zusammenhing oder ob er den starken
Mann markierte, um eine instinktive Furcht vor Geoffrey
und Leroy zu überwinden. Jedenfalls begrüßte er mich nicht
mit einem Kuß, was in Anbetracht von Paolinas Gefühlen
für Sam nur gut war.

Keine Zeit, darüber nachzudenken. Keine Zeit.

Glorias Augen waren tränennaß und blutunterlaufen. Sie sah – verflucht noch mal, *zerbrechlich* trifft es ebensogut wie jedes andere Wort, aber es ist schon so eine Sache, eine zweieinhalb Zentner schwere schwarze Frau als zerbrechlich zu charakterisieren. Sie war mit den Gedanken weit weg, versuchte jedoch, für Paolina ein Lächeln und eine witzige Bemerkung zustande zu bringen.

«Ich merke nicht viel», sagte sie, «an den verbrannten Stellen. Ist wahrscheinlich das Gute an einer Lähmung.»

Ihre schweren Beine hingen mitten in der Luft. Wie sie da an Flaschenzügen hingen, in weißen Mull gewickelt, glänzten sie, als seien sie mit einer petrochemischen Glasur überzogen.

«Ich kann nicht mehr an irgendwelchen ‹Richtig essen›-Seminaren teilnehmen», fuhr sie fort. «Meine Brüder bekommen jetzt bestimmt die Kosten von dem miesen Verein erstattet.»

Aber sie war nicht mit dem Herzen bei der Sache, und der Scherz ging ins Leere.

«Meine Brüder Geoffrey und Leroy», sagte sie leise.

Paolina drückte Glorias rechte Hand, die Hand, die frei war von Schläuchen, und wir waren alle still.

Das Klopfen an der Tür war eine willkommene Unterbrechung. Bis Mooney hereinmarschiert kam.

«Hallo, Glory. Wie geht's?» Seine Begrüßung war so lässig, daß Gloria gar nicht erst den Versuch machte, sie zu erwidern. «Die Ärzte haben mir gestattet, Ihnen eine Ihrer Besucherinnen zu rauben. Carlotta? Paolina, du kannst noch zwei Minuten bleiben, aber ermüde die Dame nicht zu sehr.» Er hauchte Gloria einen flüchtigen Kuß auf die Wange.

278

«Moment mal, Moon», sagte ich. «Wie soll Paolina denn nach Hause kommen? Ich lasse sie nicht einfach hier.»

«Roz kann sie fahren.»

«He …», sagte ich, während er meine Hand ergriff und mich zur Tür zerrte. Ich wollte vor Paolina keine Szene machen. Darauf hatte er wohl gesetzt.

«Roz.» Ich fand meine Sprache wieder, sobald wir draußen auf dem Flur waren.

«Geh weiter», sagte Mooney warnend.

«Ich muß ihr die Autoschlüssel geben, Mooney, sonst sitzt sie hier mit Paolina fest.»

Ich erwog, Roz unauffällig die PC-Disketten zuzustecken, die ich aus Sams Wohnung entwendet hatte, aber es klappte nicht. Mooney wandte selbst in dem Moment keinen Blick von mir, als er Glorias Brüdern sein Bedauern aussprach. Donovan war verschwunden, was auch gut war. Mooney und er waren sich einmal bei einem noch nicht lange zurückliegenden Fall begegnet. Donovan hatte gewagt, die Möglichkeit einer psychiatrischen Verteidigung aufzuzeigen. Sie waren sofort aneinandergeraten. Mooney haßt Psychiater.

«Roz», sagte ich schnell und reichte ihr die Schlüssel. «Wenn du Paolina nach Hause bringst, sieh zu, daß ihre Mutter da ist. Wenn sie Hunger hat, hältst du vorher bei McDonald's. Und sag ihr, daß ich sie sofort anrufe, wenn ich etwas Neues von Sam höre.»

«Nun los», sagte Mooney.

«Ist das eine Entführung?» Wir gingen am Schwesternzimmer vorbei. «Wenn ich schreie, wird Leroy —»

«Einen Scheiß wird er tun, es sei denn, er will jedesmal, wenn er vergißt, sich anzugurten, eine gebührenpflichtige Verwarnung haben.»

«Bin ich verhaftet?»

«Es ließe sich arrangieren.»

«Moon, wenn du mir mein Leben lang diese Körperverletzung unter die Nase reiben willst, stehe ich die Sache lieber gleich aus. Ich ruf meinen Anwalt an, während du dir einen Drink genehmigst.»

Ein Streifenwagen mit Fahrer stand vor dem Haupteingang. Mooney entließ den Fahrer und starrte mich mürrisch an, während ich am Griff der Beifahrertür herumfingerte. Er verriegelte eigenhändig meine Tür, ehe er sich ans Steuer setzte.

Als ob ich die Tür nicht entriegeln und weglaufen könnte.

Wohin laufen?

«Ach, Mooney», sagte ich und schüttelte den Kopf.

«Was?» Sein Ton war schneidend, abwehrend.

«Du guckst wieder so.»

«Wie gucke ich?»

«Wie ein unbekehrbarer Dickkopf. So hat dich der Dienststellenleiter damals genannt. Ich würde eher ‹geharnischter Kreuzritter› sagen.»

«So eine verfluchte Scheiße.»

Mooney flucht selten in Gegenwart von Frauen. Das macht die gute katholische Erziehung.

«Hast du zufällig bemerkt, daß Gloria dir nicht eine einzige Frage gestellt hat, Mooney?» sagte ich.

«Ja.»

«Liegt es daran, daß ihr sie schon von allem unterrichtet habt?»

«Zum Teil», sagte Mooney. «Sie weiß, daß wir Zachariah Robertsons Leiche identifiziert haben.»

«Und sie hat nicht gefragt, wie Zach an das Zeug gekommen ist, mit dem er die Firma in die Luft gejagt hat, was auch immer es war? Dynamit? Plastiksprengstoff?»

«Mit keinem Ton.»

«Sie hat nicht losgebrüllt? Nicht verlangt, daß ihr feststellt, wer dahintersteckt? Nicht darauf hingewiesen, daß die Polizei längst Spuren verfolgen würde, wenn es ein Weißer wäre, der getötet wurde?»

«Sie hat kein Wort gesagt, Carlotta», sagte Mooney mit eigener Betonung. «Du hast doch gesehen, was mit ihr los ist.»

Hatte ich. Und es machte mir schreckliche Angst, dieses passive Hinnehmen.

«Wohin fahren wir eigentlich?» erkundigte ich mich.

«Hast du Geld?»

Und ob. Matratzen voll Geld. Geld wie Katzenstreu.

«Bei mir?» fragte ich.

«Kreditkarte?»

«Eine.»

«Visa? Master?»

«Visa.»

«Schön.»

Er fuhr nicht Richtung Flughafen. Mir blieb also der klassische Sheriffspruch aus Westernfilmen «Nimm die nächste Kutsche und verschwinde aus Dodge City» erspart.

«Ich mußte den Fall abschließen», sagte er und wechselte abrupt die Fahrspur, wodurch sich ein VW zu wütendem Hupen veranlaßt sah.

Meine Sympathien waren auf seiten des VW-Fahrers. Ich blieb still.

«Irgendwas ist faul an diesem Fall», fuhr Mooney fort. «Er ist mit rosa Schleifchen zugebunden, so sauber ist er.»

«Ich denke wie du, Moon.»

281

«Nummer eins: Das Drive-by stinkt», sagte er.

«Warum?»

«Niemand prahlt damit herum», sagte er. «Das Rumprahlen folgt auf eine Schießerei wie die Nacht auf den Tag. In den Wochen nach einem Drive-by bietet uns jeder Halunke, den wir eines Schwerverbrechens bezichtigen, für eine Strafminderung alles an, was er weiß. Niemand plaudert über dein Drive-by.»

«Du hast die falschen Halunken verhaftet. Mehr nicht.»

«Du warst dabei. Sam war dabei. Sam hat's erwischt. Hörst du mir eigentlich zu, Carlotta?»

«Ich höre.»

«Dann ist da noch der Quatsch, daß irgendwelche Schlägertypen dafür bezahlt werden, Taxifahrer zusammenzuschlagen. Ich habe übrigens mit deinem Duo gesprochen.»

Jean und Louis. «Die waren sicher begeistert davon.»

«Derjenige, der zusammengeschlagen wurde, Jean, hat Robertsons Foto unter sechsen herausgefischt. Ohne zu zögern.»

«Du hattest ein Foto? Nun erzähl mir bloß noch, die Freundin hätte ein Hochglanzgroßformat vorbeigebracht!»

«Steckbrieffoto», sagte er.

«Brandstiftung?»

«Drogenbesitz, Brandstiftung, Autodiebstahl.»

«Du hast Jean noch andere Bilder gezeigt, wie ich vermute. Robertsons Kumpel. Bekannte Komplizen. Familienmitglieder. Alte Knastbrüder. Ist ihm noch jemand bekannt vorgekommen?» Ich hörte, wie meine eigene Stimme auch immer schneidender wurde.

«Nein. Nun hör mal zu. Gloria braucht keine Leibwache. Sie hat ihre Brüder. Sam hat die ganze gottverdammte Mafia. Aber um dich mache ich mir Sorgen.»

«Ich werd's schon machen», versprach ich und sah auf die Uhr, als Zeichen für Mooney.

Wir fuhren auf dem Storrow Drive aus der Stadt heraus. Mooney hatte zwar kein Blaulicht auf dem Wagendach, fuhr aber trotzdem weit über der zulässigen Geschwindigkeit. Mit einem Sprung nach draußen würde ich mich zu den anderen im Krankenhaus gesellen.

Ich lehnte mich in meinem Sitz zurück. «Weck mich, wenn's losgeht», sagte ich. «Ich bin verflucht müde.»

Mooney wird stinkwütend, wenn ich fluche. Als ich noch bei der Polizei war, habe ich eine Zeitlang absichtlich unflätige Worte gebraucht, nur um ihn zu ärgern.

«Bist du bewaffnet?» fragte er ruhig.

«Nein», erwiderte ich.

«Waffenschein?»

«In meiner Tasche. Und der betreffende Ausweis auch.»

«Wir halten bei dir und holen deine .38er. Du kannst sie vielleicht in Zahlung geben und so etwas sparen.»

«Der Zeitpunkt zum Einkaufen ist aber nicht gut gewählt.»

«Verdammt noch mal, hörst du mir denn nie richtig zu? *Ich mußte den Fall abschließen.* Ich habe anderes um die Ohren. Das muß jetzt sein. Es ist alles, was ich für dich tun kann.»

Ich machte den Mund auf, um weiterhin zu protestieren, und schloß ihn wieder. Zu Hause konnte ich Sams Disketten loswerden. Vielleicht Roz einen Zettel schreiben.

«Mooney», sagte ich, «was ist denn nun mit der Sondereinheit? Hast du die Abhörbänder bekommen?»

«Offiziell gibt es keine Bänder. Offiziell ist G & W gar nicht abgehört worden.»

«Hast du Grund, ihnen zu glauben, Moon? Kennst du einen von denen persönlich?»

«Niemand ist dabei, der mir nicht gerade in die Augen schauen könnte, beim Grab seiner Mutter schwören und mich trotzdem belügen würde, Carlotta.»

«Hast du mit Brennan vom Amt für Personenbeförderung gesprochen?» fragte ich.

«Stimmt was nicht mit deinen Ohren? Der Fall ist vom Tisch.»

«Mooney.»

«Brennan weiß überhaupt nichts. Ich habe Yancey aufgesucht. Er hat irgend etwas vor. Oder ist einfach nur von sich eingenommen. Schwer zu sagen.»

«Ich frage mich, ob er irgendwelche Freunde bei der Sondereinheit hat.»

«Ich bezweifle, daß der alte Schleimer überhaupt Freunde hat.»

«Könntest du ein bißchen herumschnüffeln? Was rauskriegen?»

«Um es noch einmal zu wiederholen: Ich habe keine Freunde bei der Sondereinheit.»

«Moon, könntest du's nicht doch versuchen?»

«Jaja», sagte er schroff. «Sicher.»

«Yancey hat Geld», sagte ich.

«Was?»

«Ich denke bloß laut, Mooney. Geld kann einem Freunde kaufen.»

«*Can't buy you love*», sagte Mooney hart und unversöhnlich. Ich schaute für den Rest der Fahrt aus dem Fenster.

33 Die Großstadt wird in Neuengland schnell zur Kleinstadt. Manchmal vergesse ich, wie verdichtet der Nordosten ist, dieser winzige Zipfel auf der Karte, der fast aus den Nähten platzt vor Menschen.

Arlington im Nordwesten von Cambridge ist im Vergleich zu irgendeinem Städtchen im nördlichen Maine nicht gerade klein. Die Stadt hat ihre Besonderheiten: das reiche Arlington in der Nähe der Golfplätze, das arme Arlington, dessen öffentliche Schulen beständig in der Krise stecken; die Stadt in der Stadt, Arlington Heights genannt. Bergauf jenseits des Wassers versteckt sich die typische amerikanische Main Street mit kleinen Lebensmittelläden, einem verstaubten Eisenwarenhandel, einer Trinkhalle, einer Apotheke, die an keine Kette angeschlossen ist, und einem Waffengeschäft.

ANKAUF–VERKAUF prangte in Schmucklettern auf der Schaufensterscheibe. Wer in der Nachbarschaft wohnt, weiß, wem es gehört. Wer nicht – nun, man verhätschelt hier Fremde nicht gerade.

Viele Polizisten kaufen ihr privates Waffenarsenal lieber außerhalb der Achse Boston–Cambridge. Mooney war womöglich kein Fremder hier.

«Mir geht das gegen den Strich», sagte ich zu Mooney, als er auf der gegenüberliegenden Straßenseite parkte.

«Ist dein Fuß wieder in Ordnung?»

«Laß uns erst mal reden.»

«Verriegel deine Tür.»

«Laß uns reden.»

«Carlotta, ich kann dir keinen Leibwächter verordnen; und deine Kanone ist ein Relikt. So einfach ist das.»

«Du reagierst völlig überzogen, Mooney.»

«Spar dir deine psychologischen Einsichten für deinen neuen Stutzer.»

Ich stieß aufgebracht meinen Atem mit einem Zischen aus.

«Hast du Wanzen bei mir im Haus eingesetzt? Eine Video-kamera?»

«Hab ihn doch im Krankenhaus gesehen.»

«Er ist dort tätig. Arzt, Krankenhaus, schon mal ge-hört?»

«Hmm.»

Ich probierte es andersherum. «Mooney, der Zeitpunkt ist nicht der beste.»

«Stimmt. Du hättest es viel früher tun sollen.»

«Innerhalb der letzten achtundvierzig Stunden habe ich einem Polizisten einen Kinnhaken verpaßt und einen ...»

«Ja?»

Wenn er nichts von den Trotteln in Sams Wohnung wußte, wollte ich ihn auch nicht unbedingt darüber aufklären.

«Schon gut.»

«Zeit, die .38er wegzuschmeißen und was Anständiges an-zuschaffen.»

«Ich mag die .38er aber.»

«Aus sentimentalen Gründen?»

«Für dich kein Thema, nicht wahr, Mooney?» murmelte ich, während ich widerstrebend aus dem Wagen stieg. Ich habe nicht viel für Waffen übrig. Sie sind notwendig; mehr auch nicht.

An einer Kette aufgereihte Glocken klingelten, als Mooney die Metalltür öffnete. Schöne Sicherheitsvorkehrungen. Je-der kleine Juwelier auf einer Einkaufsstraße kann sich bes-serer Schutzmaßnahmen gegen Diebstahl rühmen und hat wenigstens einen uniformierten Wachmann.

Waffen. Gestelle voller Gewehre und Schrotflinten. Mit

hellgrauem Samt ausgelegte Vitrinen, in denen Revolver und Pistolen dicht an dicht nebeneinanderlagen. Neue und gebrauchte. Antike Stücke. Werbung für Colts, Berettas und Winchestergewehre.

Mir gefiel der über der Tür aufgehängte Zehnender-Hirschkopf, und seine zufällige Nachbarschaft zu den halbautomatischen Feuerwaffen amüsierte mich. Für Bambis Papa braucht man eine Halbautomatik ...

Ein Mann in seinen Fünfzigern, mit einem sackartigen T-Shirt und Jeans bekleidet, kam lächelnd aus einem hinteren Raum. Er roch nach Gewehröl und wischte sich die Hände an der Hose ab.

«Hallo», sagte er zur Begrüßung.

Mooney nickte zur Erwiderung. Unverbindlich. Als wollte er sich nur mal umsehen.

«Für Sie oder die Dame?» fragte der Mann.

Mooney nickte mit dem Kopf zu mir herüber.

«Gewehr?»

«Faustfeuerwaffe.»

«Selbstschutz?»

Wieder ein knappes Nicken.

«Zweiundzwanziger?»

«Mister», sagte ich, denn ich war es leid, übergangen zu werden, «ich schieße mit einer Achtunddreißiger. Ich bin größer als Sie.» Stärker, hätte ich beinahe gesagt, aber ich wollte nicht mit einer defekten Waffe bedacht werden.

Mooney griff ein, bevor ich den Verkäufer zum Fingerhakeln fordern konnte. «Die Dame will auf einen Stopper umrüsten.»

«Was benutzt sie denn jetzt?»

«Eine Chiefs Special», sagte ich.

«Tausch?»

«Kommt ganz auf den Preis an.»

«Hat sie den Schein?» fragte er Mooney, weil er offenbar lieber mit einem Mann sprach. Ich hätte zu Collector's in Stoneham gehen sollen, dachte ich. Die Typen dort sprechen immer mit mir.

«Ja», sagte Mooney.

«Smith & Wesson stellen eine schöne Neuner her. Die Neun-Fünfzehn-DA-Auto. Fünfzehn Schuß im Magazin», sagte der Verkäufer.

«Wieviel?» fragte ich.

«Viersiebenundsechzig ist der Listenpreis.»

«Was Billigeres», sagte ich. «Was erheblich Billigeres.»

«Wann hast du Geburtstag, Carlotta?» fragte Mooney. «Ich lege vielleicht ein paar Scheine dazu.»

«Ich hätte lieber Blumen», sagte ich.

Er packte mich an der Schulter und drehte mich um, so daß ich ihn ansehen mußte. Dieses Schwenken verblüffte mich so, daß ich den Mund zuklappte.

«Ich habe nicht vor, sie dir aufs Grab zu legen», sagte er. Ein Muskel an seinem Kinn spannte sich und entspannte sich dann wieder. «Kapiert?»

Der Verkäufer entschwand hastig nach hinten, schnell wie eine Kakerlake, die plötzlichem Lichteinfall ausgesetzt ist. Ich fragte mich, ob er die Polizei rufen oder einfach in Deckung gehen wollte, falls wir losballerten.

Er kam zurückgetrippelt mit drei schwarzen Kästen in der Größe von Sanders-Konfektkartons, wie sie mein Vater immer am Valentinstag mitzubringen pflegte. Keine Schokolade. Glänzendes, tödliches Spielzeug.

«Wenn Sie einen Stopper haben wollen», sagte der Verkäufer, «sollten Sie eine Zehner in Erwägung ziehen. Das FBI stellt auf Zehner um.»

Während ich jede Waffe in die Hand nahm, wog und mir genau ansah, verfiel ich dem Zauber dieses Spiels allmählich und erinnerte mich wieder an die Ausflüge zu Waffengeschäften, die ich mit meinem Vater, einem Polizeibeamten, gemacht hatte und die der Gesprächsstoff und Neid meiner pickeligen Mitschüler in der achten Klasse waren. Das seidenmatt polierte Metall fühlte sich glatt unter meinen Fingern an. Eine SIG-Sauer P 228 lag in meiner Hand, als wäre sie für mich gemacht worden. Achthundert Lappen. Die kompakte Neuner von S & W war auch nicht schlecht. Wenn es um Leben und Tod geht, möchte ich auf seiten der Sieger sein. Ich will das beste Spielzeug, das auf dem Markt ist. Wir redeten über die Preise. Ich wurde schwankend.

Eine Waffe ist eine Investition, sagte der Verkäufer eindringlich. Ein Sammlerobjekt.

Ich sammle lieber Spinnen, dachte ich. Braune Einsiedlerspinnen.

Ich legte meine .38er auf die Theke. Der Verkäufer nahm sie mit geübten Händen auseinander, nannte einen Preis. Mooney rief mich zu einer kurzen Unterredung ans andere Ende des Ladens.

Er hatte es sich überlegt; ich sollte meine .38er nicht in Zahlung geben. Er könnte einen privaten Handel mit einem Bullen arrangieren. Es gäbe immer Typen, die Spitzenpreise für eine gebrauchte Dienstwaffe zahlen würden. Eine Killerwaffe.

Ich hatte sie einmal gezogen. Einen Mann getötet. Den Polizeidienst quittiert.

«Sieh dir ein paar Zehner an», drängte mich Mooney.

«Die Vierziger von S & W sind schön», sagte der Verkäufer.

Fünfundzwanzig Minuten später besaß ich eine leicht gebrauchte Smith & Wesson 4053, einen siebenschüssigen Selbstlader mit einfachem Magazin, und zwei Packungen Glaser-Sicherheitsmunition. Die Waffe war im Angebot, und Mooney handelte den Preis weitere fünfzig Dollar herunter, aber sie war immer noch teuer. Ich war in Versuchung, mir ein Pohalfter mit Kordelzug zu kaufen, beschloß aber, meinem Ruf als Geizkragen getreu bei meiner Cliphalterung am Gürtelbund zu bleiben.

«Jetzt muß ich Stunden auf dem Schießstand verbringen», beklagte ich mich, als wir zum Auto zurückgingen. «Das Gewicht ist anders, das Zielen ist anders.»

Mooney sagte: «Zeit auf dem Schießstand ist gut. Hält dich von der Straße fern. Willst du mit mir zusammen schießen?»

«Auf dem Polizeischießstand? Die Gerüchteküche anheizen? Nein danke.»

«Was für Gerüchte?»

Ich stufte die Frage als einfallslos ein und ignorierte sie. «Das war ja einfacher als einen Scheck einlösen», sagte ich.

«Was?»

«Eine tödliche Waffe zu kaufen.»

«Du warst ja in Begleitung eines Polizisten.»

«Wußte der Verkäufer das?»

«Ich hab schon mal was da gekauft.»

«Du hättest aber entlassen sein können. Er hat rein gar nichts überprüft. Auf der Tastatur seines Computers lag Staub.»

«Du hast einen gültigen Waffenschein, Carlotta. Den wollte er sehen.»

«Der hätte gestohlen sein können.»

«War er aber nicht.»

290

«Ich habe erheblich mehr Probleme, mit meiner Kreditkarte Unterwäsche zu kaufen.»

«Wenn Waffenbesitz Rechtsbruch ist, werden nur noch Rechtsbrecher Waffen besitzen», zitierte Mooney vergnügt. Dieser Slogan hatte in Kreuzstich auf einer Stickerei über der Kasse gehangen.

«Falsch, Mooney. Wenn Waffenbesitz Rechtsbruch ist, werden nur noch Rechtsbrecher *und Bullen* Waffen besitzen. Dann können die Guten und die Bösen Räuber und Gendarm spielen und die Bürger in Frieden lassen.»

«Sag mal, wer sind denn die Bürger?»

Ich zuckte die Achseln.

Wir schwiegen. Ich hätte gern Musik gehört, aber Mooneys Dienstwagen hatte nichts zu bieten als Polizeifunk und Mittelwelle. Ein neuer Chris-Smither-Song ging mir im Kopf herum: *The devil's not a legend, the devil's real.* Der Teufel ist keine Legende, der Teufel ist Wirklichkeit.

«Kinder», sagte ich. «Das werden einmal Bürger.»

Mooney sagte: «Ich kenne Zehn- und Zwölfjährige, die ständig eine Schußwaffe bei sich tragen.»

«Es muß aber Bürger geben, denn wen zum Teufel hast du sonst zu schützen und zu verteidigen geschworen, Mooney?»

Wir bogen auf die Route 2 ab. Von Arlington Heights aus kann man ganz Boston überblicken, eine Miniaturstadt. Es müßte nur noch eine Modelleisenbahn hindurchfahren und dampfend und fauchend Brücken und Flüsse überqueren. Am 4. Juli parken immer Paare auf der Standspur des Highways und vergnügen sich, bis auf der Esplanade das Feuerwerk losgeht. Schalten das Radio ein und hören die Pops noch einmal «1812» spielen.

Mooney fuhr im Leerlauf den Berg hinunter und hielt nahe

der Bowlingbahn. «Nimm die Vierziger immer mit, ja?» sagte er. «Trag sie bei dir. Mach bloß keinen Scheiß und leg sie in die Schreibtischschublade, solange die Luft noch nicht rein ist.»

«Und wann ist sie wieder rein?»

«Das weißt du besser als ich, Carlotta.»

Dabei wußte ich nur den Namen einer alten Nonne, die vielleicht noch oder auch nicht mehr am Leben war und sich vielleicht an einen Jungen namens Sam Gianelli und dessen besten Freund «Frank» erinnern konnte oder auch nicht.

Am Concord-Avenue-Kreisverkehr sagte Mooney: «Hat Sam je Reisen nach Providence erwähnt?»

«In Rhode Island?»

«In der Mafiahochburg von Neuengland», erwiderte er.

«Und wenn ja?» sagte ich und dachte an Sams «kranken Onkel».

«Dort gibt's ein Staatsgefängnis. Sams Name steht auf der Besucherliste, hat den alten Frascatti besucht, den früheren und, wie manche sagen, zukünftigen Syndikatsboss.»

Das war's also, das Geheimnis, das Oglesby und Mooney im Wartesaal des Krankenhauses gemeinsam gehütet hatten, die Information, die Mooney mir vorenthalten hatte.

«So?» sagte ich und achtete darauf, in normalem Ton und beiläufig zu sprechen. Frascatti konnte ja, nach allem, was ich wußte, auch Sams Onkel sein. «Daß Sam einen alten Mann besucht und ihm einen Korb mit Obst mitbringt, heißt noch nicht, daß er zur Mafia gehört. Oder ist Oglesby anderer Meinung?»

«Wie wär's hiermit?» sagte Mooney. «Wenn Sam nach Washington fährt, zieht er sich dann fein an?»

«Hä?»

«Anzug und Krawatte?»

«Willst du deinen Schneider wechseln?»

«Ich will nur ein einfaches Ja oder Nein.»

«Warum?»

«Sehe ich vielleicht wie ein Anwalt aus?»

«Du bist nicht gut genug dafür angezogen», sagte ich.

«Was meinst du denn hierzu: Kleidet Sam sich wie ein Mann, der möglicherweise vor einem Senatsausschuß aussagen will?»

«Interessanter Gedanke», sagte ich nach einer langen Pause.

«Sonst nichts? Nur interessant?»

Ich kaute auf meiner Unterlippe herum. Ich hatte doch mehr als Schwester Xavier Marie in petto. Ich hatte eine Telefonnummer im District of Columbia.

34 Es wurde schon dunkel, als mich Mooney an meiner Einfahrt absetzte. Der Abend war düster vom drohenden Schnee und kalt wie ein Griff aus Hartmetall.

Ich bat ihn nicht herein. Erschöpft, wie ich war, befürchtete ich, ihm womöglich bei einer Dose Bier von «Frank», dem Computerfreak, zu erzählen. Ich brauchte Zeit zum Nachdenken. Und wofür brauchte ich Gesellschaft, mit einer neuen S & W, Kaliber .40?

Im Eingangsflur hielt ich meine Hände erst mal an die Heizung. Ich wickelte meine .38er in ihre T-Shirt-Hülle, schob sie in die unterste linke Schreibtischschublade und schloß die Schublade ab.

293

Der Name einer Nonne. Sams Computerdisketten. Die Telefonnummer in der Regierungshauptstadt Washington. Lauter offene Fragen.

Ich setzte mich an meinen Schreibtisch und arbeitete mich trotz des wiederkehrenden «Bitte warten» der Krankenhaustelefonvermittlung vor, bis ich erfuhr, daß Sam die Operation gut überstanden hatte. Er konnte allerdings nicht selbst sprechen. Und durfte nur von seinen nächsten Angehörigen besucht werden.

Gloria, deren Befinden zufriedenstellend war, telefonierte offenbar lange. Dreißig Minuten später war immer noch besetzt. Vielleicht war sie darauf verfallen, von ihrem Krankenlager aus Taxen zu vermitteln.

Wahrscheinlich traf sie eher Vereinbarungen für Marvins Beisetzung.

Ich stellte den Computer an und erwog, eine von Sams Disketten zu laden. Meine Unwissenheit in puncto PC-Kompatibilität konnte Bände füllen. Ob ich in der Lage war, seine Dateien auf meinen Bildschirm zu befördern? Wie groß war die Chance, sie bei dieser Transaktion zu löschen?

Vielleicht hatte Keith Donovan Lust, heute abend chinesisch essen zu gehen. Ich fragte mich allerdings, ob er trotz seines Faibles für Frauen und Gewalt das neue Teil gutheißen würde, das in meinem Hosenbund steckte.

Ich brüllte nach Roz.

«Was ist?» antwortete sie und klang, gelinde gesagt, verärgert.

«Kannst du mal runterkommen?»

«Sekunde, ja?»

Während ich auf sie wartete, zog ich meine neue Pistole aus ihrem Versteck und übte, das Magazin mit einem Griff richtig einzupassen und ein imaginäres Ziel anzuvisieren.

«Ich ergebe mich ja», sagte Roz. «Bitte nicht schießen.»

«Viel zu tun?»

«Ich male. Ich bin voller Inspiration.»

«Willst du dir etwas verdienen?»

«Ich male doch gerade. Hast du was gegen Kunst?»

«Ich rede von Geld, Roz.»

«Was willst du denn?»

Ich deutete auf den Computer und fing an, von Sams Disketten zu quatschen. Mitten im Satz hatte ich eine Idee.

«Roz», sagte ich, «bleib so inspiriert. Mach eine Zeichnung von ‹Frank›. Ganz schnell.»

Sie schürzte die Lippen und dachte nach. «Stil?»

«Zum Teufel mit dem Stil! Keine Aura. Keine kubistische Scheiße. Mach es wie eine Kamera.»

«Langweilig», sagte sie.

«Lukrativ», sagte ich.

Ihre Zungenspitze erschien zwischen ihren scharfen Zähnen. «Eine Schwarzweißzeichnung? Bleistift?»

«Ja, genau.»

«Zehn Minuten», sagte sie.

«Und Sams Anrufer? Die Abschrift?»

«Hier.» Sie wühlte zerknitterte Zettel aus ihrer Tasche. Ich strich sie auf der Schreibtischplatte glatt und fragte mich, ob ich sie übersetzen lassen müßte, aber das, was ich haben wollte, war deutlich in Druckbuchstaben geschrieben. Eine einzige Telefonnummer mit einer 202 als Vorwahl.

Ich schöpfte tief Luft, dann wählte ich. Ich starrte den leeren Computerbildschirm an, während es beim Empfänger fünfmal klingelte. Ein mechanisches Klicken, dann eine fröhliche Anrufbeantworterstimme: «Leider kann ich Ihren Anruf nicht persönlich entgegennehmen …»

Ich legte auf. Konnte meinen Satz nicht ohne vorherige

Probe herausbringen: Sam Gianelli ist bei einem Bombenanschlag verletzt worden. Wer ich bin? Oh, jemand, der dachte, es würde Sie interessieren.

Ich klopfte mit dem Fuß auf den Boden, drehte mein Haar zu einem unordentlichen Knoten zusammen und verwarf ein halbes Dutzend ebenso alberner Sätze. Schließlich gab ich nur meinen Namen und meine Telefonnummer an und bat um Rückruf per R-Gespräch, sei es Tag oder Nacht. Das Versprechen, die Telefonkosten zu übernehmen, überzeugt die Leute von der Dringlichkeit des Anrufs.

Roz kam die Treppe heruntergesprungen und reichte mir kommentarlos ihre Zeichnung. Sie ist eine sehr genaue, gutgeschulte Illustratorin, obwohl das ihrer Kunst nicht anzusehen ist. Höchstens hatte sie den Mann ein wenig romantisch verklärt. Seine Augen waren lebenssprühend, fast feurig.

Ein Blick auf die Zeichnung, und ich war sicher, daß sie mit ihm geschlafen hatte.

«Danke», sagte ich.

«Gefällt es dir?»

«Ich will es mir nicht übers Bett hängen», sagte ich. «Es dient der Identifizierung.»

«Willst du es einem Polizeizeichner zeigen?»

«Jemand Besserem, hoffe ich.»

«Jetzt?»

«Ja.»

«Soll ich dich begleiten?»

«Nein. Mal, solange die Muse dir hold ist», sagte ich.

Ich kannte einen Ort, wo man mich einlassen würde, zu welcher Zeit auch immer. Einen Ort, an dem ich einigermaßen sicher war, auch ohne Roz. Nur ohne Roz.

St. Cecilia.

Ich ließ meinen Fuß im Gelenk kreisen. Dem Knöchel ging es besser als mir.

Ich suchte im Telefonbuch unter Kirchen, katholische. St. Cecilia war auf der Hanover Street, der Hauptverkehrsader von North End. Das einzige Problem würde ein Parkplatz sein. Und kein Green & White, wo ich hätte anrufen können. Ich fragte mich, wie bald Gloria wohl aus dem Bett und wieder auf dem Posten sein würde. Ich mußte an die Versicherung denken. Sie dürfte irgendwo auf den PC-Disketten zu finden sein.

Taxilizenzen waren der Hauptaktivposten des Unternehmens. Falls Sam vorgehabt hatte zu verkaufen, hatte er es Gloria jedenfalls verschwiegen. Wer mochte der Käufer sein? Phil Yancey? Brennan vom Amt für Personenbeförderung hatte sich noch nicht wieder gemeldet. Mooney hatte recht: Brennan war faul, wollte keinen Ärger machen.

Ich hatte mich nicht mehr für einen Kirchgang gekleidet, seit mein Dad mich trotz Einspruchs meiner Mutter zum Ostergottesdienst zu schleppen pflegte. Die beste Art und Weise, wie ein Jude Ostern feiern könnte, hatte sie stets behauptet, sei, sich im Keller zu verstecken, um vor Pogromen sicher zu sein. Dagegen hatte mein Dad immer eingewendet, ich sei ja nur Halbjüdin. Worauf sie zu erwidern pflegte, das hätte die Polen oder Nazis auch nicht abgeschreckt.

Eins der vielen bezaubernden Rituale meiner Kindheit.

Ich hatte allerdings nicht vor zu beten, obgleich es nichts schaden konnte, für Marvin eine Kerze aufzustecken. Ich zog meine Jeans aus und schwarze Wollhosen an, dazu eine rahmfarbene Seidenbluse. Eine lange schwarze Weste verbarg die .40er. Ich hatte erst erwogen, einen Rock zu tragen, was sicher angemessener gewesen wäre, aber es blies ein kalter Wind, außerdem bedurften meine Beine dringend einer Rasur, und so blieb es bei Hosen. Ein rot-golden gemustertes Tuch vervollständigte meinen Anzug; es biß sich ein wenig mit meinem Haar, aber ich mochte es. Ich konnte es mir sogar über den Kopf ziehen, falls ein Überbleibsel aus der guten alten Zeit strafend auf meine Hutlosigkeit herabblicken würde.

Ich mag Kirchen. Ich kann zwar eine Altarnische nicht von einem Loch in der Wand unterscheiden, aber ich genieße die hallende Stille, das Gefühl von Weite und das Geschick, mit dem die Architekten es fertiggebracht haben, den Blick nach oben zu lenken, immer höher und höher.

St. Cecilia war keine Kathedrale. Auch keine prächtige Fassade. Vielmehr ein erstaunlich warmer, hellerleuchteter Ort. Ein Ort der Besinnung.

Eine ältere Frau, das Gesicht halb von einem schwarzen Spitzentuch verhüllt, ging vor mir hinein, machte einen Kniefall und tappte zu einer Bank, als hätte sie diesen Weg schon fünfzigtausendmal gemacht. Ich tat es ihr gleich und nahm den Geruch von regenfeuchter Wolle und gebügelter Frömmigkeit wahr.

Der Beichtstuhl war links vom Altar. Ein Mann kam heraus, murmelte leise etwas vor sich hin, er hatte es offenbar eilig, mit den Ave-Marias fertig zu werden. Eine Frau schlüpfte in den Beichtstuhl, den Kopf gesenkt. Der Gedanke ans Beichten versetzte mich innerlich in Panik.

Ich ging hinaus und machte mich auf die Suche nach dem Pfarramt. Die Luft draußen war frisch und feucht. Leute waren auf den Straßen, unterhielten sich lachend miteinander oder trödelten an Kreuzungen und unter Laternen herum. Das North End pulsiert noch von Leben, wenn sich die sichersten Vorstadtviertel längst zur Ruhe begeben haben. Die Anwohner fühlen sich sicher, sie *sind* auch sicher, aus sich selbst heraus. Durch ihren Ruf ebenso wie in Wirklichkeit.

Ich fragte mich, ob das Pfarramt, ein vorspringender Backsteinanbau zur Rechten, einstmals die Star-of-the-Sea-Grundschule beherbergt hatte. Drei Granitstufen hoch zu einer imposanten Eingangstür mit Messingklopfer. Die Skizze von «Frank» kam mir auf einmal nutzlos und albern vor. Nach all den Jahren zu erwarten, daß man hereinschneien und eine Nonne antreffen könnte, die sich noch an den wahren Namen erinnern würde ...

Als die Schule geschlossen wurde, sind die Lehrschwestern vermutlich nach Simbabwe ausgesandt worden.

Na und? Eine Sackgasse. Das kannte ich schließlich schon. Die meisten Wege enden so. Dann war er es eben nur eine weitere ausgekundschaftete Fährte, eine Spur, die abgehakt werden konnte.

Eine Frau öffnete die Tür. Eine Nonne, wie ich vermutete, allerdings ohne Ordenstracht. Graues Haar, kein Make-up, Nickelbrille. Auf der Straße: eine alternde Cambridge-Radikale. In dieser Umgebung: eine Nonne.

«Ja bitte?» sagte sie höflich und entblößte beim Begrüßungslächeln eine Zahnlücke.

«Guten Tag. Ich suche jemanden, der mir etwas über die Grundschule erzählen kann, die früher einmal hier war. Und zu St. Cecilia gehörte.»

Ihre Augen leuchteten auf.

«Sind Sie Reporterin?» fragte sie eifrig.

So einfach ist es. Wirklich, als ob die Leute zu Hause rumsäßen, sich Drehbücher ausdächten und nur darauf warteten, daß jemand, etwa ein Talkmaster vom Fernsehen, zur Tür hereinspaziert käme und ihnen Fragen über ihr aufregendes Leben stellte. Im Grunde liefert doch jedes Leben spannenden Stoff für ein dokumentarisches Drama, nicht wahr?

«Nicht ganz», sagte ich sanft.

«Mir fehlt die Schule», sagte sie. «Ich weiß, daß das, was ich jetzt mache, wichtig ist, diese Gemeindearbeit, wie sie es nennen, aber das Lehren war doch etwas Besonderes. Eine Freude. Ich vermisse die Kinderstimmen.»

Ich fragte mich, ob heutige Grundschullehrer ihre Tätigkeit wohl auch als Freude bezeichnen würden.

«Waren Sie Lehrerin dort?»

«Am Ende, ja. Die Schule ist 1978 geschlossen worden. Zu wenig Schüler.»

«Haben Sie Schwester Xavier Marie gekannt?»

«Nein.»

«Die Gianelli-Kinder sind auf die Schule von St. Cecilia gegangen.»

Ihr Gesichtsausdruck veränderte sich etwas. Ihr Mund lächelte zwar noch, aber nicht mehr ihre Augen. «Den Namen kenne ich natürlich», sagte sie zurückhaltend. «Die Kinder waren aber schon groß, als ich das Lehramt aufnahm.»

«Gibt es Jahrbücher? Klassenfotos?»

«Alle Unterlagen sind an das Zentralbüro gegangen. Das ist in der Nähe der Kardinalsresidenz auf der Lake Street. Sie müssen Ihre Anfrage schriftlich einreichen. Ich kann Ihnen die Adresse geben.»

«Leben noch Lehrerinnen von damals? In diesem Gemeindehaus?»

Sie zögerte.

«Es ist eine Schande, was mit den älteren Schwestern gemacht wird, die einmal Lehrerinnen waren», setzte ich schnell hinzu. «Sie haben soviel getan, und jetzt dankt es ihnen kaum jemand.»

«Schwester Claveria ist noch hier», sagte sie. Sie hatte sich eine Meinung über mich gebildet. Ich hatte offenbar ein Herz für die alten Nonnen. Ich war in Ordnung.

«Ob ich wohl mit ihr reden könnte?»

«Sie ist sehr alt.»

«Ich würde sie nicht aufregen. Es ist mir wichtig.»

«Ich weiß nicht recht», sagte sie.

«Wie heißen Sie denn?»

«Mein Ordensname ist Schwester Mary Agnes.»

«Schwester Mary Agnes, wenn Schwester Claveria einem ehemaligen Schüler helfen könnte, würde sie ihm dann ihre Hilfe verweigern?»

«Entschuldigen Sie», sagte sie, sichtlich verwirrt. «Tut mir leid. Heute ist alles anders, selbst hier.»

«Schon gut, Schwester.»

Sie machte die Tür weit auf, ohne sich weiter darum zu kümmern, ob ich vielleicht bewaffnet oder sonstwie gefährlich war. Gut so.

«Schwester Claveria schläft vielleicht.»

«Wecken Sie sie nicht auf», zwang ich mich zu sagen. Schwester Mary Agnes schien hilfsbereit zu sein. Ich wollte sie nicht drängen. Ich konnte später noch einmal wiederkommen.

Der Eingangsturm war mit doppelt so vielen Möbeln eingerichtet, wie er eigentlich fassen konnte. Dunkle geschnitzte Holzbänke. Dicke Sessel mit dunkelgrünen Bezügen. Das Mobiliar eines großen Hauses, in ein einziges Zimmer gepfercht. Die Möbelstücke schienen die ganze Luft aufzusaugen. Die Heizung war zu groß gedreht. Ich knöpfte meinen Mantel auf.

Schwester Mary Agnes erschien wieder in der Tür und nickte ermutigend. «Ich weiß Ihren Namen gar nicht», sagte sie reumütig.

Ich gab ihr eine Visitenkarte.

«Kommen Sie bitte mit», sagte sie.

Es ging eine teppichbelegte Treppe hinauf, dann zwei steilere mit nackten Stufen. «Schwester Claveria hat noch gelesen», bemerkte sie.

Ich konzentrierte mich auf meine Füße. «Es ist sehr freundlich von ihr, mich zu empfangen.»

«Die Schwester spricht gern über die alten Zeiten. Sie hängt wie wir anderen alle daran, nur noch mehr. Sie weiß sicher nicht mehr, was sie heute zum Frühstück gegessen hat, aber lassen Sie sich dadurch nicht täuschen. Wenn Sie auf die vierziger Jahre zu sprechen kommen – das war etwa die Zeit, als sie in den Konvent eingetreten ist –, redet sie, daß Ihnen Hören und Sehen vergeht.»

«Danke für die Warnung.»

«Oh, so habe ich es nicht gemeint. Ich wollte Sie eigentlich nicht warnen, sondern Ihnen deutlich machen, was Sie erwartet. Sie ist nicht närrisch oder senil; sie ist einfach nur alt. Manche kennen den Unterschied nicht.»

Es gab kein Fernsehen in dem Zimmer. Das war das erste, was ich wahrnahm, und zwar mit Erleichterung. Ich spürte ein leises Kribbeln von der S & W am Rückgrat. Ununterbrochen plärrende Fernseher sind in zunehmendem Maße ein Ärgernis für mich. Wenn ich je völlig ausraste, werde ich so viele Fernsehapparate kaputtschießen, wie ich finden kann, bevor sie mich einsperren. In Bars, Restaurants und Wartezimmern.

«Schwester, hier ist Miss Carlyle.»

Damit ließ mich Schwester Mary Agnes auf der Schwelle

stehen. Um sich wieder der Gemeindearbeit zu widmen, wie ich annahm.

«Willkommen.» Schwester Claverias Stimme knisterte wie trockenes Papier. Ich trat ein. Im Gegensatz zu dem vollgestopften Gemeinschaftsraum wirkte ihr Zimmer zellenartig in seiner Schlichtheit. Es war klein und täuschte doch Größe vor. Es gab nur das Einzelbett, einen Tisch. Und einen Stuhl.

Schwester Claverias Haar war gelblich-grau, weit entfernt von Polycolor-Silberweiß. Ihre Nase war lang und dürr, ihr Kinn spitz, ihre Augen hinter dicken Colaflaschengläsern versteckt. Ich fragte mich, ob sie Roz' Zeichnung überhaupt erkennen würde. Sie schlug mit langsamer, gemessener Bewegung ein dickes Buch zu. Vielleicht war das ihre Lesebrille. Die Gläser vergrößerten ihre Augen.

«Schwester Mary Agnes hat gesagt, sie wollten etwas über die Schule wissen.» Sie muß im Klassenzimmer eine beeindruckende Person gewesen sein. Als sie sprach, stand ich tatsächlich ein wenig stramm. Befehlston, so nannten sie das auf der Polizeiakademie.

«Über einen bestimmten Schüler», sagte ich.

«Junge oder Mädchen?»

«Einen Jungen.»

«Steckt er in Schwierigkeiten?»

«Würde das eine Rolle spielen?»

«Ich weiß nicht.»

«Darf ich Ihnen nicht einfach meine Fragen stellen, und Sie antworten, wenn Sie mögen? Unter Umständen kennen Sie meinen Freund gar nicht.»

«Sind Sie wirklich mit ihm befreundet?»

Ich dachte an Sam, nicht an «Frank».

«Ja», sagte ich.

«Dann mal los.»

«Können Sie sich an die Familie Gianelli erinnern?»

«Ach, die.»

«Ja?»

«Genausogut könnten Sie die Ordensschwestern in Brookline fragen, ob sie sich noch an die Kennedys erinnern können», sagte sie verächtlich. «Damit brauchen Sie mir nicht zu kommen.»

«An den jüngsten?»

«Ein recht aufgewecktes Kind. Ungezogen, wie sie alle. Wir haben immer gesagt, er habe den Teufel im Leib, aber er war kein Kind des Teufels, es war nur eine Redensart. Wir hätten es nicht sagen dürfen, hier nicht.»

Der Teufel ist keine Legende, der Teufel ist Wirklichkeit. Smithers Song wollte mir nicht aus dem Kopf gehen.

«Sie haben ein gutes Gedächtnis», sagte ich.

«Für einige.»

«Mich interessiert ein Freund des jüngsten Gianellisohns, ein guter Freund, sein bester Freund.»

Sie schloß die Augen. Nickte mit dem Kopf. Ihre Nase schien endlos lang zu sein. «Buben kommen und gehen. Die Jahre kommen durcheinander. Wer hat zusammen gespielt ...» Ihr Befehlston war in leises Wimmern übergegangen.

«Haben Sie eine Schwester Xavier Marie gekannt?»

«Sie ruht im Schoß des Herrn. Eine feinere Frau hat es nie gegeben.»

Ich entfaltete Roz' Skizze, meine letzte Hoffnung. «Das ist der Mann, den ich suche.»

Sie sah sich die Zeichnung eine Weile an, hielt sie dicht vors Gesicht, rückte die Brille auf der Nase zurecht und nahm sie schließlich ab.

«Das ist aber nicht der Gianellijunge», sagte sie.

«Nein.»

«Sieht ihm sehr ähnlich», sagte sie.

«Wem sieht er ähnlich? Kennen Sie ihn?»

«Dem Vater, nicht dem Kind. Aber viele Kinder werden ihrem Vater immer ähnlicher.»

«Wer?»

«Wenn er mit dem jüngsten Gianelli zusammen zur Schule gegangen ist, muß es Joey junior gewesen sein. Joseph Frascatti.»

«Frascatti», wiederholte ich.

«Man sieht gleich, wie es gekommen ist», sagte die Schwester. «F und G. Die alphabetische Reihenfolge. Sie haben dicht beieinander gesessen, und wenn ihre Väter auch bestimmt etwas dagegen hatten, sind sie doch sofort dicke Freunde geworden, wie ich behaupten möchte. Der kleine Gianelli und der kleine Frascatti. Ja. Ja.»

Die beiden rivalisierenden Familien.

«Fällt Ihnen irgend etwas über Joey Frascatti ein?»

«Welcher Art?»

«War er gut im Rechnen, konnte er gut mit Zahlen umgehen? Oder hatte er Interesse am Theater?»

«Was spielt das jetzt noch für eine Rolle?» sagte Schwester Claveria verärgert. «Er hätte ein guter Schüler sein können, aber er war immer rebellisch. Er hatte einen brillanten Verstand, begehrte stets auf. Hat eine Menge Ärger gemacht.»

Die alte Frau verstummte, hing ihren Gedanken nach.

«Was für Ärger?» bohrte ich behutsam weiter.

«Ich will Ihnen etwas erzählen, was mir im Zusammenhang mit Joey Frascatti besonders klar im Gedächtnis ist», sagte sie. «Ich erinnere mich noch an seine Beerdigung.»

«Beerdigung?»

«Tut mir leid, falls Sie es nicht wußten», sagte die alte

Nonne mit ihrer verdorrten Stimme. «Er ist in dem schrecklichen Krieg gefallen.»

«Im Krieg.» Ich wollte ihr sagen, daß sie sich irren müßte. Ich wollte ihr nicht mehr alles nachplappern.

«In Vietnam.» Sie holte Luft, flach atmend, hustete und hielt mich mit erhobener Hand davon ab, näher zu kommen und ihr zu helfen, es sich in den Kissen bequemer zu machen.

«So viele nette Jungen, alle dahin», sagte sie. «Manchmal glaube ich, daß ich schon zu lange lebe ...» Sie suchte nach meinem Namen und begnügte sich schließlich mit «meine Liebe». «Zu lange», sagte sie noch einmal. «Ich bete jeden Abend zu Gott, daß er die alte Seele endlich heimholt.»

Sie schien zu schlafen, als ich ging. Ihr Atem war regelmäßig. Ich ließ die Tür offen und das Licht an.

35 Gut, daß man in North End nachts sicher ist. Ich hätte eine Bande umherstreifender Straßenräuber erst bemerkt, wenn sie mir die Kanone aus dem Hosenbund geklaut hätten. Ich fuhr mit der außergewöhnlichen Vorsicht eines Betrunkenen nach Hause.

Joseph Frascatti.

Joey Fresh.

Das war immerhin ein Fortschritt. Ich wußte jetzt, wer «Frank» war. Ich konnte seine letztbekannte Adresse herausfinden, seine richtige Sozialversicherungsnummer, seine wirklichen finanziellen Verhältnisse. Ihn bis zu dem Zeitpunkt verfolgen, an dem er gestorben war.

Wann? In Vietnam. Vietnam. Während der schlimmsten Vietnamzeiten ging ich noch zur Volksschule, abgeschirmt durch Rechtschreibwettbewerbe und Pizzapartys am Freitagabend. Meine Mutter war gegen alles zu Felde gezogen. Das war doch alles nur ein kapitalistisches Komplott, ein Grund mehr, auf die Straße zu gehen, zu demonstrieren, zu marschieren. Ich war wahrscheinlich einfach hinterhergelatscht, so vollkommen unpolitisch war ich. Ein paar Liederfetzen fielen mir wieder ein. «And it's one, two, three, what are we fighting for?» Oder gegen Lyndon B. Johnson: «Waistdeep in the Big Muddy and the big fool says to push on!» Ich marschierte mit. Ich sang mit. Wenigstens ein bißchen.

Joey Fresh, so hieß Joseph Frascatti auf der Straße. Joseph Frascatti senior. Der einzige, von dem ich je etwas gehört hatte. Er hatte die verschiedensten Sondereinheiten zur Bekämpfung des organisierten Verbrechens überlistet, solange ich denken kann.

«Franks» Papa.

Und was nun?

Ich konnte nach Washington fliegen und Sams nebulöse Traumfrau aufsuchen. Meine Finger über den Gedenkstein aus schwarzem Granit gleiten lassen, bis sie den Namen Joseph Frascatti junior gefunden hatten.

Ich mußte mit Sam sprechen. Sam, dessen bester Freund zum Rivalenlager der Mafia gehörte. Hatten sein Vater und seine Brüder vom kleinen Joey Fresh gewußt?

Ich blinzelte mit den Augen und gähnte, vergaß, den Blinker zum Linksabbiegen zu setzen. Ich brauchte dringend Schlaf, eine lange, traumlose Solopause. Etwas zu essen; ich konnte mich an kein Abend- oder Mittagessen erinnern.

Roz war weg, aber sie hatte einen Zettel hinterlassen. Er

machte mit Pfeilen und Sternen auf sich aufmerksam und hing am Kühlschrank, so daß ich ihn keinesfalls übersehen konnte.

Ich las ihn, während ich Orangensaft trank. «Bin die G & W-Dateien durchgegangen. Scheinen in Ordnung zu sein. Bitte kümmere dich um das Du-weißt-schon-was.»

Das Du-weißt-schon-was war das Geld in den Karatematten. Ich sah auf die Uhr. Klar, reichlich Zeit, es in selbstgemachte Kissen mit hübscher Stickerei einzunähen, wo niemand es vermuten würde. Vielleicht konnte ich gleich eine Patchwork-Steppdecke fabrizieren, wenn ich schon einmal dabei war.

Ich fand etwas Aufschnitt, roch argwöhnisch daran, klemmte ihn zwischen Schweizer-Käse-Scheiben. Kein Brot.

Ich überlegte, ob ich den Computer anwerfen sollte. Wenn Roz Sams Dateien nicht vermurkst hatte, mußten sie mit meinem Gerät zu laden sein.

Der Anrufbeantworter blinkte vor sich hin. Ich drückte auf den Abhörknopf und suchte nach einem Zettel. Eigentlich sollte es andersherum sein.

«Hallo», sagte eine Frauenstimme, die mir entfernt bekannt vorkam. «Mein Name ist Lauren Heffernan. Ich rufe aus dem District of Columbia an. Zwei null zwei, fünf fünf fünf, null drei, zwei drei. Sam hat mich vom Krankenhaus aus angerufen. Ich komme morgen früh mit dem Shuttle-Flug an, sobald ich einen Platz bekomme. Nehme ein Taxi zu Ihnen. Sollte das Probleme bereiten, rufen Sie mich bitte zurück.»

Ich wählte schon 202, bevor sie ausgeredet hatte, und der Kopf schwirrte mir vor Fragen. Herkommen? Früh? Wann kam der erste Flug aus Washington an? Wahrscheinlich gegen acht, früh genug, daß die Regierungsangestellten noch einen vollen Arbeitstag vor sich hatten.

Nun komm schon, Lauren. Geh an dein verdammtes Telefon.

Fünfmal das Zeichen. Anrufbeantworter. Ich legte auf.

Ich schlief schlecht. Der Wecker klingelte um 7.15 Uhr. Ich war früh auf, aber zum Volleyballtraining würde ich wohl nicht gehen.

36   Als um 9.31 Uhr ein Taxi eine Frau absetzte, stand ich voll unter Strom. Drei Tassen Kaffee schwappten um die zwei Blaubeer-Muffins herum, die ich zum Frühstück verspeist hatte. Ich machte die Tür weit auf, während Lauren Heffernan die Stufen heraufkam.

Ganz schön stämmig, dachte ich. *Und sehr einfach*. Mit den Füßen auf gleicher Höhe wie meine, war sie gut zwanzig Zentimeter kleiner als ich. Sie streckte mir die Hand entgegen und schenkte mir ein herzliches, wissendes Lächeln. Ihre blauen Augen, klar wie die eines Kindes, saßen in einem Kranz von feinen Runzeln. Sams Alter. Älter. Fühlt sich in ihren Vierzigern wohl, gibt nicht vor, jünger zu sein.

Nicht die Sirene, die ich mir hinter der einladenden Stimme vorgestellt hatte.

«Miss Heffernan», sagte ich.

«Nennen Sie mich doch Lauren, ja? Wir sind über Logan in die Warteschleife geraten», sagte sie. «Ich dachte, wir würden nie landen. Carlotta. Freut mich, Sie kennenzulernen.»

Bitte, flehte ich im stillen, sag bloß nicht, du hättest schon soviel von mir gehört.

«Kaffee?» fragte ich.

«Ich laufe jetzt schon über. Das Bad?»

«Durch die Küche. Geben Sie mir Ihren Mantel.»

Seemannswolle, starke Qualität, ein Knopf fehlte, in den Taschen ordentlich gefaltete Kleenextücher. Ihre große Handtasche, eher eine Aktenmappe als eine Damentasche, hatte sie auf einen Stuhl fallen lassen. Wenn sie sie mitgenommen hätte, wäre ich neugierig geworden. Da sie sie vor meiner Nase hatte liegenlassen, war ich nur schwach versucht, sie zu durchwühlen.

Die Toilette spülte. Wasser lief. Sie kam lächelnd zurück.

«Haben Sie mit Sam gesprochen?» fragte sie.

«Die stellen meine Gespräche nicht durch. Er hat mich nicht angerufen.»

«Er hat irgend jemanden bestochen, um die Krankenhausordnung zu umgehen, als er mich angerufen hat.»

Hätte er ja auch bei mir probieren können, dachte ich.

«Er klang erschöpft, wollte aber, daß ich ein paar Sachen erledige, die nur von Washington geregelt werden können», sagte sie, als hätte sie meine Gedanken gelesen.

Ich muß mich mehr im Pokerface üben. Entwaffnend, diese Frau. Von Washington, hatte sie gesagt, nicht in Washington. *Washington* als Synonym für die Regierung.

«Wer sind Sie denn?» fragte ich.

Sie atmete tief ein.

«Können wir uns nicht setzen?»

«Aber sicher», sagte ich.

Genau da kam Roz die Treppe heruntergestolpert, in etwas Goldenes, Grelles gekleidet. Hätte ein Morgenrock sein können. Gott weiß, wann sie letzte Nacht nach Hause ge-

310

kommen war. Ich hatte gar kein Gestöhne gehört. Sie mußte ihren Liebhaber anderswohin mitgenommen haben.

«Carlotta», sagte sie, als hätte sie mich eben erst bemerkt. Ihr Augen-Make-up war noch verschmierter als sonst, die Lippen waren fast schwarz.

«Roz, das ist Lauren. Lauren, hätten Sie was dagegen, wenn wir uns in der Küche unterhalten?»

Sie starrte Roz nicht an, was eine Kraftanstrengung sein mußte. «Falls ich das Kaffeeangebot doch noch annehmen darf», sagte sie fröhlich.

«Wollen Sie dort auf mich warten? Ich muß nur eben etwas mit meiner – äh – Mitarbeiterin besprechen.»

Ich wartete, bis Lauren außer Sicht war und senkte die Stimme. «Also», sagte ich zu Roz, «ich weiß, daß du auf den Disketten nichts gefunden hast, aber das liegt daran, daß du nach etwas Falschem gesucht hast.»

«Weißt du denn das Richtige?»

«Ich glaube ja.»

Sie bewegte die Finger wie ein Pianist, der sie für ein Liszt-Konzert aufwärmt.

«Erst mal», sagte ich, «findest du jetzt alles heraus, was über Lauren Heffernan in Erfahrung zu bringen ist. Einundachtzig zweiundachtzig Warren Street Northwest. Washington, D. C.»

Sie warf einen Blick zur Küche. «Aha.»

«Nichts aha. Ich will einen Papierausdruck über Heffernan. Und dann lädst du Sams G & W-Dateien und vergleichst sie mit den Kontoauszügen in meiner obersten Schreibtischschublade.»

«Du hast Sams Kontoauszüge?»

«Ich hab sie aus seiner Wohnung mitgenommen.»

«Ganz schön tricky.»

«Roz?»

«Ja?»

«Warum bist du schon so früh auf?»

«Ich bin erst vor ungefähr einer halben Stunde nach Hause gekommen», sagte sie. «Habe noch nicht geschlafen.»

Als ich in die Küche kam, war Lauren offenbar dabei, die Raumgröße abzuschreiten. Während sie es sich auf einem Rohrstuhl bequem machte und ihre Schuhe mit flachen Absätzen von den Füßen streifte, setzte ich den Kessel auf und holte zwei saubere Becher aus dem Abwaschkorb. Ich setzte mich ihr gegenüber an den Holztisch und wartete.

«Wer ich bin?» wiederholte Lauren Heffernan. «Das hatten Sie mich gefragt, nicht wahr? Wollen Sie meinen Führerschein sehen?»

«Nicht unbedingt.»

«Was diese Angelegenheit betrifft, eine Freundin von Sam. Wir waren zusammen in Vietnam. Ich war bei der Armee.»

Die Betonung lag auf «zusammen». Sie waren also in diesem Krieg «zusammen». «Schatz» hatte sie ihn genannt. Vielleicht war das auch ein Überbleibsel aus dem Krieg.

«Joey auch?» fragte ich.

Sie pfiff leise. «Sie wissen anscheinend mehr, als Sie wissen sollten.»

«Erzählen Sie mir etwas, was ich noch nicht weiß.»

«Was zum Beispiel?»

«Fangen Sie damit an, wie Joey in Vietnam gestorben ist.»

Sie stützte die Ellbogen auf den Tisch und ließ den Kopf auf den Händen ruhen. Ihr kastanienbraunes Haar war kurzgeschnitten; graue Streifen zeigten sich darin. Sie malte mit dem Zeigefinger Kreise auf ihre Schläfen. Sie trug keinen Schmuck, auch keine Ringe.

312

Während sie auf die Tischplatte starrte, sagte sie: «Warum er gestorben ist, wäre interessanter.»

«Warum, ist mir recht. Heißen Sie übrigens wirklich Lauren Heffernan? Hat die Veteranenverwaltung Unterlagen über Sie?»

«Laura McCarthy», sagte sie und ließ mir einen aufrichtigen Blick aus ihren blauen Augen zukommen. «Frauen wechseln dauernd ihren Namen. Lauren ist mein Vorname, aber er war damals nicht in, und so habe ich mich Laura genannt. Ich war zweimal verheiratet. Hat beide Male nicht gehalten.»

«Männer wechseln ihren Namen nicht so oft.»

«Oha, Sie würden staunen!»

«Bringen Sie mich zum Staunen.»

«Kaffee?» fragte sie.

«Gleich fertig.»

Sie starrte den Kessel an, als wollte sie ihn durch Gedankenkraft zum Kochen bringen. Er zischte wie eine Dampfmaschine.

Blieb nichts anders übrig, als zu reden. Keine Ablenkungen.

«Sam mußte nicht nach Vietnam», sagte sie. «Joey auch nicht. Sie haben sich gegen Kriegsende freiwillig gemeldet, als die Einberufung ein reines Lotteriespiel war. Sie warteten nicht, bis sie dran waren, sie haben sich einfach gemeldet. Sie betrachteten sich als Team. Das habe ich zu Anfang auch gedacht. Erst später habe ich gemerkt, was da eigentlich ablief.»

«Was meinen Sie mit ‹ablief›?»

Ein Lächeln vertiefte die feinen Fältchen rings um ihre Augen. «Ich will Ihnen keineswegs erzählen, daß Sam schwul ist.»

313

«Na, das wäre auch eine schöne Überraschung gewesen», gab ich zu.

«Er und Joey waren achtzehn Jahre alt und auf der Flucht, auf Abenteuer aus. Darum ging es ihres Erachtens. Zu Hause konnten sie sich nicht einfügen, wollten keine Zahnrädchen in der Maschinerie ihrer Väter werden. Darum waren sie so eng miteinander befreundet, weil sie beide die Söhne von Unterweltsbossen waren. Beide hatten das Gefühl, ständig nur im Schatten ihres Vaters zu stehen.»

Sie fuhr fort: «Ich bin Irin, stamme aber nicht aus einer feinen Gegend. In meiner Stadt wurden sie Gangs genannt, nicht Mafia oder ähnliches. Einfach nur Gangs.»

«Die Jungs haben also die Armee als Ausweg angesehen», drängte ich.

«Das Wasser kocht», sagte sie erleichtert.

«Nescafé in Ordnung?»

«Mit Milch und Zucker.»

Ich hantierte zwei Minuten lang mit Tassen und Besteck. Sie fing erst wieder an zu reden, nachdem sie ihre Tasse probiert und noch einen Löffel Zucker hineingerührt hatte.

Dann sagte sie: «Ich weiß nicht, wer auf die Idee mit dem Sterben gekommen ist. Einen Tod vorzutäuschen. Ich weiß nur, daß beide davon gesprochen hatten, zu verschwinden, sich unerlaubt von der Truppe zu entfernen. Desertieren wäre eine Möglichkeit gewesen, ihren Familien eins auszuwischen.»

«Die Unterwelt hält sich für patriotisch», sagte ich.

«Sie würden lieber heute als morgen in Kuba einmarschieren», sagte sie bitter. «Ich glaube nicht, daß sie geplant hatten, was passiert ist. Es war eher … ein Zufall, der sich aus ihrer Situation ergab und aus dem Chaos, von dem das Ende des Krieges geprägt war, die Vietnamisierung des Krieges, der Rückzug, ihre Aufgaben. Meine Aufgabe. Ich war Heereskrankenschwester. Mobile Einheit. In einem Kampfgebiet, aber nicht an Kriegshandlungen beteiligt. Ich war für unsere Männer in Uniform da.»

«In einer Position, wo sie Urkunden verändern konnten?»

«Joey war Infanterist. Sam war zeitweilig Schreiber der Kompanie. Konnte maschineschreiben. Er wollte aber wieder an die Front zurück, wieder marschieren, und das tat er auch, bevor der Krieg zu Ende war.»

«Einheit?» fragte ich.

«Eins-sechsundneunzig, leichte Infanterie. Für Nachschub zuständig. Eine der letzten Brigaden, die ausgerückt ist.»

Damit würde ich meinen computergestützten Lügendetektor füttern.

«Weiter», sagte ich.

«Joey geriet in Schwierigkeiten. Immer tiefer. Ärger mit zu Hause, mit der Familie.» Lauren kippte ihren Stuhl so zurück, daß er nur auf zwei Beinen stand. Sie trank einen Schluck Kaffee.

«Und?» sagte ich. «Was dann?»

«Er hat Drogen genommen in Vietnam. Na ja, wir haben alle Drogen genommen, wenn man Marihuana zu ‹Drogen› rechnet. Aber Joey ... Wenn er nicht geraucht hat, hat er geschnupft. Ich glaube, er hat auch gefixt. Egal – da seine Familie zeterte, sie würde sich hinter ihren Kongreßabgeordneten klemmen, um ihn wieder heimzuholen, und er selbst vom Drogenkonsum völlig kaputt war und auf dem Schwarzmarkt Schulden gemacht hatte, beschloß Joey irgendwann zu sterben. Wirklich zu sterben. Das schien ihm vielleicht die einfachste Lösung zu sein. Sam und ich, wir wollten ihn schließlich nur noch retten, wenn möglich. Ich habe Sam einmal versprochen, daß, falls Joey verwundet würde, ich dafür sorgen würde, daß die Verwundung schlimm genug aussähe, daß er nach Hause geschickt werden müßte. Ich war ja Krankenschwester. Heute erscheint mir das undenkbar, aber damals war es anders. Joey meldete sich freiwillig für immer gefährlichere Aufträge. Freiwilliger Joey, G. I. Joey, der Mann, der nicht umzubringen war, begann, sich selbst zu zerstören.

Freunde waren Mangelware», fuhr sie fort. «Es ist unverzeihlich, was wir taten, aber Freunde waren Mangelware.»

«Was haben Sie denn getan?» Ich hatte die Hälfte meines Kaffees schon getrunken, ohne etwas zu schmecken. Ich spürte, wie das Koffein in meinen Adern kreiste.

Lauren rührte in ihrem Kaffee und starrte in die milchigen Tiefen, als sehe sie sich einen verschwommenen Film aus ihrer Vergangenheit an. «Joey kroch eines Nachts ins Lager und in mein Zelt. Den Tarnanzug voller Blut und Dreck. Dreck und Blut. Die Hügel waren damals numeriert. Trugen keine Namen. Hießen nicht ‹Porkchop Hill› oder ‹Little Round Top›. Es waren einfach numerierte Hügel, für die ein Infanterist sein Leben zu geben hatte. Und sie wußten inzwischen, daß jeder Hügel nurmehr ein Druckmittel war. Land, das zurückgegeben wurde, nachdem sie dafür geblutet hatten und gefallen waren. Der Himmel war so blau ... und jeden Tag gab es Jungs, die den Himmel nie wiedersehen würden, die nie mehr einen weißen Vogel am blauen Himmel fliegen sehen würden ...»

Sie schüttelte den Kopf und seufzte, dann zwang sie sich, mit fester Stimme weiterzusprechen. «Joey stürmte immer wieder die Hügel hinauf. Er war durch nichts davon abzuhalten. Er war damals reif für die Rückstellung, ein Fall für den Psychiater, aber ich fand niemanden, der mir zugestimmt hätte. Er nahm Heroin, dealte auf dem Schwarz-markt – was immer es gab, er tat es. Als ich ihn in jener Nacht, an jenem Morgen sah, meinte ich, ein Gespenst zu sehen. Er preßte seine Erkennungsmarken so fest zusammen, daß ich die Hände aufbiegen mußte, um sie an mich zu nehmen. Erst da merkte ich, daß es nicht seine waren.»

«Und wem gehörten sie?»

Jetzt sah sie zu mir auf, maß mich mit einem klaren, langen Blick. «Ich glaube nicht – und Sam glaubt es auch nicht –, daß Joey ihn getötet hat. Der Tote war nicht gerade beliebt, aber er war auch nur ein Infanterist, kein Offizier, und Mord und Totschlag unter den Soldaten war in den Einheiten in unserer Gegend nicht üblich. Außerdem gab es feindliche Angriffe in der betreffenden Nacht vor unseren Stellungen. Und da war Joey, wie immer vorn, und wartete auf den Tod. Statt dessen wurde ein anderer in Stücke gerissen. Die Erkennungsmarken landeten genau zu Joeys Füßen. Wie ein Geschenk, sagte Joey. Wie ein Geschenk von Maria, der Muttergottes, sagte er. Er hätte sofort seine eigenen Erkennungsmarken über den Kopf gezogen und auf die Erde geworfen, ohne darüber nachzudenken, sagte er.»

Der «Frank», den ich kennengelernt hatte, hat ebenfalls eine schnelle Zunge, dachte ich. Ich wollte sie aber nicht vom Erzählen abbringen. Sie rührte mit einem Löffel in ihrem kalten Kaffee herum, und das Geräusch mischte sich mit dem Klappern der Computertasten im Wohnzimmer.

Sie seufzte. «Mein Freund Joey Frascatti war also in der Schlacht umgekommen. Gefallen. Und dann trafen Sam und ich Vorbereitungen für ihn, für unseren Kumpel Joey, der inzwischen einen anderen Namen trug – Floyd Markham, den Namen der Erkennungsmarken, den Namen eines Jungen aus Traverse City, dem nicht mehr zu helfen war.

Für ‹Floyd Markham› war es leichter zu verschwinden. Vermißt.» Sie runzelte die Stirn. «Wir hätten ihn als ‹gefallen› melden sollen, aber das wäre schwieriger gewesen. Wir hätten eine Leiche gebraucht. Es wäre allerdings der Familie des Jungen gegenüber barmherziger gewesen. Vermißt, all die Jahre schon ...»

«Bitter», sagte ich.

«Sam und Joey schlossen auf den Namen des Toten eine Lebensversicherung ab und datierten den Vertrag zurück. Das war auch der Grund dafür, warum Sam in letzter Zeit so häufig in Washington war. Wir haben über inoffizielle Kanäle die aufzufinden versucht, die von der Familie des Jungen noch am Leben sind, um klarzustellen, daß der Junge tot ist, um jegliche Hoffnung oder Angst auszuräumen. Angst, daß er desertiert sein könnte, daß er irgendwie zurückgelassen wurde, daß er gefoltert wurde oder irgendwo gefangen ist. Man stellt sich alles mögliche vor, wenn man nichts Genaues weiß, wenn man keinen Sarg zu sehen bekommt und keine Leiche beerdigen kann.»

«Hat Joey den Namen des Jungen nicht behalten?»

Sie stellte ihre Kaffeetasse wieder auf den Tisch. «Joey sollte nie wieder in die Vereinigten Staaten zurückkehren. So war es geplant, so war es abgemacht. Weder in die USA noch nach Italien. Nirgendwohin, wo ihn jemand sehen und sagen konnte: ‹He, das ist doch der Junge von Joey Fresh.› Niemandem wurde damit ein Schaden zugefügt. Der andere, Floyd Markham, war zerfetzt worden. Die Frascattis durften ein großes Begräbnis abhalten. Die Markhams allerdings nicht. Jetzt, wo ich älter bin, weiß ich das Ritual zu schätzen, einen Toten der Erde zu übergeben. Aber ich war jung. Ich habe damals nie darüber nachgedacht. Ich glaube, keiner von uns hat an so etwas gedacht ...»

«Warum ist Joey zurückgekommen?»

Sie senkte die Stimme zu einem Flüstern. «Er hat per E-Mail mit Sam Verbindung aufgenommen. Erst von Australien aus, dann von Neuseeland aus. Das war ein Schock! Sam und ich hatten ... wir hatten uns Phantasievorstellungen hingegeben von Joey, dem Jungen, der ganz von vorn anfangen wollte, dem Jungen, der versprochen hatte, clean zu werden und clean zu bleiben, wenn wir ihm nur die Chance geben würden. Wir hatten alle geschworen, Stillschweigen zu bewahren, und nicht nur das, sondern wir hatten uns unserer gegenseitigen Hilfe versichert. Wenn einer von uns in Not wäre oder in Schwierigkeiten steckte, würden die anderen Hilfe leisten.»

Sie brach ab, sah mich an. vielleicht irrte ich mich, aber ich hatte das Gefühl, daß sie meine Zustimmung suchte.

«Ich kenne die drei Musketiere nur von einem Schokoriegel», sagte ich. Ich mußte immerfort an Floyd Markhams Mutter und Vater, seine Schwestern und Brüder denken, die warteten, warteten, warteten. Die diese Kupferketten um das Handgelenk trugen und so die Flamme am Leben hielten.

Ihr Blick wurde hart. «Sam hat mich aufgesucht, als ‹Frank› vor ein paar Monaten aus Kalifornien anrief.»

«Und was wollte ‹Frank›?»

«Nach Hause kommen. Als wenn das so einfach wäre. Nach Hause kommen. Ihm fehlten die Leute, die er einst gehaßt hatte. Er hat nie ein neues Leben angefangen, obgleich er in der Elektronikindustrie ein Vermögen verdient hat. Sam und ich hatten es so eingerichtet, daß er tot war, und jetzt sollten wir es so einrichten, daß er von den Toten wiederauferstehen konnte.»

«Und konnten Sie das?»

«Wenn er nicht so stur gewesen wäre, vielleicht. Aber er wollte in eigener Person wiederkehren! Als Joseph Frascatti junior! Wie sollte das gehen? Joseph Frascatti junior war tot. Was hätte er sagen können? Daß er zwanzig Jahre später irgendwo auf einem Acker in Indochina aufgewacht ist ohne die geringste Ahnung, was los war?»

«Klingt, als wären Sie verärgert.»

«Ich bin auch verärgert! Sam und ich haben uns ein Bein ausgerissen, um Joey das zu verschaffen, was er wollte, eine neue Chance. Nach den ewigen Streitereien mit seinem Vater konnte Sam jetzt sagen: ‹Joey ist irgendwo da draußen, in Freiheit.›»

«Warum ist Joey denn nach Boston gekommen?»

«Ich weiß es nicht. Sam und ich waren gerade mit vereinten Kräften dabei, soviel wie möglich über die Familie Markham in Erfahrung zu bringen.»

«Wenn sie alle tot wären, wäre Joeys Wiedererscheinen einfacher.»

«Wenn sie auch nur einen Piep von Joeys ‹Auferstehung› hören würden, könnten wir einpacken. Dann käme die Frage auf: ‹Wer liegt denn eigentlich in Joeys Grab?› Wir hatten der Familie einen Brief geschrieben, nach dem Motto: ‹Er war ein Held›, hatten ihnen weisgemacht, daß Floyd verschwunden sei, als er versucht hatte, Frascattis Tod abzuwenden. Wir hatten sie beide zu Helden gemacht.»

«Die Art von Brief, die man aufhebt», bemerkte ich.

«Die Art von Brief, an die man sich erinnert», sagte sie. «Wir haben Joey davon zu überzeugen versucht, daß er verschwunden bleiben müsse, daß er einen falschen Namen akzeptieren müsse. Er sagte, das könnte er nicht. Er müßte ein echter Verwandter sein, um seinen Vater im Gefängnis besuchen zu können.»

Sam. Die Besuche im Staatsgefängnis.

«Hat Sam Joey senior erzählt, daß sein Sohn nach Hause kommen wollte?»

«Nein», sagte Lauren. «Sam hat nur vorgefühlt, sonst nichts. Joey wollte die frohe Botschaft selbst überbringen. Er wollte seinen Vater sehen. Sagte, er hätte Angst, daß sein Vater sterben würde und sie keine Chance mehr hätten, alles, was zwischen ihnen stände, zu klären.»

Ich stellte meinen Kaffee auf den Tisch. Der Tassenboden war naß; ein Kranz würde zurückbleiben.

«Sagen Sie mir Ihre Meinung», sagte ich. «Wollte Joey Sam umbringen?»

«Nein. Mit hundertprozentiger Sicherheit nicht.»

«Warum nicht? In meinen Ohren klingt es doch so, als sei er eifersüchtig auf Sam. Ich glaube, sie haben ‹ein Fall für den Psychiater› gesagt, und daß er drogenabhängig war. Wie wär's mit folgendem Szenario? Als er hatte, was er wollte, aber trotzdem kein anderer Mensch wurde, hat er den rechten Augenblick abgewartet, derweil Geld verdient, und knöpft sich jetzt die Leute vor, denen er die Schuld gibt. Es war E-Mail, die Sam nach Green & White gelockt hat. Ich würde aufpassen, wenn ich Sie wäre!»

«Ich passe auf», sagte sie. «Joey ist untröstlich über die Sache mit Sam.»

«Wo ist er denn?»

«Ich kann ihn erreichen.»

«Ist er in Boston?»

«Warum sollte er weglaufen?» sagte Lauren. «Er würde Sam nie ein Haar krümmen.»

Ich habe ein Zweittelefon in der Küche. Ich benutze es nicht allzuoft, aber es bewahrt mich davor, das Essen anbrennen zu lassen, wenn ich ausnahmsweise mal koche, und das Telefon klingelt. Ich nahm den Hörer ab und wählte eine Nummer, die ich auswendig weiß.

Mooney ging nicht dran. Ich überlegte, ob ich Oglesby einschalten sollte. Wählte eine andere Nummer und blieb hartnäckig, bis ich Leroy am anderen Ende hatte.

«Wie geht's Gloria?»

Er klang irgendwie unschlüssig. «Ganz gut. Sie ist ruhig. Nicht sie selbst. Ganz gut, vermute ich mal.»

«Und dir?»

«Kann ich nich sagen.»

«Leroy, kannst du mir einen Gefallen tun? Ich kann sonst niemanden darum bitten.»

«Ich rühre mich keinen Schritt aus dem Krankenhaus.»

«Das will ich auch gar nicht.»

«Was willst du dann?»

«Stell dich bitte vor Sams Zimmertür, bis ich da bin oder jemanden hingeschickt habe.»

«Nur dastehen?»

«Wie ein Wächter.»

«Sam hat jede Menge Wächter, das kannst du mir glauben», sagte Leroy.

«Ja, aber ich glaube, sie halten nach dem Falschen Ausschau.»

«Carlotta, du weißt, daß ich fast alles für dich tue, aber das ist eine Familie, mit der ich mich nicht gern anlege.»

«Ich werde dort sein, so bald ich kann. Du rettest Sam vielleicht das Leben. Er ist ein Freund deiner Schwester. Er ist ihr Partner.»

«Na schön», sagte Leroy widerstrebend. «Mach schnell.»

Ich gab ihm eine kurze Personenbeschreibung von «Frank», wie ich ihn von unserer letzten Begegnung in Erinnerung

hatte. Damit er sich nicht mit den Jungs in den buntgestreif-
ten Hemden anlegte.

«Sie tun Joey unrecht», sagte Lauren Heffernan, als ich den
Hörer auflegte.

«Hat er in Vietnam mit Sprengstoff hantiert?»

«Carlotta!» rief Roz vom Nachbarzimmer herüber. «Egal,
was du gerade machst, das mußt du dir ansehen!»

«Können Sie einen Augenblick warten?» fragte ich Lauren.

«Ich werde noch Kaffee kochen», sagte sie.

«Wenn Sie helfen wollen», sagte ich, «hier ist das Telefon.
Holen Sie Joey her. Wie immer er sich im Augenblick auch
nennen mag.»

37 Ich stürmte ins Wohnzimmer und blieb am
Schreibtisch stehen. Roz, vielleicht etwas unterkühlt in ih-
rem hauchdünnen Abendgewand, hatte eins ihrer sittsame-
ren T-Shirts übergezogen. Es war chromgelb und trug die
Aufschrift: BIER – NICHT NUR ZUM FRÜH-
STÜCK.

Sie trug noch die falschen Fingernägel der letzten Nacht,
spitz und schwarz. Kein Wunder, daß die Tasten so laut
klapperten.

«Was ist?» fragte ich.

«Nicht gut drauf heute, was?» bemerkte sie.

«Allerdings», erwiderte ich muffig. «Mach's kurz.»

Sie ließ ein zusammengefaltetes Blatt Papier wie ein Flug-
zeug durchs Zimmer segeln. «Du hattest recht», sagte sie.

«Gestern habe ich was Falsches gesucht. Geprüft, ob Sam vorhatte, Green & White zu verkaufen. Kein Hinweis drauf. Also meine nächste Frage: An wen verkauft er? Er verkauft nicht. Ergo – Scheiße.»

«Ich wußte gar nicht, daß du Latein kannst.»

«Hä?»

«Roz, was zum Teufel hast du denn nun herausgefunden?»

«Setz dich und hör auf herumzulaufen, ja?»

«Rede endlich!»

«Es geht um Geld», sagte sie.

«Geld», wiederholte ich. Ein faszinierendes Thema.

«Sams finanzielle Angelegenheiten sind blütenrein.»

«Weiß», sagte ich. «Wie eine blütenweiße Weste.»

«Egal. Die Rechnungen. Die Einzahlungen. Die Löhne. Die Betriebsausgaben. Die Instandhaltungskosten. Steuern. Versicherung. Nichts, was das Finanzamt nicht erfreuen würde. Green & White macht niemanden reich, hält sich aber über Wasser. Geringe Ausgaben. Niedrige Pacht. Glorias Arbeit ist billig, weil sie dort wohnt, mietfrei.

Sams eigene Mittel, sein Privatvermögen, steckt in mehreren Konten bei drei verschiedenen Banken, was clever ist, da er so besser gegen Risiken abgesichert ist. Green & White wickelt alle Geldgeschäfte mit der Bank of Commerce and Industry ab. Vielleicht aus Anhänglichkeit. Sie haben Sam einen Kredit gegeben, als er anfing.»

Ich starrte auf meine Uhr. «Toll, Roz. Wirklich toll.»

«Sam ist mit seiner Kontoführung im Rückstand. Der Umschlag von dem Bankkontoauszug, den du mitgenommen hast – von der Bank of Commerce and Industry –, war noch zugeklebt. Er war so interessant, daß ich zu dem Schluß kam, es könne nicht schaden, noch ein bißchen tiefer nachzugraben. Dank ‹Frank› habe ich die Bank anklicken können, und da wir alle Kontonummern und das ganze Zeug von Sam kennen, habe ich den neuesten Stand herausbekommen.»

«Da wird er sich aber freuen.»

«Verdammt, Carlotta. Sieh doch mal. In den letzten paar Monaten ist Geld eingegangen und wieder rausgeflossen, daß es nicht zu glauben ist. Ich wundere mich, daß kein Bankbeamter Sam je gefragt hat, was auf den Konten von Green & White eigentlich los ist. Ich hätte es jedenfalls getan, wenn ich gewußt hätte, was sich da vorher immer abgespielt hat. Plötzlich läuft alles ganz anders.»

«Woher kommt das Geld denn? Kannst du das herausfinden?»

«Das meiste per telegrafischer Geldanweisung, wodurch ich feststellen konnte, an welchem Ort sich die jeweilige Bank befindet. Ich habe eine Liste aufgestellt.»

Ich las sie. «Providence. New York. Chicago. Las Vegas. Kaiman-Inseln. Bahamas.»

«Und willst du wissen, wohin das Geld fließt?» fragte Roz. «Nach einem kleinen Umweg über Green & White?»

«Schieß schon los!»

«Zu der gleichen Holdinggesellschaft, zu der auch deine Scheinfirma, die Sirene-Hiring-Agentur, gehört. Getaway Ventures. In Singapur.»

«*Frank*.»

«Lauren», rief ich. «Verstehen Sie was von Computern?»

«Nicht viel.» Sie kam mit einem Tablett ins Zimmer, auf dem drei dampfende Tassen standen. «Ich kenn mich nur mit Lotus 1-2-3 aus.» Mir war gar nicht bewußt, daß Roz und ich unter unserem Küchenkrempel auch ein Tablett hatten. Es glänzte irgendwie metallisch. Ich hoffte, daß es keine Entwicklerwanne von Roz war.

«Joey ist auf dem Weg hierher», sagte Lauren.

«Gut. Hol mal Joey Frascatti für mich rein, Roz.»

«Sozialversicherungsnummer?»

«Weiß ich nicht.»

«Irgendwas brauch ich aber.»

Ich schnappte mir das Telefonbuch. «Zuletzt gemeldet unter: Vierzweiundfünfzig Howser. In Boston.»

Sie haute in die Tasten.

«Hier.»

«Das muß der Vater sein, nicht der Sohn», sagte Lauren.

«Frascatti hat sechs Jahre lang keine Kreditkäufe getätigt», sagte Roz. «Ob er tot ist? Oder er ist zu einem dieser Selbsthilfe-Päpste für finanzielle Angelegenheiten übergelaufen und hat seine Kreditkarten zerschnippelt.»

«Er sitzt im Gefängnis», sagte ich, und mein Gespräch mit Mooney fiel mir wieder ein. «Verflucht noch mal. Probier andere Frascattis unter der Adresse.»

«Okay.»

«Ich brauche Informationen über ihre beruflichen Aktivitäten. Finanzielle Verhältnisse. Geschäftsanleihen.»

«Gut.»

«Papierausdruck.»

Der Ausdruck war leichter zu lesen als der Bildschirm. Die Frascattis besaßen Restaurants. Reinigungen. Bars. Hotels. Sie hatten Kredite von einer Bank auf den Kaiman-Inseln bekommen. Auf den Bahamas. In Providence. Chicago. Las Vegas. Ich blinzelte mit den Augen und sah noch einmal hin. Die gleichen Orte, die in jüngster Zeit auch für Green & White so hilfreich gewesen waren.

«Und jetzt laß mal Gianelli durchlaufen», sagte ich leise. «Anthony Gianelli senior, Hanover Street, Boston. Das gleiche noch einmal.»

«Okay», sagte Roz wieder.

«Ein Elektronikfreak», murmelte ich, «der junge Joey Frascatti.»

«Ja», sagte Lauren. Sie schien aufrichtig verwirrt zu sein, fast etwas ungehalten.

«Er ist vielleicht auf dem besten Wege, sich zum Hacker des Jahres zu entwickeln», sagte ich spitz, «und ich möchte wetten, daß er mit der Elektronik nie einen Pfennig ehrlich verdient hat, Lauren. Er hat jeden Pfennig gestohlen. Abgesahnt. Bei der Familie. Bei anderen Familien. Bei der Unterwelt.»

«Nein», sagte Lauren. «Er hat überall auf der Welt gearbeitet. Als Freiberufler. Er ist genial. Einfach genial.»

«Geschenkt!» sagte ich. «Ich bin weg, Lauren. Wenn Joey aufkreuzt, halten Sie ihn fest.»

«Willst du nun einen Blick auf den Bildschirm werfen oder nicht?» fragte Roz.

«Später, Roz. Halten Sie ihn hier fest, Lauren. Das ist mein Ernst.»

«Ich versuch's», sagte sie.

«Roz», sagte ich, «*halt ihn bloß hier fest.*»

38 Ich hätte etwas darum gegeben, blitzendes Blaulicht auf meinem Toyota zu haben. Ohne das konnte ich
langsamere Fahrzeuge nicht an den Straßenrand zwingen
oder Stoppschilder und rote Ampeln einfach ignorieren. Ich
blinkte mit der Lichthupe hinter einem Volvo, der auf der
linken Spur auf Sightseeingtour war, und überholte ihn fru-
striert rechts. Während ich mich durch den dichten Verkehr
auf dem Memorial Drive quetschte, spähte ich über den
Fluß und sah, daß der Storrow Drive fast leer war. Ich schoß
über die B. U.-Brücke, bog zweimal wider alle Regeln links
ab und raste auf den Storrow. Glattes Segeln. Kein Parkplatz in der Nähe des Krankenhauses. Ich knallte den Wagen in eine Ladezone.

«Wie geht's Sam?» fragte ich Leroy nach kurzer Umarmung.

«Weiß ich nicht. Vielleicht kannst du mir mal sagen, warum
ich hier bin, falls irgend jemand fragt.»

«Der Typ, den ich dir beschrieben habe, wünscht Sam den
Tod auf den Hals, glaube ich.»

«Das meine ich nicht, Carlotta. Warum bin ich der *einzige*
hier? Findest du, daß welche von den Bürgern hier wie
Gangster aussehen?»

Ich warf einen kurzen Blick in das Wartezimmer.

«Ist Sam noch hier? Geht's ihm gut?» Ich versuchte, leise zu
sprechen, merkte aber, wie meine Stimme schrillte.

«Nur ruhig», sagte Leroy. «Er schläft. Ich hab den Kopf
reingesteckt, er atmet, mehr kann ich auch nicht sagen.»

«Du bist ein netter Mensch, Leroy», sagte ich. «Ich danke
dir.»

«Sam hat diese Scheiße nicht verdient. Mein Bruder hatte
sie auch nicht verdient.»

«Ich weiß», sagte ich.

«Will jemand auch meine Schwester umbringen, Carlotta?»

«Nein», sagte ich, «es geht nicht um sie.»

«Soll ich noch länger hierbleiben?»

«Bitte. Noch ein bißchen länger.»

Ich kritzelte eine Telefonnummer auf einen Papierschnipsel und zog eine Münze aus der Tasche. «Benutz den Münzfernsprecher. Nenn deinen Namen nicht. Wer auch immer sich meldet, sag ihm, er soll Papa G. mitteilen, daß niemand im Krankenhaus Wache hält. Sag ihm, es sei dringend.»

«Mach ich.»

«Ich gehe jetzt Sam besuchen.»

Es war niemand da, der mich hätte aufhalten können. Ich atmete tief und bedächtig ein und stieß die Tür auf. Kein Mensch hatte mir je Genaueres über seinen Zustand erzählt; ich traute mich fast nicht hinzuschauen.

Er schlief gar nicht. Er lag regungslos da, die Finger auf der Brust übereinandergelegt. Seine Haut sah übel aus, gräulich in dem grellen Licht. Ich beugte mich über ihn und küßte ihn auf die Stirn. Bis auf ein kleines Pflaster auf der rechten Wange schien sein Gesicht unversehrt zu sein. Er war unrasiert. Er atmete. Ich schloß die Augen und brachte einem Gott, an den ich nicht glaube, ein kurzes Dankgebet dar.

«Träumst du von Zuckermelonen?» fragte ich.

«Bin weit entfernt von so angenehmen Gedanken», sagte er. «Ein Glück, daß du dazwischenfährst.»

«Tun deine Beine weh?» Die Worte waren heraus, ehe ich sie verschlucken konnte. Sein Blick war müde und glasig.

Er sagte: «Ziemlich gefühllos. Glück gehabt. Ich bin losgerannt, um Marvin zu helfen. Wenn er sich nicht mühsam zur Tür gekämpft und geschrien hätte, wäre ich vom

Schreibtisch geschützt worden wie Gloria. Andererseits, wenn er den Kerl nicht zurückgehalten hätte, wäre ich jetzt tot. Ich lebe ... Marvin ist tot.»

«Und deine Beine?»

«Es war alles ein einziges Flammenmeer. Ich versuchte, nicht zu atmen, auf Tuchfühlung mit dem Fußboden zu bleiben. Mein Rücken, na ja, ist nicht viel schlimmer als ein kräftiger Sonnenbrand. Der Balken ist gekracht und heruntergefallen. Ich höre es förmlich noch. Ich weiß, daß meine Haare in Flammen standen. Gloria hat sie gelöscht.»

«Soll ich dir etwas holen?»

«Wasser.»

Um die leere Tasse zu nehmen und zum Waschbecken zu gehen, mußte ich an einem Infusionsständer vorbei. Brandopfer brauchen viel Flüssigkeit; das fiel mir wieder ein.

Ich hielt ihm die Tasse, während er mit einem Strohhalm trank. Ich konnte einen Büschel versengtes Haar sehen. Es riechen.

«Ich habe hier so ein Dingsbums», sagte er. «Einen automatischen Schmerzkiller. Ich drücke auf den Knopf, wenn es zu weh tut. Der Schmerz wird sofort betäubt. Großartige Erfindung.»

Sein linkes Bein strotzte nur so vor Eisenwaren und war kaum noch als Bein zu erkennen. Ein riesiger Metallbügel mit blanken Metallstiften, die im Fleisch staken, umklammerte sein Knie. Ein weiteres klobiges Gerät umspannte den Knöchel. Das rechte Bein war mit Verbandmull umwickelt.

«Wer wollte dich umbringen, Sam?»

«Behandel mich doch nicht wie einen Fall, Carlotta.»

«Ich muß es wissen. Und ich würde es selbst dann wissen wollen, wenn ich nicht für Gloria arbeitete.»

330

«Irgendein Idiot, den Gloria gefeuert hat», brummte er.
Das Zimmer war angefüllt mit verblühten Blumengrüßen:
rotweißen Nelken, in Kreuzform angeordnet, ein Zeug, das
für eine Beerdigung passender gewesen wäre.
Ich zog mir einen Stuhl heran, setzte mich und nahm Sams
Hand in meine. «Oder Joey», sagte ich.
«Ach du jemine», sagte er. «Das war ein Fehler.»
«Was war ein Fehler?»
«Daß er dir seinen wahren Namen verraten hat. Sag mal,
Carlotta, ist Joey deine neue Flamme?»
Irritiert sagte ich: «Nein. Keineswegs. Womit ich nicht ge-
sagt haben will, daß alles so ist, wie es war, aber Joey ist es
nicht.»
«Nett von dir», sagte er. «Ich hätte euch nie miteinander
bekannt machen sollen. Aber du hast ja darauf bestanden.
Und er wollte alles wissen, einfach alles, wollte mein ganzes
Leben in sich aufsaugen. Was gut daran war und was nicht.
Er ist immer so gewesen. So gottverdammt neugierig, als
würde er schon zum Frühstück Informationen in sich hin-
einfuttern und im ganzen hinunterschlucken. Aber er war
früher nie eifersüchtig. Kaum hat er dich gesehen, wußte
ich, daß es Ärger geben würde.»
«Moment mal –»
«Hör mal, ich will aus dir wahrhaftig keine Helena von
Troja machen.»
«Danke.»
«Ich glaube, aus keiner Frau, mit der ich zusammen
war.»
«Nochmals danke.»
«Carlotta, laß das.»
«Tut mir leid», sagte ich, «aber ich werd nicht alle Tage mit
der schönen Helena verglichen.»

331

«Liebst du mich?»

Ich spürte, wie sich meine Schultern versteiften. «Sam», sagte ich weich, «du warst mein erster Lover.»

«Jetzt», sagte er. Es klang hart und unversöhnlich.

«Ich liebe dich; ich bin nicht in dich verliebt.»

Stille. Ich sagte: «Früher war alles so einfach. Ich konnte immer zu dir kommen – ach Gott, Sam …»

Er sah an seinem vom Laken verhüllten Körper herunter. An dem Bein, das nicht am Bettgalgen hing, waren nur die Zehen sichtbar, gräulich verfärbt.

«Sieh mich an, Mädchen», sagte er.

«Ich liebe dich, Sam.»

«Aber es gibt noch jemand anderen.»

«Ich habe gedacht, du hättest jemand anderen, Sam. Du warst ständig bei Lauren.»

«Zwischen Lauren und mir lief schon nichts mehr, als wir zwei uns kennengelernt haben.»

«Ja, ich hab's ein bißchen zu spät gemerkt. Und es war auch nicht nur Lauren. Wir sind irgendwie ins Schwimmen geraten. Es ging nicht mehr.»

«Wie denn das?» fragte er.

Ich verlegte mich auf Ausflüchte. «Na ja, Sam, mit diesem neuen Typen, das klappt sowieso nicht. Er hat schon die Aufnahmeprüfung nicht bestanden.»

«Lausig im Bett?»

«Schlimmer. Er ist Arzt; meine Mutter wäre begeistert gewesen.»

«Der verdammte Klapsdoktor, stimmt's?»

«Es ist erst passiert, *nachdem* du auf die Idee gekommen bist, wir hätten etwas miteinander.»

«Jetzt erzähl mir bloß nicht, ich hätte dich auf die Idee gebracht.»

«Ich will gar nicht darüber reden. Ich will über Joey reden.»

«Wenn du mich nicht mit ihm betrügst.»

«Er betrügt *dich*, Sam! Er läßt Geld über Green & White laufen. Benutzt dich für die Geldwäsche.»

«Nein. Das würde er nie tun.»

«Weißt du von dem Geld?»

«Nein, aber wenn er wirklich Green & White benutzen würde, könnte es nur etwas Kurzfristiges sein. Dann muß er in irgendwelche Schwulitäten geraten sein. Oder es soll eine Überraschung sein. Er verdient in zwei Wochen einen Haufen Geld für mich und überrascht mich damit.»

«Aber sicher.»

«Joey würde nie etwas tun, das mir schaden könnte.»

«Sam.» Er schien abwesend zu sein, irgendwie weit weg, wie ich es nie erlebt hatte. Als sei er in einem anderen Zimmer in ein ganz anderes Gespräch vertieft.

«Nimm ihn nicht in Schutz», sagte ich.

«Teufel auch, ich nehme in Schutz, wen ich will, Carlotta! Du kannst keine Gedanken lesen, verflucht noch mal! Ich habe ein Recht auf eigene Gedanken. Raus hier!»

Er konnte mich nicht rauswerfen, so wie er da flach auf seinem Rücken lag, vollgepumpt mit Medikamenten.

«Du kannst Joey nicht ewig schützen», beharrte ich.

«Würde ich auch nicht. Jedenfalls nicht, wenn ich annehmen müßte, er hätte das hier getan.»

«Erzähl mir von ihm.»

«Hast du mit Lauren gesprochen?»

«Sie ist gerade bei mir zu Hause. Erzähl mir von Joey, Sam.»

«Ich soll ruhen. Ich könnte nach einer Schwester klingeln und dich rauswerfen lassen.»

«Sie müßte erst mal an Leroy vorbei.»

«Warum ist denn Leroy da draußen? Die Jungs, die mein Vater –»

«Weg», sagte ich. «Leroy ist da, um Joey davon abzuhalten, dir den Rest zu geben.»

«Du liegst völlig falsch, Carlotta.»

«Belehr mich eines Besseren.»

Er schloß die Augen. Kurz. Seufzte. «Joey», sagte er, «ist eine ganz schön schwere Verantwortung.»

«Selbst wenn er dich nicht umzubringen versucht hat, wollte er dich immerhin reinlegen. Oder er ist unglaublich dumm.»

«Er hat so lange im Regen gestanden. Ich glaube, er hat es wirklich schwer gehabt da draußen.»

«Der Typ legt dich rein, und du vergibst ihm? Er tut dir auch noch leid?»

«Es gibt Leute im Leben, denen man vergibt. Bei mir ist das Joey. Er ist der Mann, der eine große Zukunft hinter sich hatte, wenn du verstehst, was ich meine. Himmel, ist er gescheit. Wenn ich nur halb so gescheit wäre wie Joey, würde ich mir die Welt kaufen. Als wir noch auf dem Gymnasium waren, hat er das Telefonnetz angezapft. Er hat sich die Handbücher von der Telefongesellschaft besorgt, einige legal, andere hat er aus deren Müllkippen ausgegraben, und dann dauerte es nicht lange, bis er mich fragte, ob ich nicht mit einem seiner Freunde in Deutschland reden wollte. Einem Freund in Schweden, Dänemark. Vom Münzfernsprecher aus. Umsonst. Er hatte Telefone in seinem Spind, er hatte Telefone im Auto. Als er – äh – untertauchte, hatte er so viele Kumpels in aller Welt, daß ich dachte, es würde klappen. Er hatte mehrere Freunde in Deutschland –»

«Hacker», sagte ich.

«Telefonfreaks. Hacker gab's erst später. Du hättest ihn mal am Telefon erleben sollen. Er ist so konzentriert, so geduldig. Er konnte eine ganze Nacht, einen ganzen Tag davor sitzen, ohne etwas zu essen. Wenn er irgend etwas anzapfen wollte, hat er es auch geschafft.»

«Du wußtest also, daß er ein Gauner war.»

«Das kann man nicht sagen», sagte Sam ärgerlich. «Was er auch getan haben mag, es wuchs ihm über den Kopf. So sieht's aus. Ich glaube niemals, daß er mich umbringen will.»

«Wer dann?»

«Keine Ahnung.»

«Ach Gott, Sam.»

Wir hielten uns an den Händen. An seinen Armen waren offene Stellen, die luftig mit Gaze abgedeckt waren. Ich wollte eigentlich Genaueres von der Explosion, dem Brandinferno von ihm hören. Ich wollte wissen, wie er entkommen war, was für ein Gefühl es war, wieder atmen zu können, zu wissen, daß man am Leben geblieben ist.

Er sagte: «Nicht jeder bekommt eine zweite Chance geboten. Darüber habe ich oft nachgedacht. Lauren und ich haben Joey eine zweite Chance gegeben. Marvin wußte es zwar nicht, aber er hat *mir* eine zweite Chance gegeben. Wenn ich hier rauskomme, weiß ich nicht, ob ich in Boston bleibe. Es ist zu früh, daran zu denken, und außerdem bin ich ganz schön abgedröhnt. Dieses Mittel ist ein nettes Gesöff – wie ein Dutzend Dosen Bier, nur daß man nie voll wird. Wahrscheinlich werde ich noch einmal operiert. Mindestens noch einmal. Wenn ich mich erholt habe und in der Rehaklinik war und so … Ich habe so viele Nadeln in mir, daß ich wahrscheinlich an einem Magneten klebenbleiben würde. Ich liege hier und schaue aus dem Fenster. Ich mag grünes Laub lieber als kahle Stämme. Im Süden ist es warm. Mir ist immer kalt, seit ich hier bin, ganz gleich, mit wie vielen Decken ich mich auch zudecke, und sie reden davon, daß es lange dauert, bis ich wieder laufen kann, und vielleicht –» er schluckte – «vielleicht kann ich nie mehr so laufen wie vorher. Ich weiß, daß ich jedenfalls nicht mehr auf die Idee kommen werde, vereiste Straßen entlangzuschlittern.»

«Hast du irgend jemandem erzählt, du wolltest vielleicht das Taxiunternehmen verkaufen?»

«Nein.»

«Hast du irgend jemandem etwas von deiner Sehnsucht nach dem sonnigen Süden erzählt?»

«Die kommt jetzt erst. Ich glaube, auf Skipisten mache ich mich dieses Jahr nicht besonders gut.»

«Sam. Wenn Joey Marvin getötet hat, dann soll er auch dafür bezahlen.»

«Das leuchtet mir ein.»

«Gut», sagte ich.

«Was ich meine, ist, daß du deinen Verstand gebrauchen sollst, Carlotta, aber dich auch immer an eines erinnern: Joey ist mein Bruder. Ich habe drei Brüder, vom Los zugeteilt, aber mein wahrer Bruder ist Joey. Wenn du eine Möglichkeit siehst, ihm noch einmal eine Chance zu geben, dann nimm sie wahr.»

Ich beugte mich hinab und küßte ihn auf den Mund.

«Mmmm», sagte er. «Wir könnten's ja doch noch mal miteinander probieren.»

«Eines Tages sicher», sagte ich leichthin. «Paolina will dich als Vater haben.»

«Im Grunde will sie bloß dich zur Mutter haben, meinst du nicht auch?»

Scheiße. Mir wachsen wirklich die Psychiater aus den Ohren.

Ich rief meine kleine Schwester von einem Münzfernsprecher im Warteraum an. Ich sagte ihr, Sam würde wieder gesund werden. Es würde nur seine Zeit dauern.

Zeit.

39 Was ich von Politessen halte, die in der Nähe von Krankenhäusern Strafzettel verteilen, darf nicht gedruckt werden. Ich zerriß den orangen Zettel auf der Stelle in kleine Fetzen. Daß ich auf meiner Fahrt nach Cambridge zurück nicht noch einen bekam, beweist meine These: zu viele Politessen, zuwenig Verkehrspolizisten.

Ich entdeckte keine unbekannten Autos in meiner Gegend. Vielleicht hatte Joey ein Taxi genommen wie Lauren Heffernan. Vielleicht war er gar nicht aufgetaucht. Laurens Zusage war unter Umständen nur ein Ablenkungsmanöver gewesen. Vielleicht war sie jetzt auf Joeys Seite und nicht auf Sams.

Ein fremdes Kleidungsstück hing an der Hutablage; eine Lederjacke, die nach Moschus roch.

«Frank» – Joey – saß entspannt und lächelnd auf dem Sofa, ein Glas O-Saft in der linken Hand. Seine Jeans steckten in Cowboystiefeln. Stiefeln aus Eidechsenleder. Teuer. Aber nicht für ihn; er hatte nicht dafür bezahlt, nicht dafür gearbeitet. Warum sollte er sich die Mühe machen, wenn er doch rechtmäßige Kreditkartenbesitzer ausnehmen konnte? Oder die Unterwelt. Sein Hemd im Western-Stil war mit flügelschlagenden Adlern geschmückt. Geier wären angemessener gewesen.

Ich fragte mich, ob Lauren oder Roz die Gastgeberin gespielt hatte. Die graue Blässe von Sams Haut fiel mir wieder ein, das Zittern seiner Hand, und ich hätte Joey am liebsten das Glas aus der Hand geschlagen und ihm mit aller Kraft einen Schlag ins Gesicht verpaßt.

«Mooney hat angerufen», sagte Roz. Ihre Stimme klang wie Luftblasen, die aus dem Wasser aufsteigen; ich konnte sie in meiner Wut kaum hören.

«Du sollst ihn zurückrufen», sagte Roz.

Ich ging zu meinem Schreibtisch, nahm den Hörer ab, wählte aber nicht die Polizei. Vielleicht hätte ich es tun sollen. Statt dessen rief ich bei Sams Wächter im Krankenhaus an, fragte Leroy, ob die Ablösung schon eingetroffen sei. War sie, und so konnte ich Leroy dankbar wieder ans Krankenlager seiner Schwester entlassen.

«Wie geht's, Joey?» sagte ich, nachdem ich aufgelegt hatte. «Oder soll ich lieber einen anderen Namen verwenden?»

«Joey ist am besten», sagte Joseph Frascatti vergnügt. «Besser als alle Pseudonyme, die ich je benutzt habe.»

«Und das waren?»

«Frank mochte ich. Frank klingt so ehrlich. Georgio. George war zu amerikanisch-bürgerlich für einen Typen meines Aussehens. Roger, wie in Roger! verstanden!, fertig, aus. In Cannes war ich ein Jahr lang Yves.»

«Und in Deutschland?»

«Gerhard. Ja, Gerhard.»

«Und die ganze Zeit über haben Sie die Unterwelt gemolken?»

«Na ja», sagte Joey lächelnd, «fast die ganze Zeit über.»

«Du hattest ehrgeizige Ziele», sagte Lauren leise mit einem

338

bitteren Zug um den Mund. «Entschuldige meine Naivität, aber ich glaube, du hast sie ‹Träume› genannt.» Sie saß im Schaukelstuhl meiner Tante Bea und schaukelte sehr schnell vor und zurück. «Warum bloß?» sagte sie verärgert.

Das Lächeln verflog, und Joey nahm sofort eine abwehrende Haltung ein. Wie Quecksilber, dieser Mann, und sehr clever. «Ich habe nie darüber nachgedacht, was Heimatlosigkeit bedeuten könnte, weißt du. Und wenn doch, dann war es keine große Sache für mich, Laura. Ich habe nie über Einsamkeit nachgedacht. Ich habe nie darüber nachgedacht, daß ich mittellos sein könnte.»

«Sie haben nie gedacht», schoß ich zurück, «daß es Ihren deutschen Freunden nicht gefallen würde, wenn der unbegrenzte Geldregen versiegte?»

«Oh, sie mochten mich. Ich habe wahnsinnig viel von ihnen gelernt. Gut, daß ich ein fauler, apolitischer Hund bin. Sie drehten dicke Dinger. Hacker von der Schattenseite. Sie haben sich über MILNET in Militärsysteme eingeklinkt, gespenstisches Zeug. Namen, Adressen und Telefonnummern von Angehörigen der CIA. Marktfähige Ware, verstehen Sie? Und mühelos dranzukommen.»

«Sie haben ihnen dabei geholfen?» fragte ich.

«Warum sollte ich mich in Gefahr bringen, wenn ich nur Geld wollte? Es gab schließlich jede Menge Kohle in der Unterwelt. Sie flehten förmlich die Leute an, es ihnen abzunehmen und zu waschen. Ich habe abgesahnt, was ich konnte. Ich habe Scheinfirmen aufgemacht. Ich habe für sie ‹investiert›. Ich habe ‹Drogengeschäfte› für sie abgewickelt, nur daß die Handelsware immer flötenging. Kriegsgewinne, Laura. Kriegsgewinne.»

«Nenn mich Lauren.»

Er hörte sie anscheinend gar nicht.

«Es wurde immer einfacher mit der Verkabelung und dem elektronischen Geldtransfer. Es war ein Kinderspiel. Ich war immer ein paar Schritte voraus. Und dann dachte ich eines Tages, warum muß ich eigentlich immer auf der Flucht sein, mehrere Pässe besitzen, mir ständig einen neuen Namen zulegen und immer ein neues Paar Schuhe anziehen, wenn mir der Boden unter den Füßen zu heiß wird. Es war doch ganz leicht. Ich konnte nach Hause. Ich wollte meine Freunde wiedersehen – Teufel, ich wollte sogar meine Feinde wiedersehen – und in einer Gegend wohnen, wo jeder mich und ich jeden kannte.»

«Du hast das North End doch gehaßt! Es war vollkommen korrupt. Du hast es gehaßt!» sagte Lauren.

«Ich war erst neunzehn, verflucht noch mal. Hatte keinen blassen Schimmer. Hatte all diesen Quatsch von meinem besten Freund Sam Gianelli gehört, daß man ‹sein Geld ehrlich verdienen sollte›. Eines Tages fiel es mir wie Schuppen von den Augen: Ich wollte der sein, der ich bin, zu dem ich geboren war, und nicht der, für den er mich hielt. Ich wollte meinen Vater noch einmal sehen, bevor er stirbt. Er sollte stolz auf mich sein. Ist das so schrecklich?»

Er starrte Lauren an, als könnte er durch sie hindurchsehen, und sagte: «Du hast mich um so vieles betrogen.»

«Was zum Teufel willst du damit sagen?» sagte sie.

«Tu doch nicht so. Du wolltest mich ebensosehr aus dem Weg haben, wie ich weg wollte, stimmt's? Damit du Sam ganz für dich allein haben konntest. Du warst eifersüchtig, Laura.»

Sie erwiderte seinen Blick mit zusammengekniffenen Augen und ballte die Hände. Vielleicht wollte sie ihm auch eins in die Fresse hauen, genau wie ich.

«Weißt du», fuhr er unbekümmert fort, «irgendwann habe

ich angefangen, Nachrichten über meine Familie einzuholen. Einer meiner Brüder besitzt Rennboote. Viele Rennboote. Ein anderer hat eine verfluchte Millionenerbin geheiratet, die Tochter irgendeines italienischen Großreeders. Meine Schwester hat ein Haus in Gloucester, direkt am Strand, mit einem olympiageeigneten Swimmingpool für den Fall, daß die See mal ein bißchen zu rauh ist. Was, meinst du, bekommt der verlorene Sohn, wenn er heimkehrt?»

«Wir haben dir geholfen», beharrte Lauren. «Sam und ich hätten ins Gefängnis kommen können.»

«Sie verstehen nicht richtig, Lauren», sagte ich. «Sam ist das gemästete Kalb. Richtig, Mr. verlorener Sohn? Sie haben die E-Mail geschickt, Joey. Die elektronische Botschaft. Sie haben Sam pünktlich zur Explosion in die Firma gelockt.»

«Ich weiß nicht, wovon Sie reden, Lady.»

«Wovon ich rede? Sie konnten keinesfalls von den Toten auferstehen, ohne der Familie einen Prügelknaben zu liefern.»

Er zuckte die Achseln.

«Es ist totaler Schwachsinn, daß Sie immer ein paar Schritt voraus gewesen wären. Man hat Sie eingeholt», sagte ich. «Sie brauchten jemanden, den Sie der Unterwelt anbieten konnten. Einen Sündenbock. Sie haben sich für Ihren alten Kumpel Sam entschieden. Als Toter konnte er nicht viel zu seiner Verteidigung vorbringen.»

«Unsinn», sagte Joey.

Lauren sagte: «Ich verstehe überhaupt nichts mehr.»

«Haben Sie Ihrer Familie nicht von Sam erzählt?» fragte ich Joey. «Ihrem alten Herrn ein Briefchen geschrieben? Daß der junge Gianelli alle Familien bestiehlt?»

«Einen Dreck habe ich getan», sagte Joey.

«Nur Geld durch Green & White geschleust.»

«Himmel, ich hätte nie gedacht, daß so etwas wie das passieren könnte», sagte Joey. «Sams Vater ist doch ein mächtiger Mann; ich dachte, er würde seinen Sohn beschützen, ihn vielleicht sogar aus dem Land schaffen.»

«Es war Ihnen egal, Joey, nicht wahr?» sagte ich ruhig.

Er lächelte. «Na, sagen wir mal, es hätte auch ganz anders laufen können. Ich hätte nicht gedacht, daß sie ihn sich vorknöpfen. Aber er hat ja immerhin ein schönes Leben gehabt, nicht wahr? Jetzt bin ich dran.»

«Das ist nicht mehr der Mensch, den ich kannte», murmelte Lauren und schüttelte den Kopf. «Die Drogen oder sonst irgendwas ...» Ihre Stimme versagte.

«Also, Joey», sagte ich, «wenn Sam hier wäre, was würde er dann sagen?»

Joey grinste. «Er würde es nicht glauben.»

«Würde er Ihren Tod wollen, Joey?»

«Tod?» wiederholte er. Seine Haltung veränderte sich kaum, er erstarrte nur. Saß breitbeinig auf dem Sofa, ein halbleeres Glas O-Saft in der Hand, und war plötzlich so still, als wollte jemand eine Aufnahme von ihm machen.

Ich zog meine .40er aus dem Hosenbund. «Sie sind ja schon tot, nicht wahr?»

«He», sagte Joey. «Moment mal.»

Ich behielt ihn genau im Auge. Kein Griff zum Cowboy-Stiefel. Keine Regung. Er trug also keine Waffe.

Lauren starrte die Kanone an, als hätte sie noch nie eine gesehen. «Sam würde ihn gehenlassen», sagte sie zittrig.

Man hätte meinen sollen, er hätte gleich ins selbe Horn geblasen. Statt dessen häufte er noch mehr Verachtung auf ihn. «Ach ja. Der verfluchte gütige Engel Sam. Ich habe das

342

nie verstanden, Laura. Warum wolltest du unbedingt mit einem solchen Weichling vögeln?»

Ich nahm ihn ins Visier. Dabei hatte ich das verdammte Ding noch nicht einmal auf dem Schießstand ausprobiert.

«Sam würde ihn gehenlassen», sagte Lauren erneut. «Er wird wieder nach Europa oder Australien gehen. Er kann immer noch ein neues Leben anfangen.»

«Lauren, ich bin bald vierzig, verflucht noch mal.»

«Das Leben fängt erst mit vierzig an, Joey», sagte ich. «Oder es endet da.»

«Was wollen Sie eigentlich?» sagte er. «Da Sie mich nicht erschießen werden: Was wollen Sie?»

«Ich mag Ihre Wortwahl, Joey. Ich wünschte, ich könnte so zuversichtlich sein wie Sie, daß ich Sie nicht erschieße.»

«Stecken Sie sie weg.»

«Fessel ihn, Roz. Schnur ist im Schrank. Meine Hände werden müde. Hätte ich die Glock genommen, wäre er inzwischen tot. Die Glock hat eine viel leichtere Auslösung.»

«Laura», sagte Joey, «sie ist verrückt.»

«Ach, Joey», sagte ich, «Sie haben ja keine Ahnung. Würden Sie so freundlich sein und sich auf den Sessel hier setzen? Bitte.»

«Was zum Teufel wollen Sie?» fragte Joey.

«Das klingt schon besser», sagte ich.

Ich gab ihm mit der Pistole einen Wink, woraufhin er zu dem Sessel an meinem Schreibtisch ging und sich hinsetzte. Roz näherte sich ihm von hinten und fesselte ihn, bevor er sich wehren konnte.

«Binde seine Ellbogen an den Armlehnen fest», sagte ich. «Aber laß seine Hände frei.»

«Warum das denn?» fragte Roz.

«Zeit, ein bißchen am Computer herumzuspielen.»

343

40 Ich habe es für Sam getan, aber ich gebe zu, daß ich die Gelegenheit auch für mich nutzte. Ich gehöre nicht zu denen, die sehnsuchtsvolle Blicke auf geschenkte Gäule werfen.

Mehr als einmal mußte ich an trojanische Pferde denken, als ich Joey bei seinen Zauberkünsten am Computer zusah. Ich starrte auf den Bildschirm. Roz starrte auf den Bildschirm. Er hätte uns reinlegen können. Mit Leichtigkeit. Er war womöglich zu eingebildet, um es zu versuchen. Er war so lange auf sich selbst gestellt gewesen, daß er jetzt nach Bewunderung gierte wie ein Kätzchen nach Milch.

«Ich habe Ihnen ein verdammt gutes Gerät gegeben», tönte er. «Sie wissen es gar nicht zu würdigen. Amiga 2000 mit IBM-Card und Mac-Emulation. Was wollen Sie mehr?»

Ich zog die Schultern hoch und blinzelte, wunderte mich, daß seine Augen das grelle Licht des Bildschirms aushielten.

«Ich kann noch ganz andere Sachen», erbot er sich wieder. «Ich kann Ihre Finanzen in Ordnung bringen. Sind vielleicht noch Autoraten fällig, die Sie gern abbezahlt hätten? Hypotheken? Mieten?»

«Ich bin kein Ganove», sagte ich.

«Sie haben eine Pistole auf meinen Kopf gerichtet», sagte er. «Verzeihen Sie meinen Irrtum.»

«Ich bin kein billiger kleiner Ganove», berichtigte ich mich.

Er löschte die FBI-Akte über meine Mutter. Ich schaute zu, wie mein Name aus diversen Mailinglisten verschwand.

«Wollen Sie sehen, wie ich eine Raketenbasis knacke?» fragte Joey. «Ich kann über Aiken in Harvard einloggen. Sie werden nie den Ablauf zurückverfolgen.»

«Nein, danke», sagte ich.

«Wie wär's mit der ARPA? Der Agentur für Spitzenforschungsprojekte? Gehört zum Verteidigungsministerium. Wollen Sie denn gar nicht sehen, wohin Ihre Steuern fließen? Sind Sie gar nicht neugierig?»

«Nicht, wenn es das Verteidigungsministerium betrifft», sagte ich. «Die behalten ihre Geheimnisse und ich meine.»

«Genau das ist der Punkt», sagte er. «Tun sie nicht. Ihre Geheimnisse behalten. Jedenfalls nicht richtig. Ich habe Fangprogramme in so viele Systeme eingeschleust –»

«Fangprogramme?» sagte ich.

«Um Kennworte abzufangen. Fangprogramme.»

«Werden Sie denn nie erwischt?» fragte ich.

«Es wird langsam eng», gab er zu. «Der Reiz steigt. Das Internet hat CERT.»

«CERT?»

«Eine Maßnahme des Verteidigungsministeriums. Ein Team für Computer-Krisenintervention.»

«Ist es gut?»

«Nicht so gut wie ich. Ich könnte Ihnen das alles beibringen», sagte er allen Ernstes. «Sie könnten es zum Guten wie zum Schlechten anwenden, zum Vergnügen oder zum Geldverdienen. Um Macht zu gewinnen. Oder nur, weil Sie es *können*. Kapieren Sie denn nicht? Das mache ich. Das ist, verflucht noch mal, mein Können, meine Kunst.»

Ich kannte Schlosser seines Kalibers. Die sich von ihrer Fähigkeit, sich Einlaß zu verschaffen, fortreißen ließen. Und im Gefängnis saßen.

«Du bist ein Meister des Betrugs, Joey», murmelte ich vor mich hin. «Roz und Lauren, könntet ihr Joey und mich einen Augenblick allein lassen?»

Roz zog skeptisch eine Augenbraue hoch.

«Roz», sagte Joey, «ich habe eine Idee. Du nimmst die Kanone mit. Carlotta und ich, wir brauchen sie nicht.»

«Und ob», sagte ich. Ich schwieg, bis die Schritte der beiden Frauen auf der Treppe verhallten.

«So, Joey», sagte ich. «Ich habe Geld, das ich auf ein Konto einzahlen will, ohne daß dumme Fragen gestellt werden.»

«Wir haben alle unsere kleinen Geheimnisse, was?»

«Stimmt», sagte ich.

«Wer soll keine Fragen stellen, ich oder das Finanzamt?»

«Beide», sagte ich.

«Und wo ist das Geld jetzt?»

«Hier im Haus.»

«Bar? Reden Sie von *Bar*geld?»

«Von etwa zweiundvierzigtausend.»

«Weiß Sam davon?»

«Keine Fragen.»

«Fünf Fahrten zur Bank», sagte er, ganz im Sinne von dem, was Roz mir über das «Schlumpfen» erzählt hatte. «Sobald es erst im System ist, kann ich es manipulieren. Hier ist es soviel wert wie Klopapier.»

«Wirft ja ein rosiges Licht auf das Bankgewerbe», sagte ich.

«Was soll ich denn machen?» sagte er. «Übrigens kann ich so nicht gut tippen. Die blöde Schnur scheuert mir die Arme kaputt. Kann ich da raus?»

Ich sagte: «Joey, schieben Sie zweiundvierzig Große aus *Ihren* Pfründen irgendwohin, wo ich rankomme.»

«Wie bitte?»

«Ich gebe Ihnen das Bargeld. Wenn Sie die Fliege machen, brauchen Sie Cash.»

346

«Ich habe nie gesagt, daß ich abhauen will ...»

«Bleibt ganz Ihnen überlassen. Wie Sie wollen. Rechtsan-
wälte haben's gern bar», sagte ich. «Strafverteidiger. Das
ist auch eine Möglichkeit, die Knete wieder in Umlauf zu
bringen.»

Wütend haute er in die Tasten. «Na schön. Ich habe es auf
zwei Konten aufgeteilt», sagte er mit verkniffenem Mund.
«Kaiman-Inseln. Plus T und C. Das sind die Turks- und
Caicos-Inseln, ein neues Steuerparadies.»

«Ich brauche Unterschriftsformulare.»

«Rufen Sie an und bestellen Sie sie.»

«Und ich brauche die Kennworte.»

Er schrieb sie auf: JFresh. Joseph.

«So erinnern Sie sich wenigstens an mich», sagte er.

«Zeigen Sie mir, wie Sie es machen», sagte ich.

Er führte es mir Schritt für Schritt vor. Ich schrieb mir alles
auf.

«Jetzt werde ich die Fesseln durchschneiden, Joey», sagte
ich, bewegte mich um ihn herum und schnappte mir einen
messerscharfen Brieföffner vom Schreibtisch. «Wenn ich
‹jetzt› sage – und nicht eine Sekunde früher –, entfernen Sie
sich vom Computer. Sie setzen sich auf die Couch und halten die Hände so, daß ich sie sehen kann. Gut. Jetzt.»

Ich stopfte den Brieföffner hinten in eine Schublade, nahm
die Pistole in die rechte Hand und tippte unbeholfen mit der
linken meine eigene Kennung an die Stelle seiner Paßwör-
ter.

«Glauben Sie wirklich, ich könnte sie nicht herauskriegen?» sagte Joey. «Die meisten Leute sind so dumm, daß sie
ihre Namen und Telefonnummern als PINs benutzen.
Selbst Profis. Und sie ändern die Kennworte auch nie. Ich
wechsle meine Kennworte jede Woche.»

«Schön für Sie.»

«Darf ich Ihnen einen Rat geben?»

«Warum nicht?»

«Fahren Sie zum *Wonderland*, zur Hunderennbahn, kaufen Sie ein paar Wettscheine, und machen Sie ein strahlendes Gesicht, wenn die Rennen zu Ende sind. Und dann schicken Sie die zweiundvierzig Großen in die USA. Mit telegrafischer Geldanweisung. Erklären Sie das Geld als Renngewinn, und zahlen Sie Uncle Sam seinen Anteil. Auf diese Weise kommen Sie leicht an die Kohle. Und Ihr Gewissen ist erleichtert. Keine Gefahr mehr, wegen Steuerhinterziehung belangt zu werden.»

Ich sagte: «Expertenrat ist immer willkommen.»

«Dankbarkeit auch», sagte er.

Wir wechselten wieder die Plätze, wie schlechte Square-Dancer, die sich zaghaft an eine Figur wagen. Mir war in einigem Abstand wohler, die S & W fest in der Hand.

«Wollen Sie mich etwa wieder fesseln?»

«Noch nicht», sagte ich. «Setzen Sie sich erst hin und ziehen Sie jeden Cent Schwarzgeld aus Green & White heraus.»

«Die Unterwelt wird wissen wollen, wer es war», sagte er.

«Es würde mir ein Vergnügen sein, Sie auszuliefern.»

«Mein Vater würde mich decken.»

«Ihr Pech, daß Sie nicht nur ihn bestohlen haben. Aber Sie mußten ja auch die Gianellis und New Yorker Familien ausnehmen. Heiliger Himmel.»

Ich rief zu Roz und Lauren hoch, sie könnten wieder herunterkommen. Joey hockte fünfzehn Minuten über dem Computer. Ich habe nie jemanden auch nur halb so schnell tippen sehen.

348

«Okay. Das war's. Zufrieden?» sagte er.

Ich sagte: «Sams Beine werden noch lange schmerzen. Wenn ihn nicht noch vorher jemand umbringt.»

«Schauen Sie mal auf den Bildschirm», sagte er. «Ist das nicht schön?»

Diesmal hatte er mich nicht gefragt, ob ich da reinwollte. Es sah wie ein Index aus:

BANKAMER.ZIP 6809 06-11-94 Hacking Bank America
TAOTRASH.DOC 7645 09-04-94 Trashing
CITIBANK.ZIP 43556 06-06-94 Hacking Citibank

So lief es immer weiter über den Bildschirm.

«Nicht so gut wie in alter Zeit», sagte Joey. «Reicht bei weitem nicht an die Legion-of-Doom-Programme heran.»

«Legion of Doom?» fragte Roz.

«Damit hatte man Zugang zu Hunderten von Unterweltdateien. Wie man eigene Waffen herstellt. Wie man jemandes Kredit versaut. Wer sich rächen will, für den gibt es kein besseres Mittel.»

«Löschen Sie's», sagte ich.

«Es ist aber da», sagte er, «und es wird immer da sein.»

«Auch ich werde immer da sein», sagte ich. «Sie nehmen das Geld, verlassen das Land und können dann von Glück sagen, daß Sie am Leben geblieben sind. Sollten Sie mich, Sam oder Lauren in die Pfanne hauen wollen, wird Ihr Foto an alle Kommissariate dieser Welt gehen. Nebst Fingerabdrücken, Pseudonymen und allem Pipapo.»

«Ein Jammer, daß jemand so schnell hinter den Goldregen gekommen ist», sagte er. «Und so übel reagierte. Ich habe

349

wirklich gedacht, Sams Papa würde seinen Arsch da rausholen. Ehrlich.»

«Klar. Ich glaube Ihnen aufs Wort, Joey. Die Sache ist nur
die, wie man Sams Papa dazu bringt, Ihnen das abzunehmen.»

«Sie wollen mich an den alten Gianelli ausliefern?»

«Ziehen Sie ein leeres Blatt aus dem Drucker.»

«Warum?»

«Machen Sie schon! Ich will ein handgeschriebenes Geständnis, das Sam entlastet. Sofort! Sie brauchen es nicht zu
unterschreiben.»

«Was soll ich denn drüberschreiben? ‹Liebe Carlotta›?»

Ich hob die Pistole einen Zentimeter. «‹Erklärung›», sagte
ich.

Er versuchte, mich mit seinem Blick niederzuringen. Keine
Chance. Er kritzelte hastig ein paar Zeilen. Roz nahm sie an
sich und hielt sich dabei wohlweislich aus der Schußlinie
heraus.

«Wenn Sie mich außen vor lassen», sagte Joey, «wissen Sie
eigentlich, wer Sam kaltmachen wollte?»

«Ich glaube ja», sagte ich. «Ja. Sicher. Ein Kerl, der geldgie-
rig ist. Ein Kerl, der mich angelogen hat.»

«Werden Sie die Polizei einschalten?» fragte er.

«Es ist ein bißchen zu kompliziert dafür. Roz, mach bitte
mal Kopien von allen G & W-Disketten – vorher und nachher.»

«Datenkopien. Ein eigenhändig geschriebenes Geständnis.
Und alles in den Banksafe», sagte Joey. «Zur Sicherheit.»

«Ich weiß etwas Besseres als einen Banksafe», sagte ich.
«Roz, wenn du fertig bist, fesselst du dann Mr. Frascatti
wieder? Die Arme besonders gründlich. Die Beine läßt du

350

frei, bis er die Treppe hinaufgestiegen ist. Zum blauen Zimmer, wo der große abschließbare Schrank steht. Steck ihn zu meinem College-Ballkleid. Keine Anrufe.»

Bevor ich ging, sah ich nach, ob er auch sicher festsaß.

«Roz», sagte ich, «da er gerade eine so gute Figur macht und brav stillhält, könntest du eigentlich ein paar Aufnahmen machen – Steckbrieffotos, von vorn und von der Seite –, ehe du die Tür abschließt. Und vergiß nicht, das Glas, aus dem er O-Saft getrunken hat, in eine Plastiktüte zu stecken. Die Fingerabdrücke können wir später abnehmen.»

«Was ist, wenn er mal muß?»

«Stell ihm eine leere Tafelwasserflasche mit rein.»

Für meine Gäste nur das Beste.

41   «Hast du wirklich eine Ahnung, oder bluffst du nur?» fragte Roz, sobald wir uns, minus Joey, wieder im Wohnzimmer versammelt hatten.

«Danke für diesen Vertrauensbeweis», sagte ich. «Roz, erinnerst du dich an unsere Freunde in Sams Wohnung?»

Sie lächelte böse. «Wohl nicht so gut, wie sie sich an mich erinnern.»

«Meinst du, sie haben ein Vorstrafenregister?»

«Gibt es denn noch Gerechtigkeit in dieser Welt?»

Ich zuckte die Achseln. Ein Versuch lohnte sich immerhin.

«Ich muß einen Besuch machen, Roz, sei mal nett. Ich möchte, daß du dir alle Mühe gibst, während ich weg bin. Es gibt da so einen schleimigen Beamten namens

Oglesby», dachte ich laut. «Von der Sondereinheit zur Bekämpfung des organisierten Verbrechens. Ach nein, vergiß
ihn. Du hast mehr Glück, wenn du dich in dieser Angelegenheit an Mooney hältst. Sag Mooney, du wolltest Ver-
brecherfotos ansehen. Von Gianelli-Schlägern.»
«Und warum will ich sie mir ansehen?»
Ich schloß die Augen. Mooney würde es bestimmt auch
wissen wollen.
«Sei kreativ, Roz. Erzähl ihm, einer von ihnen hätte dich
bis nach Hause verfolgt, irgendwas in der Art. Laß dir
nichts anmerken, wenn du einen unserer Freunde aus Sams
Haus wiedererkennst, versuch, soviel wie möglich über ihn
zu erfahren, aber sag zum Schluß, du wärst nicht sicher.»
«Na schön», sagte sie zögernd. «Ich gehorche.»
Ich sagte: «Roz, es ist dringend, also tu dein Bestes. Finde
den Namen von einem unserer Schläger heraus. Einen Namen und eine Telefonnummer. Ruf ihn an und zieh die
Flittchennummer ab.»
«Ich glaube nicht, daß einer der Kerle noch mal mit mir
reden will», sagte Roz. «Ich hab sie dahin getreten, wo's
weh tut.»
«Ja», sagte ich, «aber du hast etwas anzubieten. Du hast
aus Versehen statt deiner Reizwäsche diese kleinen Com-
puterdingelchen eingesteckt und fragst dich nun, ob der
Computerkram vielleicht ein paar Scheinchen wert sein
könnte. Laß ihn ein Angebot machen. Er wird dich zurückrufen, herausfinden wollen, wo du wohnst. Laß das nicht
zu. Ruf von Münzfernsprechern aus an. Von verschiedenen Telefonzellen aus. Feilsche um den Preis. Er wird sich
mit dir treffen wollen. Er wird einen verschwiegenen Ort
vorschlagen, damit er dir die Handgreiflichkeiten heimzah-

len kann. Du willst aber Öffentlichkeit. Halte ihn hin, hin, hin.»

«Lustig», sagte sie. «Und du?»

«Bei mir wird's auch lustig», sagte ich. «Mach dir keine Sorgen um mich.»

Lauren, die bis dahin vollkommen regungslos und still, wie versteinert, dagesessen hatte, sagte jetzt: «Roz geht. Sie gehen. Erwarten Sie von mir, daß ich allein hierbleibe? Mit Joey im Schrank?»

Ich wollte ihr eigentlich klarmachen, daß sie entweder alleine bleiben oder zu Joey in den Schrank wandern würde. Statt dessen sagte ich, als ich bemerkte, wie blaß sie war und wie sehr ihre Stimme zitterte: «Warum nutzen Sie die Zeit nicht dazu, sich etwas in der Stadt umzusehen? Wenn Ihnen an Paul Reveres Haus nichts liegt, ist das Kunstmuseum zu empfehlen.»

«Ich könnte Sam besuchen», sagte sie sehr leise.

Ich rief ihr ein Taxi. Mir war es gleich, ob sie zum Museum oder zum Zoo fuhr, wenn sie nur nicht hierblieb und am Ende noch Joey befreite. Ich bat Roz ausdrücklich darum, nach Lauren abzuschließen.

«Schieb auf jeden Fall den Sicherheitsriegel vor», sagte ich.

«Sie wollen ihn in dem Schrank lassen?» fragte Lauren mit Zweifel und Skepsis in der Stimme.

«Vielleicht sollten Sie wirklich Sam besuchen», sagte ich scharf. «Und widmen Sie seinen Beinen besondere Aufmerksamkeit, Lauren. Ich könnte Ihren kostbaren Joey irgendwo abladen, wogegen mein Schrank eine Suite im Ritz-Carlton wäre.»

Sie werden mich schon nicht sofort niederschießen, dachte ich, während ich durch die gewundenen Straßen von North

End fuhr. Papa Gianelli spuckte vielleicht auf den Boden und bekreuzigte sich, aber er würde mich wohl kaum hinrichten lassen.

In der Nähe von St. Cecilia fand ich einen Parkplatz. Gottes Wille oder Glück. Ich tätschelte die .40er, die mir so angenehm im Hosenbund klemmte.

Ich fragte mich, wer von den Pennern, an denen ich auf meinem Weg zum Haus der Gianellis vorüberkam, mich zuerst anmelden würde, indem er leise etwas in sein Walkie-Talkie sang, das in einer zerknitterten Säuferpapiertüte steckte. In meinem Nacken kribbelte es wie immer, wenn ich mich überwacht fühle. Wie viele obere Stockwerke mochten die Gianellis in diesem Block wohl besitzen? Wie viele Soldaten hielten die Stellung? Seit die Brüder Angiulo ihren tiefen Sturz aus ihrem Sitzungssaal in der Prince Street getan hatten, waren die Unterbosse vom North End in höchster Alarmbereitschaft.

Ich schwang meine Hüften noch stärker. Damit die Kerle was zu glotzen hatten. In Los Angeles wäre es besser gelungen. In Boston ist das Leben im Dezember hart. Mit dicken Schichten am Leib ist es schwierig, verführerisch zu wirken.

Andererseits schützten solche Schichten das Päckchen, das ich bei mir trug.

Die Gianelli-Zentrale ist ein großes vierstöckiges Backsteineckhaus, aufgelockert von filigranen schmiedeisernen Balkons. Es könnten Apartments sein, aber alles ist Anthonys privater Wohnraum. Das Parterre sieht aus wie eine ansehnliche Geschäftsetage. Marmorfoyer. Ein enges Treppenhaus, teilweise abgesperrt durch ein Empfangspult. Der erste Stock ist erstaunlich, ein Jugendstilflur, der in eine Küche von Fünf-Sterne-Rang einmündet. Zwei Aufzüge vorn und hinten, die nur mit Schlüssel benutzt werden können, führen zu den übrigen Etagen des Hauses. Sam hat mich einmal hierher mitgenommen vor langer, langer Zeit, als er sicher war, daß alle anderen Familienmitglieder fort waren. Ein uniformierter Wächter hielt das Pult besetzt. Er wirkte wie eine Schaufensterpuppe; die Gianellis hatten es nicht nötig, jemanden einzustellen, der mehr als das Minimum für den Job haben wollte. Bis man am Haus ankam, war man bereits fotografiert worden; Cops waren «abgefertigt», während Zeugen Jehovas, die sich hierher verirrt hatten, oder glücklose Greenpeace-Mitstreiter mit Nachdruck zum Weitergehen aufgefordert worden waren.

Niemand kam mir auf den Stufen entgegen. Wen wundert's. Mit Frauen scheinen die Klugscheißer ihre Probleme zu haben. Sie wissen nicht, was sie davon halten sollen, selbst jetzt noch nicht, nachdem bekannt ist, daß zur Angiulos-Truppe etliche Frauen gehörten. Ich konnte ja ein Callgirl sein, nicht wahr?

Ich glaube nicht, daß Papa Gianelli per Telefon auf Frauenfang gehen würde, aber vielleicht hatte Tony junior, der hübsche Hollywood-Tony, Geschmack an der käuflichen Liebe.

Ich schenkte dem Wächter, der hastig von einer Zeitschrift aufblickte, ein Lächeln.

In allen vier Ecken der Eingangshalle waren Fernsehkameras angebracht. Runde eingelassene Scheiben zu beiden Seiten der Treppe ließen auf Infrarotlichtschranken schließen. Und das waren nur die sichtbaren Einrichtungen.

«Miss Carlyle», flötete ich. «Für Mr. Gianelli senior.»

«Termin?» Der Wächter war etwas nervös, brachte es aber trotzdem fertig, meinen Namen auf einen Zettel zu kritzeln.

«Er wird mich sicher empfangen», sagte ich.

«Ich – äh – glaube nicht, daß er derzeit im Hause ist.»

«Ich glaube nicht, daß er viel ausgeht», sagte ich.

«Sein – äh – Sohn –»

«Sein Sohn ist im Krankenhaus. Weiß ich. Ich komme eben von dort. Mit Neuigkeiten.»

«Sind Sie eine Freundin seines Sohnes?»

Mir ging allmählich die Geduld aus. Ich kann nur begrenzte Zeit das schüchterne junge Ding spielen. Es funktionierte nicht, also wechselte ich auf barsch. «Rufen Sie ihn an. Sagen Sie ihm, daß ich hier bin. Es spielt keine Rolle, ob ich die Staatsanwältin persönlich bin. Erwähnen Sie nur meinen Namen, und sagen Sie ihm, daß ich etwas für ihn habe.»

«Warten Sie bitte draußen.»

«Ist zu kalt.»

«Ich kann nicht anrufen, wenn Sie nicht draußen warten. Hausregeln.»

Ein wackerer Streiter, trotz seines Wanstes. Wenn dieser Typ im Isabella Stewart Gardner Museum Dienst geschoben hätte, wäre der Vermeer noch da.

«Haben Sie außer Carlyle noch einen Namen?» fragte er.

Ich reichte ihm eine Visitenkarte. Ich hätte wissen müssen, daß ich nie bis zu dem alten Herrn vordringen würde.

Ich wartete so lange draußen auf den Stufen, daß ich wünschte, ich hätte Ohrwärmer und Handschuhe mitgenommen. Ich krame sie normalerweise nicht vor Weihnachten zwischen den Mottenkugeln vor, aber dieser Winter entwickelte sich zu einem eiskalten Killer.

Der Wächter verließ seinen Posten und winkte mich herein.

«Oben», sagte er.

Mir wurde ein wenig schwindelig vor Erstaunen. Ich begann, meine Ansprache zu proben.

«Lassen Sie die Waffe hier», sagte der Wächter.

«Metalldetektor?» fragte ich.

Er nickte freundlich. Auf sein Geheiß legte ich die .40er in eine Schublade, die bereits eine Taurus, Kaliber .22, zwei 9er Glock und eine .357er Magnum enthielt. Meine Pistole konnte unmöglich über Einsamkeit klagen.

«Soll ich einen Zettel dranmachen?» fragte ich und staunte über das kleine Arsenal.

«Ich werde mich erinnern», sagte er. «Ein schönes Stück.»

Ich stieg federnd die Treppe hinauf. Schaffte es tatsächlich bis zur ersten Etage.

Die Blonde, die an Papas Arm gehangen hatte, versperrte mir den Weg durch die reichverzierte Halle. Die dritte Ehefrau, die vierte Ehefrau? Stacey? Nein. Sams abschätziges Lachen fiel mir wieder ein. «Stella!» hatte er sie gerufen und dabei Brando imitiert.

Die Blonde sah so aus, als würde sie auch einen Filmstar imitieren. Eine Seifenoperndiva. Ich betrachtete den engen weißen Pulli mit den Rheinkieseln, die hautengen schwarzen Steghosen. Sie war wahrscheinlich mit Duft durchtränkt, aber alles, was ich riechen konnte, war der Rauch, der von einer Kippe in ihrer Hand mit langen Krallen aufstieg. Ich atmete tief, sog meine Ration Hochgenuß aus zweiter Hand in mich hinein.

«Was wollen Sie?» fragte sie.

So ist die Bostoner Unterwelt. Soll gefälligst eine Frau mit einer Frau reden. Ich hätte fast um eine Zigarette gebeten. Fünf Jahre abstinent, und trotzdem jederzeit kurz vor dem Umfallen.

«Entschuldigen Sie die Störung», sagte ich ernsthaft. «Der Wächter muß einen Fehler gemacht haben. Ich wollte mit Ihrem Vater sprechen.»

«Er ist nicht mein —»

«Weiß ich», sagte ich lächelnd, «er könnte es aber sein.»

«Hauen Sie ab.»

«Ich habe Informationen —»

«Sie sind Sams Tussi, was?» Sie musterte mich von vorn bis achtern. «Er könnte sich was Besseres leisten, der Junge.» Ihre Stimme war reinster Südstaatensirup. Ich hätte nicht sagen können, ob der Akzent echt war, wie ich auch nicht hätte sagen können, ob das Blond ihre natürliche Haarfarbe war oder ihre Oberweite gottgegeben.

«Wir könnten uns alle etwas Besseres leisten, Mrs. Gianelli», sagte ich und versuchte, ernst zu bleiben. «Tut mir leid, wenn ich Sie beleidigt habe. Ich wollte nur sagen, daß Sie sehr jung wirken.»

«Danke», sagte sie unsicher.

«Ich weiß, daß Ihr Mann eine anstrengende Woche hatte. Ich weiß, daß er nicht mehr der jüngste ist. Ich werde seine Zeit nicht allzusehr in Anspruch nehmen.»

«Vielleicht können Sie mit Mitch oder Tony sprechen.»

Ich sagte: «Ich glaube, Sie haben mich nicht ganz verstanden.»

«Sie können hier nicht rein, Süße. Nein ist nein. Sie können nicht zu ihm.»

«Es geht um Leben und Tod», sagte ich.

«Wo drum geht es sich?»

Ich machte mir nicht die Mühe, ihre Grammatik zu korrigieren. «Um seinen Sohn», sagte ich.

«Seine Söhne sind erwachsene Männer. Sie können selbst für sich sorgen.»

«Sie liegen ihm aber am Herzen», sagte ich, «erwachsen oder nicht.»

«Es geht ihm nicht gut; er darf nicht gestört werden», sagte sie.

«Lassen Sie ihn selbst entscheiden. Sind Sie ihm das nicht schuldig?»

«Warten Sie hier», sagte sie kalt. Sie ging mit wiegenden Hüften durch die Halle, blieb vor einem Messingtisch mit Glasplatte stehen, öffnete einen Rosenholzkasten und holte ein Telefon heraus. Drückte Tasten.

«Leben und Tod», rief ich hinter ihr her.

Sie sprach einige Zeit, dann winkte sie mich mit dem Hörer zu sich. Ich beeilte mich, ihn entgegenzunehmen.

«Mr. Gianelli?»

Er klang heiser und verärgert. «Es scheint doch vernünftig, ein Weibsstück zu schicken, um mit einem anderen zu reden. Würden Sie sagen, daß ich mit dieser Annahme richtig liege?»

Er ist ein alter Mann, ermahnte ich mich. Meine Hand umschloß den Hörer fester.

«Wir sollten dies unter vier Augen besprechen.»

«Ich werde Sie hinauswerfen lassen», erwiderte er.

«Ich glaube, ich weiß, wer Sam umbringen wollte.»

«Glauben? Sie glauben es? Sagen Sie erst was, wenn Sie wirklich etwas wissen.»

«Mr. Gianelli –»

«Mein Sohn läßt sich mit Farbigen zusammen in die Luft jagen. Wie stehe ich jetzt da? In der Stadt?»

«Sie wollen es gar nicht wissen, nicht wahr?» sagte ich. «Oder Sie wissen es schon.»

Danach sprach er italienisch, und ich konnte nichts mehr verstehen, nur seinen Haß heraushören. Ich wartete auf eine

Pause in seiner Schimpftirade. Sie kam nicht, nur ein Klikken, als er einhängte.

Als ich zwei Ehefrauen vorher in diesem Haus war, hing noch ein Porträt von Sams Mutter im Foyer. Es war spurlos verschwunden. Kein Fleck mehr an der makellos weißen Wand.

Ich ließ mein Päckchen – Disketten und Geständnis – bei dem Türwächter, tauschte es gegen meine Automatik ein. Auf sein Verlangen hin mußte ich das Päckchen aufmachen. Keine Briefbomben für Papa Gianelli.

«In Ordnung», sagte der Wächter.

«Lassen Sie mich noch eine Kleinigkeit hinzufügen», sagte ich.

«Was denn?» Er sah mich an, als erwarte er, daß sich in meiner Hand gefaltete Geldscheine manifestierten.

Ich borgte mir einen Stift und kritzelte noch einen einzigen Satz auf die Rückseite von Joeys Geständnis.

Fragen Sie Ihren Buchhalter, lautete er.

Dann packte ich alles wieder zusammen und bat den Wächter, es an Anthony senior weiterzuleiten. An niemand anderen als Anthony Gianelli senior. Persönlich.

Er schien unschlüssig zu sein. Ich ließ eine Zwanzig-Dollar-Note zu Boden fallen; er hatte den Fuß darauf, noch ehe die in den Ecken angebrachten Kameras die Transaktion registrieren konnten. Der Deal war besiegelt.

Er schüttelte den Kopf, als ich ging, wie ein Großvater, der über sein mißratenes Enkelkind trauert.

42 Roz kam erst drei Stunden nach mir nach Hause. Sie war gut aufgelegt für eine Frau, die fast den ganzen Tag bei der Polizei verbracht hatte, denn sie hatte den größeren der beiden Schläger identifizieren können, einen Mann mit ellenlangem Strafregister und einer ebenso langen Liste niedergeschlagener Anklagen. Oft hatten die Kläger ihren Sinn geändert bezüglich des Strafantrags. Oder der Kläger war eilends aus der Stadt verschwunden, und manchmal hatte er sich ganz in Luft aufgelöst.

Roz kann zwischen den Zeilen lesen. Sie hatte mit einem Brutalo gerechnet. Tatsächlich war er selbst am Telefon laut, bösartig und drohend. Kein Sinn für Humor, klagte sie.

Ein Treffen war für morgen abend im Menschengedränge einer Kneipe in der Faneuil Hall vereinbart.

Ich würde Mooney vorher benachrichtigen. Ich hatte schon die Disketten und Joeys Geständnis zu Papa G. gebracht. Ich ging im Geiste eine Liste durch und hakte jeden einzelnen Punkt nach gründlicher Prüfung ab. Nach den Regeln des Volleyballs hatte ich das Match gewonnen. Zwölf zu eins im entscheidenden Spiel, ich am Netz, und fünfzehn Zentimeter Vorteil gegenüber der gegnerischen Blockspielerin. Unschlagbar.

Joey Fresh blieb im Schrank. Lauren verbrachte die Nacht im beigefarbenen Zimmer auf der anderen Seite des Flurs. Bei so vielen Menschen im Haus sagte ich Keith ab, der sich auch noch hinzugesellen wollte, obgleich der zusätzliche Körper warm und willkommen gewesen wäre und nicht viel Platz gebraucht hätte.

Keith sagte, er hätte es geschafft, Gloria in Rage zu bringen; er sah das als Fortschritt an.

Sam hatte eine Horde Polizeibeamte in Zivil als Bewacher.

Alles war unter Kontrolle.

Außer dem Timing.

Als ich mitten in der Nacht Schritte hörte, war mein erster Gedanke, der gottverdammte Joey hätte sich wie Houdini selbst aus dem Schrank befreit.

Ich griff nach meiner Pistole unter dem Kopfkissen. Wenn ich jemanden gefangenhalte, schlafe ich nur leicht. Ich bewahre geladene Waffen an unsicheren Orten auf. Ein weiterer Grund, Keith abzuweisen.

Zu viele Stimmen, tief und kehlig. Laurens war die einzige hohe Stimme, sie klang panisch. Lauren würde es nichts ausmachen, wenn Joey Frascatti sich befreit hätte. Sie hatte immer noch den neunzehnjährigen Jungen vor Augen, in tödlicher Angst, mit dem Blut eines anderen Jungen besudelt.

Roz schlief oben allein. Die Chancen standen nicht gut.

Ich halte meine Zimmertür nachts geschlossen. Ich schob leise den Riegel vor. Er würde allerdings niemandem lange standhalten. Ich nahm den Telefonhörer ab. Tot, wie erwartet.

Profis am Werk.

Ich zog mir die Jeans über, die zu Füßen meines Bettes lagen, mehr, um die Pistole wegstecken zu können, als aus Gründen der Schicklichkeit. In meinem Unterhemd würde ich elend frieren, aber eine Schublade quietschen zu lassen stand außer Frage.

Ich legte zwei Kissen der Länge nach in mein Bett, zog die Steppdecke darüber und stopfte sie wie bei einem Baby fest.

Ich schob das Fenster hoch, auf Schnelligkeit statt auf Un-

362

hörbarkeit bedacht. Es knallte gegen den oberen Rahmen wie ein Schuß in der Nacht. Wacht auf, ihr Nachbarn, dachte ich.

Ich wohne in dem Haus, seit ich sechzehn war. Seit meine Mutter in Detroit gestorben ist und ich zu ihrer älteren Schwester geschickt wurde, um hier zu leben, weil mich sonst niemand wollte. Eine Zeitlang war ich nicht einmal sicher, ob mich Tante Beatrice wollte. Ich hatte sicherheitshalber eine Fluchtmöglichkeit ersonnen. Das Dachrinnenfallrohr zu einer Ulme hinunter, dann noch einsfünfzig in die Tiefe.

Ich hatte sie seit meinem achtzehnten Lebensjahr nicht mehr genutzt. Damals war ich leichter, wilder, hatte noch nicht so viele Knochen gebrochen, nicht so viele Narben und keine Knöchelverletzung. Mit achtzehn hätte ich nie und nimmer gedacht, ich könnte stürzen.

Hatte auch nicht dieses Kribbeln im Nacken, mit dem ich fertig werden mußte, keine Vision von einem Pistolenlauf, der auf mein Herz oder meinen Kopf gerichtet war.

Das Fallrohr war alles andere als gut mit der Dachrinne verbunden. Hatte es schon immer so gewackelt, soviel Spiel gehabt? Ich schlang meine Beine darum und rutschte zentimeterweise nach unten in die pechschwarze Finsternis. Der Baum. Wie weit mochte es noch sein bis zu seinen rettenden Zweigen? Kaum hatte ich das gedacht, stach mir etwas ins Gesäß. Ein dünner Ast. Der auch nichts half. Ich rutschte weiter am Rohr hinab, betete, es möge halten, und tastete mit den Füßen nach einer guten Astgabel. Es mußte, verflucht noch mal, eine da sein. Ich hatte den verdammten Baum ja nicht gestutzt.

Ich trat hinein und kauerte mich zusammen. Ich konnte Stimmen aus meinem Zimmer hören. Das Licht im Zimmer ging an. Gut. Das ruinierte ihnen die Nachtsicht. Plötzlich ging es wieder aus. Ich hielt mich an dem Ast fest und streckte mich zu voller Länge. Wenn jetzt jemand aus dem Wohnzimmerfenster schaute, hatte er ein leichtes Spiel. Sollte ich mich rasch fallen lassen und abrollen oder meinen Knöchel schonen? Ich hörte einen Schrei, der mir die Entscheidung abnahm. Schnell fallen, Rolle vorwärts, gebückt loslaufen.

Bis zu Keith schien es eine Meile zu sein.

«Neun-eins-eins», brüllte ich durch die Tür, sobald ich die Sicherheitskette rasseln hörte.

«Was?» sagte er.

«Los! Es geht um Leben und Tod. Laß dir was einfallen, irgendwas, damit es oberste Priorität bekommt, alleroberste Priorität.»

«Bitte? Und wo willst du —?»

«Bin bald zurück», sagte ich.

«Ich komme nach.»

«Den Teufel wirst du tun», schrie ich. «Ruf einfach nur die Polizei.»

Und dann rannte ich wirklich.

43 Eine lange, dünne Leiter lehnte hinter dem Haus. Sie mußten wie «Frank» durch das Küchenfenster eingestiegen sein. Warum hatte ich es bloß nicht zugenagelt?

Ich hatte die Wahl: Ich konnte auf dem gleichen Weg ins Haus hinein; ich konnte auf die Bullen warten. Die Reaktionszeit von 911 hing von mehreren Unbekannten ab: Wer

Streifeneinsätze fuhr; was sonst noch heute nacht in Cambridge los war. Ob Keith die richtigen Worte gefunden hatte? «Auf frischer Tat. Bewaffneter Einbruch. Schüsse.» Ich hätte ihm die Stichworte sagen sollen. Er war mit dem Krankenhausjargon vertraut, nicht mit der Polizeisprache. Ich bewegte im gefrorenen Gras meine nackten Zehen, verschränkte die Arme und steckte die Hände unter die Achselhöhlen, um sie warm zu halten.

Sie hatten Lauren. Lauren gab womöglich Joey preis. Lauren würde reden, in dem Glauben, sie wären hinter dem wahren Schuldigen her. Ich stellte mir Joey vor, wie er da in dem großen Schrank eingeschlossen war und Stimmen im Dunkeln hörte.

Ich schob meine Pistole tiefer hinten in den Hosenbund und achtete darauf, daß das Unterhemd darüberhing. Dann klingelte ich an der Eingangstür. Ich hatte meinen Schlüssel nicht dabei.

Ich klingelte und klingelte. Fand in einen guten Rhythmus hinein. Zweiundzwanzigmal, bis Roz sagte: «Wer ist da?»

«Ich!»

«Lauf weg!» schrie sie. «Du wirst hier nicht gebraucht!»

Die Tür schwang auf, und Mitch – Sams Bruder, der gute alte Mitch, der mittlere Sohn – packte mich am Handgelenk und zerrte mich hinein.

«Wo warst du?» fragte er. Er war in schlabberiges schwarzes Trainingszeug gekleidet. Sein Gesicht war rot, und er atmete schwer.

«Was glaubst du denn? Du hast nicht im ganzen Block die Telefonleitungen gekappt.»

Er kaute an seiner Unterlippe. Man konnte förmlich sehen, wie sich Rädchen in seinem Kopf drehten, während er auf die Uhr sah. «Gib die Disketten her, und es ist vorbei. Dann vergessen wir's.»

«Zu spät für ein Happy-End», sagte ich.

«Ist sie bewaffnet?» rief einer von Mitchs Komplizen. Ich erkannte den größeren der beiden Schläger aus Sams Wohnung wieder. Er schlenkerte Roz schadenfroh an ihren Haaren herum, eine fleischige Hand fest in den farbigen Strähnen verankert. Wie eine groteske Marionette hing sie da und berührte den Boden kaum noch mit den Zehenspitzen.

«Hier ist ihre Kanone», sagte Mitch verächtlich und schwenkte meine alte .38er. Die linke unterste Schublade meines Schreibtischs stand offen. Sie hatten offenbar das Schloß geknackt. «Eine Topdetektivin. Wickelt ihre Waffe ins Unterhemd ihres Ex-Mannes ein. Hat Sam mir alles erzählt. Konnte die Eier ihres Alten nicht in Bronze gießen, deshalb behält sie das Hemd als Siegestrophäe.»

«Du allein, Mitch, stimmt's?» fragte ich und spürte, wie die neue .40er an meinem Hosenbund zog. «Solo. Gil und Tony wissen nichts davon.»

«Wovon?» sagte er unschuldig mit blödem Grinsen.

Ich ließ Mitch nicht gern aus den Augen, aber ich mußte es, um den Schaden abzuschätzen. Lauren, in sich zusammengekauert auf einem Sessel neben dem Bogendurchgang zum Eßzimmer, drückte eine Hand auf eine gerötete Wange. Ein unbekannter Mann stand drohend über sie gebeugt.

Sie begegnete meinem Blick, atmete ein; sie wollte etwas sagen.

«Ich kann mir nicht denken, daß Papa G. das weiß», kam ich Lauren zuvor, ehe sie den Mund aufmachen konnte.

«Quatsch nicht herum», sagte Mitch.

«Du bist der Quatschkopf, Mitch», fuhr ich fort und zwang

Lauren, den Mund zu halten. «Dieses dumme Zeug zu verbreiten, daß Sam die Firma verkaufen wollte. Ich hätte dir fast geglaubt. Alles in allem hast du ganze Arbeit geleistet.»

«Halt die Schnauze», sagte Mitch.

«Ich hör mir gern eine gute Story an.» Der Schläger bei Lauren hatte eine erstaunlich hohe Stimme.

«Harry», zischte Mitch, «du auch.»

Harry ließ sich anscheinend nicht einschüchtern. Ich sprach absichtlich laut, damit er alles mitbekam.

«Am besten finde ich, wie du dir eine bereits existierende Situation zunutze gemacht hast. Du hast Cochran und Yancey ausgespielt wie ein paar Karten, Mitch. Du hast meine Bewunderung verdient.»

«Brauch ich nicht. Ich hab deine Knarre. Und ich will Sams Disketten.»

«Und dann noch der ausgeklügelte Plan», sagte ich. «Du heuerst ein mieses kleines Stück Scheiße wie Zach an und rechnest dir aus, daß Gloria ihn als Fahrer einstellt, aber er ist nur so lange da, wie er braucht, um sich über die Lage zu informieren. Er hört auf, und alle Rollen sind verteilt. Kleine Taxiunternehmen leiden immer unter Verfolgungswahn, was ihre Lizenzen betrifft, du hast diese Angst durch Gerüchte noch geschürt, Gerüchte, die ein Körnchen Wahrheit enthielten. Yancey möchte wahrscheinlich wirklich gern aufs Leasen übergehen, richtig? Um ordentlich Kohle zu verdienen. Du lieferst den Funken, der das Feuer entzündet. So einfach ist das. Zwei anonyme Anrufe: einer bei Cochran, dann einer bei Yancey. Hast du sie selbst angerufen? Oder hat das einer deiner Schlägertypen gemacht?»

«Die Disketten her», sagte er und richtete die .38er wahllos auf verschiedene Teile meines Körpers. «Du hättest sie nicht mitnehmen sollen.»

«Du bezahlst Zach und ein paar freiberufliche Schläger ohne Verbindungen zur Unterwelt, damit sie Taxifahrer zusammenschlagen, Leute von Green & White und anderen Firmen oder Selbständige. Zach kennt sich aus, er weiß, wie man die Dachbeleuchtung ausstellt, die Warnblinkanlage.»

«Sein Glück», sagte Mitch bissig. «Hab den Kerl nie gesehen. Hat sich ja, soviel ich weiß, selbst ins Jenseits befördert.»

«Mitchell», sagte ich, «du hast Fehler gemacht. Die Drive-by-Schießerei war eine Dummheit. Du hattest wohl keine Geduld mehr, was? Es ging dir wohl zu langsam! Vielleicht hast du gehofft, Sam würde selbst eine Schicht übernehmen, wenn es an Fahrern mangelte, und in einem deiner so schön inszenierten Überfälle ums Leben kommen! Er wäre nie gefahren, Mitch. Und weißt du, warum nicht? Er hat es eurem Papa versprochen; Sam fährt nie.»

Mitchell leckte sich die Lippen, grunzte etwas.

Ich sprach hastig weiter. «Du hast Glück gehabt; niemand hat die Drive-by-Schützen identifiziert. Warst du übrigens dabei?»

«Halt's Maul», sagte er.

«Ich fasse das mal als Ja auf. Zach hält also das Süppchen am Kochen, erzählt überall von den Schlägereien. Es soll klarwerden, daß Green & White *ein* Ziel ist, nicht *das* Ziel. Die Explosion soll, wenn es soweit ist, wie eine Taxisache aussehen, nicht wie eine Sache der Unterwelt.»

«Redest du immer soviel?» fragte Mitch.

«Das müßtest du doch wissen», sagte ich. «Du hast doch G & W abgehört. Du hast die alten FBI-Wanzen geklaut.

Du bist der ‹Experte›, den Sam ins Vertrauen gezogen hat. Seinem großen Bruder schenkt man doch Vertrauen, oder?»

«Bist du endlich fertig?»

«Nein», sagte ich. «Bin ich nicht. Ich habe noch eine wichtige Frage, die wichtigste überhaupt: *Würdest du ein solches Hickhack machen, wenn dein Vater Sams Tod gefordert hätte?* Was Papa erledigt haben will, wird erledigt, habe ich gehört.»

«Manche Entscheidungen sollte man einem alten Mann abnehmen», sagte Mitch mit mehr Würde, als ich erwartet hätte. «Sam hat sich an unserem Geld bedient. An Gotti-Geld, an Gambino-Geld. Niemand bedient sich an meinem Geld.»

«Geht es hier um Geld, Mitch?» fragte ich. «Oder um Haß? Eifersucht? Du hast seit Monaten gewußt, daß Geld aus G & W abfloß. Du hast die Wanzen aufgehängt in der Hoffnung, Sam auf Band aufnehmen zu können, wie er gerade etwas so Übles sagt, daß Papa dir Rückendeckung geben und deinen Schneid loben würde.»

«Sam ist ein gemeiner Verräter; er fährt jeden zweiten Tag nach Washington. Verpfeift uns an den Senatsausschuß. Redet mit Joey Fresh, besucht den alten Wichser im Knast.»

«Wenn er ein Wort über den Senat aufs Band gesagt hätte, hättest du ihn packen können. Hat er aber nicht. Deshalb hast du dir eine Masche ausgedacht, bei der nichts auf dich zurückfallen konnte und Papa nie erfahren würde, daß du Sam umgebracht hast. Ein Glück, daß Zach sich dabei mit in die Luft jagte. Ein Typ seines Schlags hätte dich jahrelang bluten lassen.»

Lauren sagte: «Halt mal —»

Ich übertönte sie einfach. «Ich nehme an, du willst nicht unbedingt zu Papa gehen, Mitch. Mit nichts als ein paar Disketten als Beweismaterial. Er weiß zwar, daß du gut mit Zahlen umgehen kannst, aber wie reagiert er, weißt du das? Sam ist das Nesthäkchen. Papa liebt Sammy. Papa hat Sammy immer geliebt. Hat sich die Hosen an den Knien aufgescheuert beim Beten, als Sam in Vietnam war, stimmt's? Sicher, der alte Mann hätte es gern, wenn Sam mit im Geschäft wäre, aber er ist auch stolz auf Sam, stolz drauf, daß es einer seiner Söhne allein schafft. Vielleicht merkt er, daß Sam ihm mehr wert ist als du, Mitch. Was genau tust du eigentlich für die Familie? Bist du der geniale Kopf des Vereins?»

Er schlug mir ins Gesicht. Ich sog die Luft ein. Lauren schrie. Der Schrei galt nicht mir, nicht dem Striemen, den Mitchs schwerer Ring auf meiner Wange hinterließ. Er galt dem Revolver, der plötzlich in Harrys Hand erschien. Lauren dachte offenbar, er wollte auf sie schießen. Und als er durchs Wohnzimmer schritt, auf mich. Ich zuckte zusammen, blieb stehen.

Harry mit der Tenorstimme, Mitchs Gefährte und Komplice, steckte Mitch den Lauf des Revolvers ins rechte Ohr. Es war eine kleine Kanone, eine .22er. Ich meinte, sie von der Schublade in der Hanover Street her zu kennen. Taurus. Neunschüssige Trommel.

«Harry. Was?» Mitch brach die Stimme. Er ließ meine .38er scheppernd zu Boden fallen.

«Von deinem Vater», sagte der Mann mit seiner hohen Stimme. «Er sagte, ich soll warten, bis du vor Zeugen zugibst, daß du versucht hast, deinen Bruder zu töten.»

«Mensch, Harry, nimm das Scheißding da weg. Sam geht's gut. Er ist auf dem Wege der Besserung. Laß mich –»

370

Harry redete weiter. «Dein Vater hat mir aufgetragen, dir zum Schluß noch etwas zu sagen, Mitch. Das letzte, was du hören sollst: Ich soll dir sagen, daß er nur drei Söhne hat.»

Die .22er knallte kaum, allenfalls wie ein Champagnerkorken. Mitch sackte auf den Boden.

Bis dahin hatte ich noch gedacht, wir anderen hätten eine Chance. Jetzt hatte sich das Blatt gewendet. Harry sah bestimmt keinen Anlaß dafür, Augenzeugen leben zu lassen. Ich riß die .40er aus dem Hosenbund, entsicherte.

«Auseinander!» schrie ich und warf mich zu Boden.

Roz machte einen Klimmzug am Arm des Schlägers, biß, trat, fiel herunter, rollte hinter einen Sessel und schrie, was die Lungen hergaben. Lauren fand die Kraft, sich ins Eßzimmer zu stürzen. Harry, der traurig zu Boden starrte wie ein Mann, der seinen Lieblingshund hat töten müssen, reagierte nicht schnell genug. Ich feuerte und feuerte weiter, um ihnen klarzumachen, daß dies keine leichte Mafia-Säuberungsaktion würde.

Ein heißer Luftstrom zischte an meinem linken Ohr vorbei. Er hatte eine ernüchternde Wirkung.

Platt auf dem Boden liegend, auf die Ellbogen gestützt, hielt ich mit der linken Hand die unvertraute .40er in Anschlag, hörte auf herumzuballern, nahm ihn ins Visier und drückte ab. Harry ging zu Boden.

Ich hechtete an ihm vorbei, machte eine Rolle hinter meinen Schreibtisch und schlug mit Ellbogen und Knien auf dem Fußboden auf, ohne die Pistole zu beschädigen. Hinter mir, über meinem Kopf, schlugen Kugeln in den Computer. Der Monitor explodierte mit Getöse und zerplatzte in tausend Stücke. Das Gerät sprühte Funken und zischte wie ein Schlangennest.

Ich hörte Sirenen. Willkommen, ihr segensreichen Sirenen.

Ich hörte auf zu schießen. Der übriggebliebene Revolverheld taumelte zur Tür hinaus.

«Wenn Sie verhört werden», schrie ich Lauren mit zu harter, zu lauter Stimme an, «halten Sie den Mund. Halten Sie einfach den Mund. Sie sind eine Freundin und zu Besuch gekommen. Sie wissen nichts außer dem, was Sie heute nacht gesehen haben, und das ist Ihnen auch ein Rätsel. *Kein Wort, kein Wort* von Joey! Roz, bist du okay?»

Stille.

«Roz!»

«Der Scheißkerl hat mir einen Büschel Haare ausgerissen», wimmerte sie leise.

Ich atmete auf.

«Lauf nach oben und sag Joey, er soll sich bedeckt halten.»

«Warum? Scheiße, ja.»

«Und komm schnell wieder herunter.»

Ich weigerte mich, mit einem Polzeibeamten zu sprechen, bis Mooney da war.

44 Als wir ihn endlich erlösten, war Joey Frascatti heilfroh, aus seinem Schrank herauszukommen. Nach stundenlangen Polizeiverhören – einzeln, en masse, in Cambridge, in Boston – rochen wir alle nicht mehr wie ein frisches Frühlingslüftchen, aber Joey schoß den Vogel ab. Blinzelnd im grellen Licht, schien ihm die Zerstörung des

372

Computers am meisten Pein zu bereiten. Dessen rauchende Trümmer setzten ihm erheblich mehr zu als der stinkende Schrank oder der mit Klebeband markierte Umriß auf den dunklen Fußbodendielen an der Stelle, wo Mitch Gianelli sein Leben ausgehaucht hatte. Joey grämte sich auch nicht wegen meines zerbrochenen Nippes und der kaputten Fenster. Die Kugellöcher, durch die eisige Windstöße hereinfegten, bemerkte er gar nicht.

Er nahm das Geld, das in einen Rucksack und einen Kopfkissenbezug gestopft war. Er versprach, nicht zu schreiben.

«Der Teufel soll ihn holen», sagte Lauren, als er fort war. Dann setzte sie sich auf das Sofa und bekam einen schweren Heulanfall. Während ich Sperrholz annagelte, mußte ich daran denken, wie ich «Franks» Bruchbude zum erstenmal gesehen hatte mit den pappkartonverklebten Fenstern, die kein Licht einließen.

«Lauren war vielleicht all die Jahre hindurch verliebt in Joey», sagte Keith später, im Bett. «Als es zwischen ihr und Sam nicht mehr klappte, hat sie sich womöglich auf Joey fixiert als den unerreichbaren ‹Richtigen› für sie.»

Mein Kopf ruhte an seiner Schulter. Er hatte den Arm um mich gelegt, und seine Fingerspitzen massierten mir den Nacken. Wir waren bei ihm. Der Zugang zum Tatort, meine Haustür, war von Beamten mit Klebeband versiegelt worden.

«Ich hoffe nicht», bemerkte ich. «Ein Weltklasse-Gauner.»

«Das ist er ja erst geworden. Vorher muß er mal anders gewesen sein, denn immerhin hat er zwei Leuten so am Herzen gelegen, daß sie ihm zu einem neuen Leben verholfen haben.»

«Und hat zweimal alles vermasselt», sagte ich.

«Das machen wir wahrscheinlich alle, bauen immer wieder den gleichen Mist.»

«Sehr erhebend.»

«Was man von dir nicht sagen kann.»

«Ich sehe meiner nächsten Aufgabe nicht gerade frohgemut entgegen», sagte ich.

«Oh», sagte Keith völlig neutral. Mir wurde klar, wieso seine Patienten die Gesprächsführung übernahmen, ihm ihre Geheimnisse offenbarten.

Ich nicht, dachte ich. Ich brauche keinen Klapsdoktor, nein danke, nur einen warmen Körper, der mir hilft, die Nacht durchzustehen.

Ich habe einen ganz normalen Privatermittlerauftrag. Muß morgen los, nach Traverse City, Michigan, fahren, um einer Familie zu erklären, wie ihr Sohn und Bruder vor gut zwanzig Jahren umgekommen ist. Schnell. Im Dunkeln. Auf einem schlammigen Pfad einen numerierten Hügel hinauf. Ich werde meine neue Waffe zu Hause lassen; die Flughafenpolizei mag dergleichen nicht. Ich werde sie auch kaum brauchen.

Mooney meint, es sei der richtige Zeitpunkt, um die Stadt zu verlassen.

Ich habe Lauren und Sam gewarnt, daß ich die Wahrheit sagen werde, die ungeschminkte Wahrheit, wie ich sie gehört habe. Ich war nicht dort. Wenn Floyd Markhams Familie unbedingt Wirbel machen will, soll sie. Sam setzt auf ihren Katholizismus und sagt, sie würden es wahrscheinlich so hinnehmen und zufrieden sein, daß ihr Sohn im Schoß des Herrn ruht. Wenn der Sohn als Märtyrer ins himmlische Paradies eingegangen ist, spielt es keine Rolle, wo seine sterblichen Überreste begraben liegen. Darauf zählt Sam.

Ich habe Joey Frascattis Grab besucht. Ich kann den Rasen-hügel, die Hartriegelbüsche, die Gruft und den Engel aus Carrara-Marmor beschreiben, der bei ihrem Sohn Wache hält. Ich hoffe aber, die Markhams verlangen es nicht von mir.

Wenn sie Beweise haben wollen, wenn die Markhams letzte Gewißheit brauchen und die Gebeine, die als Joseph Fras-catti junior bestattet worden sind, exhumieren lassen wol-len, können sie das machen. Es ist ihre Sache.

Sam und Lauren bezahlen mir diese Reise gut, um den Feh-ler wiedergutzumachen, der ihnen vor langer Zeit unterlau-fen ist. Sam hat sogar angeboten, mir einen neuen Compu-ter zu kaufen. Ich habe das Angebot angenommen. Nichts Ausgefallenes. Diesmal will ich es ganz legal haben und mich an ein professionelles Netz für Privatermittler an-schließen, zum Beispiel Investigators' Online Network oder das PI SIG von CompuServe, was immer am preiswertesten ist.

Wenn es irgendwo da draußen eine Daten-Superautobahn geben sollte, bin ich diejenige, die in einem rostigen Pickup darauf herumbummelt.

45 Zweieinhalb Wochen nach Marvins Beisetzung holte ich Gloria am Krankenhaus ab. Sie wollte ein bißchen in ihrem Kombi herumgefahren werden. Die Ärzte hatten nichts dagegen einzuwenden; sie meinten, es würde ihr gut-tun. Sie aß nicht. Nicht, daß die Ärzte etwas gegen eine ver-nünftige Diät gehabt hätten, aber sie aß nicht, basta. Die

Haut an ihren Oberarmen hing schon locker. Ihre Wangen glichen verschrumpelten Äpfeln.

Es wunderte mich nicht, daß sie mich bat, bei Green & White zu halten.

Ich schob sie im Rollstuhl nahe an die Ruine heran. Die Rampe zum Hinterzimmer war geschmolzen und hatte sich zu einer bizarren Metallskulptur verdreht. Schilder warnten vor der Einsturzgefahr. Die Türen waren mit Brettern vernagelt.

«Nicht viel zu sehen», wagte ich zu bemerken.

«Ein Wunder, daß die Nachbargebäude gerettet werden konnten», sagte sie.

«Die Feuerwehr hat phantastische Arbeit geleistet», sagte ich.

Gloria sog die abgasgeschwängerte Luft tief ein. «Ich werde es wieder aufbauen», sagte sie.

Ich schloß die Augen und schluckte. Das war das erste Positive, was ich seit der Katastrophe von ihr gehört hatte, einmal abgesehen von ihren *Amen* auf Marvins Beerdigung ...

Sie war mit einem Krankenwagen hingekommen und wieder abgefahren. Lag während des Gottesdienstes flach auf der Rolltrage, flankiert von Leroy und Geoffrey. Vor allen Trauernden in der New Faith Baptist Church hörte ich noch lange ihre Stimme in meinen Träumen, wie sie im ruhigen, majestätischen Ton einer Gläubigen laut ihre *Amen* sprach.

«Wir haben die Lizenzen noch», sagte sie. «Und wir haben die Versicherung.»

«Reicht's?» fragte ich.

Gloria rollte ihren Stuhl weiter vor, wobei sie aufpaßte, nicht in ein Schlagloch zu geraten.

«Jemand hat mir einen Scheck zukommen lassen», sagte sie. «Damit wären die Kosten gedeckt. Und dein Honorar.»

«Jemand?»

«Anthony Gianelli sr. lautet der Name über der gepunkteten Linie.»

Ich schwieg.

«Was hältst du davon?» fragte sie.

Die meisten Hohlblocksteine waren zerfallen oder herabgestürzt; manche waren tiefschwarz und hatten aschgraue Kanten, wie riesige Holzkohlestücke.

«Seine Art, sich zu entschuldigen», sagte ich. «Zuzugeben, daß seine Familie die Verantwortung dafür trägt. Es liegt ihm eigentlich gar nicht, sich zu entschuldigen.»

«Kommt mir nicht richtig vor», sagte Gloria.

«Was?»

«Es kommt mir so vor – Scheiße, ich weiß nicht –, als wenn er für Marvins Tod zahlte. Als gäbe es irgend etwas für Geld zu kaufen, das meinen Bruder ersetzen könnte.»

«Der Scheck ist eine Entschuldigung», sagte ich, «sonst nichts.»

«Hättest du Probleme, solches Geld anzunehmen, Carlotta? Von einem solchen Mann?»

«Gloria», sagte ich, «dies bleibt unter uns …»

«Was?» sagte sie sofort mit lebhaftem Interesse und witterte eine Klatschgeschichte.

«Paolinas leiblicher Vater hat mir in den letzten sechs Monaten über vierzigtausend Dollar zukommen lassen.»

Sie machte mit dem Rollstuhl eine halbe Kehrtwende, so daß sie mir ins Gesicht sehen konnte. «Dieser Mistkerl Roldan Gonzales?» sagte sie.

«Angeblicher Mistkerl», sagte ich. «Ich hab's nicht zurück-

377

geschickt. Ich hab's auch nicht für wohltätige Zwecke ge-
spendet.»

«Und macht es dir etwas aus, woher das Geld stammt?»
fragte Gloria gespannt mit großen Augen.

«Es ist Geld; Paolina kann damit zum College gehen.»

«Ja, aber –»

«Warum man es so kaputten Vätern auch noch leichtma-
chen sollte?» sagte ich und trat gegen ein kieselsteingroßes
Stück geschwärzten Stuck. Es trudelte fünfzig Fuß, dann
blieb es unter einem Eisenzaun liegen.

«Vermute mal, das heißt, du hättest nichts dagegen, wenn
ich Papa Gianellis Scheck einlöse.»

Ich sagte: «Es heißt, daß ich nicht unbedingt die richtige
Person für eine solche Frage bin.»

«Das würde ich nicht sagen», meinte sie nachdenklich.
«Immerhin hast du Erfahrung.»

Wir betrachteten die Trümmer. Irgend jemand hatte die
Glasscherben zu einem Haufen zusammengefegt.

«Bleibt Sam dein Partner?»

Gloria sagte: «Ich weiß es nicht genau. Kommt darauf
an.»

Ich wartete, daß sie weitersprach. Sie schien noch mehr sagen zu wollen.

«Ich ändere vielleicht den Namen der Firma.»

Ich starrte verrußte Betonbrocken an. Kaum vorzustellen,
daß das mal die Einfassungen der Garagentore gewesen
waren.

«Ich hatte an so etwas wie ‹Marvin's› gedacht», sagte sie.

«Das finde ich schön», sagte ich. «Hat einen guten Klang.
Ich bring 'ne Flasche Schampus mit, um die neue Garage zu
taufen, wenn es soweit ist.»

«Eine Flasche Bass-Bier», sagte Gloria. «In Marvins Stil.»

378

«Klar», sagte ich.

«Er hatte Stil», sagte Gloria. «Er hat die Familie zusammengehalten, während andere junge Männer schleunigst das Weite gesucht hätten. Promoter haben ihn angefleht, nach Las Vegas zu gehen, Boxer zu werden, Karriere zu machen. So gut war er. Aber dann hatte ich meinen Unfall, und er sagte nein.»

«Das ist auch gut so.»

«Ja, nur habe ich das Gefühl, daß er sein Leben um meinetwillen aufgegeben hat. Zweimal. Und das ist zuviel.»

«Gloria», sagte ich, «er hat es so gewollt.»

«Richtig», sagte sie, «das sagt auch dein Klapsdoktor. Er wollte es so. Er hat nie auf mich gehört.»

«Vergiß eins nicht: Er war eigensinnig wie der Teufel, und er hat dich geliebt.»

«Ich glaube, ich habe genug gesehen», sagte sie eine Viertelstunde später.

Ich war froh darüber. Es war kalt. Gloria schien das nicht zu merken, aber ich fror.

«Meinst du, daß Paolina zu Hause ist?» fragte sie, als ich endlich mit dem hydraulischen Lift zu Rande gekommen war und ihren Rollstuhl vorschriftsmäßig angeschnallt hatte. «Wir könnten sie besuchen.»

Ich sagte: «Wir könnten sie zu Herrell's mitnehmen, zum Eisessen. Mokka spezial.»

«Tun sie da auch Schlagsahne drauf?» fragte Gloria versonnen.

Ich hätte nie gedacht, daß ich mich einmal freuen würde, Gloria nach Schlagsahne fragen zu hören.

Ich sagte: «Ich glaube, es ist verboten, es sei denn, man bestellt Hot Fudge.»

«Hot Fudge», wiederholte Gloria, als komme ihr dabei eine

dumpfe Erinnerung an eine Sprache, die sie einst fließend beherrscht hatte.

«Paolina würde sich freuen», sagte ich.

Gloria wartete auf Rot, um ihren Pfeil abzuschießen. «Sie hätte es lieber, wenn du und Sam wieder zusammen-kämt.»

Ein verbeulter Pontiac hupte und überholte mich auf einer Spur, die eindeutig als Parkspur gekennzeichnet war.

«You can't always get what you want», zitierte ich.

«Marvin mochte den Song», sagte sie. «Die Stones, nicht? *But if you try sometimes …»*

«Den Rest kenne ich», sagte ich.

Als wir die River-Street-Brücke überquerten, führte ich den Vers im stillen zu Ende: *You just might find you get what you need.* Dann kriegst du vielleicht, was du brauchst.

Was brauchte Paolina?

Ihren leiblichen Vater? Carlos Roldan Gonzales?

«Wie ist er wohl?» hatte sie mich nach unserem letzten Volleyballspiel gefragt, während sie sich im Auto im Kos-metikspiegel auf der Sonnenblende betrachtete und sich die Haare hochhielt, um älter auszusehen.

«Keine Ahnung», sagte ich.

«Carlotta?»

«Laß dein Haar herunter, Schatz.»

«Gehst du irgendwann mal mit mir auf die Suche nach mei-nem Vater?»

«Vielleicht», sagte ich. «Kann sein.»

Ihrem plötzlichen Lächeln entnahm ich, daß sie mein etwas zögerndes *Kann sein* als *Ja* aufgefaßt hatte.

Sie ist noch jung; vielleicht vergißt sie's wieder.

«Marvin's Taxen», sagte Gloria. «Was meinst du, welche Farbe wir dafür wählen sollten?»

Linda Barnes

«Carlotta Carlyle ist eine großartige Bereicherung der schnell wachsenden Gruppe intelligenter, witziger, verführerischer, tougher, aber dennoch verwundbarer Privatdetektivinnen ...»
The Times

Carlotta steigt ein
(thriller 43264)

Carlotta fängt Schlangen
(thriller 42959)

Carlotta jagt den Kojoten
(thriller 43099)

Carlotta spielt den Blues
(thriller 43160)
«Der Roman bezieht seinen Reiz aus einer eigenartigen Mischung zwischen einer spannenden Krimihandlung und der außerordentlich intensiven, in allen Farben des Spektrums schillernden Beschreibung der Popmusik-Szene.» *Radio Bremen*

Zum Dinner eine Leiche *Mit einem Linda-Barnes-Interview*
(thriller 43049)

Früchte der Gier
(thriller 43262)

Marathon des Todes
(thriller 43040)

Blut will Blut
(thriller 43064)
Wer goß Blut in die Bloody Mary, wer enthauptete Puppen und Fledermäuse? Und wer legte den toten Raben ins Büro des Theaterdirektors? Michael Spraggue wird wieder einmal gefordert.

Im Wunderlich Verlag liegen vor:

Ein Schnappschuß für Carlotta
352 Seiten. Gebunden und als rororo thriller 43250

Carlotta geht ins Netz
384 Seiten. Gebunden

«Carlotta Carlyle ist eine Frau mit Witz und Ernsthaftigkeit, voller Mitgefühl und Härte, eine Heldin, mit der man mit Vergnügen seine Zeit verbringt.»
New York Times

rororo thriller

rororo thriller werden herausgegeben von Bernd Jost. Ein Gesamtverzeichnis der Reihe finden Sie in der *Rowohlt Revue*. Vierteljährlich neu. Kostenlos in Ihrer Buchhandlung.

Rowohlt im Internet:
http://www.rowohlt.de

Ruth Rendell

«Mich fasziniert jedesmal wieder, wie leise-harmonisch die Romane von **Ruth Rendell** beginnen, wie verständlich und normal die ersten Schritte sind, mit denen die Figuren ins Verhängnis laufen. Ruth Rendells liebevoll-ironisch geschilderte Vorstadtidyllen sind mit einer unterschwelligen Spannung gefüllt, die atemlos macht.»
Hansjörg Martin

Eine Auswahl der thriller von Ruth Rendell:

Dämon hinter Spitzenstores
(thriller 2677)
Ausgezeichnet mit dem Gold Dagger 1975, dem begehrtesten internationalen Krimi-Preis.

Die Grausamkeit der Raben
(thriller 2741)
«... wieder ein Psychothriller der Sonderklasse.»
Cosmopolitan

Die Verschleierte
(thriller 3092)

Die Masken der Mütter
(thriller 2723)
Ausgezeichnet mit dem Silver Dagger 1984.

Durch Gewalt und List
(thriller 2989)

In blinder Panik
(thriller 2798)
«Ruth Rendell hat sich mit diesem Krimi selbst übertroffen: die Meisterin der Spannung ist nie spannender zu lesen gewesen.»
Frankfurter Rundschau

See der Dunkelheit
(thriller 2974)

Leben mit doppeltem Boden
(thriller 2898)

Der Herr des Moores
(thriller 3047)

Die neue Freundin *Kriminalstories*
(thriller 2778)

Der gefallene Vorhang *Kriminalstories*
(thriller 3004)

«**Ruth Rendell** – die beste Kriminalschriftstellerin in Großbritannien.»
Observer Magazine

rororo thriller

rororo thriller werden herausgegeben von Bernd Jost. Ein Gesamtverzeichnis der Reihe – und alle lieferbaren Titel von *Ruth Rendel* – finden Sie in der *Rowohlt Revue*. Vierteljährlich neu. Kostenlos in Ihrer Buchhandlung.

Sjöwall/Wahlöö

«Man konnte zwar schon 1963 die zunehmende Versumpfung der schwedischen Sozialdemokratie voraussehen, aber andere Dinge waren völlig unvorhersehbar: die Entwicklung der Polizei in Richtung auf eine paramilitärische Organisation, ihr verstärkter Schußwaffengebrauch, ihre groß angelegten und zentral gesteuerten Operationen und Manöver... Auch den Verbrechertyp mußten wir ändern, da die Gesellschaft und damit die Kriminalität sich geändert hatten: Sie waren brutaler und schneller geworden.»
Maj Sjöwall

Die Tote im Götakanal
(thriller 2139)
Nackte tragen keine Papiere. Niemand kannte die Tote, niemand vermißte sie. Schweden hatte seine Sensation...

Der Mann, der sich in Luft auflöste
(thriller 2159)
Kommissar Beck findet die Lösung in Budapest...

Der Mann auf dem Balkon
(thriller 2186)
Die Stockholmer Polizei jagt ein Phantom: einen Sexualverbrecher, von dem sie nur weiß, daß er ein Mann ist...

Endstation für neun
(thriller 2214)

Alarm in Sköldgatan
(thriller 2235)
Eine Explosion, ein Brand – und dann entdeckt die Polizei einen Zeitzünder...

Und die Großen läßt man laufen
(thriller 2264)

Das Ekel aus Säffle
(thriller 2294)
Ein Polizistenschinder bekommt die Quittung...

Verschlossen und verriegelt
(thriller 2345)

Der Polizistenmörder
(thriller 2390)

Die Terroristen
(thriller 2412)
Ihre Opfer waren Konservative, Liberale, Linke – wer aber der Auftraggeber der Terror-gruppe ULAG waren, blieb immer im dunkeln. Jetzt plant ULAG ein Attentat in Stockholm...

Die zehn Romane mit Kommissar Martin Beck
10 Bände in einer Kassette
(thriller 3177)

«**Sjöwall/Wahlöös** Romane gehören zu den stärksten Werken des Genres seit Raymond Chandler.»
Zürcher Tagesanzeiger